Das Buch

»Ich küsse Dich tausendmal und wünschte, Du wärst bei mir«, schreibt Irmgard Keun 1934 an den nach Amerika emigrierten Arzt Arnold Strauss. Was sich in der vorliegenden Auswahl aus insgesamt fast dreihundert Briefen zunächst als eine heimliche Liebesgeschichte darstellt, entwickelt sich bei der Lektüre zur facettenreichen Dokumentation über das Leben und Schreiben einer jungen Frau, die nicht bereit war, sich bürgerlichen Konventionen zu fügen. Ihre Beziehungen zu Johannes Tralow und Joseph Roth, aber auch Begegnungen mit Persönlichkeiten wie Roda Roda spiegeln sich in dieser Korrespondenz ebenso wider wie ihr unsicheres, gehetztes Leben zur Zeit des Nationalsozialismus, ihr Kampf um Publikationsmöglichkeiten und Lebensunterhalt. Um so wertvoller sind diese Briefe, als sich die Autorin standhaft geweigert hat, eine Autobiographie zu hinterlassen. »Da ist wieder die wache, frische Intelligenz, da ist ihr Witz; da ist das Kind und ein Wirbelwind von Frau. Ihre Briefe erzählen bissige und amüsante Geschichten vom Leben und Überleben im Dritten Reich. Sie zeugen nicht nur von Irmgard Keuns persönlicher Tragik, sondern sie dokumentiert in ihnen auch T
jener dunklen Jahre.« (Uni Jo

Die Autorin

Irmgard Keun, geboren am 6. Februar 1905 in Berlin, aufgewachsen in Köln, war Schauspielerin und seit Erscheinen ihrer beiden ersten Romane (›Gilgi‹ und ›Das kunstseidene Mädchen‹) Anfang der dreißiger Jahre eine erfolgreiche Schriftstellerin. 1933 wurden ihre Bücher beschlagnahmt. 1936 ging sie ins Exil und kehrte 1940 illegal nach Deutschland zurück. Sie lebte nach dem Krieg in Köln, wo sie am 5. Mai 1982 starb.

Irmgard Keun:

Ich lebe in einem wilden Wirbel

Briefe an Arnold Strauss
1933 bis 1947

Herausgegeben von
Gabriele Kreis und Marjory S. Strauss

Deutscher
Taschenbuch
Verlag

dtv

Von Irmgard Keun
sind im Deutschen Taschenbuch Verlag erschienen:
Das kunstseidene Mädchen (11033)
Das Mädchen, mit dem die Kinder nicht verkehren durften (11034)
Gilgi – eine von uns (11050)
Nach Mitternacht (11118)
Kind aller Länder (11156)
D-Zug dritter Klasse (11176)
Ferdinand, der Mann mit dem freundlichen Herzen (11220)

Im Text ungekürzte Ausgabe
Juli 1990
Deutscher Taschenbuch Verlag GmbH & Co. KG,
München

ISBN 3-546-45384-0
Umschlaggestaltung: Celestino Piatti
Gesamtherstellung: C. H. Beck'sche Buchdruckerei,
Nördlingen
Printed in Germany · ISBN 3-423-11229-8

Inhalt

Zur Auswahl der Briefe

So beschworen sie es: Er war ihr Geliebter, und sie war seine Braut.

Sieben Jahre lang, von 1933 bis 1940, waren sich Irmgard Keun und Arnold Strauss die nächsten – und dabei so weit voneinander entfernt wie selten ein Paar. Er lebte in Holland, Italien und – ab 1935 – in den USA, sie in Deutschland und – ab 1936 – im europäischen Exil. Verheiratet mit Johannes Tralow (1932-1937), liiert mit Joseph Roth (1936-1938) und immer – und immer heimlich! – Arnold Strauss versprochen.

271 ihrer Briefe an ihn sind erhalten. Über die Hälfte habe ich für dieses Buch ausgewählt: 111 vollständig oder nahezu vollständig, aus 32 nur kurze Passagen, die für den Fortgang der Geschichte – *der Lebensgeschichte Irmgard Keuns* – von Bedeutung sind. Denn dieses Buch will mehr sein als ein Briefband oder ein Keun-Lesebuch: ein Stück Biographie, zusammengesetzt aus Briefen und Kommentaren, aus zeitgeschichtlichen Dokumenten und Romanzitaten, aus Deutungen und den Erinnerungen früherer Freunde Irmgard Keuns. Wo Namen zu nennen sind, sind sie im Text genannt; das gleiche gilt für andere Quellen.

Wichtiges ergänzendes Material habe ich ebenfalls im Haus von Marjory S. Strauss in Norfolk in Virginia gefunden: Briefe und Tagebücher der Eltern von Arnold Strauss, die – bevor sie im Januar 1939 nach Holland emigrierten – ihren gesamten Besitz in die USA verschifften. Sie verbrachten viel Zeit mit Irmgard Keun, mehr als ihr Sohn, und es gab nur wenig, was sie ihm nicht berichteten.

Erzählt und dokumentiert wird chronologisch.

Die Zitate wurden folgenden Romanen Irmgard Keuns entnommen:

Gilgi – eine von uns (1931),
Das kunstseidene Mädchen (1932),
Das Mädchen, mit dem die Kinder nicht verkehren durften (1936),
Nach Mitternacht (1937),
D-Zug dritter Klasse (1938),

Kind aller Länder (1938),

Ferdinand, der Mann mit dem freundlichen Herzen (1950),

Bilder aus der Emigration (1947) ist ein Erinnerungstext.

Alle Kürzungen sind gekennzeichnet, ausgelassene Briefe werden – soweit nötig – paraphrasiert, die Personen werden erklärt. Veraltete oder fehlerhafte Schreibweisen wurden der heutigen Rechtschreibung angeglichen, offensichtliche Flüchtigkeitsfehler wurden korrigiert.

Eine eindeutige Datierung der Briefe war nicht immer möglich, denn meistens notierte Irmgard Keun nur den Wochentag, an dem sie schrieb, und an vielen Briefen schrieb sie tagelang, und manche ließ sie tagelang liegen, bevor sie sie abschickte.

Die Datierung der Briefe folgt den Poststempeln, und nicht jeder war eindeutig entzifferbar.

Gabriele Kreis

Briefe an Arnold Strauss

Berlin, den 28. 7. 1933

In aller Eile. Es fällt mir schwer, Dir zu schreiben, weiß Gott. – Ich schwöre Dir, Arnold, Du wirst konventionell jüdisch heiraten, Deine Mutter wird Dir die Frau aussuchen – und das ist richtig so. Das Entscheidende ist, daß Du überhaupt nicht weißt, wie trostlos Du Dich benommen hast. Du kennst mich wohl genug, um zu wissen, daß ich nicht überflüssig und leicht beleidigt bin. Ich steh' auch zu dem, was ich getan habe, und bereue es nicht. Die Konsequenzen sind meine Sache. Immer. (. . .) Und ich sorge für mich und das, was mir nahesteht, allein. Hast Du eigentlich gar keine Ahnung, was die Briefe (. . .) bedeuten? Begreifst Du überhaupt nicht, daß so etwas nicht geht? Jetzt muß ich Dir Selbstverständlichkeiten erklären und mich wundern, daß ich Dir überhaupt noch eine Zeile schreibe. Du kommst nach Hause. Du liebst Deine Eltern. Das ist gut. Du möchtest ihnen vertrauen und sprichst ihnen von einem Gefühl, das *Dich* angeht und für Dich zu einem Entschluß wurde. Das ist verständlich. Nun spricht Deine Mutter da aber von einem »schönen Erlebnis« – das läßt darauf schließen, daß Du ihr noch mehr erzählt hast als erlaubt. Wenn Du mich allein ausliefern würdest – schön und in Gottes Namen. Aber Du lieferst mit mir meine Familie aus an eine Frau, die Dir nah und mir fremd und bestimmt nicht wohlwollend gesinnt ist. Du kompromittierst mich hemmungslos und soundso viele andere mit mir. Gut. Ich werd's ertragen, und die anderen werden daran unberufen nicht krepieren. Ich würd's Dir verzeihen, wenn's sich bei Dir um ein angeblich einmaliges und ausschlaggebendes Gefühl handelt. Aber was tut Deine Mutter? Sie spricht von einem schönen Erlebnis. Und Du bleibst bei ihr, statt loszubrüllen und fortzugehen. Begreifst Du die Beleidigung gar nicht? Für was hält Deine Mutter Dich? Gibt es denn überhaupt eine widerlichere Schweinerei, als so was zu erzählen, wenn's nur ein Abenteuer war? Und das läßt Du Dir gefallen? Warum zum Donnerwetter? Ich habe das Glück gehabt, meinen Eltern handgreiflich beweisen zu können, daß ich sie liebe. Aber ich würde ihnen an die Gurgel gehen, wenn sie sich in meine privaten Angelegenheiten mischten. Meine Mutter hat's mal versucht – sie bereut es heute noch. – Weiter: Da krepieren täglich rechts und links Menschen, verhungern und gehen zugrunde, und eine Welt, die man mochte, geht kaputt – und Deine Mutter stöhnt wie ein verwundetes Reh, weil ihr Sohn eine Frau liebhat. Statt sich zu freuen, daß es noch so was wie echtes Gefühl und Zusammenhaltenwollen und Freude dran gibt! Die Sorgen möcht' ich haben. Dabei bin ich Deiner Mutter gar nicht böse – sondern nur Dir. Man verdirbt die besten und klügsten Eltern, wenn man sie sich nicht zur rechten Zeit erzieht. Du wagst es, Deiner Mutter zu sagen, ich wäre meinem Mann immer treu gewesen! Schämst Du Dich nicht? Bin ich ein kleines Mädchen, das man mühsam rehabilitieren muß? Begreift Deine Mutter überhaupt, was es heißt, wenn ich Dich heute wirklich würde heiraten wollen? Versteht sie nicht, daß mein Entschluß da viel schwerer wiegt als Deiner? Aber ich glaube, Du verstehst es auch nicht – unsere Wertmaßstäbe sind wohl verschieden, und darum wollen wir Deiner Mutter recht geben: Es war nur ein nettes Erlebnis. I.

Der zweite Brief Irmgard Keuns an Arnold Strauss – und schon ein Abschiedsbrief. Der zweite von insgesamt zweihundertundeinundsiebzig (erhaltenen) Briefen.

Im Frühsommer 1933 haben sich die Schriftstellerin und der Arzt kennengelernt. Eine gemeinsame Freundin hat sie einander vorgestellt. Wie sie heute sagt: aus Sorge um Irmgard Keun, die schon damals viel getrunken habe. Alkohol gegen die Angst zu versagen?

Irmgard Keun ist noch jung – wenn auch fünf Jahre älter, als sie vorgibt zu sein –, und zwei Romanerfolge sind kein Versprechen auf die Zukunft, zumal ihre Bücher nach der Machtübernahme der Nationalsozialisten auf die Schwarzen Listen gekommen sind. Der Arzt Arnold

Strauss soll der Schriftstellerin Irmgard Keun helfen. Statt dessen verliebt er sich in sie.

»Eine hinreißende Erscheinung. Blonde Locken, rosiger Teint, knallblaue Augen. Wie aus dem Rokoko hervorgeholt. Entzückend! Und so begabt! Dieser Witz, die schnelle Auffassungsgabe!« Erinnerung der Freundin. Und dann der Satz: »Sie war das Erlebnis seines Lebens.«

Und was war er für sie?

Er: Arzt aus einer gutbürgerlichen jüdischen Familie, Pathologe an der Berliner Charité in gekündigter Stellung und zur Emigration entschieden.

Sie: Schriftstellerin aus einer gutbürgerlichen deutschen Familie, verheiratet mit dem siebenundzwanzig Jahre älteren Regisseur und Autor Johannes Tralow und – vorerst – zum Bleiben entschlossen.

Er: seinen Eltern symbiotisch verbunden, von nahezu krankhaftem Mitteilungsbedürfnis, ein Familienmensch.

Sie: bindungslos trotz aller Bindungen, verschlossen bei aller Offenheit, eine einsame Frau.

Und selbstverständlich sind beider Eltern gegen diese Liaison.

Was verband Irmgard Keun und Arnold Strauss?

Zweihundertundeinundsiebzig Briefe . . .

Die Freundin sagt: »Merkwürdig. Sie war nie eine große Briefschreiberin.«

Am 15. 7. 1933 schreibt Arnold Strauss seinen in Barmen lebenden Eltern Lucy und Arthur Strauss:

Ich weiß jetzt übrigens auch, wen ich heiraten möchte. (. . .) Aber das ist wenig eilig, da ich erst Geld verdienen will, ehe ich an so etwas denke. Besonders deswegen, weil sich »meine Frau« aus dem Nichts große Einnahmen geschaffen hat und es für mich ein bedrückendes Gefühl wäre, selbst wenig zu verdienen oder von einer Frau abhängig zu sein, und so etwas sicher der Tod aller Liebe würde. Sie ist das entzückendste Wesen, das ich kennengelernt habe, ebenso lustig wie gescheit.

Schaff dir Selbständigkeit an und Unabhängigkeit – dann kannst du einen Mann lieben und dir die Liebe erhalten.
Gilgi – eine von uns

Irmgard Keun schreibt zu dieser Zeit an ihrem dritten Roman: *Der hungrige Ernährer.* Er soll – wie die beiden anderen – bei Universitas in Berlin erscheinen.

Berlin, den 3. 8. 1933

Arnold, Liebling –
in wahnsinniger Eile. Ich sitze jetzt in einem Schlamassel wie eigentlich noch nie. Gerade heute hätte ich so gerne einen Brief von Dir gehabt – und gerade heute war keiner da. Ich glaub', ich werd' irrsinnig. Heute morgen verzweifelte Geschichten mit Mann und so. Später Krach mit Verlag wegen Manuskript. Verlag hätte kein Geld mehr usw. Mein Buch sollte bereits zum Sommer erscheinen – ich bin an allem schuld. Alles ganz große Scheiße. Ich denk', jetzt hilft nichts als Arbeit. Paar Besuche in meiner Wohnung – ich halt' das nicht aus und flüchte ins Löwenbräu, Tauentzienstraße. Kennst Du ja. Um 6 ruf' ich den Verlag an, er soll mir Geld schicken ins Lokal. Viertelstunde später ist Geld da – und eine halbe Stunde später – meine Mutter. – Ich denk', mich trifft der Schlag. Die ist jetzt in der Pension, und ich hab' 5 Minuten Zeit, Dir zu schreiben. Ganz große Tragödie – hunderttausendmal schlimmer als bei Dir. Ich hatte 8 Tage lang nicht nach Hause geschrieben – daraufhin Panik auf der ganzen Linie. Die wußten nicht, ob ich in Lindow bin oder in Berlin. Rufen den Verlag an. Dieser Schweine-Verlag weiß *alles* von uns. Woher? Von Strassburgers? Ich hatt' noch keine Zeit, mir den Kopf zu zerbrechen. Kurz und gut, es wär' da was mit einem *Juden.* Jetzt, in dieser Zeit! Kein Buch könnte mehr von mir in Deutschland erscheinen; ich ruinierte mich – und so fort in diesem Stil. Hast Du jemals so hinterlistiges Viehzeug erlebt? Und was

tun meine Eltern? – Du – ich werde bald verrückt – seit Jahren arbeite ich und verdiene Geld und alles. Und jetzt überrascht mich meine Mutter hier – geht vorher zum Verlag, läßt sich von meinen beiden Verlegern Greuelmärchen erzählen und tut zu mir, als wäre ich ein 10jähriges Schulkind und die Verleger die guten weisen Lehrer, und Motto: Du bist aber auch ein ungezogenes Kind – und Deine Eltern müssen ja sooo um Dich weinen. Und ich muß noch zu allem sanft und still sein – mein Mann darf doch nichts wissen. Und meine Mutter will meinem Mann alles sagen. Und mein Vater will mir einen Fiat schenken, wenn ich nach Hause komme. Woher auf einmal? Der Verlag hat meinen Eltern Geld für mich gegeben, ich selbst kriege keinen Pfennig in die Hand. Ich kann doch nicht gegen meine Eltern klagen. Was soll ich nur tun? –

Alles ist durcheinander, ich weiß nicht mehr aus noch ein. Wenn Du heute hier wärst, würd' ich mit Dir fahren. Nur mal wieder Ruhe haben. Wir würden zusammen arbeiten und weiterkommen und viel lachen. Jetzt bin ich –

Donnerstag

Ich konnt' gestern nicht weiterschreiben. Meine Mutter kam gerade wieder. Jetzt habe ich mal wieder paar Minuten für mich allein. Ich bin wie im Gefängnis und werde von hinten und vorne bewacht. Ich hätte das nie für möglich gehalten. Also ich ruinierte die Familie mitsamt Karriere von Bruder – na, Du kannst Dir denken, wie alles ist. Dabei ist doch wirklich noch gar nichts aktuell gewesen. Und meines Mannes wegen wär' doch vorläufig gar nichts in Frage gekommen. Natürlich sag' ich das nicht vor lauter Wut. Aber ich bin ja so ausgeliefert und muß zu allem ja und amen sagen, weil mein Mann doch nichts wissen darf. Die haben mich ja alle in der Hand. (. . .) Und mein Mann ist ganz zauberhaft lieb zu mir und hilft mir und hält die anderen von mir fort, damit ich arbeiten kann. Schönes Durcheinander, was? Komme jetzt um Gottes willen nicht etwa auf die Idee, wieder herzukommen! Ich mach' mir schon Vorwürfe, daß ich Dir überhaupt schreibe. Du kannst mir jetzt nicht helfen – Du mußt arbeiten und ruhig abwarten. – Sei bitte vernünftig, ich fress' mich da schon durch. (. . .) Natürlich ist mir jetzt wieder ein wichtiger Arbeitstag verlorengegangen. Dabei kommt es jetzt *nur* darauf an, fertig zu werden. Alles andere ist Nebensache. Ich muß das fertige Manuskript da haben – vorher kann ich nichts unternehmen. Wär' ich doch nur nicht so faul gewesen. Was sonst werden soll, weiß ich noch nicht. Ob ich unter diesen Umständen nach Köln gehe, scheint mir zweifelhaft. In 8–10 Tagen werde ich ja mehr wissen. Wenn die Sache mit der Vossischen klappt, habe ich ja gleich andere Möglichkeiten – vielleicht bitte ich Dich dann, mich in Köln abzuholen, und fahr' dann mit Dir. Aber ich weiß noch nicht, ob ich's übers Herz bringe. Jetzt muß ich weiterarbeiten. Furchtbar schwer, jetzt die Gedanken zusammenzukriegen. Saufen mag ich jetzt auch nicht, weil ich dann vielleicht Dummheiten mache und außerdem nach ein paar Tagen zusammenklappen würde. – Mach Dir bitte keine Sorgen um mich, ich hab' schon Energie genug heute, um mit dem Quatsch allein fertig zu werden. Wenn –

(Eben schon wieder Unterbrechung durch Familie.)

Bin jetzt in die hinterste Ecke von dem Kottlerlokal in der Augsburger geflüchtet. Gleich werd' ich hier schreiben. In 2–3 Stunden werd' ich abgeholt. Ich bin jetzt sanft wie ein Lamm und sag' zu allem ja und amen, ich hab' keine Kraft mehr zu Auseinandersetzungen – ich brauch' doch jetzt alle Kraft zum Arbeiten. Ich darf jetzt auch nicht mehr müde sein. Höxter, das arme Gespenst, geistert hier rum, und man muß ihm natürlich Geld geben. Er sieht ja seit Jahren furchtbar aus – aber jetzt sieht er wirklich aus, als wenn er bald stirbt. Das macht mich traurig, und im Augenblick kommt mir mein eigenes Durcheinander lächerlich und belanglos vor. – Du kennst ihn nicht und findest ihn sicherlich lächerlich. Aber wir haben zusammen so viel Gutes gesprochen – und er ist unfähig, ein belangsloses oder häßliches Wort zu sagen. Er hat die gütigste und sauberste Gesinnung der Welt – und ist so rührend ehrlich und geradezu weise verkommen. Und er hat so viel echte Kultur, ist nie boshaft, hat immer Haltung – selbst wenn er verhungert ist nach Morphium und kriegt keins. Das will wirklich was heißen. Natürlich arbeitet er nicht, weil Arbeit an sich ja weiß Gott keinen ethischen Wert hat. Und er hat ja niemanden, für den es Sinn hätte. Wir haben mal abends zusammen Gedichte gemacht – ich hab' mich geschämt, weil meine nichts taugten –, und seine waren schön zum Händefalten. Aber er will eben nichts aus sich machen, die Welt ist ihm egal, lohnt sich nicht. Er liebt nur Morphium. Weißt Du – fürs Morphium *arbeitet* man nicht – da pumpt man und stiehlt man, tut alles, um es zu kriegen – nur nicht arbeiten (. . .). Ich kann das so verstehen und finde es richtig. Wenn ich jetzt (unberufen) viel Geld haben werde – und dann später noch mehr, dann möchte ich mal ein Haus bauen für so stolz verkrachte Existenzen – und die sollen dann leben und krank sein, wie's ihnen paßt – und so lange ihre Laster und Leiden ihnen Freude machen, darf niemand sie heilen.

Blödsinn, Dir das zu schreiben, aber wenn ich einen Bleistift in der Hand habe, *kann* ich einfach nur das schreiben, was mich in der Sekunde des Schreibens angeht. – Ich vergess' dann ganz, daß ich an Dich schreibe. Aber den Brief will ich abschicken, damit Du weißt, was alles geschieht.

Viele gute Wünsche. –

Weißt Du, manchmal ist meine Arbeit etwas, was sich unabhängig von mir macht und personifiziert – und dann liebe ich sie wie meinen am meisten geliebten Mann, weil sie das einzigste ist, was mir immer raushilft aus allem. Warum wohl Arbeit einen femininen Artikel hat? Warum hast Du mich nicht mitgenommen? Jetzt komme ich vielleicht nie mehr mit.

Gruß und einen Kuß, Irmgard

Arnold Strauss hat zu dieser Zeit Deutschland bereits verlassen. Er hält sich bei Verwandten in Den Haag auf, sondiert Arbeitsmöglichkeiten im Ausland, plant die gemeinsame Zukunft. Eine Zukunft, an der Irmgard Keun zweifelt. Und nicht nur sie.

Am 6. 8. 1933 notiert Arnold Strauss' Mutter Lucy in ihr Tagebuch:

Heute schreibt er: »Von Irmgard höre ich viel, sie ist meine erste und wirkliche Liebe. Ich glaube, daß, ehe ich nach Amerika gehe, wir zu einem Ziel kommen werden. Zu welchem?« Wie ungeteilt glücklich würde ich sein, wenn nicht so viel Bedenken wegen ihrer Ehe und ihres Berufes in mir aufkämen. Wird Haß und Verzweiflung des ersten Gatten nicht ihr Leben beschatten?

Sie schreibt ihre Bedenken dem Sohn. Der Sohn versucht, sie auszuräumen: »Wenn all das überwunden sein wird, wird es auch ein Leben lang halten« (9. 8. 1933). Er glaubt an die Liebe seiner Geliebten – und an ihre Kunst. Wie schwer es ihr fallen wird, Europa zu verlassen, ahnt er: »Ihr eigentliches Gebiet ist europäische Zeitkritik, wenigstens bis heute, das fesselt sie am meisten« (9. 8. 1933).

Doch gerade Zeitkritik ist »schädlich und unerwünscht« im nationalsozialistischen Deutschland. Irmgard Keun hat Schwierigkeiten, ihre Texte zu verkaufen. Sie ist nicht Mitglied in der Reichsschrifttumskammer.

Berlin, den 18. 8. 1933
Mittwoch abend

Ich bin grad mal zu Kottler in der Augsburger Str. gegangen, weil ich sonst nicht mehr dazu komme, Dir einen Brief zu Ende zu schreiben. Ich hatte schon ein paarmal angefangen, an Dich zu schreiben, aber es war wie verhext: Ich wurde gerade dann immer gestört. Die letzten Tage waren sehr scheußlich – es war fast unmöglich zu arbeiten. Am Sonntag war ich so elend, daß ich glücklich den ganzen Tag zu Bett liegen mußte. Mein Mann war furchtbar nervös und hat mich ein paar Tage lang ununterbrochen derartig gequält, daß ich am liebsten vom Balkon runtergesprungen wäre. Was eigentlich los war, weiß ich nicht. Er kam nur alle 5 Minuten ins Zimmer und quälte: Ich liebte ihn nicht genug, ich hätte längst fertig sein müssen mit der Arbeit, warum ich in Lindow nichts getan hätte, na, und so weiter alle Skalen durch. Tränen, Liebe und lebensgefährliche Wutausbrüche. (...) Seit heute mittag ist die Stimmung Gott sei Dank wieder normal. Zu allem ergaben sich auch noch tägliche Kämpfe mit dem Verlag und immer neue Komplikationen. Ich kann Dir das jetzt nicht erklären. Der Himmel mag wissen, wie ich aus diesem Schlamassel herauskomme. Ich arbeite weiß Gott gern und liebe meine Arbeit mehr als alles auf der Welt. Aber *jetzt* und *hier* arbeiten? Ich komme mir vor, als wenn ich mit meiner Schreibmaschine oben auf dem Turm von der Gedächtniskirche säße und dankbar sein muß für jedes Wetter, das keinen Wind macht, der mich runterweht. Weiß ich, wo ich morgen bin? Wenn's auf Leistung, Können, Arbeit ankommt, habe ich keine Angst. Auch vor Zufall nicht. Mit Zufall steh' ich gut. Aber nur noch mit sinnloser Willkür zu tun haben? Und wie soll ich arbeiten, wenn man mich nicht läßt? Schließlich kann ich ja nicht heimlich nachts mit der Schreibmaschine unterm Arm in den Tiergarten schleichen. Vielleicht würde ich's wirklich tun, wenn da genug Licht wäre. Gestern besuchte mich der begabteste Buchvertreter vom Verlag. Pünktchen-Mann. Typ: Cabaret, Impresario, nicht klug, aber sehr gerissen – wild aufs Geldverdienen und denkbar geschickt mit Gelddingen. Hat so'n Auto, wie Deins war – ich hab's ohne Fährnisse in den Grunewald gesteuert. Der hatte ein paar handfeste Angebote für mich. Ich soll ihm schriftlich Prozente garantieren und daß die Universitas mein Manuskript freigibt. – Er fährt dann sofort mit dem ersten Zug und dem letzten Geld überallhin, zum Verhandeln. Das Manuskript ist aber jetzt noch nicht frei. – Ich kann Dir auch so schriftlich nichts erklären.

Freitag

(...) Ich gebe mir große Mühe, fertig zu werden, aber es geht längst nicht so schnell, wie es müßte. Ich nehme alle, alle letzte Energie zusammen, aber manchmal bin ich sehr müde und habe Angst, nicht mehr durchzuhalten. Ob ich wirklich noch einmal in Ruhe, ohne äußere Störungen, was Neues und Gutes werde arbeiten können? Was soll ich Dir noch schreiben, Arnold? Kuß für Deine Briefe und danke schön. Du mußt auch nicht traurig sein. Niemand ist böse zu Dir, Du kannst in Ruhe aufbauen und arbeiten. Du hast doch so viel vor Dir, ein ganz neues Leben. Ich würde gern so von vorn anfangen wie Du, wenn es auch zuerst schwer ist. Ich beneide Dich sehr um Deinen schönen Garten – hier in der Stadt ist alles sehr grau und trübe. Ach, ich möchte mal wieder richtig lachen können. Es kotzt mich auch an, daß ich jetzt so zwangsläufig und fast ausschließlich nur mit mir beschäftigt bin, ich bin schon richtig bei mir selbst im Gefängnis. Na, wird schon alles mal besser und anders werden. (...) Ich muß jetzt gehn, bin verabredet mit meinem Mann und einem sehr netten Freund von ihm. Also, leb wohl, und laß es Dir gutgehn. Ich küsse Dich und schicke Dir eine Handvoll lieber Gedanken.

Irmgard

Der Pünktchen-Mann: *Die geheimnisvollen Punkte* heißt eine Erzählung Irmgard Keuns, in der Punkte für Unaussprechliches stehen. Unaussprechlich ist das Wort Jude.

Gelingt der Plan des Verlagspünktchens, könnte das Emigration bedeuten, denn nur ein ausländischer Verlag kann für die in Deutschland verbotene Schriftstellerin Irmgard Keun Verhandlungspartner sein; und ein Auslandsvertrag sicherte das Überleben in der Fremde.

European Books Limited
International Literary Agents
188 Piccadilly London W. I.

Directors:
E. Alexander.
Charles N. Spencer

Telephone:
Regent 1347 & 1348

London, 10. 7. 1933

Liebe, verehrte Gnädige Frau!

Ich habe mich sehr gefreut über Ihren Brief. Wenn Sie nach Ostende fahren, müssen Sie auf jeden Fall nach London kommen, denn ich kann Ihnen hier sicher persönlich sehr nützlich sein, und wir können gemeinsam Ihre Interessen fördern. Auch Herrn Tralows Pläne wollen wir dann in einer Aussprache vorwärtsbringen.

Wenn in 10 Tagen Ihr neues Buch beendet ist, bitte ich sehr, mir doch gleich eine Abschrift zu senden, da ich zu meiner Freude höre, daß Sie mir den Vertrieb der Auslandsrechte übergeben können und der Universitas nur einen Anteil abzutreten haben. Sie wissen ja, daß ich besonders für Ihr neues Buch, soweit ich es aus dem Vortrag kennenlernte, starkes persönliches Interesse habe, und das bietet Ihnen Gewähr dafür, daß ich mich voll und ganz einsetze und entsprechende Erfolge erziele.

Ich erwarte nun mit Spannung Ihre Nachricht, ob Ihr Werk bei der Universitas in Deutsch herauskommen kann, denn andererseits möchte ich mich für eine rechtzeitige Herausgabe in Deutsch durch einen holländischen Verlag bald einsetzen. Ihr Buch müßte doch zu Weihnachten unbedingt erscheinen. Ich glaube, folgende Bedingungen für die deutschen Rechte erzielen zu können: 6000 RM Vorschuß à conto von 15% bis 5000 und 20% nach 5000 vom broschierten Exemplar. Von großer Wichtigkeit ist für Sie, daß ich Ihnen Zahlung in irgendeiner gesicherten Währung irgendwo auszahlbar sichern würde. Kein Steuerabzug.

Gleichzeitig würde der Verkauf der englischen, amerikanischen, holländischen, skandinavischen und anderer Auslandsrechte mit entsprechendem Vorschuß erfolgen.

Bitte schreiben Sie mir rechtzeitig, damit die toten Ferienmonate die Abschlüsse nicht verzögern. Dies ist wichtig!

Ihren Plan der Biographie einer deutschen Familie halte ich leider für gar nicht aussichtsreich; schon seit einer geraumen Zeit wollen die Verleger nichts mehr von Krieg und Inflation hören. Viel interessanter für Sie, die Verleger und die Leser aller Länder sollte folgender Vorschlag, den ich streng vertraulich zu betrachten bitte, sein: Eine sorgsam ausgewählte, kleine Gruppe bedeutender deutscher Autoren schreiben auf meine Veranlassung *Selbstbiographien*. Die Einstellung dieser Persönlichkeiten, die eine Auseinandersetzung bedeuten könnte mit dem neuen Deutschland, müßte Weltinteresse haben. Sie würde ein umfassendes Bild geben von den riesigen geistigen Kämpfen im Mittelpunkt Europas. Bitte wollen Sie sich zu diesem vertraulichen Vorschlag äußern.

Alles andere mehr Persönliche hoffe ich bald mit Ihnen besprechen zu können.

Mit herzlichen Grüßen auch von meiner Frau und Peter an Sie und Ihren Gatten

Ihr gez. E. Alexander

Bitte notieren Sie meine Privatadresse:
2. Abbey Court-Abbey Road London N. W. 8.

Berlin, wahrscheinlich 22. 8. 1933

Lieber Arnold, ganz schnell und wieder sehr in Eile: Dank für Deinen Brief. Ich weiß nicht, Liebling, ob es gut ist, wenn Du kommst. Vor allem hat es keinen Sinn, wenn Du so für ein oder auch zwei Tage hier bist. Das macht mich nur nervös und unterbricht mir die Arbeit, und nachher ist alles dasselbe und genauso verworren. Heute abend fährt mein Mann fort. – Ich bin jetzt schon fast traurig darüber, weil ich dann ganz allein sein werde mit lauter widerlichen Menschen. Du würdest mich vielleicht nicht stören, wenn Du die letzten 10–14 Tage hier sein könntest, und ich würde den Tag über arbeiten, und Du müßtest sorgen, daß ich Dir jeden Abend neue Maschinenseiten gebe. Aber dann weißt Du wieder nicht, was Du den ganzen Tag über tun sollst, und kommst mit Deiner Arbeit nicht weiter, das ist auch widerlich. Und eigentlich werd' ich auch lieber allein mit dem Schlamassel hier fertig. Das Chaos ist jetzt beinahe nicht mehr zu entwirren. Einliegend letzter Brief von Alexander, schick ihn bitte gleich zurück. Ist ja sehr schön, aber was soll ich tun? Solange ich hier bin – gar nichts. Das Manuskript gehört dem Verlag. Von anderen Verhandlungen darf er gar nichts *ahnen*. In der Sekunde, wo er was merkt, gibt er mir keinen Pfennig Geld mehr. Denn selbst wenn er das Buch hier nicht bringen könnte, würde er immer noch durch den Verkauf der Auslandsrechte allerhand verdienen. Nach Holland hat er's schon verkauft. Wenn ich draußen bin, bringt ein nur einigermaßen geschickter Anwalt die Sache schon in Ordnung. – Ich kann dann auch brieflich die Sache in Güte in Ordnung bringen. Ich würde ihnen fürs Frühjahr 1934 ein lustiges harmloses Sommerbuch versprechen (wenn ich Ruhe habe, schreibe ich so was in vier Wochen schnell nebenbei) – wenn sie anständig wären und mir nicht mit ›einstweiliger Verfügung‹ kämen und so. Bevor ich nicht mit eigenen Augen die Situation draußen gesehen habe, will ich mir auch hier die Wege nicht ganz versperren. Außerdem ärger' ich mich schwarz, daß sie die ganzen Auslandsgelder für Gilgi und das Kunstseidene kriegen werden. Vor ein paar Tagen war der französische Übersetzer für Gilgi in Köln, wollte mich da besuchen und mir die Übersetzung zeigen. Er war zu Haus bei meinen Eltern, hat sämtliche Bilder mitgenommen: Buch erscheint da in einem Monat, er verspricht sich ganz großen Erfolg. Scheiße. Aber nötigenfalls werd' ich mal nach Paris fahren und mit dem Verlag da reden. Das Schlimme ist jetzt, daß man mir das Arbeiten hier so blödsinnig schwermacht. Und daß ich dem Verlag seit Wochen vorlüge, das Manuskript wäre fertig. Nun sind sie wie die Aasgeier hinterher, und ich muß jeden Tag eine neue Ausrede finden. Ich muß ihnen das Geld markstückweise rauszerren – von Tag zu Tag wird es schlimmer. Ich kann nicht gegen sie klagen und nichts unternehmen. Manchmal bin ich furchtbar müde von dem ganzen Dreck, und dann muß ich lachen, und es kommt mir vor, als wenn ein Geldschrank mit Geld vor mir steht und mir gehört – aber ich kann das Geld nicht kriegen, weil man mir den Schlüssel geklaut hat. Dann habe ich gute Laune und arbeite schnell mal wieder bißchen weiter – dann kommt wieder was dazwischen – seit vorgestern das Abschiednehmen von meinem Mann und die ganzen Abreiseunruhen: Ich fahre nicht, ich fahre doch usw. Wie gesagt, mir tut's jetzt selbst manchmal leid, daß ich hier ohne ihn sein muß, aber andererseits bin ich selig, wenn ich ihn geborgen in Köln weiß – ich hab' ihm verboten, in meinen Zimmern Pfeife zu rauchen, weil er einen abscheulichen Tabak raucht – und es dann in meinen Zimmern nach III. Klasse riechen wird. Hoffentlich erzählt ihm meine Mutter in einer schwachen Stunde nichts. Ich hab' ihn ja doch lieb und möchte nicht, daß er mir traurig gemacht wird. Und weißt Du, wenn er jetzt in dieser ekligen Zeit bei mir bliebe, würde ich wohl nie mehr von ihm fortgehen können. Du glaubst nicht, wieviel Zusammengehörigkeit es schafft, zusammen ein paar Schwierigkeiten zu überwinden. Ich hab' jetzt auch keine Lust, daß Du mich besuchst – ich hab' gar keine Zeit zu Besuchen. – Du mußt ja wissen, was Du willst – ich weiß es jetzt nicht genau. Aber vielleicht wär's gut, wenn Du Anfang September kommst. Aber dann für länger. (...) Arnold, Lieber – sei doch vernünftig, nimm ein Sex-Appeal-Mädchen oder mehrere und vergiß mich. Ist besser. Glaub älteren Damen. Komm auch lieber nicht her, es ist jetzt gar nicht schön hier. Ach, Liebling,

Arnold, Du hättest überhaupt nicht fortfahren sollen und mich allein lassen.

Irmgard

Donnerstag

Gleich soll der Brief fort – und zwar schleunigst. Ich habe gestern und vorgestern nicht arbeiten können meines Mannes wegen – das hat mich so verrückt und nervös gemacht, daß ich wohl ziemlich eklig war. Vor lauter Nervosität hab' ich immerzu dämlich geheult, das hat mich geärgert, und aus Wut darüber mußte ich erst recht heulen. Abends hab' ich ihn dann glücklich zur Bahn gebracht, und nachher tat es mir leid, daß ich nicht netter gewesen war. Ich war furchtbar kaputt und zerschlagen und hatte zu nichts auf der Welt mehr Lust. Ich kam mir auch so einsam und verlassen vor und sprach dann etwas noch mit Ria – weißt Du, es kam noch so alles mögliche dazu. Ich wollt' dann den Brief vom Vormittag nicht abschicken und Dir schreiben, daß ja doch alles keinen Sinn hätte usw. – Heut morgen war ich nun wunderbar ausgeschlafen und ging in Ruhe an die Arbeit. Dann rief mich Ria an, daß sie an Dich telegrafiert hat. Das war nun in diesem Fall wirklich furchtbar freundschaftlich von ihr gegen Dich – aber ich war sehr wütend. Sie war wirklich in jeder Beziehung in Angst und Sorge. – Ich wollte u. a. auch mein Manuskript kaputtmachen, weil's mir nicht mehr gefiel – aber das sind normale Zustände, die man jedesmal während einer Arbeit kriegt. Man ekelt sich einfach mal vor dem, was man gemacht hat, und verliert da jeden Maßstab. Ich habe vorhin Deinen Brief geholt. Dank Dir schön. Weißt Du, ich glaube schon an etwas über das Sterbliche hinaus – in irgendeiner Form, die man nicht ahnen und wissen kann –, einfach weil sonst alles Streben und der Trieb des Sich-Weiterentwickeln-Wollens in sich sinnlos wären. Und wenn man gar nicht an etwas sehr Ungewußtes glaubte, würde man sich doch die eigenen Wissensmöglichkeiten lächerlich eng begrenzen. – Und das

Bienen- und Ameisenideal ist das absolut nationalsozialistische Ideal – das Kollektiv, die Erstarrung einer in sich geschlossenen Ordnung, das Prinzip der in sich vollkommenen Mittelmäßigkeit, der Gleichmachung –, *ein Ideal des Kreises und nicht der Strecke*, feindlich jeder Abweichung und höheren Einzelleistung. Das ungöttlichste und sonst auch das unmenschlichste Ideal. Der Bienenstaat ist um so viel vollkommener als die Menschheit, wie eine an sich vollendete Fabriknähmaschine vollkommener ist als ein Torso von Michelangelo. Der Bienenstaat und die Nähmaschine sind *fertig*. Sie wollen keine Ewigkeit. Aber das Streben nach Vollkommenheit, die Verachtung für das ›Fertige‹, bedingt einfach den Wunsch nach Unendlichkeit, so wie jedes wirklich starke Gefühl den Wunsch der Unaufhörlichkeit in sich trägt. Ich glaube nicht an den Wert der Skepsis, ich glaube nicht an eine Vernunft, die Grenzen zieht – und ich glaube nicht an Höchstleistungen in Wissenschaft und Kunst ohne ein Gefühl der Religiosität. Das Fertige an sich wird sinnlos – wir sehen es um sich selbst kreisen, wir sehen die Grenze des Nutzens, die es bringt oder nicht bringt, wir sehen es begreifbar und überflüssig werden. Das Unvollkommene hat Sinn und behält Sinn, weil es uns Grund zu leben ist – das Vollkommene ist unbegreifbar, selbst als höchstes Ziel unvorstellbar. Vorhanden ist es, weil es die Sehnsucht danach gibt. Und weil sich diese Sehnsucht mit dem Sterben nicht erfüllt, muß es weitere Möglichkeiten geben. Jedes Empfinden hat seine logische und künftige Berechtigung. Der absurdesten Vorstellung liegt eine Tatsächlichkeit zugrunde. Und was man glaubt, gibt es. Wie und in welcher Form? Das ist etwas anderes. Der Beweis jeder Religion ist der Wunsch nach ihr. – Ich habe jetzt keine Zeit, mit Dir länger zu philosophieren. Es geht Dich ja auch eigentlich gar nichts an, was ich denke. – Eben hat Ria angerufen wegen Deines Telegramms. Ich glaube nicht, daß ich Dich heute anrufen kann. (...) Was soll man auch schon brieflich oder telefonisch sagen. (...) Komm, wenn Du mußt, und tu, was Du richtig findest! Ich mag da nicht denken und nicht entscheiden. Ich möchte, daß man mal drei Tage lang für mich denkt.

Immer gute Wünsche, Irmgard.

Am 24. 8. 1933 bekommt Arnold Strauss ein Telegramm:
FREUNDIN ALLEIN ANRATE LAENGERES KOMMEN = RIA+

Johannes Tralow ist aus Berlin abgereist, Arnold Strauss kommt. Er bleibt fast zwei Monate. Es wird viel über Scheidung gesprochen. Jede Phase der Entwicklung teilt Arnold seinen Eltern mit; unter einen dieser Briefe schreibt Irmgard Keun einen konventionell-freundlichen Gruß.

Sie bleiben bis zum 26. 10. 1933 zusammen, dann fährt er nach einem Elternbesuch in Barmen wieder nach Den Haag; sie kehrt zu ihrer Familie nach Köln zurück. Der erste Brief, den sie ihm schreibt, ist voller Sehnsucht: »Ich habe Dich lieb und wünschte, wir wären bald für immer zusammen.« Im Nachtrag dann die Warnung, sie niemals unangemeldet anzurufen oder womöglich zu besuchen.

Der Alltag hat Irmgard Keun wieder.

Köln, Ende Oktober 1933

Mein Liebstes,
es ist Mittag – hab' eben Deinen Brief abgeholt. Ich muß da immer erst in die Stadt gehen. Jetzt sitz' ich hier in einem ganz kleinen Lokal, um Dir schnell zu schreiben. Ich hoffe, mein Brief hat Dich nicht zu sehr erschreckt. Es geht heute besser mit der Grippe und zu Haus auch. *Du mußt sehr tapfer sein, mein Liebes, sehr vernünftig und geduldig, wenn wir endgültig zusammenkommen wollen.* Oder vergiß mich lieber heute als morgen und denke nur an *Deine* Zukunft. Ich will gern durchhalten, mein Kleines, und auch ganz unpekinesisch tapfer sein – ich hatte dieser Tage Gelegenheit, mich selbst wegen meines Mangels an Hyste-

rie zu bewundern. Aber alles, was ich immer noch so halbwegs als Spielerei ansah und wo ich nie so richtig dran glaubte, das ist jetzt blutiger Ernst geworden. Viel ernster als in Barmen. Ich habe ein schreckliches Trauma bekommen. Es ist sehr schlimm zu Haus. Ich bring' so viel Unruhe mit. Mein Vater ist jetzt krank und sitzt zu Haus, ist furchtbar nervös und gereizt. Mein Mann liegt zu Bett mit Schmerzen. Man könnte verrückt werden. Die schlimmsten Tage in Berlin waren ein märchenhaftes Paradies gegen jetzt. (...) Sie fragen auch nach Dir pünktchenhaftem Geschöpf. Ach Arnold. – Liebes, ich schreib' Dir von zu Haus aus weiter. Ich will jetzt gehn. Erstens ist's kalt hier, und dann fängt man an, mit mir zu sprechen. Und ich bin menschenscheuer denn je. –

Abends

Mein kleines Blödsinniges – ich sitze in meinem Zimmer. Der kleine Stieglitz hatte mir von sich aus eine halbe Flasche Mosel, Zigaretten und ein prachtvolles Riesenkreuzworträtsel hingestellt. Ich hab' das Kreuzworträtsel geraten und ein Glas Mosel getrunken – und dann hab' ich gearbeitet. Nicht gut – aber das ist ja egal. Ich denke immer an die nächste Arbeit, die mir Freude machen wird – und alles, was ich jetzt tue, macht mir den Weg dazu frei. Und abgesehen von allem anderen: Arbeit ist Arbeit – und hier und da einfach therapeutisch zu werten. Man kann da in eine sehr gefährliche Schlappheit versinken, und je länger man darin verharrt, um so schwerer ist es, sich da wieder herauszuwürgen. Liebes, ich beneide Dich so glühend, daß ich Dich beinahe schon hasse. Du kannst doch jetzt richtig arbeiten. Ich bin sehr neugierig, wie es Dir gegangen ist. Sicher wirst Du für Deinen Chef dort schon die richtigen Entscheidungen gefunden haben. – (...) Ich will noch etwas arbeiten – es geht schneckenhaft langsam. Manchmal fällt mein Kopf auf die Maschine und bleibt dort eine Weile dösig liegen. Ich fang' dann an zu denken und komm' mir blödsinnig interessant vor. Beides ist nicht richtig. (...) Du, es ist so langweilig zu schreiben – *sprechen* ist viel besser. Komm möglichst Anfang/Mitte November. Du weißt ja, daß ich nicht gut Briefe schreiben kann. (...) Du – gestern war der Führer in Köln. Wir wollten Karten haben, konnten aber keine mehr kriegen. Ich habe ihn dann im Radio gehört und war wieder restlos begeistert. Er hat so klug und menschlich gesprochen wie damals, wo wir ihn hörten. – Liebes, auch das Ausland muß doch endlich seine Größe begreifen. Politik kümmert mich wenig, aber ich komme von Tag zu Tag mehr dazu, in Hitler den wahren, aufopfernden, idealen Menschen zu verehren. Seit gestern glaube ich auch, daß Deutschland sich ein für allemal durchsetzen wird. Du sagtest damals fifty-fifty. Nein, Arnold – diesmal steht das ganze Volk hinter ihm. Bitte, Liebster, sei am 12. November hier – Du kannst doch auch hier wählen gehn. Das deutsche Volk muß diesmal wirklich ganz und gar einig sein. Liebes, ich habe nicht immer so gedacht wie heute – noch vor knapp einem Jahr ahnte ich nicht, wie gut und ehrlich und aufopfernd dieser Mann ist. Heute weiß ich es. Und ich bin froh, daß Du es auch gefühlt hast und fühlst. Wenn es anders wäre, wärst Du mir fremd. Es könnte uns voneinander trennen. (...) – Leb wohl, Geliebtes – ich küsse Dich.

Am 12. 11. 1933 fanden die Reichstagswahlen statt. 92 Prozent der abgegebenen Stimmen wählten die Einheitsliste der NSDAP. Nichts spricht dafür, daß Irmgard Keuns Ausführungen über Adolf Hitler ihre politische Überzeugung wiedergeben. Taktische Erwägungen sind der Grund. Sie befürchtet, daß ihre grenzüberschreitende Post geöffnet und gelesen wird. Noch sieht sie keine Möglichkeit, Deutschland zu verlassen, und sie will sich und die zu ihr gehören nicht gefährden. Die Aufforderung an Arnold Strauss, an der Wahl am 12. 11. teilzunehmen, ist nur ironisch zu verstehen: Er gehörte zu den ersten Opfern des seit dem 1. 4. 1933 offiziellen »Juden-Boykotts«, seine

Stelle an der Charité wurde aus rassischen Gründen nicht verlängert. Irmgard Keun weiß das.

> Jedenfalls darf die Gerti nichts mit ihm zu tun haben, weil doch Rassengesetze sind. Und wenn die Gerti auch nur einfach mit dem Dieter zusammensitzt in der Ecke von einem Café, und sie drücken sich mal die Hände, dann können sie gleich schwer bestraft werden wegen Erregung des Volksempfindens. (...)
> Manchmal wollen Gerti und Dieter sich was ausdenken für die Zukunft, aber dann sehen sie sich in die Augen, und alle Gedanken verfliegen. (...) Vielleicht würden die beiden sich nicht so lieben, wenn sie dürften.
> *Nach Mitternacht*

Ich frage die gemeinsame Freundin, die Mittlerin zwischen Irmgard Keun und Arnold Strauss: »Was empfand sie für ihn?« Sie antwortet: »Für sie war es vor allem eine sexuelle Geschichte.«

Vielleicht hat sich Irmgard Keun damals wirklich nicht viel um Politik gekümmert – auf den ersten Blick, den »Brief-Blick«. Der zweite Blick sollte dann aber ihrer Beschreibung des nationalsozialistischen Alltags in ihrem Roman »Nach Mitternacht« gelten.

> Gerti und ich saßen im Esplanade, um uns wurde es leerer, immer leerer, ganz leer. Alle Juden gingen fort. Aus dem Lautsprecher rasten Reden wie ein Gewitter. Voll war das Café von diesen Reden über den Führer, der kommen werde, über das freie Deutschland, über die Begeisterung der Menge. Zwei ältere Damen kamen herein, dünn und sauber sahen sie aus, unverheiratet und mit beschränkten Mitteln, wie reisende Lehrerinnen aus einer kleinen Stadt. Als sie anfangen wollten zu essen, wurde im Radio das Horst-Wessel-Lied gespielt, die alten Fräuleins ließen ihre Löffel fallen, standen auf, reckten die Arme. Das muß man, weil man nie weiß, wer einen beobachtet und anzeigt. Vielleicht hatten sie voreinander Angst. Gerti und ich standen auch auf. *Nach Mitternacht*

»Der kleine Stieglitz« ist ihr Bruder Gerd Keun.

»Pekinesisch« nennt Irmgard Keun alles Kleine, Niedliche: Am meisten lieben wir Stiefmütterchen mit kleinen Samtgesichtern wie kleine Japanerkinder und Pekinesenhündchen (»Das Mädchen, mit dem die Kinder nicht verkehren durften«).

Köln, den 30. 10. 1933
Samstag

Eben hab' ich Deinen Brief bekommen. Gott sei Dank, Liebes, daß Du dort arbeiten kannst – und alles glattgegangen ist. (...) Im übrigen bist Du wirklich ein kleines Blödsinniges. Du hättest mir wirklich in Berlin von Deinen Sorgen erzählen sollen. Es ist bestimmt nie gut, so bedrückende Gefühle vor dem anderen zu verheimlichen. Und nun, wo alles gut ist für Dich, freust Du Dich nicht mal richtig! Es wird schon noch die Zeit kommen, wo wir uns über zu viel Glattgehen nicht werden beklagen brauchen. Im Augenblick ist Glattgehen das einzig Wünschenswerte – der Wunsch nach einer Katastrophenlösung ist albern und sinnlos, weil der Effekt sinnlos wäre und uns zurückbrächte statt vorwärts. Ich verstehe sehr gut, was da in Dir vorgeht, Liebling – und ich liebe es eigentlich auch, daß Du so und nicht anders empfindest. Aber wir wußten ja, daß der jetzige Zustand quälend sein würde – und damit haben wir uns vorerst abzufinden. Du bist ein dummes, kleines Kind, Arnold, wenn Du schreibst, Du machtest Dir Vorwürfe, daß Du mich nicht zur Arbeit angehalten hast. Das hättest Du ja gar nicht gekonnt. Du hast instinktiv das einzig Richtige getan für mich. Du warst lieb und gut und hast nicht auf mich eingeredet. Ich liebe Dich dafür besser und ehrlicher denn je. Bist Du jetzt wirklich dumm genug zu glauben, ich wüßte nicht selbst, wann ich zu arbeiten habe und wann nicht? Sieh mal, Kleines, eine Seite Romanarbeit in Berlin kostete mich unverhältnismäßig viel Kraft. Ich wußte doch, daß ich eine Scheiße draus würde machen müssen. Ich habe an der Arbeit mal sehr gehangen – und hab' mir da furchtbar viel ausgemalt und ausgedacht – und wo ich ging, fuhr, saß oder lag – immer hab' ich an meine Romanleute gedacht und an ihren Schicksalen rumgekaut. Es waren so viele, und es war nicht leicht, mit allen richtig vertraut zu werden. Und das Buch war überhaupt schwerer als die beiden anderen Bücher, aber dafür hatte es ja auch die Chance, besser zu werden. Es wurde alles schon sehr lebendig – dann ist es tot gemacht worden – weißt Du, Abtreibung im 6. Monat – man hätt' das Kind liebend gern gekriegt, aber – na, und nun setz' ich dem armen kleinen Embryo Glasaugen ein, zerr' ihm die Glieder lang bis zur Normallänge, kleb' ihm ein paar Haare an, bis es dann fertig ist. Ein trauriges Geschäft. Aber Motto: »Kind tot – Mutter gerettet!« Liebes, Du mußt doch wissen, daß ich in Berlin nichts tun *wollte*. Ich war *bewußt* albern – und hab' *bewußt* Kraft gesammelt. Liebling, wir werden noch viel Gutes zusammen arbeiten. Du darfst mir den Alkohol verbieten, weil das meine einzige Gefahr ist. Und Du darfst mir das Geld fortnehmen, das ich früher oder später verdienen werde, weil ich's sonst verliere (natürlich muß ich ein bißchen zum Verlieren behalten) – im übrigen kannst Du Dich eisern drauf verlassen, daß ich selbst am besten weiß, was ich tu'! – Du, mein lieber, kleiner Arnold, schimpf' nicht auf das Pekinesische. Es war lieb und gut. Wenn Du kommen kannst in 14 Tagen, Liebes – dann komm! Es wäre nicht absolut notwendig, aber es wäre doch schön. – Leb wohl für heute. Ich küsse Dich. Deine Irmgard

Montag

Süßes – Du, ich warte eben auf Annemarie. Tausend Dank für Deinen Brief. Das Kreuzworträtsel habe ich schon halb geraten, ich habe für Dich auch schon eines gemacht – das kriegst Du, wenn Du hier bist. Hast Du meine Briefe bekommen? Ich kann Dir etwas Freudiges mitteilen: Meine

Mutter und Stieglitz wissen jetzt von Dir – und wir haben von ihnen nichts zu befürchten. *Im Gegenteil.* Sollte es mal notwendig sein, so kannst Du ganz offen an Stieglitz (Gerd) und meine Mutter (Elsa) schreiben. Du kannst sie auch anrufen, wenn's mal durch irgendeinen Zufall nötig sein sollte. (...) Wenn Du das nächste Mal kommst, wirst Du den Stieglitz kennenlernen. Annemarie ist da und läßt Dich herzlich grüßen. Ich küsse Dich. Deine Irmgard

Der hungrige Ernährer sollte Irmgard Keuns dritter Roman heißen. Der Titel läßt auf Zeitkritik schließen, Zeitkritik war im nationalsozialistischen Deutschland unerwünscht.

> (...) du bist überflüssig. Durch die Diktatur ist Deutschland ein vollkommenes Land geworden. Ein vollkommenes Land braucht keine Schriftsteller. Im Paradies gibt es keine Literatur. Ohne Unvollkommenheiten gibt es keine Schriftsteller und keine Dichter. Der reinste Lyriker bedarf der Sehnsucht nach Vollkommenheit. Wo Vollkommenheit ist, hört die Dichtung auf. Wo keine Kritik mehr möglich ist, hast du zu schweigen.
> *Nach Mitternacht*

Irmgard Keun hat einen Vertrag zu erfüllen und einen Ruf zu verlieren.

Sie ist verheiratet und hat einen Juden zum Geliebten. Sie hat nur wenige Vertraute. Eine von ihnen ist Annemarie Schäfer. Sie volontierte am Kölner Stadttheater, während Irmgard Keun die Schauspielschule besuchte. Später arbeitete sie als Schauspielerin und Autorin. Sie hat einen Roman geschrieben: *Das Mariechen.*

Köln, den 3. 11. 1933
Donnerstag abend

Liebes kleines Blödsinniges,
Dank für Deine Briefe. Heute nur kurz und in Eile. Morgen mehr. K.s haben Deine Briefe bis jetzt nicht gelesen. – Tralow fährt vielleicht in 10–14 Tagen nach Hamburg –

Berlin. Wenn das bestimmt ist, ist's besser, Du kommst erst her, wenn er fort ist. Ich schreib' Dir darüber. – Vorgestern hatte ich so eine schreckliche Depression, daß ich beinahe verrückt geworden bin – ohne direkt äußeren Grund. Einfach nur so. Das war das Widerlichste daran. Ich habe mir vor Wut und um nicht zu ersticken, ein riesengroßes Monogramm in den linken Arm geschnitten. (Kein Selbstmordversuch – auch nicht Hysterie.)

Freitag

Konnt' gestern nicht weiterschreiben. Hab' eben Deine Briefe von der Post geholt. Tausend Dank, kleines Liebstes. (...) Bei mir ist große Pleite – und ich warte sehnsüchtig auf Krügersche Sendung am 6. – Sonst furchtbar viel Arbeit und Hetze. Tralow liegt seit ein paar Tagen wieder mit schrecklichen Schmerzen – meine Mutter hat einen Grippeanfall. Ich selbst hab' gerad' Riazustand (daher auch die vorangegangene Depression) – ist jetzt schon wieder fast gut. Wenn Krüger Geld schickt, kauf' ich mir Montag ein Schwimmabonnement – und geh' regelmäßig jeden Morgen schwimmen. Dann macht's nicht so viel aus, wenn ich die übrige Zeit in meiner Qualmbude hocke. Vielleicht geht Annemarie mit. Deine Cousine scheint recht zu haben – wenn Du mich nervös machst, werd' ich Dir auch immer fortlaufen. Zum Fortlaufen hätt' ich jetzt überhaupt an und für sich Lust. Ich hab' dies ganz armselige Leben furchtbar satt. Wenn ich nur den Drecksroman schon fertig hätte, damit ich Neues anfangen kann.

Ich schreib' nachher weiter. Brief soll jetzt schnell fort, daß Du nicht in Sorge bist.

Ich küsse Dich, mein Liebling.

Deine Irmgard

Mit »Krügersche Sendung« ist die nächste Rate des Universitas-Verlags gemeint. Wolfgang Krüger war Verleger und Chef der Universitas.

»Riazustand« bedeutet – frei nach dem Vornamen einer Freundin – Menstruationsbeschwerden.

Köln, den 9. 11. 1933
Donnerstag, abends

Du mein liebes kleines Blödsinniges,
ich danke Dir sehr für alle lieben Gedanken und Briefe. Übernächsten Sonnabend wirst Du herkommen, und wir werden über alles sprechen. Ich freue mich sehr darauf. Manchmal ist alles unerträglich schwer und dunkel. Tr. hat schwere Gallensteinanfälle, und man muß ihn ganz als Kranken behandeln. Er ist oft böse, nervös und gereizt – ich bin sehr sanft, weil ich ja ein schlechtes Gewissen habe. Krüger schickt kein Geld, und die Familie belästigt mich mit: »Hättest du doch...« und »Wir haben's ja immer gesagt...« – Und zu allem übrigen kommen die verschiedenen Arionis. Täglich neue Tatsächlichkeiten übertreffen die bizarrsten Phantasien. Das hysterischste Frauenhirn könnte so viel bösartige Seltsamkeiten nicht ersinnen. Liebes, es ist nicht ganz einfach, jetzt hier leben und arbeiten zu müssen. (...) Wenn man keine Lust zum Selbstmord hat, muß man sich eben entschließen, alles Schwere interessant zu finden. Und während man sich um die Lösung mancher Konflikte müht, kommt die Lösung auf einmal von selbst. Trotzdem war das Mühen nicht umsonst. Man dachte doch und lebte! Und wenn man dann hinterher stiller denkt und in weiteren Intervallen – na, dann ist eben alles gut gewesen. Du mußt aber Stille nicht mit Lahmsein und Müdesein verwechseln. Stille ist nur eine weitere und größere Bewegung als Unruhe. – Ich möchte ja so wahnsinnig gern wieder richtig arbeiten können. Manchmal weiß ich gar nicht richtig weiter. Ich hab' auch kaum noch Humor. Du ahnst nicht,

wie krank ich bin vor Haß. Schreib, wann Du übernächsten Samstag im Wartesaal bist.

Ich habe Dich lieb und küsse Dich. Deine I.

»Arionis«: Arthur Strauss' Schwester Hanna heiratete Ludwig Arioni. Ihr Sohn Heinz sympathisierte mit den Nationalsozialisten. »Arionis« steht für nazifreundliche Gesinnung.

> Das Buch vom Algin (...) ist nämlich zersetzend und vergeht sich an dem elementaren Aufbauwillen des Dritten Reiches. (...) Weil die neue Regierung ein Buch vom Algin verboten hat, muß er sich einwandfrei benehmen beim Schreiben und verdient nicht mehr viel.
> *Nach Mitternacht*

Irmgard Keun bemüht sich weiterhin um einen ausländischen Verlag. Sie benutzt dafür Arnold Strauss' Den Haager Adresse.

Am 14.11.1933 schreibt Arnold Strauss an seine Eltern: Ich hatte heute einen 6 Seiten langen Brief von Irmgard, die mir schrieb, sie hoffe, daß es ihr bald wieder so gut gehen würde, daß Ihr auch weniger Sorgen für die Zukunft zu haben brauchtet, und daß wir Euch dann gemeinsam helfen könnten. Das ist doch wirklich lieb! Im Augenblick arbeitet sie wie ein Berserker oft bis 3 Uhr nachts. Auch sie hat viele Sorgen, und das gibt ihr immer eine tolle Energie. In der Zwischenzeit sind aber auch wieder tolle Nachrichten aus England gekommen.

Die tollen Nachrichten stehen in einem Brief der European Books Limited vom 8.11.1933: Das Angebot, Irmgard Keuns Interessen im Ausland zu vertreten. Das aber ist nicht möglich, solange Irmgard Keun an die Universitas gebunden ist.

Und mehr noch will Arnold Strauss nicht wahrhaben: ihre Bindung an ihre Familie, ihre Bindung an Johannes Tralow. Am 13.11.1933 schreibt sie ihm, wie sehr Tralow in dieser schweren Zeit zu ihr halte, und weiter: »Ich möchte so um alles in der Welt gern, daß es ihm gesundheitlich und auch sonst gutgeht, bevor ich von ihm fortgehe.« Sie bittet Arnold Strauss, mit seinem Besuch zu warten, bis ihr Mann nach Berlin abgereist sei.

»Was war Tralow für ein Mensch?« frage ich die Freundin. »Ein ganz übler Charakter«, antwortet sie spontan. »Sehen Sie sich das Scheidungsurteil an, und Sie wissen Bescheid.« – »Und warum hat Irmgard Keun ihn geheiratet?« – »Vielleicht als Wiedergutmachung an der eigenen Enttäuschung, als Rehabilitation ihrer selbst.« Als Sechzehn-/Siebzehnjährige habe sie den Regisseur – eine Provinzgröße – angeschwärmt, in Kölner Kneipen mit ihm gesessen; und manchmal habe er sie als seine Braut vorgestellt. Dann sei er ins Engagement nach Frankfurt gegangen. Irmgard Keun sei ihm nachgereist und habe ihn dort mit einer anderen Frau getroffen. – »Und die Ehe?« – »Er wollte!« ruft die Freundin aus. »Als sie ihre ersten Erfolge hatte, da ist er gekommen. Und sein Entree bei Universitas als Autor hat sie ihm verschafft ...«

Nein, eine Liebe sei das nicht gewesen, und sie erinnert sich noch genau an Irmgards abfällige Äußerungen schon in den ersten Wochen der Ehe.

Was also mag Irmgard Keun bewogen haben, sich so positiv gegenüber Arnold Strauss über ihren Mann zu äußern?

Angst vor zuviel Nähe?

Angst, verplant zu werden?

Köln, den 13. 11. 1933
Freitag abend

Mein Liebes,
(...) Meine Situation ist momentan abgrundtief widerlich. Da auch heute kein Geld von Krüger gekommen ist, glaube ich nicht mehr an die versprochenen Zahlungen. Ich habe ihm heute einen Einschreibebrief geschickt und Nachfrist von drei Tagen gestellt. Meine Finanzlage fängt an, brenzliger als brenzlig zu werden, und ich muß mich da jetzt endlich mit System und Energie herauswinden. Vor allem

mußte ich die Romanarbeit für ein paar Tage zurückstellen. Ich hab' gestern bis 3 Uhr nachts gearbeitet und von heut morgen 9 bis 10 Uhr abends. Und zwar als Schriftstellerfabrik. Ich habe 1. die ganze Moselgeschichte mit 5 Durchschlägen noch mal abgetippt – und an 5 verschiedene Zeitungen geschickt. Ich habe das Märchen von der Häßlichen noch mal abgetippt – und an drei Zeitungen und drei Magazine geschickt. Ich habe angefangen, die in Berlin geschriebenen kleinen Geschichten endgültig abzuschreiben. Ich habe bei drei weiteren Zeitungen wegen eventueller Mitarbeit angefragt. Alles in allem habe ich jetzt eben sage und schreibe 18 (achtzehn) Briefe in den Kasten geworfen. (...) Wenn ich nur ein bißchen Glück habe, verdien' ich mit dieser Aktion 200 Mark. Morgen mache ich mein weiteres Material fertig – und schicke weiter fort. In einigen Tagen werde ich dann ja die Situation etwas übersehen können. Ich hab' meinen Ring versetzt, um Geld für Porto und Zigaretten zu haben. – Vier verschiedene Geschichten habe ich fix und fertig daliegen – die kannst Du für den Rotterdamschen Courier mitnehmen. Mehr kann ich dann da fürs erste nicht tun. Wenn Krüger auch weiterhin nicht schickt, lasse ich den ›Hungrigen‹ liegen und schreibe an dem neuen Roman, der mir Freude macht und der sicher an einen anderen Verlag gut unterzubringen ist. Ich rechne allmählich damit, daß alles *noch* schwerer sein wird als anfangs erwartet. – Ich muß jetzt jedenfalls erst mal fürs Notwendigste sorgen. (...) Vor ein paar Tagen war ich noch traurig, daß ich nicht schwimmen gehen kann und nicht ein einziges neues modernes Kleid kaufen. Heute muß ich über diese Sorgen schon lachen. Es kommt jetzt so viel auf einmal zusammen, was mich bedrückt wie noch nie in meinem Leben – aber ich war auch selten so wütend und verbissen entschlossen, aus der Scheiße rauszukommen wie jetzt. Die persönlichen, menschlichen Konflikte der letzten Zeit hatten mir mehr Kraft genommen, als ich wußte. Ich bin in den letzten Tagen oft so richtiggehend menschenmüde gewesen und hatte manchmal Sehnsucht, *ganz* allein – ohne jeden Menschen – von vorne anzufangen. Schaffen würde ich es schon. Davor hätte ich keine Angst. Wenn's darauf ankommt, kann ich ja mehr und besser arbeiten als es – und so viele andere. Was einen schwach macht und zermürbt, sind fast nur andere Dinge. Ich freue mich sehr, mein Kleines, wenn Du kommst. Wir können uns dann in Ruhe über alles unterhalten. (...) Leb wohl für heute, mein kleines Blödsinniges, ich bin schrecklich müde – trotzdem will ich versuchen, noch etwas zu arbeiten. Furchtbar viele Küsse, mein liebes Liebes. Dein Pekinesisches

Das Einkommen: 200 Mark sind 1933 eine Menge Geld. Irmgard Keun könnte davon einen Monat leben. Zum Vergleich – der Verdienst ihrer Romanheldinnen: Gilgi verdient 150 Mark im Monat als Sekretärin, das kunstseidene Mädchen Doris, ebenfalls Bürokraft, verdient 120 Mark monatlich.

Am 19. 11. 1933 besucht Arnold Strauss Irmgard Keun für zwei Tage, sie sprechen viel über die Möglichkeit, nach Südamerika zu emigrieren. Irmgard Keun beginnt einschlägige Literatur zu lesen, so Richard Katz' »Schnaps-Kokain-Lamas«. Sie schreibt am 21. 11.: »Überhaupt kommt mir jetzt alles so unwirklich vor – die ganze Zeit – vielleicht, weil ich mal wieder so in jeder Beziehung in einem Übergangsstadium lebe.«

Dieser Brief ist der erste, der mit »Deins« unterschrieben ist.

Köln, den 25. 11. 1933
Freitag

Mein kleines Liebes,
(...) Ich habe gestern sehr viel gearbeitet. Erst Roman getippt, dann ein paar Geschäftsbriefe und dann eine neue Novelle von 10 Seiten gleich in die Maschine getippt. Weil doch die B. Z. das Märchen genommen hat, kann ich es dem

Magazin ›Leben‹ doch nicht geben, weil die doch etwas nicht Gedrucktes haben wollen. Ich hatte nicht damit gerechnet, daß B. Z. das Märchen nehmen würde, darum hab' ich gleichzeitig dem ›Leben‹ geschickt. Und nun wollten es beide. Ich habe darum schnell was Neues gemacht, fürs ›Leben‹ – gleich hintereinander fertig, weil ich mich doch kenne. Wenn ich erst mal was anfange und nicht *sofort* fertigmache, bleibt's wochenlang liegen. Oder auch monatelang – oder auch immer. Da hab' ich dann gestern mit eiserner Energie alles zu Ende gearbeitet und war sehr stolz auf mich, als ich dann auch noch zum Postamt ging und den Brief einwarf. (...) Mit Brues (Kölnische Zeitung) hab' ich heute morgen telefoniert. Ich treffe ihn endgültig am Dienstagmittag. Ab Donnerstag könnt' ich auch schwimmen gehn – wenn Du's hast, schick mir bitte 10 Mark fürs Abonnement, weil ich nicht weiß, ob B. Z. oder sonstwer bis dahin Geld schickt. Und was ich noch hab', reicht gerad' eben so für Zigaretten und Porto. – Schick aber bitte nicht vor Mittwoch, denn sonst geb' ich das Geld doch noch für anderes aus. Kleines, was machen Deine Familiengeschichten? Die beste und liebste Familie kann schrecklich anstrengend und nervenzermürbend sein. – Ich erlebe das täglich. – Meine neue kleine Geschichte würd' ich Dir gern mitschicken, aber es lohnt nicht. Sie ist ganz niedlich, aber denkbar unbedeutend. (...)

Tausend Küsse für heute, mein Liebes. Deins.

Köln, den 30. 11. 1933

Du, mein liebes, kleines Blödsinniges – tausend Dank für Geld. Du bist lieb. Ich bin froh, daß Du geschickt hast, denn ich hatte gar keinen Pfennig mehr, und vielleicht dauert es noch ein paar Tage, ehe ich sonst was kriege. Im übrigen, mein Kleines, habe ich eine furchtbare Depression – sie dauert jetzt schon ca. 5 Stunden und wird von Stunde zu Stunde schlimmer, so daß ich kaum atmen kann und vor

Nervosität richtig zittre. Du weißt doch, die Sache mit Kunkels damals. Ich hielt die Sache für erledigt. Nun bekam ich heute ein Schreiben vom Gericht: Erstens muß ich die Kosten tragen und dann drei Tage ins Gefängnis. Stell Dir bitte vor, Dein Kleines muß drei Tage und drei Nächte eingesperrt sitzen. Einesteils ist mir das ja ganz interessant, aber andererseits ist es schlimmer als dreimal 24 Stunden mit der Eisenbahn 4. Klasse fahren. Und dann hab' ich Angst vor den Frauen da, und vielleicht bin ich mit irgendeiner bösartigen Hure vom Buttermarkt zusammen in der Zelle – und wenn es stinkt, muß ich immerzu kotzen. Es kann unter Umständen gräßlich sein. – Aber das ist es nicht, was mich so verrückt macht, sondern die Familie. Wenn wir beiden allein wären, würden wir alles ruhig bereden, und es wäre halb so wild. So aber reden vier aufgeregte Menschen aufgeregt auf mich ein – Vorwürfe, Bedauern, Ratschläge – alles durcheinander. Und jeder meint was andres und will was andres – und dann krachen sie sich untereinander. Ich wurde so wütend, daß ich hysterisch schreien wollte, aber da kriegte ich vor Aufregung keine Luft und lief blau und rot an und konnte keinen Ton rauskriegen. Es waren widerliche Sekunden. Was mich weiter so aufregt, ist, daß der Tag meiner Inhaftierung noch nicht feststeht – und wenn ich jetzt schlafen gehe, weiß ich nicht, ob ich nicht morgen früh geweckt und abgeholt werde. Ich habe die Chance, regelrecht irrsinnig zu werden. Wenn ich zu Hause sitze und es klingelt, kriege ich Herzklopfen und muß kotzen. Weißt Du, an und für sich mach' ich mir ja aus so 'ner Sache nicht viel – aber es ist so ein zermürbendes Gefühl, nie zu wissen, was morgen passiert. Kaum hat man mal wieder einen Anlauf in die Arbeit genommen, geschieht etwas gänzlich Unerwartetes, das einen wieder gänzlich rausbringt. Und weiß ich, was morgen passiert – was übermorgen? Der heutige Vormittag ging mit Hinundherreden drauf. Jetzt sitz' ich in eine Ecke gequetscht in einer Wirtschaft – und warte, bis es fünf Uhr sind, um dann zu einem Anwalt zu gehen. Vielleicht kann der noch was machen. – Widerlich ist auch, daß Du jetzt diesen Samstag nicht kommen kannst – bevor die Sache so oder so geregelt ist – ist Dein Kommen in jeder Beziehung zu gefährlich. Dabei hab' ich doch sehr Sehnsucht nach meinem Kleinen. Heut abend, wenn ich beim Anwalt war, schreib' ich mehr. Im übrigen muß das Kleine keine Angst haben – es wird schon alles gut werden. Und morgen geh' ich auf jeden Fall schwimmen, wenn mich nicht höhere Gewalt hindert. Jetzt, wo ich Dir geschrieben habe, ist auch meine Depression besser. Und bald hab' ich mein Kleines ja auch bei mir. Cecy ist jetzt in Düsseldorf – und ich kann gut Samstag/Sonntag zu ihr fahren. Wir würden uns dann an einem Samstagabend in Düsseldorf treffen (Züge muß ich noch gucken) und haben es dann viel schöner als in Köln. Ich schreib' Dir heut abend, ob's diesen oder nächsten (hoffentlich nicht erst übernächsten) Samstag geht. Leb jetzt wohl, mein Liebes. Ich küsse Dich. Deins

Donnerstag

Kleines Geliebtes – in aller Eile, weil Brief gleich fort soll, damit Du ihn morgen hast. War gestern bei dem befreundeten Anwalt (konnte erst abends zu ihm) – der war über alles Erwarten nett und hilfsbereit. Er ist der erste Anwalt hier im Rheinland und besitzt alle notwendigen Beziehungen. Ich kenne ihn schon seit sieben Jahren, hatte ihn aber seit circa 1–2 Jahren nicht mehr gesehen. Er nahm sich sofort meines Falles an und ist so gut wie sicher (unberufen), die Gefängnisstrafe von mir abwenden zu können. Morgen um 11 Uhr gehe ich mit ihm zum Staatsanwalt. Ich bin sehr froh, denn er sagte, daß eine Gefängnisstrafe heute ungleich härter wäre als früher, weil sie eben wirklich eine Strafe sein soll und kein Vergnügen wie früher. Gott, ich werd' nicht sterben dran, und es gibt tausend Dinge, die schlimmer sind – trotzdem ist es ziemlich zermürbend, ab 7 Uhr morgens neben dem aufgeklappten Bett zu sitzen – stundenlang –, ohne zu lesen, ohne zu schreiben, ohne zu schlafen. – Na, noch ist es nicht sicher, daß mir die Geschichte nicht doch noch blüht. Aber ich bin auch sonst froh, daß dieser beziehungsreiche Mann mir nach wie vor zur Verfügung steht, denn wir können ihn vielleicht auch sonst noch gut brauchen. – Kleines, werden wir uns Samstag über 8 Tagen in Düsseldorf treffen? Vielleicht kommst Du erst nach Köln – und wir fahren dann zusammen nach D.? Schreib mir, wie es besser ist. Ich werde Dir gleich morgen mittag schreiben, wie es beim Staatsanwalt war – dann hast Du am Samstag darüber Bescheid. Jetzt will ich weiterarbeiten – ich hab' so viel Zeit verloren – und verlier' auch morgen Zeit. Heut morgen hab' ich bis zehn Uhr geschlafen – nachher war's zu spät zum Schwimmen. Ist aber in diesem Fall nicht meine Schuld. Morgen kann ich auch nicht gehen. Scheiße. Dabei hab' ich von Tag zu Tag mehr Lust dazu. Von dem Geld hab' ich schon (vielmehr nur) 7 Mark ausgegeben. Für ein weißes, absolut pekinesisches Alpenveilchen, Briefmarken, Hinundherfahren, Telefonieren und »Ichweißnichtwofür«. – Mit der Familie hab' ich viel Krach. Ich würde gern was klauen, aber das geht nicht. Und um was bitten tu' ich nicht. Schließlich hat man ja seinen Stolz. Da ich nichts stehlen kann (was mich wütend macht), harre ich der mir zustehenden Gelder, die ums Verrecken nicht kommen. Von Dir hab' ich jetzt noch 6 Mark, natürlich kann ich kein Abonnement mehr davon kaufen, aber ich geh' Samstag, Montag, Dienstag davon schwimmen. Im übrigen kaufe ich Zigaretten und Briefmarken für drei Tage. Gott, mein Liebling, wie würde ich dies armselige Leben hassen, wenn's mir nicht so viel Spaß machte! –

Tausend Küsse von Deinem.

(Das einzig Konstante vom Geld ist bis jetzt das pekinesische Alpenveilchen.)

»Die Sache mit den Kunkels« ist eines der Rätsel in den Keun-Briefen.

Niemand, der Irmgard Keun damals kannte, kann sich an einen solchen Fall erinnern, wohl aber daran, daß es Irmgard Keun so gut wie nie – und vor allem dann nicht, wenn sie etwas getrunken hatte – gelungen sei, mit ihrer politischen Meinung hinter dem Berg zu halten. Sie habe, wann immer möglich, provoziert, so einmal im vollbesetzten Restaurant in der Tauentzienstraße die Faust zum Kommunistengruß erhoben und »Heil Hitler« gerufen. Solches Verhalten könne ihr sehr wohl eine Anzeige eingebracht haben.

Köln, den 5. 12. 1933
Samstag

Du, mein Liebes. Dank für Briefe und Telegramm. Es wär' so schade gewesen, wenn Du heute gekommen wärst. Ich hätte die Nacht über nicht gut mit Dir zusammenbleiben können aus einem ganzen Haufen von Gründen. U. a. hat der Anwalt herausgekriegt, daß ich unter Beobachtung stehe. Weil ich so relativ wenig Anlage zu Größenwahn habe, kann ich das kaum glauben. Trotzdem scheint's zu stimmen. Ich würd' mich freuen, wenn wir nächste Woche mal ein paar ungestörte Tage zusammen hätten. Jetzt hätten wir nur ein paar Stunden zusammen gehabt, da hätt' man dann einen langen Tatsachenbericht hineingekrampft. Und die Tatsachen sind ja selten so eminent wichtig. Wesentlich sind die direkten und indirekten Wirkungen – Gott, und Du weißt doch, daß es immer eine Weile dauert, ehe man davon reden kann. Du schreibst, daß Du Geld geschickt hast, Kleines, das ist so lieb von Dir, aber Du solltest es nicht tun. Behalt' doch das Geld lieber, bis wir uns treffen. Es wär' so angenehm, wenn wir dann nicht zu rechnen brauchten. Jetzt muß ich immerzu kaufen, wenn ich Geld habe – Notwendiges und Überflüssiges –, und ich bin schon furchtbar stolz, wenn ich überhaupt was gekauft habe und das Geld nicht einfach so weg ist. Nun ist bald Weihnachten. Ich möcht' so viel schenken können wie im vorigen Jahr. Schade. Jetzt will

ich arbeiten. Leb wohl für heute, mein kleines Blödsinniges.
Immer Deins.

»Süße, kleine Krämerseele!« sagt Olga, wenn Gilgi mitunter eine halbe Stunde überlegt, wofür sie fünfzig Pfennige ausgegeben hat. Olga hat nie eine Ahnung, wofür ihr Geld draufgegangen ist. Sie hat kein System und kein Einteilungsvermögen. Wenn Gilgi an Olgas Finanzen denkt, wird ihr schwindelig. Richtig seekrank wird sie, wenn sie Olga von Geld sprechen hört. Einnahmen – Ausgaben.
Gilgi – eine von uns

Am 6. 12. 1933 schreibt Arnold Strauss an seine Eltern: Um Irmgard braucht Ihr Euch keine Sorgen zu machen, da ich es nicht tue. Mehr als täglich schreiben kann sie nicht, und das hat sie bisher noch nie im Leben an andere getan. Vielleicht treffen wir uns am Sonntag in der Nähe der Grenze, vielleicht auch erst nächste Woche, damit wir einmal wieder richtig miteinander plaudern können.

Sie entbehrte Karl nicht und fürchtete doch, er könne wissen, wie wenig sie ihn entbehrte. Sie schrieb ihm jeden Tag einen langen Brief.
D-Zug dritter Klasse

Drei Tage später treffen sich Irmgard Keun und Arnold Strauss für zwei Tage in Düsseldorf: Sie sind – wie er seinen Eltern am 13. 12. berichtet – »ganz entzückend«:

Irmgard hat neben dem alten Roman, der sich nun allmählich seinem Ende nähert, schon einen neuen angefangen, der ihr natürlich viel mehr Freude bereitet und aus dem sie mir vorlas. Natürlich hat man noch keinen wirklichen Eindruck. Wenn das Finanzielle geklärt ist, wird I. abreisen. So lange bleibt eben nichts übrig, als zu Hause zu sein.

Köln, den 15. 12. 1933
Freitag

Du, mein liebes Kleines,
Dank für Deine Briefe. Ich hab' furchtbar viel Hetzerei und Ärger hinter mir. Ich weiß gar nicht, was zuerst tun – und mancher faule Tag rächt sich jetzt. Ich wär' so furchtbar gern noch vor Weihnachten einen ungestörten Tag oder auch zwei mit meinem Kleinen zusammengewesen – aber wir werden bis nach Weihnachten warten müssen. Ich muß die Zähne zusammenbeißen und jede, jede Stunde arbeiten. Vielleicht können wir dann im Februar schon richtig zusammensein – in Ruhe und ohne Aufregung. – Meine Situation ist noch trostloser geworden, als sie es ohnehin schon war. Ich wartete doch so sehr auf das Geld, das mir für bereits gelieferte und angenommene Beiträge zustand. Fernerhin konnte ich mit ziemlicher Sicherheit damit rechnen, daß die Kölnische meine Moselgeschichte nehmen würde. Jetzt kriege ich von Ullstein und anderen Zeitungen Briefe, daß sie mich nicht drucken dürften, weil ich nicht zum Reichsverband gehörte. Das Gesetz wurde von der Schrifttumskammer erlassen und ist am 15. Dezember in Kraft getreten. Ich hatte in letzter Zeit so fleißig kleine Geschichten geschrieben und konnte für Januar/Februar mindestens mit 300 Mark rechnen. Im Dezember hatte ich noch ca. 200 Mark zu erwarten. Ich konnte also so ziemlich beruhigt sein. Nun ist wieder alles anders, und alle Arbeit war umsonst. Manchmal könnt' man verrückt werden. – Dann rief vor ein paar Tagen furchtbar aufgeregt der Verlag an. Ich möchte mich sofort beim Reichsverband melden und ihnen was schicken, weil ich sonst überhaupt nicht mehr schreiben dürfte. So wäre noch eine ganz kleine Chance. Glaubt Bergen. Von den 300 Mark erwähnte er erst gar nichts, dann so ganz nebenbei: Er schriebe mir noch darüber. Bis heute habe ich nichts weiter von ihm gehört. (...) – Ich will jetzt nur genau nach Vertrag den Hungrigen abliefern – selbst

wenn ich Scheiße draus mache, muß ich ungefähr Tag und Nacht tippen. Dann noch den anderen Roman, der meine Rettung werden muß. Dann habe ich an alle Verleger geschrieben, ob sie einen Weg wüßten, bei ihnen kleinere Sachen unterzubringen. Ich mußte ca. 12 Briefe schreiben. Mein Zimmer ist schrecklich kalt, meine Finger sind manchmal ganz erstarrt. Ich bin froh, wenn ich bald alles hinter mir habe. Vor allem, wenn das Mistmanuskript endlich fertig ist. Vielleicht krieg' ich dann doch noch am 1. Januar Geld vom Verlag. Wenn nicht, kann ich ja auf jeden Fall klagen. (...) Nun leb wohl, mein Liebes. (...) – Wenn Du Geld hast, schick, so schnell es geht, was. Ich weiß nicht, ob ich nächstens noch für Zigaretten und Marken zusammenkriege, außerdem kriegt der Stieglitz 4 Mark. Zu Haus mag ich nichts sagen, weil ich mich dann stundenlang über alles unterhalten muß. Das macht mich nervös und nimmt Kraft. Du kennst so was ja. (...)

Ich küsse dich, Deins.

Algin ist gekommen, Blaß und dunkel sitzt er da, düstere Höhlen sind seine Augen, seine Hände liegen bleich auf dem Tisch. Wieder hat er einen Brief von der Reichsschrifttumskammer bekommen. Eine neue Säuberungsaktion unter den Schriftstellern soll stattfinden, bei der man Algin wahrscheinlich aussieben wird. Vielleicht würde es ihn retten, wenn er jetzt ein längeres Gedicht auf den Führer macht, was ihm bisher immer noch widerstrebte. Aber auch das kann ihm gefährlich werden. Denn vielleicht werden die nationalsozialistischen Schriftsteller böse, daß er wagt, den Führer anzudichten, ohne ein alter Kämpfer zu sein. Er darf auch nicht wagen, einen nationalsozialistischen Roman zu schreiben, weil ihm das nicht zukommt. Wenn er aber keinen nationalsozialistischen Roman schreibt, ist er unerwünscht. Er wird immer noch gern gelesen und gedruckt, das soll auch nicht sein.

Nach Mitternacht

Die rechtliche Grundlage der Reichsschrifttumskammer wurde mit dem Reichskulturkammergesetz vom 22. 9. 1933 und der ersten Durchführungsverordnung dieses Gesetzes vom 1. November 1933 geschaffen. Sie betraf alle Personen, die »von der Urproduktion der Dichtung angefangen, bis zum gewerblichen Vertrieb am Schrifttum arbeiteten«, sie alle waren kammerpflichtig. Um Mitglied zu werden, war ein beträchtlicher bürokratischer Aufwand erforderlich: Fragebogen zur Person, Lebenslauf, Abstammungsnachweise, Gutachten der Partei, der Gestapo und der Landesleitung der RSK. Abgelehnte Anträge sowie Ausschlüsse wurden veröffentlicht.

Durch die Verweigerung der Mitgliedschaft wurde jede schriftstellerische Tätigkeit unmöglich.

Am 16. 12. 1933 schreibt Arnold Strauss an seine Eltern: I. arbeitet wie besessen. Ich denke noch so oft an die beiden Düsseldorfer Tage, die wirklich herrlich waren. Es ist die Art der Unterhaltung, die man nicht wiedergeben kann, die Fülle amüsanter und interessanter Gedanken, das viele nette Persönliche in ihnen.

Anfang Januar 1934 macht er einen Besuch in Köln. Er berichtet seinen Eltern am 8. 1. von einer wunderschönen Weihnachtsfeier und daß seine Freundin von der Basler Zeitung das Angebot einer Redakteursstelle bekommen habe, was allerdings mit ihren Romanplänen kollidiere.

Kein Wort von ihren Depressionen und ihren beruflichen und finanziellen Sorgen.

Er entwirft seinen Eltern das Bild einer heiteren Frau.

Am 23. 1. 1934 schreibt er ihnen: Irmgard arbeitet wie toll. Sie will bis zum Ende des Monats fertig werden. Immerhin hatte ich heute einen nur 5 Seiten langen Brief. Wir haben uns letztes Mal in Köln so gut amüsiert, daß wir vergaßen, alles Wichtige zu besprechen, und die Zeit raste so schnell vorbei, daß wir plötzlich schon wieder Abschied nehmen mußten, kaum daß man das Gefühl hatte, da zu sein.

In Irmgard Keuns Briefen steht es anders.

Köln, den 23. 1. 1934
Sonntag, gegen Abend

Mein kleines Orangkind,
warum kann es jetzt nicht bei mir sein und ich bei ihm? Jetzt ist das Kleine wohl schon in Holland und schläft sicher schon. Ich sitze im Bett und bin ganz krank vor Depression. Alles scheint mir schrecklich und unheimlich. Wie geht es meinem Kleinen? Ich habe eine solche Wut auf mich, daß ich mich stundenlang ohrfeigen könnte. Erstens wegen der Arbeitsversäumnis, zweitens wegen des vielen Geldausgebens vom Kleinen, drittens weil ich so sehr Wichtiges mit dem Kleinen zu besprechen gehabt hätte und es nicht getan habe, viertens weil ich dreimal verfluchtes charakterloses Stück überhaupt einen Tropfen Alkohol getrunken und alles in allem meine besten Vorsätze über den Haufen geworfen habe.

Kleines, ich muß *so* arbeiten, damit ich um Gottes willen bald bei ihm sein kann – das ist in jeder Beziehung so unendlich wichtig. Der augenblickliche Zustand ist bald nicht mehr zu ertragen. Abgesehen von der heutigen Depression bin ich gar nicht glücklich dabei. (...)

Montag

(...) Ich neige nun einmal zu etwas krankhaft stark ausgeprägten Depressionen – und Lust- und Unlustgefühle sind bei mir stärker als bei gesunden Durchschnittsmenschen und streifen leicht das Gebiet des Pathologischen. Vielleicht könnte ich keine Bücher schreiben, wenn es nicht so wäre. Daher wohl auch die Neigung zum Alkohol, die aber nicht das Primäre, sondern eine reine Sekundärerscheinung ist. Ich bin manchmal traurig und ängstlich, wenn ich darüber nachdenke, daß ich so abgrundtief scheußliche, irrenhausreife Depressionen habe. Ich leide manchmal ganz abscheulich in Zeiten, wo ich innerlich nicht weiterkomme. Manche Fehler, die allgemein menschlich sind und die ich an anderen gern toleriere, hasse ich an mir wie die Pest. So zum Beispiel Eitelkeit und primitive Geltungssucht. Und Selbstbelügen. Dann kritisiert man Schwächen an andern, nur weil sie naiver zum Ausdruck gebracht werden – man selber hat aber dieselben Schwächen. Ich habe manchmal eine solche Wut auf mich, daß ich mir selber den Hals zuwürgen könnte. Ich bin mir selber nicht übermäßig interessant – aber schließlich lebe ich mit keinem so viel zusammen wie mit mir selber, und darum muß ich aus Selbsterhaltungstrieb einen erträglichen Umgang mit mir machen – für mich. Manchmal – so wie jetzt – hat man da so einen qualvollen Stillstand in seiner menschlichen und Arbeits-Entwicklung. Man muß dann wohl ein bißchen Geduld mit sich haben und etwas warten können. Weißt Du, mein Kleines, die vornehmste Arroganz ist, von sich selbst mehr zu verlangen als von anderen. Natürlich ist das arrogant – aber ein bißchen wollen wir das ja auch sein und bleiben. Nur eben auf unsere Art.

Mein Kleines soll mich vorerst nicht anrufen. Wenn ich Geld habe, muß es nächsten Samstag kommen. Und wenn es bis Montag bleiben kann, werden wir am Samstag abend etwas bummeln und lachen. In Berlin haben wir das ja auch gemacht, und es war immer zuletzt lustig und positiv. (...)

Es küßt Dich – Deins

Alltagsgeschichten, Zahnschmerzen, eine kleine Depression, Lust an der Arbeit, Unlust, Geldsorgen. Eine Variation immer gleicher Themen in den nächsten Briefen. Mitte Februar fährt Arnold Strauss zu Irmgard Keun nach Köln. Umgehend und schwärmerisch berichtet er seinen Eltern.

17. 2. 1934

Und nun der Karneval. Abgesehen davon, daß I. eine Zahnwurzelentzündung hatte, die darauf beruhte, daß vor einigen Jahren ein Weisheitszahn ausgezogen wurde und, wie jetzt ein Röntgenbild zeigt, ein Wurzelstückchen zurückblieb, war es herrlich. Vor allem natürlich das etwas längere Zusammensein mit I. Alles andere war ja eigentlich nur Beiwerk. Jedesmal, wenn ich mit I. zusammen war, habe ich sie noch lieber als früher, jedesmal fällt mir die Trennung schwerer, und augenblicklich sitze ich hier, blase Trübsal und habe mich noch nicht an das Fernsein gewöhnt. So etwas Liebes, Entzükkendes, Gescheites wie sie gibt es sicher nicht noch einmal auf der Welt. Diese Wärme und Liebe mit so viel geistigem Charme bei aller Klugheit ist sicher bei kaum sonst einem Menschen vereinigt. (...) Wir waren die ganzen Tage fast nur in einer kleinen Bierwirtschaft, einem Stammlokal von Künstlern, Rundfunkleuten, Nichtnazis. Der Wirt, ein alter Marxist, dem es bei seiner Nicht-Gleichschaltung offenbar besser geht als mancher Konkurrenz. Zweimal gab es Krach wegen Juden. Beide Male wollte jemand sie von der Polizei aus dem Lokal verweisen lassen. Ein junger SA-Sturmführer und Kämpfer schlug den einen knockout und ließ den anderen selbst von der Polizei mitnehmen, weil er fand, daß Karneval nicht gestänkert werden solle und die Juden ruhig dableiben sollten. Vorher hatte ich schon mit ihm Bekanntschaft geschlossen. Er warf mein Bier aus Versehen um, ich schüttete ihm ein Glas darauf ins Gesicht, woraufhin wir dann für die Karnevalstage große Freunde wurden. Sonst waren die Leute weniger begeistert von mir, weil I., dies begehrte Objekt, ihnen unter meiner Obhut unerreichbar blieb. Hoffentlich gibt es nun nicht diese eine große Geschichte: I. und das Pünktchen. Buhr hat nun erreicht, daß ihre Geschichte in eine Spende von 50 Mark an die Winterhilfe ausgeklungen ist, so daß überhaupt keine Strafe verhängt wurde.

Einen Abend waren wir mit Stieglitz zusammen, der in einigen Tagen ins Examen steigt, und trafen ihn sonst noch des öfteren. Mit der Mutter habe ich wieder mehrmals ausführlich telefoniert. Der Vater behauptet, daß er keine Freude mehr am Leben hätte, wenn seine Tochter ein Pünktchen heirate. (...)

Ein besonders schönes Thema ist I. und die anderen Männer. Alle haben eine schreckliche Angst vor diesem jungen, im Tiefsten unsicheren und scheuen Geschöpf, weil sie im Grunde nicht den Worten, sondern den Gedanken der Menschen lauscht und es sehr unheimlich ist, auf seine Gedanken statt auf seine Worte Antworten zu bekommen, zumal von einer Humoristin.

So schön das Treffen gewesen sein mag – es trägt nicht weit: Die darauf folgenden Briefe Irmgard Keuns klingen deprimiert. Wehmütig beschwört sie vergangene schöne Zeiten und beklagt die gegenwärtige Situation: »Eigentlich waren wir doch sehr glücklich in Berlin, nicht?« und: »Ich mag nicht mehr leiden, was ich schreibe« (24. 2. 1934).

Arnold Strauss mag es. Er fiebert ihren Briefen entgegen. Wie sehr, verrät er am 5. 2. 1934 seinen Eltern: »Wenn ich Irmgard nicht hätte, hätte ich überhaupt keine Lust mehr zu leben.«

Als einer ihrer Briefe ausbleibt, droht er mit Selbstmord. Ihre Antwort darauf Anfang März 1934 ist erfrischend unsentimental: »Wenn Du mir noch einmal mit einem solchen Selbstmordquatsch kommst! (...) Und denke bitte vorher daran: Hinterher tut's mir leid – und dann ist's zu spät.«

> Lenchen hatte schon fast vergessen, wie Bruno Gottlob aussah, wie er ging, wie er sprach. Er war unwirklich geworden, seine Briefe machten ihn ihr nicht wirklicher. Sie hatte ein schlechtes Gewissen ihm gegenüber, um es zu beruhigen, schrieb sie ihm jede Woche einen sanften liebevollen Brief. Er schrieb, daß er ohne ihre Briefe unglücklich und lebensmüde sein würde.
> *D-Zug dritter Klasse*

Köln, den 9. 3. 1934
Donnerstag

Liebes,
Dank für Deine Briefe. Wunderbar, daß Du bald nach Italien fahren wirst. (...) Natürlich werd' ich arbeiten, Kleines. Du brauchst da gar nicht zu drängen. Mußt' Dir auch keine Sorgen machen. Ich wollt' Dir das schon seit langem mal ernsthaft sagen und schreiben. Weißt Du, je mehr man sich um meine Arbeit kümmert, um so weniger

kann ich arbeiten. Wann wirst Du nach Köln kommen? Wirst Du einen Tag bleiben? Wir können dann alles mündlich besprechen. Nach Italien komme ich erst, wenn ich selbst so viel habe, um da leben zu können – also mindestens 200-250 Mark. Wenn man 100 Mark für Wohnen und Essen braucht, braucht man für alles übrige mindestens noch mal das Doppelte: Wäsche, Briefmarken, Zigaretten, laufende Toilettensachen usw. Wenn der Hungrige fertig ist, fahr' ich erst mal an die Mosel, wahrscheinlich werd' ich da ganz allein sein. Das brauche ich. Werd' dann den neuen Roman sehr schnell schreiben und ein paar kleine Geschichten. Ich werd' dann schon wieder richtig Geld verdienen. Nur erst mal wieder ein paar Trümpfe in der Hand haben. Wir werden über alles mündlich reden. (...) Ich weiß jetzt, daß ich bald wieder richtig Geld verdienen werde – bald? So ca. 3-4 Monate wird's noch dauern. Aber auch die werd' ich überstehen. Für heute tausend Küsse und viel liebe gute Wünsche. Deine Irmgard

Der Pathologe Arnold Strauss will sich beruflich weiterqualifizieren, um in Amerika bessere Chancen zu haben. Er schwankt zwischen Studienaufenthalten in Italien und England. Irmgard Keun läßt in diesem und den folgenden Briefen keinen Zweifel daran, daß sie ihn weder in das eine noch in das andere Land begleiten wird. Sie schreibt nur noch »in Eile«, ihr Ton ist kühl. Waren ihre früheren Briefe bis zu 10 Seiten lang, begnügt sie sich jetzt mit ein- bis zweiseitigen Notizen: »Bleib gesund – Kuß und auf Wiedersehen – Deine Irmgard.«

Sie arbeitet viel an einem neuen Roman.

Köln, Ende März 1934
(ohne genaues Datum)

(...) Kleines, ich kann ja so nachfühlen, daß Du Dich wieder nach *richtiger* Arbeit sehnst. Ich bin auch ein ganz anderer Mensch, weil ich wieder eine richtige Arbeit im Kopf habe und weiß, daß ich nun in absehbarer Zeit mal wieder was

Wirkliches schaffen kann. Nichts hat mich so kaputtgemacht, so müde und unlustig zu allem, wie das furchtbare Mühen um diese letzte Romanleiche. (...)

Ihre Entscheidungshilfe für das »richtige« Emigrationsland klingt wenig engagiert.

Liebes Kleines – Florenz oder England? Da kann *ich* Dir doch nicht raten! Vor allem kommt es doch darauf an, wo sich Dir die besten wissenschaftlichen Möglichkeiten bieten. Wie soll ich das beurteilen können? (...) Dein Argument: England ist weltverbundener (so ähnlich schriebst Du doch?), ist ein bißchen zu allgemein, um stichhaltig zu scheinen. Italien ist auch nicht aus der Welt und kann unter Umständen jungen Menschen lohnendere Aufgaben und weitgehendere Möglichkeiten bieten. Nochmals: Wie soll ich's wissen? (...) Ansonsten: Wo's schöner ist – das rauszufinden, müßte man an beiden Orten unter entsprechenden Umständen erst mal eine Zeitlang gelebt haben. Für England: Ich mag die Menschen, kenne die Sprache, Mentalität usw. Gegen: trauriges Wetter, traurige Städte, traurige Landschaft.

Für Italien: Landschaft und Klima. Gegen? (Ich weiß nicht, wie's heute da ist.) Aber ich glaube, man kann dort gut leben. Weißt Du, wo viel Sonne ist, braucht man weniger Geld. Das alles ist aber ganz persönlich. Hoffentlich kann ich bald an die Mosel fahren – ich hab' so furchtbare Lust. Ich lebe nun schon so lange in der Stadt. Und jetzt wird's Frühling. Ich hätte gern neue Kleider (...). Ich würde mir selbst allerhand ausdenken und vorerst noch Puffärmel und Tupfen tragen, solang' es mir paßt. Für heute: tausend Küsse.

Deins

In den letzten Märztagen ist Arnold Strauss für zwei Tage in Köln, bevor er nach Florenz abfährt. In ihrem ersten Brief danach stehen sehnsüchtige und sorgenvolle Sätze:

Köln, den 2. 4. 1934

(...) Ich möchte sehr gern, daß Du bei mir wärst; oder ich bin bei Dir, denn es ist gar nicht gut, wenn jeder immer nur so für sich lebt und erlebt. Wenn ich mit Dir hätte fahren können! Dann wären Sorgen und Freuden gemeinsam gewesen. Ein halbes Jahr ist eine lange Zeit, und der Himmel mag wissen, was da in und um einen vorgehen mag. Ich wünsche sehr, daß wir uns nicht mehr fremd werden können. (...)

Der Brief endet mit einem ganz anderen Wunsch:

Ich weiß nicht, ob das mit den Handschuhen nicht überflüssig ist. Ist mir etwas peinlich, wenn das durch Deine Eltern geht. Na, für alle Fälle: leicht sportliche Form, irgendeine helle bräunliche Farbe – irgendein weiches Leder, *aber kein Glacé*. Größe ca. 6¾. Dann sind sie zwar zu weit, aber das ist sicher. Kommt ja auch nur bei Glacé auf richtiges Sitzen an. – Aber nochmals, Kleines, laß es lieber. (...)

Köln, den 17. 4. 1934
Samstag

Du, mein liebes Kleines, Dank für Deinen Brief. Ich freu' mich furchtbar auf die Mosel und bin recht fleißig. Ich habe ein paar ›Geldgeschichten‹ fix und fertig getippt – und hoffe sehr, sie bei Basler und Frankfurter unterzubringen. Wenn es Dir Spaß macht, werd' ich Dir schicken, aber Du mußt sie mir *sofort* wiederschicken. Gut sind sie nicht, aber hoffentlich geeignet. Ich hab' sie ja nur und bewußt auf Zeitungsverwendbarkeit hin geschrieben. Gut kann ich kurze Sachen nie schreiben, weil ich mich da nicht ausbreiten kann und alles richtig entwickeln. Ich kann nur Romane und hab' auch nur daran Freude. Aber lernen kann man schließlich auch den größten Quatsch. Zola sagte immer, wenn er mal Mist machte: C'est pur se faire la main. Ich hab' jetzt auf Lager: ›Annchen und Lilli‹, ›Die Geschichte vom Servierfräulein‹, ›Gold und Seife‹ und ein Gedicht: ›Kleinbürgers Sonntagsausflug‹. Wenn ich die erst mal angenommen habe, ist mir schon etwas wohler. Den Roman werd' ich auch bald erledigt haben. (...) Am Montag muß ich übrigens den Breitschwanz versetzen, um den Nutria aus der Reparatur auszulösen. Die drängen immerzu und übernehmen keine Garantie für Motten usw. Ach, wenn ich doch wieder richtig Geld verdienen könnte und den kleinen Scheißkram los wäre. Aber irgendwie wird schon alles klappen. (...)

Montag

Liebes Kleines, tausend Dank für Deinen Brief. Bin furchtbar in Arbeit. Hab' grad' wieder eine neue Geschichte fertiggeschrieben. ›Der Selbstmördergarten‹. War in der Stadt, den Breitschwanz versetzen, und hab' dann hintereinander weg die Geschichte geschrieben. Jetzt fahr' ich nach Haus und tipp' sie ab. Ich schick' Dir dann mit. Weißt Du, ist alles für Zeitungen berechnet und nicht so gut, wie ich könnte, wenn ich wollte. Ich mach's für die Frankfurter. Da sitzen noch so'n paar Restpünktchen – Tr. hat jetzt mit ihnen gesprochen, und die wollen lieber Sachen von mir als von sonstwem. Morgen schick' ich vier Sachen hin. Dann werd' ich weiter ›Hungrigen‹ tippen. Im Augenblick brauch' ich noch kein Geld. Bitte mach Dir keine Sorgen um mich, Kleines. Wenn ich arbeite, geht's mir immer gut – wenn ich was getan habe, fühl' ich mich sicher und wohl. Und es hilft mir sehr, daß es Dich und Deine liebe Hilfsbereitschaft gibt. Werde um Gottes willen nicht eifersüchtig, das kann ich jetzt gar nicht gebrauchen.

Gebrauchen kann Irmgard Keun Unterstützung, moralische und finanzielle. Sie will nach Moselkern reisen, um dort in Ruhe zu arbeiten. Arnold Strauss versteht ihren Wink.

Am 27. 4. 1934 bittet er seinen Vater um Geld: Heute habe ich einen großen Wunsch. Hoffentlich entsetzt Du Dich nicht zu arg. Könntest Du an I. K., Eupenerstr. 19, Köln-Braunsfeld, sofort 100 Mark schikken? Ich und sie würden nicht darum bitten, wenn es nicht unbedingt nötig wäre, daß sie sofort an die Mosel abreiste. Wenn es aus irgendeinem Grunde nicht gehen sollte, schicke mir bitte sofort ein Telegramm ›Nein‹, damit ich es weiß. Als Absender schreibe auf die Postanweisung Arnold Strauss. Bitte. Bitte. Ich bin vernünftig genug mit Geld und weiß, wie schwer es ist, aber ich würde wirklich nicht darum bitten, wenn es nicht notwendig wäre.

Irmgard Keuns Reaktion darauf am 1. 5. 1934: »Es ist mir grauenvoll peinlich, daß diese Sache durch Deine Eltern geht. Wenn ich das geahnt hätte, hätt' ich mich nie darauf eingestellt und Dich beschworen, so was zu lassen.«

Das hindert sie aber nicht, ausführlich von weiteren Geldnöten zu berichten.

Köln, den 2. 5. 1934
Sonntag

Mein liebes kleines Blödsinniges,
(...) – ich bin nun doch sehr froh über die 100 Mark, und es ist furchtbar lieb von meinem Kleinen. Ich habe das Geld Annemarie gegeben, damit kein Pfennig davon ausgegeben wird. Das Kleine braucht sich da keine Gedanken zu machen. – Ich wage es nur noch nicht, mit 100 Mark zu fahren. Ich könnte es nicht ertragen, plötzlich wieder zurückzumüssen. Und was dann? Will jetzt erst schnell den Roman fertigmachen und die 175,- in den Händen haben. Da muß ich dann für Buhr, Reise und Kleinigkeiten ca. 50 Mark abziehen. Ich hätte dann also mit Deinen 100 fürs erste mal 4 Wochen zu leben. Wenn Du dann noch 50 schicken kannst: 5 Wochen. In dieser Zeit muß ich ununterbrochen kleine Geschichten schreiben und verschicken, um die nächste Zeit zu sichern. Du kennst es nicht und hast gar keine Ahnung, wie schwer es ist, hier heutzutage als freier

Schriftsteller zu leben. Man muß ununterbrochen arbeiten. Ich weiß gar nicht, wie ich zur wirklichen lohnenden Arbeit – zum nächsten Roman kommen soll. (...)

Annemarie ist Irmgard Keuns Freundin Annemarie Schäfer. Buhr ist ihr Rechtsanwalt.

Montag

Vielen Dank für die Bilderkarten. Masaccio ›Adam und Eva‹ ist mir nah und vertraut. Ich finde es schön und interessant. Der Mann braucht seine beiden Hände, um sein Gesicht zu verbergen – die Frau braucht ihre beiden Hände, um ihre Geschlechtsmerkmale zu verbergen. Beide sind voller Schmerz. Aber jeder verbirgt das, dessen er sich am meisten schämt – und das ihm am wertvollsten ist. Der Mann das Gesicht, die Frau den Schoß. Aus Scham wird Schutz. Ich möchte lieber Mann sein. Die Madonnen mag ich nicht. Ihre Gesichter sind mir zumeist ausgesprochen widerwärtig. Sie sind ohne Tragik und ohne Humor, sie sind faule und klatschsüchtige Brutapparate – sie sind einfach Pg. Frauen. Nur Corregio hat ein paar hübsche gemalt und Botticelli ein paar mondäne. Die anderen sind meistens gräßlich hausbacken. Giftige alte Jungfern, denen ich in *Gottes* Namen endlich mal eine *befleckte* Empfängnis gönnen würde.

Mittwoch

In Eile, mein kleines Liebes – der Brief soll schnell fort. Muß auch gleich an die Arbeit! Lieber Gott, nur fertig werden und an die Mosel können. Dank für die Briefe. Wenn Du die 50 schickst, werd' ich jetzt doch besser Buhr bezahlen und einen Koffer einlösen und ein paar Notwendigkeiten für die Mosel besorgen (Söckchen, Sandalen, Manuskriptpapier, Seife und Hautöl). Muß ich ja doch tun. Ach, liebes Kleines, wenn ich doch nicht immer an Geld denken müßte. Es kotzt mich bald an. Von meinen Zeitungen hab' ich noch keine Nachricht – ist ja wohl auch noch zu früh.

Ich habe jetzt an neuen Geschichten fertig da liegen:

Annchen und Lilli (Eine Geschichte von Schulkindern – mäßig gut, noch nicht verschickt.)

Gold und Seife (Ganz nette, gangbare kleine Novelle, ans ›Leben‹ geschickt.)

Der Selbstmördergarten (Märchen, besser als die andern Sachen. An Basler.)

Der Mann, dem die Konditorei gehörte (An Frankfurter)

Zwanzig Mark und mehr (Kindergeschichte)

Ein kleiner Wunschtraum (Kurze Skizze)

Drei andere Sachen sind in Arbeit. Ich werd' also mit 10 fertigen Geschichten an die Mosel fahren, wie ich's vorhatte. Sowie was angenommen ist, schick' ich's Dir. Leb wohl für heute, mein liebes kleines Orangkind. Wenn ich noch einen Bogen nehme, muß ich Doppelporto zahlen, dann komm' ich mit den Marken nicht aus. Halt mir den Daumen, daß ich bald fahren kann. Tausend Küsse, Deins.

Am 16. 5. 1934 dann die Nachricht: Roman ist fertig.

Fertig sind auch die nächsten Pläne: Geschichten schreiben, Roman schreiben, egal, wie schwierig es in Deutschland ist.

Am Gründonnerstag schreibt Irmgard Keun weiter:

(...) Leider werden sie in Deutschland *Selbstmördergarten* nicht drucken. Frankfurter hatte ihn, schrieb mir aber, daß das Thema Anstoß erregen könnte oder so ähnlich. – Na, Schwamm drüber. –

Was soll ich denn mit Nivea, wo ich jetzt an Arden gewöhnt bin? Was soll ich zu Mandschuko sagen, Kleines? Was soll *ich* denn da? Du kannst Dir da vielleicht eine neue Existenz aufbauen – aber ich kann's dort nicht – ich kann ja im Augenblick nur an heute denken – und weiter denken kann ich erst, wenn ich einen nächsten Roman geschrieben und verkauft habe. Kleines Liebes, ich gebe mir verzweifelte Mühe um die Lebens- und Arbeitsmöglichkeit der nächsten paar Monate. Ich möchte leben können und etwas Gutes arbeiten. Es geht über meine Kraft und meine Möglichkeiten, jetzt weiter zu denken. (...)

Arnold Strauss tippt ihr indessen – nach ihren detaillierten Anweisungen – Manuskripte ab. Eines davon schickt er seinen Eltern.

Am 13. 5. 1934 antwortet ihm sein Vater:

Du hättest auf sonnigem Rasen bei uns liegen müssen, als Erna uns Irmgards reizende Skizze vorlas. Die Käfer summten um uns, aber es war kein Maikäfer dabei. Das Tiefmenschliche in dem packenden Märchen, das mit dichterischer Gabe auf den Grund wahren Lebens sich versenkt, und ein feines Einfühlungsvermögen in bedrängte Herzen (...) verrät, läßt auch einen Blick tun in die Seele Deiner Geliebten. Man möchte von Irmgard immer mehr lesen. Ihre hohe Begabung ist unzweifelhaft, und sie wird ihr die Bahn brechen, ebenso wie Dir Deine tiefe Geistigkeit und Dein ausgeprägtes Forscherwissen. Wie köstlich, daß Ihr Euch auf so erhabenen Lebenssorgen gefunden habt, daß Ihr Euch in Eurem geistigen Schwunge herrlich ergänzen könnt. Für alles, was Euch jetzt hemmend in den Weg sich stellt, wird Euch, davon bin ich überzeugt, reife Erfüllung werden, sobald Ihr Euch zum Genusse gemeinsamen Glückes mit der Fülle Eurer Herzen und Eurer geistigen Einstellung zusammengeschlossen habt. Möchte diese Stunde nicht in allzu weiter Ferne mehr liegen, und möchten wir beide uns an diesem Eurem gemeinsamen Glücke noch lange Jahre mit Euch freuen können.

Erna ist das Dienstmädchen der Familie Strauss.

Köln,. den 17. 5. 1934
Donnerstag

Du mein liebes kleines Blödsinniges,
in wahnsinniger Eile – furchtbare Hetze. Muß gleich noch zum Zahnarzt. Fahre entweder Samstag – aber allerspätestens Dienstag nach Pfingsten. Hängt nur vom Zahnarzt ab. Vielen Dank für Deine lieben Briefe. Roman schick' ich von Moselkern ab – will da noch ersten Tag in Ruhe per Distance durchsehen. Hoffentlich schickt dann Krüger gleich das Geld. Jetzt muß ich das Notwendige hier von den 120 nehmen. Friseur, Koffer auslösen, Strümpfe, Öl usw. Dafür hab' ich dann aber da später glatte 175,-. Hoffentlich klappt alles. – Denke Dir, von Zeitungen immer noch nichts gehört, trotzdem ich am Sonntag Mahnungen fortschickte. Statt dessen aber als einzige Spur meiner Tätigkeit folgendes: Vorgestern blättre ich zufällig hier beim Zeitungsmann in dem Magazin »Das Leben« – meine Augen werden plötzlich groß und starr, denn ich lese da Sätze, die mir merkwürdig bekannt vorkommen. Ich opfre eine Mark und kaufe das Heft. Und was stellt sich heraus: Eine von meinen Geschichten steht da unter anderem Titel mit ganz leichten Abänderungen abgedruckt. Verfasserin Lotte Bond. Der Inhalt ist der gleiche – Pointe, Idee, Aufbau, alles. Dieselben Personen und manche Sätze wörtlich abgeschrieben. Hinzu kommt, daß es sich um eine Geschichte handelt, die ich dem Leben als *einzigster* Zeitschrift im Februar schickte und nach drei Wochen zurückbekam. Was sagst Du dazu? Wenn man schon mal Pech hat, dann passieren auch die grotesksten Sachen. Na, ich werd' sofort hinschreiben. Also, das ist bis jetzt das einzige, was ich hörte. Gestern rief mich Pünktchen Hamburger mit pünktchenhafter Dickfelligkeit an. Er ist wieder hier und scheint alle schlechte Behandlung spielend leicht überwunden zu haben. Er erzählt, er hätte in Berlin gehört, daß Universitas sehr schlecht stände.

Kleines, ich habe noch furchtbar viel zu tun. Wann ich genau fahre, schreib' ich Dir noch – auch Adresse usw. Ich überlege auch noch, wie wir es da mit der Post machen. Das Postamt ist gleichzeitig ein Gasthof – man kennt einander wie seine Westentasche –, und es würde sicher peinlich auffallen, wenn Du mir täglich schriebst. Entweder schreibst Du also weiter hierher, und meine Mutter schickt mir die Briefe nach, oder Du schreibst zwei- bis dreimal die Woche nach Moselkern. Wenn Tr. da ist, ist die Sache noch besonders gefährlich – aber auch sonst würde es sehr komisch auffallen. Jetzt um Gottes willen nicht auch noch solche Komplikationen zu aller übrigen Scheiße. Ich brauche sämtliche Kraftreste zum Durchkommen und für die Arbeit. Wenn doch endlich, endlich, endlich mal was glückte! Es ist wie verhext. Ich kann auch gar nichts anderes mehr denken. Könnt' ich nur erst schon in Ruhe den neuen Roman anfangen. Vielleicht habe ich an der Mosel in der neuen Umgebung mehr Glück. Man könnte hier rein abergläubisch werden. Sonst gibt's nichts Neues, mein Kleines. Ich muß mich beeilen – muß gleich fort, der Brief auch.

Tausend Küsse, mein kleines Orang.

Immer Deins.

Am 26. 5. 1934 fährt Irmgard Keun nach Moselkern. Ihr Geld werde für etwa zehn Tage reichen, teilt sie Arnold Strauss mit, und die finanziellen Aussichten seien schlecht. Universitas stehe vor dem Verkauf, habe ihr Herr Langewort, ein Mitglied des Aufsichtsrats, mitgeteilt. Verlagschef Krüger solle entlassen werden. Und zu allem diesen komme »das störende Gefühl« hinzu, daß er seinen Eltern zu offenherzig von ihrem Verhältnis berichte. Würde es bekannt, »dann wäre mir auch noch die letzte leiseste Möglichkeit, Geld zu verdienen, genommen«.

Moselkern, den 27. 5. 1934
Freitag

Mein Liebstes – in größter Eile! Bin gerade für 5 Minuten allein. – Also, am Dienstag rief der Universitas-Langewort an aus Essen. Und bot sich an, mich Freitag nach Moselkern zu fahren. Er war aber schon Donnerstag in Köln, und da fuhren wir dann gestern. Seit gestern bin ich in Moselkern! Fahrt war herrlich! Reizender kleiner Mercedes. Deins hat Fahrgeld gespart, keine Last mit Koffern gehabt usw. Ist doch schön, was? Tr. ist gerade hier! Du brauchst aber nicht eifersüchtiger auf ihn zu sein als auf Annemarie. Wir sind heute mit dem Wagen nach Trier gefahren. Die beiden Männer sind gerade den Dom ansehen. Gleich kommen sie wieder. Besonders L. ist bestrebt, mich keine 5 Minuten allein zu lassen. Er ist mit der übrigen Universitas nicht zu vergleichen. Wirklich recht nett und natürlich. Kleines, Liebes, ich bin selig, hier zu sein. Tr. fährt wohl bald nach Berlin. L. fährt wohl morgen. Morgen schreib' ich mehr.

Meine Adresse: Moselkern bei Cochem an der Mosel, postlagernd. Schreib aber auch öfters nach Haus, wird *sofort* nachgeschickt. Auf morgen, mein Kleines. Ich küsse Dich tausendmal und wünschte, Du wärst bei mir. Deins

Moselkern, den 28. 5. 1934
Samstag

Mein liebes Kleines, es ist zum Kotzen. Alles ist verkorkster denn je. Ich denke, der Universitasmann hätte geschäftliche Interessen – ich ahne nichts anderes. Dabei bin ich doch sonst nicht doof. Das Ganze ist einfach eine verfluchte Sauerei. Ich will von vorn anfangen. Also, er fuhr mich nach Moselkern. Von Flirt keine Spur. Zufällig! war Tr. da. Gott sei Dank. Er ist etwas mufflig und bedrückt und behauptet, Depressionen zu haben. *Meine* Sorge! Ich denk' nicht weiter drüber nach und laure auf geschäftliche Projekte. Wir fahren am nächsten Tag nach Trier. Ich merk' nichts, weil nichts zu merken war. Abends in Moselkern war Tr. müde. Ich geh' mit dem Knaben noch in ein Lokal, wo dann die Entfaltung begann. Der Junge ist genauso alt wie Du – verwöhnt und selbstherrlich, Mercedeswagen, Millionenvermögen usw. Sieht nett aus, ist recht natürlich, nicht eigentlich dumm, aber so flach und leer, daß man menschlich mit ihm gar nichts anfangen kann. Weißt Du, ein Typ, der mich einfach reizlos finden muß. Zu dem paßt eine Frau wie Deine Holländer Cousine – mondän, schick, hübsch – und so, daß man ihn in jeder eleganten Bar um sie beneidet. Man hat eine Frau wie ein Auto – eine Mercedes-Frau oder eine Rolls-Royce-Frau. Nichts aus selbständiger Neigung, alles aus Eitelkeit. Wie ich diese Unselbständigkeit des Empfindens hasse. – Kurz und gut, dieser Mann oder grüne Junge läßt alle Geschäfte im Stich, kommt zu früh nach Köln, ist überhaupt nur in Köln, weil er nun mal mit mir zusammensein wollte. (Auf deutsch: Die gefällt mir nicht, aber sie macht sich scheinbar nichts aus mir – mit der möcht' ich mal ins Bett.)

Nochmals kurz und gut – das Schwein wird mir da gestern zärtlich, säuselnd, wild usw. Erzählte mir abwechselnd, daß ich spießig aussähe und daß er enttäuscht wäre – aber er wollte heiraten und Kinder haben – er könnte nicht mehr so weiterleben. Anschließend übliche Hand- und Fingerküsserei. Und wüste Geständnisse. Du kennst das ja. Und dann kam das Erschütternde: Bergen hat durchblicken lassen, er »hätte was mit mir gehabt« – *Krüger* hat durchblicken lassen, er hätte »was mit mir gehabt«!!! Ach, die haben's nicht nur durchblicken lassen, sie haben's glatt behauptet. Du – das ist so viel Irrsinn, daß ich ihn nicht fassen kann. Ich wollt' zuerst meinem Mann alles sagen, damit was passiert. Aber ich kann ja nicht, denn natürlich wissen sie auch von Dir. Du, mein kleines Orang – wenn das mit Dir je ein Unrecht gewesen sein sollte, dann hab' ich bis jetzt schon sehr dafür gebüßt. Es ist nicht schön, sich ruhig verhalten zu müssen, wenn erzählt wird, ich wär' eine Hure. Ich hab' nichts gegen Huren, aber da ich nun mal aus tiefstem inneren Unvermögen heraus keine bin und sein mag, will ich auch nichts Derartiges hören. Kleines, was soll ich tun? Ich bin so unsicher und so deprimiert. Bleib Du nur ruhig – morgen ist's schon besser. Aber jetzt ist alles so eklig. Natürlich hab' ich dann gestern aus Wut wieder viel zuviel gesoffen. Aber alles war schrecklich peinlich und ein großes Durcheinander.

Sonntag

(...) Ich hab' viel Angstgefühle und Verfolgungswahn und im Augenblick kaum Humor und kaum Widerstandskraft kleinen und großen Unannehmlichkeiten gegenüber.

Montag

(...) Heute hab' ich dreißig Briefe an Zeitungen fortgeschickt. Wenn ich nur den neuen Roman anfangen könnte. Aber mit diesem pathologischen Mangel an Selbstzutrauen wird mir momentan gar nichts gelingen. (...)

Für heute viele liebe Küsse. Dein Verrücktes.

Moselkern, den 31. 5. 1934
Dienstag

Mein liebes Kleines, heute ist's mit den Depressionen (unberufen) besser. Ich habe wieder an viele Zeitungen geschrieben und den Roman heute per Einschreiben fortgeschickt. Ab der 70. Seite nur die ungeraden Seiten. Mein kleines Pünktchen hat das schon gut geraten.

Mich hatte nur diese Langewortsache so deprimiert – und zwar, weil ich selbst da zuletzt eine scheußliche Dummheit gemacht habe. Das kam nur von dem verfluchten Saufen – dann bin ich so schrecklich egozentrisch und tu', was mir gerade einfällt, und überleg' gar nicht, was andre dabei denken. Also wir sind hier in einem Lokal – am

Freitagabend (ich muß das genau schreiben, weil ich mich so geärgert habe!) – wir sitzen da also, das Biest bestellt Sekt – ich höre den ganzen Universitasquatsch. Ich merk' auch nicht weiter, daß der Junge mir die Hand küßt und auch mal den Arm, weil ich selbst ja außer Wut gar kein Gefühl hatte. Bis dahin hatte ich mich bildschön korrekt benommen und hatte mächtig Oberwasser. Kann sein, daß ich ihm ein paar um die Ohren gehauen habe, aber das erweckte dann nur Respekt. Das Hamburger Pünktchen hatte ich mir ja auch prächtig erzogen. Und den Snobknaben hatte ich schon auf dem besten Wege. Da passiert mir denn so was Idiotisches, Schreckliches. Arnold, der Junge war so bereit, edel und unglücklich zu lieben. Wie ein Ritter Georg hätte er in Berlin gegen die Verschandler meines guten Rufes gewütet. Und da passiert mir dieser scheußliche Fauxpas. Paß auf: Im Hotel hab' ich einen mächtigen Schwips. Ich zieh' mich aus – hab' noch gar keine Lust, zu Bett zu gehen, möcht' noch was schreiben – Dir oder sonstwas. Vielleicht hätt' ich sogar Gedichte gemacht. Da merk' ich, daß ich keine einzige Zigarette mehr habe und kein einziges Streichholz. Ich lauf' erst runter in die Gaststube – da ist keiner mehr. Tr. raucht Pfeife – kommt nicht in Frage. Also stürze ich hemmungslos zum Langewort ins Zimmer. Abgeschlossen hat er auch nicht. Er liegt schon im Bett – das geniert mich gar nicht. Noch nicht mal Pantoffeln hatt' ich an – nur Nachthemd und Bademantel. Ich trete also an das Bett des vollständig verstörten Mannes. Er flüstert beglückt: Du. Ich sag': Wo sind die Zigaretten? Ich guck' in der Nachttischschublade nach – er gerät allmählich in Verzückung – ich werf' ihm seinen Anzug in die Arme, er sollt' nachsehen, ob da welche drin wären – gleichzeitig dämmerte mir, daß mein Benehmen leicht unkorrekt war – und ich verschwand in panischer Eile! Leider ohne Zigaretten.

Liebes, ich bitte Dich, es gibt genug Männer, die so was genauso harmlos auffassen, wie's ist. Ich kenne genug

Männer, z. B. Jaeckel oder verschiedene Pünktchen, die ich zu jeder Tages- und Nachtstunde aufsuchen könnte, ohne daß sie sich sonderlich viel dabei denken. Aber dieses spießige Snobgeschöpf! Spießig, unintelligent und konventionell, bestens voreingenommen gegen mich durch Universitas. Vor allem: *eitel* und dumm! Also der meint nun entweder, ich hätt' die Brieftasche klauen wollen oder die wüste Leidenschaft hätt' mich zu ihm getrieben. Lieber wär's mir noch, er glaubte, ich wollte klauen. Aber er ist ja so eitel –!

Nun hat mich die Wut über mich unsicher gemacht – und statt am nächsten Morgen nett, normal und freundlich zu sein, spuck' ich grüne Galle und lass' mir anmerken, daß ich nicht erwarten kann, daß der Mann abhaut.

Du siehst also, daß ich alles verkorkst habe. Und Du ahnst gar nicht, wie mich so was quält und wütend macht. (...)

Mittwoch

Der Brief soll gleich fort, mein liebes Kleines. Heute war endlich ein schöner warmer Tag – ich bin tüchtig in der Mosel herumgeschwommen. Von Zeitungen immer noch nichts. Tr. ist mitunter eine Höllenqual. Ich vermeide es, mit ihm zu reden. Du, ich verreck' lieber, als daß ich mir Geld von ihm geben ließe. Wenn nur endlich Zeitungen schrieben. Ich weiß bald nicht mehr weiter, und dabei möcht' ich gern froh sein. Deins

> Und ihre Lügen, das waren so ganz leichte bunte Stoffe, den Körper sah man durch – ihre Lügen waren auch ehrlich, man mußte ihre Lügen liebhaben –.
>
> *Das kunstseidene Mädchen*

Nichts scheint für Irmgard Keun schwieriger zu sein, als bei der Schilderung der Wirklichkeit bei der Wahrheit zu bleiben. Sie erlebt, was sie erfindet, und erfindet, was sie erlebt. Sie inszeniert ihren

Alltag (oft durchaus zweckvoll), und ihre Briefe sind zugleich Wiederaufnahmen dieser Inszenierungen und ihre Fortsetzung – aber gewiß nicht immer Lust und Vergnügen.

Zehn Tage später scheint die Langewortgeschichte so gut wie vergessen.

Irmgard Keun interessiert sich nur noch fürs Romanschreiben und Geldverdienen. Da Geldverdienen immer noch sehr schwierig ist, bittet sie Arnold Strauss um weitere finanzielle Unterstützung – und um Diskretion: »Das Fürchterlichste aber, was mir passieren könnte, wäre nach wie vor, wenn von Dir was rauskäme.«

Alltag in Moselkern: Irmgard Keun schreibt Geschichten und bietet sie den verschiedenen Zeitungen an, sie streitet sich wegen des Plagiats mit dem »Leben« – nicht ohne Spaß, denn sie liebt es, sich zu streiten, und sie liebt es, im Recht zu sein.

Moselkern, den 8. 6. 1934
Donnerstag

Mein Liebes,
Das Leben schreibt heute, daß es außer den 100 Mark auch noch das Manuskript *Gold und Seife* nehmen will für 60 Mark. Wären bereits 160. Bin neugierig auf das Endresultat. Nun ist heute etwas Scheußliches passiert. Annemarie schrieb mir heute, daß sie in Köln ›Der wirkliche Geheime‹ spielt unter der Leitung von Pg. Magka, der gleichzeitig Heimatschriftsteller ist und für nationalsozialistische Zeitungen, besonders den Westdeutschen Beobachter, schreibt.

Selbiger Magka war immer sehr unfreundlich zu Annemarie, bis sie ihn fragte, und er sagte: »Sie sind doch mit Irmgard Keun befreundet.«

»Ja, und!«

»Ja, die ist doch Jüdin und hat außerdem ein jahrelanges Verhältnis mit dem jüdischen Rechtsanwalt Dr. Richard Cohen gehabt.«

Annemarie wies ihn zurecht, und er selbst fand es angebracht, dem Kerl, der ihm das gesagt hatte, gehörig übers Maul zu fahren. Nun habe ich mit Richard Cohen ebensowenig ein Verhältnis gehabt, wie ich Jüdin bin und mit Krüger und Bergen was gehabt habe. Dummerweise hat Annemarie mir das geschrieben, und diese Verleumdungen lassen mich allmählich die Nerven verlieren. Im Vollgefühl meiner Unschuld erzähle ich in der ersten Aufregung Tr. die Sache. Na, und der tut, was jeder Mann in einem solchen Falle tut, überhaupt jeder Mensch: Er schreibt dem Mann, daß er ihn wegen böswilliger Verleumdung verklagen wird, falls der nicht den ersten Verbreiter der Verleumdung nennen würde und sich selbst als Zeuge zur Verfügung stellen.

Er freut sich schon, die ganze Sache groß aufzuziehen (der Urheber der Verleumdung könnte ein Mitglied des Westdeutschen sein) – damit nun endlich einmal Ruhe ist.

Sehr schön. Ich schreie geradezu nach einer solchen Genugtuung. Nun wird die Gegenseite vor allem mein Privatleben untersuchen. Ferner wäre ich in dem Prozeß Zeuge und stände unter Eid. Man wird mich eventuell auf Veranlassung der Gegenpartei fragen: »Standen Sie überhaupt nie zu einem ... in Beziehung?«

Bitte, und dann?

Erstens würde mich Tralow umbringen bei einer Eröffnung auf diesem Wege.

Wenn ich am Leben bliebe, würde der Skandal den Rest oder den kleinen Anfang meiner Existenz vernichten. Du bist Dir klar darüber, nicht wahr? Ich will doch arbeiten und wieder richtig unabhängig werden. Aber noch habe ich keinen neuen Roman. Jetzt fangen die Zeitungen an, meine Sachen zu nehmen. Nach einem Skandal kann ich einpakken. –

Ich muß also die Sache verhindern – und sage also zu Tr., ich hätte mal vor Jahren mit einem ... was gehabt. Du kannst Dir denken, wie albern und kläglich ich mir dabei vorkomme. Ich spiele also diese Jammerrolle. Man könnte verrückt werden. Tr. sieht ein, daß ich nicht als Zeugin unter Eid aussagen kann – daher muß *ich* klagen.

Also mußte ich an Magka den Brief schreiben und heute abschicken. Nun bin *ich* Kläger. Der Prozeß ist nach meinem Brief unvermeidlich.

Liebes, nicht wahr, Du kannst doch von dort aus beschwören, daß wir uns seinerzeit in Berlin sehr befreundet haben, daß Du später von Holland aus in Berlin warst wegen Verkauf Deines Autos – im selben Hotel mit mir wohntest und mir in meinen ganzen Sorgen, Krankheiten und Depressionen sehr geholfen hast. Als Du in Barmen warst, hast Du mich dann auch in Köln besucht, und wir haben zusammen gebummelt. Mag es eventuell für manche nach außen hin den Anschein haben – es ist doch nie etwas zwischen uns gewesen, nicht wahr?

Du – Du wirst mich doch nicht im Stich lassen, mein Orang? Siehst Du ein, daß mich jetzt eine neue Vernichtungswelle mit all dem fürchterlichen Drum und Dran hier selbstmordreif machen müßte?

Ich habe Dich lieb, Arnold, und das Versprechen, das ich Dir gegeben habe, halte ich, weil ich's gern halten will.

Aber du *mußt* mir jetzt helfen. Ich werde sonst allmählich verrückt.

Schreibe mir *sofort* (außer dem anderen) einen Brief, aus dem hervorgeht: daß wir (...) uns oft schreiben, daß Du mir Bilder aus Florenz – ich Dir Manuskripte schicke. Daß Du Dich etwas in eine Italienerin verliebt hättest. Daß Du ›Gilgi‹ mehr als jedes andere Buch liebtest. Daß Du jetzt endlich auch den ›Cromwell‹ von meinem Mann gelesen hättest und sehr interessant fändest. Erwähne, daß ich ihn Dir geschickt habe.

Schreibe, daß ich auf meine Zähne achten soll, damit ich nicht wieder so krank werde wie damals in Köln. Schreibe von Übersetzungsmöglichkeiten. – Schreibe, wie Du an das nette Mädel in Berlin (ich weiß ihren Namen nicht mehr)

– mit dem lungenkranken Arztfreund, und die dann Blasenkatarrh hatte – Du weißt schon, wen ich meine, schreibe, wie Du der schreiben würdest – und obendrein noch so'n bißchen distanziert verliebt. Daß Du gerne mal wieder zu Deinen Eltern und auch nach Köln führst – daß Du mit niemandem so gut sprechen und lachen könntest wie mit mir. Daß Du mir für meinen letzten ausführlichen Brief dankst, der auf Deine Sorgen so eingeht. Schreibe, daß Du es manchmal schade fändest, daß ich bereits verheiratet wäre – und erwähne, daß ich mal gesagt habe: Auch wenn ich frei wäre, kämen nur freundschaftliche Beziehungen in Frage usw. usw. usw.

Liebes – sei Pünktchen und nochmals Pünktchen. Schreibe einen *langen* Brief, und schreib ihn *hierher*! Und mach ihn gut. Dann brauchst du gar nicht mehr zu beschwören. Und ich brauche diesen Brief nur vorzulegen.

Übrigens – schreibe nicht nur einen – sondern *3–4* solcher Briefe. Natürlich in Abständen von 2–3 Tagen. Aber sofort, sofort, sofort!!!

Schreibe viel über Kunst und gemeinsame Kunstinteressen. Und laß aus allem hervorgehen, daß nichts zwischen uns ist. Schreib: Tausend Grüße und Handkuß – oder irgendwas Neckisches.

Mach's gut, Liebes. Hilf mir! Dann will ich auch wieder trotz allem froh sein. Wird ja alles mal hinter uns liegen – wenn ich nur nicht vorher kaputtgehe. Wir werden ja auch mal über alles *sprechen*. Und dann wirst Du alles klarer sehen. Bis dahin hab aber Vertrauen, wenn ich sage: *Das* muß geschehen. Die Begründungen, die restlosen, wirst Du erfahren, und sie werden Dir einleuchten.

Ach Liebes, ich muß Scheußliches um uns beide ausstehen, und ich mag Dich trotzdem.

Nun hilf mit aller Liebe und mit allem Verstand. D.

Was steckt hinter dieser Geschichte?

»Nichts«, sagt die eine Freundin, »denn sonst hätte ich davon gehört.«

Und die andere sagt: »Das sind nur Briefe.«

Lese ich den Brief als ästhetischen Selbstentwurf, als Skizze eines möglichen Lebens und seiner möglichen Gefährdung – eine scheinbar persönliche Mitteilung im Vorfeld des Romans –, so bleibt doch die Frage nach der Absicht dieser »literarischen« Produktion.

Einfacher: Was will Irmgard Keun mit diesem Brief erreichen?

Nicht allein, daß sie die Bedingungen ihrer Beziehung zu Arnold Strauss diktiert, jetzt diktiert sie auch noch seine Briefe. Er beschreibt in ihnen, was tatsächlich ist: die Entfernung. Ein Machtspiel also. Du mußt mir helfen, denn ohne Dich wäre ich nicht in diese entsetzliche Situation geraten.

Ein Spiel, zu dem zwei gehören.

Am 21. 8. 1934 schreibt Irmgard Keun: »Manchmal bist Du doch genauso wild darauf versessen, Menschen zu beeinflussen, wie ich das bin. Leider bin ich's so oft aus Experimentierlust, Despotiesucht und Eitelkeit. Wie selten ist es, daß einen nichts interessiert als das Wohl des anderen.«

Moselkern, den 13. 6. 1934
Dienstag

Liebes Kleines,
Dank für Briefe und so. Im übrigen bin ich ein ganz kleines bißchen böse. Wenn ich Dich bitte, ein Manuskript *sofort* zurückzuschicken, dann mußt Du das auch tun. Du störst sonst meinen Geschäftsbetrieb. Ich besitze kein einziges Exemplar und hätte es heute mit Kürzungen und Verbesserungen abschreiben *müssen*, um es weiterverschicken zu können. Wenn man so'n Manuskript noch mal abschreibt, fallen einem übrigens immer so viel Überflüssigkeiten auf, die man fortlassen kann, und dann wird alles viel hübscher und klarer. Allmählich komm' ich auch dahinter, was die

einzelnen Zeitungen wollen. Manche wollen z. B. Sachen von 1–2 Schreibmaschinenseiten. Berliner Tageblatt höchstens 4. Mit Selbstmördergarten hab' ich gar kein Glück. Das ist auch den Wohlwollendsten momentan thematisch nicht genehm. Irgendeine neckische Scheiße ist leichter loszuwerden. ›Kleiner Wunschtraum‹ war kurz und ulkig. Ich wünsche mir, daß alle Leute, die was Schlechtes von mir denken oder sprechen, im selben Augenblick sich zehn Minuten lang in schmerzhaften Krämpfen am Boden winden müssen. Krüger und Bergen wanden sich ununterbrochen und sonst noch allerhand Leute – es war wirklich lustig. Das fanden auch sämtliche Zeitungen, aber – ›schmerzhafte Krämpfe‹ wäre zu roh!!! Ob ich ihnen das umarbeiten könnte. Dabei wollte ich in meiner Fassung besonders sanft sein – denn zuerst hatte ich vor, die Leute alle sterben zu lassen und auf diese Weise eine allgemeine Entvölkerung herbeizuführen. Allenfalls ist mir der Humor einer 90jährigen Stiftsdame gestattet. Ich finde das Leben auf diese Art manchmal etwas langweilig.

(...) Ich mach' mir letzten Endes verflucht wenig draus, kleine Sachen zu schreiben. Ich fange nun mal erst an, meine Menschen erst von der 40. Seite an zu lieben. Und erst ab der 100. Seite kann ich mich richtig mit ihnen verständigen und an ihrem fremden Leben restlos teilnehmen. So geht's mir ja auch in meinem normalen Leben. Es fällt mir tausendmal leichter, mit einem Menschen zu schlafen, als mit ihm zu leben. (...)

Tausend Küsse für heute. Deins

Mit einem Fremden schlafen, der einen nichts angeht, ganz umsonst, macht eine Frau schlecht. Man muß wissen wofür. Um Geld oder aus Liebe.

Das kunstseidene Mädchen

Inzwischen hat Irmgard Keun Arnold Strauss' Pro-forma-Briefe bekommen. Sie sind ihr peinlich. Sie bittet am 16. 6. 1934 um einen letzten:

Liebe Irmgard – und viele herzliche Grüße von Florenz, und ob das Buch von meinem Mann schon übersetzt ist – und daß Du ihn unbekannterweise grüßen läßt. (...) Und damit Schluß mit dem Affentheater! (...) Kleines Orang, Dein letzter Brief hat mir Lust zum Flirten gemacht. Hier in Moselkern ist niemand, darum werd' ich auf Langewort zurückgreifen.

Im nächsten Brief dann Erfolgsmeldungen. Viele ihrer Artikel sind angenommen worden. Irmgard Keun addiert ihre Außenstände, beklagt die schlechte Zahlungsmoral der Verlage und erbittet von Arnold Strauss Geld. Arnold schickt es und außerdem Blumen.

Seinen Eltern schreibt er am 29. 6. 1934: Von I. hatte ich viele gute Nachrichten. Eine Annahme nach der anderen, dann wollen mehrere ein Buch aus den jetzigen kleinen Geschichten machen, das im Herbst herauskommen soll. Es haben sich auch mehrere Auslandsverlage dafür interessiert. Darüber bin ich sehr glücklich.

Weniger glücklich ist er darüber, daß Johannes Tralow immer noch in Moselkern ist. Irmgard Keuns Antwort am 3. 7. 1934: Sie sei froh drum, denn ihr Mann bewahre sie davor, Alkohol zu trinken oder andere Dummheiten zu machen. Über den Röhm-Putsch am 30. 6. 1934 berichtet sie nur Offizielles:

Moselkern, den 3. 7. 1934

(...) Du wirst ja inzwischen von der großen Säuberungsaktion unseres Führers gelesen haben. Wir hörten davon gestern durch Rundfunk. Röhm ist verhaftet, und die Rheinisch-Westfälische vermutet, daß er inzwischen Selbstmord verübt hat. Schleicher hat sich bei der Verhaftung widersetzt und ist dabei erschossen worden. Seine Frau auch.

Sieben Gruppen- und Obergruppenführer (...) wurden

standrechtlich erschossen. Ihr werdet ja alles gelesen haben. Röhm wurde in Wiessee verhaftet. (...) Eben kommt die Nachricht durchs Radio, daß Röhm standrechtlich erschossen wurde. (...)

Ein knapper ironischer Kommentar Irmgard Keuns zum Röhm-Putsch versteckt sich erst in ihrem Brief vom 10. 7. 1934: »Von unserem Führer hast Du sicher gelesen. Man muß ihn bewundern. Er wird auch jeden vernichten – läßt er sagen –, der seine Handlungen kritisiert.«

Moselkern, den 18. 7. 1934

Geliebtes kleines Blödsinniges –
tausend Dank für Briefe. Du – ich muß Dich mal fragen, was tust Du eigentlich in Italien? Was macht Dein Brustkrebs? Dein Leben da mag schön sein, aber mir wird es allmählich langweilig. Kannst du jetzt wenigstens die Sprache perfekt? Ist ja immerhin etwas. Was arbeitest Du denn? Wenn du mal ein paar Bewerbungen geschrieben hast, stöhnst Du. Nimm Dir doch kein Beispiel an meinem Berliner Dasein. Kleines, mir ist jetzt hundertmal alles schiefgegangen – und ich bin fast noch schlimmer dran als Pünktchen. Aber ich *will* jetzt. Ich hab' sehr viel umsonst gearbeitet – aber ich arbeite weiter. Du hast mir geholfen – aber Du hast mir doch nur aus der Tasche Deiner Eltern geholfen. *Das* Geld möchte ich gern bald wiedergeben. Du sagst, du hast mich lieb. (Quatsch. Warum bist Du nicht hier? Es würde Deine Eltern weniger kosten.) Und wenn Du Dir nicht selbst was vorlügst, mußt Du einsehen, daß Du mit gutem Willen hier genausogut lernen kannst, was Du in Italien lernst. (...) Schreibe mir, was Du arbeitest – um Deinetwillen, um unsretwillen, um der Sache willen. Vielleicht liegt's an mir, daß ich Dein Leben falsch sehe. Jedenfalls gefällt's mir nicht. Ich glaub' auch nicht, daß es Dir gefällt. Ich möcht' zum Donnerwetter mal wissen, *warum* Du nicht zu Haus bist, wenn Du Deinen Eltern

helfen kannst. Italienisch kannst Du auch dort lernen. Fleißig sein in der Berlitz School und faul sein in Italien – das kommt aufs selbe raus. Wenn Du hier wärst, würden wir uns sehen und sprechen. Arnold, erkläre mir bitte endlich, *warum* Du dort bist. (...) Weiß Gott, Arnold, ich ginge lieber mit Dir zu den Gelbfieberinseln oder wie diese Rockefellerdinger heißen. Kleines, sollen wir zusammen was unternehmen? Manchmal find' ich Dich älter als Tralow. Du weißt, kleines Orangtier, daß ich begreife, was es heißt, wenn alles kaputtgeht. Ich glaube an den, der kommen wird und kommen muß. Eigentlich müßtest Du Dich schämen, in dieser Zeit nicht bei denen zu sein, die Du liebst. Sicher ist es hübscher, vom Felsen zu springen, wenn man die Wassertiefe kennt. Wir kennen die Untiefe und verzichten aufs Springen. Du bist ein faules Schwein, Arnold, Du weißt nicht, wohin du gehörst. In Deutschland haben wir nur den Führer und kein Gericht. Liebes, gibt es ein Volk, das leben und atmen kann ohne geschaffenes Gesetz?
D.

> Nein, sagte sie, ich bin nicht betrunken, oder vielleicht bin ich gerade betrunken, weil ich nüchtern bin – oder ich bin nur nüchtern, wenn ich betrunken bin.
> *Kind aller Länder*

Die nächsten Briefe Irmgard Keuns sind Stimmungsbilder. Es geht ihr gut, es geht ihr schlecht, sie arbeitet, sie arbeitet nicht. Wenn die Sonne scheint, geht sie schwimmen; wenn es regnet, ist sie depressiv. Nein, Alkohol trinke sie nicht, und das Geld sei knapp, und sie habe Sehnsucht nach ihrem Kleinen, ob es nicht kommen wolle.

Moselkern, den 18. 8. 1934
Donnerstag

Liebes Kleines,
(...) Heute nacht habe ich furchtbar komisch geträumt und auch behalten zum Teil. Was ich behalten habe, ist mir so lebendig und plastisch, daß ich jetzt noch davon beeindruckt bin. Ich möchte gern hinter die realen Ursachen eines solchen Traumes kommen, aber es gelingt mir noch nicht. Ich will Dir mal erzählen:

Also, ich war in einer sehr hellen, freundlichen Badeanstalt. Ein großes, weißes Becken, an der Seite Holzwege, auf denen man weiterlaufen kann zu einem großen Fluß. Wenn man in dem Becken schwimmt, wird das Wasser immer weniger, was leichte Beunruhigungsgefühle hervorruft. Vermittels riesengroßer Hähne kann man aber neues Wasser einlassen. Im Wasser schwammen nur Mädchen, und zwar so viele, daß man sich dauernd stieß. Gegen die Mädchen hatte ich irgendein Abneigungsgefühl. Dann war ich in einem Vorraum und hatte mit einem Mädchen, von dessen Aussehen ich nichts weiß, eine Auseinandersetzung, bei der ich mich ängstlich und gedrückt und schuldbewußt fühlte. Ich ging dann in ein großes kahles hellbraunes Zimmer. Da waren in einer Ecke lauter Katzen. Ein paar ganz kleine und einige *sehr* große. Einige standen sehr ruhig und hatten ein Fell wie Gazellen. Ich wunderte mich darüber. Dann kamen von den normal befellten, sehr großen grauen Katzen einige sehr drohend und gefährlich auf mich zu. Ich hatte große Angst und konnte mich knapp retten. Ich stand wieder in dem riesenwaschbeckenartigen Schwimmbad – ganz allein. Da kam ein Mann in einem schwarzen Anzug (von seinem Gesicht weiß ich nichts), der trug auf einer Stange über der Schulter lauter blutige, rohfleischene Leiber. Kleine und große. Ich wußte, daß das die Katzen waren, und der Mann sagte, er hätte ihnen das Fell abgezogen. Ich hab' mich furchtbar geekelt und entsetzt. – Mehr weiß ich nicht.

Aber selten habe ich einen Traum so bis in die kleinste Farbnuance hinein behalten. Wo sind die Ursachen zu diesen Bildern? Sie werden gar nicht geheimnisvoll sein, sondern sehr real und primitiv – aber wie ist die Ursache, wo ist die Ursache? Aus welchen Tageseindrücken setzt sich so etwas zusammen? Freud erklärt jeden geträumten Gegenstand als Geschlechtsteil – Tintenfässer, Kissen, Glühbirnen usw. Gut – wollen wir das als gegeben hinnehmen. Aber wann und warum Tintenfaß – wann und warum Glühbirne – wann und warum Kissen? Die Psychiatrie abstrahiert sich vom Individuum, um das Generelle zu erfassen. Ich meine, daß das Generelle nur durch das Individuum, ich meine durch Konzentration auf das Individuum, durch absolutes Unverallgemeinern gefunden werden kann. Verstehst Du, was ich meine? Eine oberflächliche Erkenntnis ist scheinbar allgemeingültig. Sie ist es nicht. Sie ist es nur scheinbar. (...)

Komm bald, Kleines, und hilf etwas lustig werden.

Tausend Küsse Deins.

Moselkern, den 21. 8. 1934

Mein Kleines,
eben telegrafisch 42.00 bekommen. Tausend Dank. Aber telegrafisch hätte es nicht schicken brauchen. Aber ich bin doch furchtbar froh gewesen. Am Sonntag hatten wir Wahl. So was regt mich immer schrecklich auf – ich muß da auf jede Nuance im Radiobericht achten und bin furchtbar nervös, weil ich doch so sehr will, daß der Führer alle Stimmen kriegt. Er hat das wirklich verdient. Aber nun hat er doch weniger Stimmen als bei der letzten Wahl bekommen.

Glaubst Du – Du kommst im September? Wo sollen wir uns dann treffen? Ich sage hier, ich führe nach Köln. Am besten treffen wir uns wohl in Godesberg. Für 2–3 Tage. Und dann fahre ich noch für einen Tag nach Köln. Aber werden wir Geld haben? Ich hab' keine gute Konjunktur momentan. Wenn ich mal was wirklich Nettes schreibe, kann ich hundert gegen eins wetten, daß es nicht gedruckt wird. Na, egal. Ich schreib' jetzt richtig am neuen Roman und hab' Freude dran. Alles, was Du betr. ›Medizinerkrankheit‹ schreibst, weiß ich schon lange und beobachte sehr bewußt und mit dämonischem Vergnügen die Wirkung von Fachlektüre auf meine labile Hirntätigkeit. Glaubst Du nicht, daß die Möglichkeit, sich eine Krankheit einzubilden, die Möglichkeit zu der Krankheit an sich voraussetzt. Vor allem glaube ich, daß es nur mehr oder weniger Kranke gibt – und daß der ›gesunde‹ Mensch genauso ein religiöser, irdisch unzulänglicher Wunsch ist wie der ›vollkommene‹ Mensch.

Dir ist Dein Bienenstich interessant (was macht er übrigens?) – ich hab' auch meine Bienenstiche, die mir interessant sind. Ich gehe sicher einen recht skurrilen Weg, um zu den Erkenntnissen zu kommen, die mir richtig und wertvoll scheinen. Ich halte das Bestreben, ›alles zu verstehen‹, für ethisch und weiterbringend. Und ich wüßte von fremden und kleinen und großen Fehlern kaum einen, den ich nicht selber machen könnte. 93% aller Verbrechen sind Verbrechen aus Eitelkeit. Keinen Fehler hasse ich wie diesen. Du ahnst nicht, wie sehr ich die Menschen meiner Umgebung hasse. Ich finde sie inferior und versuche, ihnen zu gefallen. Und dann bin ich oft gar nicht eitel und dankbar zum Beten für einen guten Blick, ein gutes Wort, einen guten Gedanken.

Kleines, ich hätte gern ein paar niedliche pekinesische Kinder. Wann? Kuß, Deins.

Sie hätte gern ein niedliches kleines Kind gehabt und ein braves ordentliches Leben.
D-Zug dritter Klasse

Liebes Kleines, ich werde immer nervöser und bin die ›Medizinerkrankheit‹ sehr leid. Manchmal ersticke ich unter dem Druck der Familie und stelle dann aus Reaktion die blödesten Dinge an. Gestern abend habe ich einer fremden Frau erzählt, ich bekäme ein Kind, um mein irres und fahriges Wesen zu erklären oder um mich wichtig zu machen. Nachher haßte ich diese höchst belanglose Spießerfrau meiner eigenen Idiotie wegen und hätte sie am liebsten stundenlang geprügelt. Einem harmlosen eitlen jungen Mann hier habe ich dann tatsächlich ein paar um die Ohren gehauen, weil er es wagte, mir zu widersprechen. Ich tue alles und jedes, um mich überall unbeliebt und unmöglich zu machen. (...) Gott, ich weiß und kenne Ursachen und Gründe meines Zustandes recht gut – man lebt ebensosehr unfreiheitlich und unter Umständen, die gerade mir nicht liegen. Ich freue mich, wenn Du kommst, mein kleines Liebes. Ich danke Dir auch sehr für das Geld und bewundere Deine Sparfähigkeiten. Ich möchte gern sein wie Du. D. h., ich möcht's doch nicht. (...) Manchmal bist Du doch genauso wild darauf versessen, Menschen zu beeinflussen, wie ich das bin. Leider bin ich's so oft aus Experimentierlust, Despotiesucht und Eitelkeit. Wie selten ist es, daß einen nichts interessiert als das Wohl des anderen.

Nach weiterem Studium einschlägiger Fachliteratur fange ich an, ›Versündigungswahn‹ bei mir festzustellen. Hoffentlich werden wir bald zusammen lachen, Kleines!

Deins.

Anfang September treffen sich Irmgard Keun und Arnold Strauss für zwei Tage in Köln. Die vorbereitenden Briefe sind wie immer in einem konspirativen Ton gehalten: Niemand darf davon wissen, ihr Ehemann am allerwenigsten, und im Grunde schade die Arbeitsunterbrechung ihrer Produktivität.

Arnold Strauss verbindet dieses Treffen mit einem Besuch bei seinen Eltern.

Am 31. 8. 1934 schreibt Lucy Strauss in ihr Tagebuch: Brief seiner Irmgard, den er uns vorlas, lustig und lieb (...), aber damit ist auch alles gesagt, aber jedes tiefe Wort fehlt in und zwischen den Zeilen. Ist so eine moderne ewige Liebe, eine kampfbereite, Arnold beglükkende und beschützende Liebe? Ich fühle mich sehr altmodisch.

Irmgard Keuns erster Brief nach dem Treffen klingt heiter und unpersönlich. Sie gratuliert ihrem Freund zu seinem zweiunddreißigsten Geburtstag am 9. 9. 1934. Ihr Geschenk: Sie wolle nicht mehr trinken. Außerdem berichtet sie von einem angebrochenen Daumen und den Qualitäten des »Knochenflickers«, eines Wunderheilers aus dem Moseltal. Arnolds Antwort: eine Blinddarmoperation. Irmgard Keun kommentiert sie mit viel Sachverstand. Sie liebt medizinische Themen. Ebenso dramatisch wie hypochondrisch veranlagt, hat sie sich über Jahre ein solides medizinisches Grundwissen zugelegt. Arnolds Heilung geht nur langsam voran. Irmgard kontert mit Schnupfen, Empfindlichkeit der Haut, leichtem Fieber, Bronchialkatarrh, Schwellung der Halsdrüsen und Rückenstichen. Ihr Daumen ist geschwollen und schmerzt. – Und zu allem Überfluß: Streit mit Tralow.

Aber – keine Geldwünsche. Arnold Strauss, immer noch im Krankenhaus, könnte sie derzeit auch nicht erfüllen.

Unter dem 22. 9. 1934 steht in Lucy Strauss' Tagebuch: Ich bin glücklich, solange ich ihn in Florenz weiß, ich werde glücklich sein, wenn er *die* Stelle findet, die ihm zusagt. Die Zeit vergeht, seine schönsten Jahre gehen nutzlos, unwiederbringlich vorbei. (...) Vielleicht will Irmgard unserm Jungen über die schweren Zeiten hinweghelfen (?). Ich glaube so wenig an eine Heirat der beiden und weiß auch nicht, ob ich es wünschen soll.

Moselkern, den 26. 9. 1934
Dienstag abend

Mein armes kleines Blödsinniges, (...) Jetzt möchte ich Dir noch eine schöne und wahre Begebenheit schreiben, die ich im ›Mittag‹ las und die mich tief ergriffen hat. Du wirst es vielleicht nicht glauben, aber es hat wirklich so im ›Mittag‹ gestanden.

›Die Tragödie des Wagenlenkers Kleinlein‹. Ein Beispiel deutscher Mannestreue.

Also, Hans Kleinlein, der Chauffeur des Pg. Julius Streicher (Stürmer), hat sich das Leben deshalb genommen, weil sein Ehrgefühl so stark war, daß er es nicht überleben konnte, mit dem Auto gegen einen Baum gefahren zu sein. Streicher war hinausgeschleudert worden, jedoch Gott sei Dank unverletzt geblieben. Aber das Unglück ging Kleinlein so zu Herzen, daß er sich sofort erschoß.

Streicher war über den Tod seines Chauffeurs sehr erschüttert. Er widmete ihm folgende Worte: »Dieser Hans Kleinlein stand mir nahe wie ein leiblicher Bruder. Das ist kein Grab eines Selbstmörders, vor dem wir stehen, das ist ein durch mutiges Mannestum geweihtes Grab und wird es bleiben. Wahres Christentum und wahres Deutschtum sind die gleichen Dinge. Wir haben keinen geistig Umnachteten zu Grabe getragen. Wir würden unserem Parteigenossen Kleinlein unrecht tun, wenn wir sagen würden, er war bei seiner Tat geistesgestört. Ehrgefühl und Pflichterfüllung bewogen ihn, sich das Leben zu nehmen.«

Als dem Vater Kleinleins die Nachricht vom Tode seines Sohnes überbracht wurde, sagte er: »Ich habe es kommen sehen, aber als Vater freue ich mich, daß er mutig aus dem Leben ging.« Und auch die Mutter und die Geschwister zeigten sich in ihrem Verhalten würdig des großen Sohnes und Bruders.

Schade, daß es bei den hellsten Taten immer Schatten gibt. Kleinleins Frau sagte, als sie von seinem Tode erfuhr: »Nun hat ihn endlich das Schicksal doch erreicht.« Aber darum verbot man ihr, an das Grab zu kommen. Wenn die Frau sich erlösen wolle, dann müsse sie eines Tages den Weg zu diesem Grabhügel finden und sprechen: »Hans Kleinlein, reiche mir die Hand zum Verzeihen.«

(Darüber redete Streicher am Grabe.)

Jetzt ein Nachwort der Redaktion

»Noch ein Beispiel der Treue. Man kennt rührende Geschichten von Hunden, die um den Tod ihres Herrn trauern. Hier ist es Wirklichkeit geworden. Hans Kleinlein hatte auch einen Begleiter in seinem Leben, der in treuer Anhänglichkeit immer an seiner Seite war. Das war der Hund Julius Streichers, den er betreute, wie es nur ein Mensch mit einem wirklich seelenvollen Gemüt tun kann. Es war ergreifend, wie dieses Tier von dem Grabhügel – man hatte den Hund zur Beerdigung mitgenommen – nicht weichen wollte. Traurig senkte das Tier den Kopf und rührte sich auch nicht einen Augenblick, als die Menge das Horst-Wessel-Lied sang und sich die Hände zum letzten Gruß erhoben ...« (Ein Schwein wie Tucholsky hätte wahrscheinlich übertrieben und behauptet, der Hund hätte auch ein Bein gehoben und mitgesungen.)

Ich habe es ziemlich gekürzt. Mich hat dieses Menschenschicksal sehr ergriffen. Und auch Streicher kommt einem menschlich so nah und wird einem in seiner schönen Warmherzigkeit so sympathisch.

Nun für heute Schluß, Kleines. Alles Gute, und werde mir bald gesund. Grüße, Küsse und liebe Gedanken. D.

Julius Streicher war der Herausgeber des nationalsozialistischen Parteiorgans »Der Stürmer«. Joseph Goebbels nennt ihn in seinen Tagebüchern einen »Fanatiker mit eingekniffenen Lippen«, einen »Berserker«, der »direkt von der antisemitischen Frage« rede.

Ein heiterer, nahezu zugewandter Brief am Dienstagabend, ein elfseitiger, äußerst gefährlich klingender Krankenbericht am Mittwoch in der Frühe. Eierstockentzündung oder Gewebezerrung? Irmgard Keun ist sich nicht sicher. Sie erbittet vom Arztfreund eine Ferndiagnose – und:

(...) Ach Kleines, ich komm' mir so läppisch vor, daß ich Dir Krankem so stundenlang von mir schreibe. Wenn ich wüßte, was los wäre, würde ich kaum ein Wort darüber verlieren. So möchte ich nur, daß Du Dir irgendein Bild machen kannst und vielleicht weißt, was in Frage kommen könnte. Ich glaube nicht, daß ich hypochondrisch bin. (...) Ich bin da ziemlich in Angst und warte sehr auf Deinen nächsten Brief. Weißt Du, eigentlich sind die Schmerzen fast genauso wie beim Blinddarm – nur eben auf der linken Seite. Wenn's sich bis morgen bessert, wird wohl nichts Schlimmes sein.

Tausend Küsse, mein Liebes. D.

An die hundert Briefe hat Irmgard Keun bis jetzt an Arnold Strauss geschrieben, Variationen immer gleicher Themen, oft in Eile begonnen – angekündigt als kurzer Gruß – und beendet als längerer Bericht über die eigene Befindlichkeit, darin einem Tagebuch ähnlicher als einem Brief. Das »Du« wird zum »Es«: Ach Kleines. Entpersönlichung und Monomanie greifen ineinander, und Arnold Strauss hat nur seine Sehnsucht dagegenzusetzen: die Sehnsucht angesichts der Hoffnungslosigkeit. Sprachlosigkeit und viele Worte. Einer ist des anderen Projektionsfläche, und die Konkurrenz verschiedener Lebensentwürfe scheint nur aufgehoben, wenn es um Geld geht. Die Sehnsucht hat ihren Preis, Schecks auf eine gemeinsame Zukunft werden ausgestellt. Jeder zieht daraus seinen Vorteil.

Die Briefe sind die Geschichte, die Geschichte selbst findet nicht statt. Wie sich begegnen nach so vielen Briefen?

Sie hatte sein Gesicht vergessen und fürchtete, daß es ihr nicht mehr gefallen könnte.
D-Zug dritter Klasse

Die Ausnahme sind Briefe wie der folgende: Dem Winzerfestbericht von hinreißender Situationskomik folgt Philosophisches über Güte und Geist. Ein fünfundzwanzig Seiten langer Brief, ihr Credo, das endet mit dem Satz: »Ich habe Dich lieb, aber manchmal bist du mir fremd« und damit erinnert an einen anderen, am 23.8.1933 geschrieben: »Ich habe jetzt keine Zeit, mit Dir länger zu philosophieren. Es geht Dich ja auch eigentlich gar nichts an, was ich denke.«

Moselkern, den 28. 9. 1934
Donnerstag morgen

Mein liebes Kleines,
ich bin wieder vollkommen gesund. Keine Spur von Schmerzen mehr, auch heute nacht nicht. Gestern abend hatte ich Schmerzen und hatte Angst, zu Bett zu gehen. Da habe ich denn mein Gelübde gebrochen (nur dies eine Mal! – nicht bös sein!) und mächtig einen verlötet. Aber handfest, sage ich Dir. Unten im Weinkeller. Da ist jetzt Hochbetrieb bis in die Nacht hinein. Das ganze Leben spielt sich da ab. Da kommen die Kiepen mit den Trauben. Die werden erst gewogen und dann in die Schrotmaschine geschüttet, dann kommen sie in die Kelter. Überall stehen riesige Bütten – alles ist dunkel und alkoholdunstig. Der Boden schwimmt – man rutscht immerzu auf Trauben aus –, ernste Männer sind in fieberhafter Tätigkeit, dazwischen wimmeln Kinder und Hunde herum. Weinflaschen stehen in rauhen Mengen für *jeden* zur Verfügung. Bei der Arbeit wird emsig gesoffen. Gäste und Honoratioren gucken zu, stehen rum, machen fachmännische Gesichter und saufen ebenfalls. Und zwar nicht zu knapp. Die Ärmsten des Dorfes, die aber gar nicht arm sind, sondern vergnügt und allgemein geachtet, hocken auf den Fässern und können so viel trinken, wie sie wollen. Und sie wollen viel. Einer davon ist Herr Geiermann, ein früherer Holzfäller, der jetzt nur noch den Beruf eines freien Sängers und Säufers hat. Nach dem 5. Liter singt er selbst-

gedichtete Lieder. ›Ach, in unseren Bergen, stehn so schön die Lergen‹ (Lärchen).

Gegen zehn Uhr erschienen seine Frau und sein Sohn und trugen ihn mit schöner Selbstverständlichkeit nach Haus. Das ist Tradition, wenn gekeltert wird. Hin und wieder lassen sie ihn dann mal fallen, um ein bißchen zu verschnaufen. Es ist herrlich. Reini Schreckenberg, der Knabe, der nicht mit mir flirten will, ist in die Süßmostbütte gefallen. Beinahe wäre er mitgekeltert worden. Ich habe so furchtbar gelacht, daß ich meinen Bauch ganz vergessen habe. Ich hab' dann mitgekeltert, was *große* körperliche Anstrengung erfordert – und zwar so, als ob man mit *äußerster* Kraft im Stehen rudert. Und das, nachdem ich den ganzen Tag wie eine lahme Blindschleiche rumgekrochen bin. Dann wurden Eimer voll Kaffee getrunken und dann von neuem losgesoffen. Aber weißt Du, Du *kannst* diese Moselkellerbesäufnis mit einer Besäufnis in der Stadt einfach nicht vergleichen. Zum Schluß haben wir die Verlorengegangenen gesucht und zwischen den Fässern aufgeklaubt. Es war wunderbar und einer meiner schönsten Abende. Wir haben die Leute auf die Straße gebracht und teils ins Haus. Nachher stellte sich heraus, daß wir ein paar auf die Straße gebracht hatten, die ins Haus gehörten, und umgekehrt. Die haben wir dann wieder umgetauscht. Ich war so blau, daß ich meine eigene Mutter nicht wiedererkannt hätte – aber durchaus sicher und aufrecht im Gang. Und wahnsinnig stark. Ich habe eine Kelter kaputtgemacht und ein zartes kleines Mädchen, das ich aus noch nicht geklärten Gründen nicht leiden konnte, in die Küche gezerrt und auf die Herdplatte gesetzt, weil ich – sie kochen wollte! Aber nicht essen. Heut morgen war ich schon im Weinberg. Ich habe wohl einen leichten Kater, bin aber sonst so gesund, wie man nur sein kann. Du kannst Deiner Mutter ja mal diesen Bericht vorlesen. Dann freut sie sich. Erinnere sie gleichzeitig an Ruth Schaumann. Welch schmerzlicher Kontrast!

Der Knochenflicker war auch da. Mit dem bin ich jetzt innig befreundet. Denke Dir: Ein Pünktchenarzt in Castellaum hatte einen Sohn, der hatte ein Bein gebrochen. Und zwar höchst unglücklich und kompliziert. Der Arzt ist mit dem Sohn in Berlin gewesen bei den besten Orthopäden und Chirurgen, und man hat ein Jahr lang an dem Sohn herumgedoktert, aber das Bein blieb schief, krumm und unschön und war überhaupt eine beschwerliche Angelegenheit mit was weiß ich für Nebenerscheinungen. Und dann ist der Knochenflicker gekommen und hat in einem Monat das Bein vollkommen in Ordnung gebracht – so daß es in *nichts* mehr von dem andern gesunden Bein zu unterscheiden war. – Da hat der Pünktchenarzt aus Dankbarkeit dem Knochenflicker die behördliche Erlaubnis zur Ausübung seiner Tätigkeit verschafft. Er ist von einer Ärztekommission geprüft worden – und bis zum heutigen Tag nimmt der größte Teil der Ärzte von Koblenz bis Trier – in Eifel und Hunsrück bei *komplizierten* Knochenbrüchen (einfache können sie selbst behandeln) umgehend die Hilfe des Knochenflickers in Anspruch. Er hat sogar die Erlaubnis, selbst zu narkotisieren. Er hat, durch Generationen vererbt, ein geradezu phantastisches Fingerspitzengefühl. *Seit Generationen* hindurch wurde *jedes* Kind vom dritten Lebensjahr ab dazu angehalten, gebrochene Glieder von Hühnern, Gänsen, Schafen usw. auf das vorsichtigste abzutasten – ohne dem Tier Schmerz zuzufügen.

Mit 6 Jahren konnten sie Tiere, d. h. deren gebrochene Glieder, sachgemäß behandeln. Zweige von Sträuchern wurden abgebrochen, und die Kinder mußten sie mit verbundenen Augen so zusammenfügen, daß sie fehlerlos wieder anwuchsen. Ich könnte Dir stundenlang davon erzählen. An Geld lag ihnen nie viel, auch nicht an Ruhm – in der Beziehung sind sie kindlich ehrgeizlos geblieben. (...) Ihr ganzer Ehrgeiz gilt ihrem Können. Sie heilen ein gebrochenes Bein für *eine* Mark. Und wenn man fragt, warum er nicht mehr nähme, siehst du grenzenlos erstaunte Augen und hörst die Antwort: ›Ja, aber wir kommen doch aus.‹ Sie hatten stets nur *einen* Ehrgeiz: gebrochene Glieder *so* zu heilen, wie Gott sie ehemals geschaffen hatte. Oder weniger pathetisch. Sie haben eine leidenschaftliche Liebe zu ihrem Handwerk – und was sie machen, machen sie *schön*, so wie es einmal war – so wie es sein *muß*. Es gibt viele Knochenbrüche an der Mosel, aber es gibt *nie* schief oder knorplig geheilte Gliedmaßen. Mensch, das sitzt alles wie angegossen. Für eine Mark wird Maßarbeit gemacht. Wenn die Weinbauern hier *einen Blick auf meinen* Daumen werfen, sagen sie: ›Den hat der Knochenflicker aber nicht gemacht!‹ (Dabei ist er nur ein *ganz* bißchen schief.) *So* viel verlangt man von dem Knochenflicker. Und die Leute gehorchen ihm aufs Wort. Der könnte aus Moselbauern Säulenheilige machen. Sie sind ihm auch dankbar. Da kam gestern der *70jährige* Metzger Sevenich. Der hatte vor 20 Jahren beim Keltern die Hand gebrochen und den Arm. Er wurd' ins Koblenzer Krankenhaus gebracht, wo man ihm Fabrikware lieferte. Der Knochenflicker hat alles wiedergutgemacht – Hand und Arm sitzen wieder bildschön und sind gebrauchsfähig wie je. Der Mann sah den Knochenflikker gestern – und raste fort. Nach drei Minuten kam er mit so viel Würsten wieder, wie er nur tragen konnte! Und hat sie alle dem Knochenflicker gegeben. – An der ganzen Mosel gibt es kein Kind mit krummen Beinen. Die Mütter kommen mit ihren Kindern auf dem Arm zum Knochenflicker – und er bestimmt, wann jedes Kind laufen darf – d. h. anfangen zu laufen.

Kinderkonsultationen sind selbstverständlich umsonst. Findest Du das nicht auch wunderschön? Ich glaube, Wassermann hätte viel Freude an dem Mann. Er ist ein Teil der Kerkhovschen Sehnsucht. Aus einem Kunstfertigen wurde ein Künstler, denn er liebt seine Arbeit mit warmem Herzen, und die Menschen liebt er ohne sentimentale Gutmütigkeit, ohne Haß – er liebt sie mit kalter, unpersönlicher Güte. – Güte ist immer kalt und unpersönlich – sie ist das eisige Paradies – erträglich nur durch menschliche Schwäche. Weißt Du, der Knochenflicker war so überpersönlich. Und irgendwie jenseits. Und er ist gestern nur meinetwegen gekommen und spricht nur mit mir. Er wollte mir erzählen, daß sein einziger Sohn vom Blitz erschlagen worden ist. Nun ist die Knochenflickerdynastie ausgestorben. Der Knochenflicker ist 69 Jahre alt. Und er ist in den Keller gekommen und hat gesagt, mich hätte er gern als Sohn. Von allen Männern würde ich nur was taugen. Dabei war er nicht besoffen (er trinkt nicht), und ich bin kein Mann. Und dann haben wir lange und ernst miteinander gesprochen.

Ich denke manchmal: Der liebe Gott schenkt mir zur richtigen Zeit die richtigen Menschen – er schenkt sie mir ja nicht, und ich kriege sie ja nicht so, daß sie mir gehören. Aber sie sind ein Wink, und es gibt auch statt Menschen Begebenheiten, die ein Wink sind. Und ich meine: Religion haben heißt, Winke zu bekommen und die Bereitschaft haben, sie zu verstehen und ihnen zu folgen. Man kennt doch sein großes Gesetz – man darf es groß finden, da man's selbst nicht schuf. Mein Gesetz heißt: ›Werde uneitel und dann fange an!‹ Ich werde gut sterben, wenn ich diese Aufgabe auch nur halb erfüllt habe.

Auch das war gestern. Aber das mußt Du Deiner Mutter nicht sagen. Sie braucht nur wissen, daß ich *gelacht* habe. *Du* darfst wissen, daß ich *gut* gelacht habe.

Liebes, es gibt für mich nur ein wahrhaft ethisches Reinlichkeitsbedürfnis: uneitel werden. Das ist eine schwere Aufgabe. Mit *Äußerem* hat sie wenig zu tun. Eigentlich gar nichts. Wenn *ich* eine Nonne würd', wär' ich eitel, weil ich so wenig eitel wär'. Wo fängt man an – wo hört man auf? Ich möchte, daß Gott mich einen Kreis sein läßt – das Gute soll im Schlechten münden. Seit vielen Jahren möchte ich immer ein Kreis sein. Ich weiß nicht, ob Du das verstehst.

Später

(...) Kleines, ich kenne wohl jede gedruckte Zeile von Wassermann. Im Gegensatz zu Dir empfinde ich ihn mir als denkbar vertraut. Von allen Neuen liebe ich Romain Rolland und Wassermann. Mir ist kein Satz von ihm fremd. Er schrieb so viel, was ich gerne sagen wollte und noch nicht sagen konnte und kann. Und sieh mal, Kleines, er hat geistige Muskeln, und die verpflichten. Er macht ›Dienstmädchen‹ verständlich und dient ihnen damit mehr, als diente er ihrem Verstehen. Du als Arzt mußt doch das unpersönliche Schaffen des Geistes begreifen. Nenne mir ein Dienstmädchen, das das Neue Testament versteht – sie wird auch Wassermann verstehen. Aber darauf kommt es nicht an. Es kommt darauf an, daß Wassermann das Dienstmädchen versteht. Und nicht, daß das Dienstmädchen Wassermann versteht. Es kommt darauf an, daß der Arzt den Kranken versteht. Je weiter sich etwas der Vollendung nähert, um so ferner entrückt es dem allgemeinen Verständnis. Und alle geistige Substanz wirkt und formt – direkt und indirekt – bis ins dritte und vierte Glied. Und wenn wir nie auch nur das Wort Luther gehört hätten – so sind wir zwar nicht ein Produkt seines Sprachvermögens. Aber ohne ihn wären wir anders. ›Dienstmädchen‹ bleiben heute vom Kindbettfieber verschont, aber von Semmelweis wissen sie nichts. In hundert Jahren wird vielleicht einmal ein ›Dienstmädchen‹ mal ein Gedicht lesen oder selbst eins machen oder ein schlechtes Gedicht schlecht finden. Vielleicht wird sie echt von unecht unterscheiden können. Und daran ist vielleicht Wassermann schuld. Die Quelle des Geistes ist immer das Individuum. Denke nicht, Kleines – achte und glaube. Ohne den Geist wäre die Menschheit ein matschiger Brei. Werde Gärstoff, Kleines – hoffe, aus dem matschigen Brei brauchbaren Teig zu machen.

Ich bin jetzt nicht mehr froh, Arnold. Meine schlechte Arbeit bringt kein Geld ein und nimmt mir die Zeit zur richtigen Arbeit. Ich habe Dich lieb, aber manchmal bist Du mir fremd. Du mußt mit dem Herzen denken und dem Verstand fühlen. Dann hast Du bald keinen Abscheu mehr vor dem Außer-Pathologischen. Jeder ist für jeden eine Krankheit. Wassermann würde es verstehen und Romain Rolland erst recht. Und jede Blinddarmentzündung ist ein Dienstmädchen. Du mußt nie an den direkten Effekt denken, wenn du etwas schaffst. Das tust Du ja auch nicht – aber Du mußt es auch nicht von anderen verlangen. Wenn Du mich liebhast, müßtest Du eigentlich Wassermann lieben. Er ist doch sauber bemüht, Gutes zu schaffen.

Viel Liebes, D.

Werde uneitel und dann fange an – Irmgard Keuns wiederholt beschworenes Lebensideal ist Thema vieler Romane Jakob Wassermanns. Verwirklichung von Gerechtigkeit und Überwindung der Herzensträgheit sind seine Anliegen. Er verpackt sie in realistisch gemeinte (aber unrealistisch überfrachtete) Gesellschaftsbilder, in denen die Sehnsucht nach Vollkommenheit so lange mit der Wirklichkeit kollidiert, wie sie eitel ist. In dem Roman *Das Gänsemännchen* leidet der Künstler an der Verständnislosigkeit einer bürgerlichen Umwelt, bis er begreift, daß es nicht darauf ankommt, »stolz auf der Anerkennung der Ausnahmestellung zu beharren, sondern diese demütig in den Dienst der Menschheit zu stellen« (Kindlers Literatur Lexikon).

Ignaz Philipp Semmelweis erkannte, daß das Wochenbettfieber durch Kontaktinfektion übertragen wird und durch Reinlichkeit vermieden werden kann.

Ruth Schaumann war in Wuppertal bekannt, ein »süßlich frömmelnder Madonnenkopf«, sagte die Freundin Ria; Ruth Schaumann zeichnete und schrieb.

Auf den langen Brief vom 28. 9. 1934 folgte eine Reihe unpersönlicher, knapper Nachrichten: Geldsorgen und Rias sind die ersten Themen. Erkundigungen nach seinem Gesundheitszustand wechseln ab mit Hinweisen auf eine eigene mögliche »Nierengeschichte«, die den Arzt in Arnold fordern.

Moselkern, den 12. 10. 1934

(...) Gestern war ich wieder krank. Ich bin um 4 Uhr morgens aufgewacht mit saumäßigen Gliederschmerzen und Schüttelfrost. Eine Stunde später habe ich richtig gekocht und hatte 39,7% Fieber (nicht Prozente – sondern Grade!). Ich hab' gar nichts gemacht, sondern bin nur im Bett liegengeblieben und hab' keinen Bissen gegessen, weil ich nämlich immerzu Flüssigkeit kotzen mußte und in meinem Magen krampfartige Zustände herrschten. So von Stunde zu Stunde mal. Ich hab' dann gedämmert und geschwitzt wie noch nie in meinem Leben. Ich triefte richtig. Nachmittags hatte ich nur noch 37,3. Heute bin ich wieder normal – ich kann nur *nichts* essen und hab' fröhlichen Durchfall. Trotzdem ich seit vorgestern abend nichts gegessen hab', hab' ich gar keinen Hunger. – (...)

Mitte Oktober 1934 kehrt Irmgard Keun nach Köln zurück. Sie ›bummelt‹ und arbeitet. Der Rekonvaleszent Arnold Strauss ist bei seinen Eltern in Barmen und schlecht gelaunt.

Köln, den 24. 11. 1934

(...) Dein Brief war heute so trostlos. So kenn' ich das Kleine ja gar nicht. Wo hat es denn seinen Humor? Wenn ich bummle (ich tu's doch so selten!) – so ist das bis auf sehr wenige Ausnahmen absolut abzulehnen. Aber mit Liebe oder zu geringer Liebe zu Dir hat das *gar nichts* zu tun. Wenn die Zeiten und persönlichen Umstände normal wären, wäre so eine Bummelei (als Seltenheit!) ja auch durchaus belanglos. Für sehr Bürgerliche hätte sie natürlich immer einen leichten Beigeschmack. Dafür sammle ich aber dann für eine ganze Zeit Ulkigkeiten ein und lerne tatsächlich immer Neues an Menschenerfahrung hinzu. Diesen Gewinn muß ich allerdings – auch ohne die heute obligaten Ängste – teuer bezahlen. Weil ich spießiger bin als der spießigste Spießer und weil mich jede Abweichung vom normal geregelten Leben müde und krank macht. Ohne Alkohol kann ich keine fremden Menschen ertragen, und der ganze Komplex Alkohol, Nikotin, kein Schlaf, fremde Menschen kann beim besten Willen nicht als Erholung wirken. Aber was hat das denn mit Dir zu tun, Kleines?

Ich könnte und wollte mit Dir in einer einsamen Waldhütte leben und lustig und glücklich sein. Jahrelang. Das würde vielen Frauen, bürgerlichen, schwerfallen, die aber dafür auch nie einen meiner vierteljährlichen Exzesse begehen würden. Du bist ja auch so dumm. Wenn Du an so einem Abend *nicht* dabei bist, dann denke ich oft an Dich und wie Du lachen müßtest, und bin *haargenau* so, als wärst Du dabei. Ich versteh' gar nicht, was Dich daran enttäuschen kann, Du Idiotisches. Höchstens kannst Du mit mir gemeinsam Wut haben. Und eine Dummheit war's, vor Deinem Vetter davon zu sprechen. Der nimmt die Tatsache vom Zusammenhang losgelöst auf: »Treibt sich nächtelang mit fremden Männern in Kneipen rum.« Stimmt und stimmt gar nicht. Aber der Mann hat vollkommen recht. Man kann von Fremden nicht verlangen, daß sie sich liebevoll psychologisch um einen bemühen. (...)

Der Vetter ist Fritz Strauss aus Den Haag. Er hat Irmgard Keun kennengelernt und fand sie – so Lucy Strauss in ihrem Tagebuch am 22. 9. 1934 – »trop bohème«. Die Familie Strauss ist eine bürgerliche jüdische Familie. Arnold Strauss' Vater Arthur ist Arzt für Haut- und Geschlechtskrankheiten.

Ende November – Arnold Strauss ist auf Durchreise nach Florenz – gibt es ein kurzes Treffen des Paares in Köln. Ihre Briefe danach klingen deprimiert: Arbeitsschwierigkeiten, Depressionen, Geldnot. Am 11. 12. 1934 dann ein Lichtblick: Der Nutria ist aus dem Pfandhaus ausgelöst, zwei Flirts gelingen.

Unverzüglich meldet Arnold Strauss seinen Eltern diese Erfolge (14. 12. 1934): Von I. habe ich immer ganz gute Nachrichten. Mit den zunehmenden Einnahmen wird sie langsam wieder taflig, d. h. gut angezogen und gepflegt. Der Nutriamantel ist zurückerobert, einige wichtigste Anschaffungen gemacht, was belebend auf sie einwirkt, und es tut ihr nur leid, daß ich jetzt weg bin und die Tafligkeit dadurch doch nicht den vollen Reiz für sie hat.

Irmgard Keun unterschreibt ihre Briefe indessen mit »Dein Verarmtes« (14. 12. 1934).

Köln, den 13. 12. 1934
Mittwoch

Mein liebes Kleines,
(...) Ich war am Montag beim Friseur, und das Haar ist sehr hübsch geworden. Dann ging ich zu Annemarie ins Reichshallen, wo ich auch Carl de Vogt traf. Er war gerade aus Berlin gekommen und war in neiderregender Schnelligkeit blau wie eine Kornblume. Und dabei relativ nett und harmlos. Es ergab sich ein riesenhafter Revue-Quatsch. Leute, die dabei waren, und Leute, die dabeisein wollten und nicht dabei waren. Horden ältlicher Bürgerfrauen, denen die zwei Monate Karnevalsrevue für ein halbes Jahr das Existenzminimum garantiert. Arme Würmer mit arbeitslosen Männern und Kindern. Früher hatten sie mal großen schauspielerischen Ehrgeiz. Weißt Du, das ist ein Milieu, das wir noch nie zusammen kennengelernt haben – (...). Ich glaube auch, diese Art gibt es nur in Köln. Mündlich werde ich Dir mal davon erzählen. Alles furchtbar kölsche Leute, kleinbürgerlich und stänkrig, eine ganz enge kleine Welt für sich.

Saufen auch schon mal auf so harmlos biedere oder nicht biedere Art wie Kleinbürgersfrauen an Karneval. Da Karl doch die Revue macht, hatte sich seine Ankunft lawinenartig in Köln bekannt gemacht, immer mehr Frauen kamen, es war richtig unheimlich. Das ganze Reichshallenrestaurant sah so'n bißchen nach Wartezimmer mit Krankenkassenpraxis aus. Ein paar Existenzen sind hochinteressant. Mariechen Alex, jahrzehntelang die beliebte kölsche Tanz-Soubrette, ein richtiger Lokal-Star, ist dieses Jahr zum erstenmal von der Revue ausgeschlossen (nicht von Karl, von den Unternehmern aus) – sie machte sich nichts draus, und das Ganze war nur, weil die Grete Fluss gegen sie intrigiert hatte. Grete Fluss ist der kölsche Star in komisch. Das Mariechen Alex ist aber nur ausgeschlossen, weil es so alt ist – über fünfzig Jahre. Sie hat goldblonde Locken bis auf die Schultern, ein Kinderfigürchen, schöne blaue Augen und ist angezogen wie ein ganz braves kleines Bürgermädchen, das sich für Sonntag feingemacht hat. Wenn sie in ungünstiger Beleuchtung sitzt, sieht man auf einmal, daß sie so ein richtiges verrunzeltes Großmuttermündchen hat. Vor einem Jahr hat sie einen begabten schwindsüchtigen Maler geheiratet, ein nervöses, geistreiches, verbittertes Wesen, das sehr an ihr hängt und dem praktischen Leben gänzlich hilflos gegenübersteht. Bisher konnte sie für alles sorgen, aber nun kommt die Pleite mit der Revue usw. Trostlos, was?

Wir waren nachher noch bei Dierse. Papa strahlte selbstvergessen, Mama heulte und wurde unangenehm, es war ein bißchen peinlich. Ein fremder Mann kam auf mich zu (ältlich, Glatze, Dr. jur.) und sagte unaufgefordert, unbetrunken und todernst, ich bildete mir zuviel ein, er hätte vier Jahre an einem Werk geschrieben – das beste Buch der letzten 25 Jahre –, das nähme aber keiner, weil es eben zu gut wäre. Er hätte es auch noch nicht weggeschickt. Jetzt hätte er einen Roman in 12 Tagen geschrieben, der wäre längst nicht so gut, aber würde sicher genommen. Ich hatte keinen Tropfen Alkohol getrunken und interviewte nun dieses Wesen sanft und freundlich. Und ich wußte gleich, daß alles nicht wahr ist, aber er glaubt, es wäre wahr. (...) Wenn Du dabeigewesen wärst, hätten wir vielleicht länger gelacht. So fuhr ich jedenfalls ausnahmsweise gesittet um 11 Uhr nach Hause. In der Straßenbahn merke ich, daß ich meinen Hausschlüssel nicht habe. Ich wieder zurück. Bei Dierses ist er auch nicht (ich hatte ihn zu Hause gelassen) – na, da bin ich dann zum erstenmal treu und wahrheitsgemäß zu Annemarie gegangen. Um 12 Uhr! Ich mußt' ein bißchen lachen, als ich da zum erstenmal in dem Bett lag – wirklich lag –, in dem ich doch angeblich schon so oft gelegen habe. Fast jedesmal, wenn Du in Köln warst. Morgen mehr, mein Kleines. Heute muß ich schnell noch was arbeiten. Tausend Liebes, Deins

Annemarie Schäfer erinnert sich: »Irmgard hat Arnold gewiß damals geliebt« (3. 9. 1987).

Papa Dierse ist ein Kölner Wirt. Arnold Strauss beschreibt ihn in seinem Karnevalsbericht an seine Eltern vom 17. 2. 1934.

Köln, den 18. 12. 1934
Montag

Mein liebes Kleines,
gestern hatte ich nervöse Depressionen ekligster Art. Streicher hat doch tatsächlich eine offizielle Rede gehalten, worin er für sexuellen Umgang mit Juden die – Todesstrafe fordert. Mich ekelte alles wieder mal schrecklich an. (...)

Ich bin sehr froh, daß Du nach Amerika so konkrete Bedingungen telegrafiert hast. Unsicherheit in Forderungen macht (leider) nie einen guten, vertrauenerweckenden Eindruck. Für andre weiß man so was immer sehr gut und für sich selbst nie. Mir geht's genauso. Um Verträge zu machen, muß ich mich ziemlich betrinken und schrecklich zusammennehmen und immer an das gute kölsche Wort denken: »Wat nix is, kost' auch nix.« Das ist nämlich die teils bewußte, teils unbewußte Ansicht unserer jeweiligen Vertragspartner. Im übrigen: Fordern heißt immer – riskieren. – Ich wünschte, Du kämst bald her, mein Kleines. Tr. kommt zu Weihnachten. Ich kann gar nicht mehr richtig fröhlich und unbeschwert sein. So ein wirres Leben. Tausend Küsse, mein Liebes, Kleines. Deins

Köln, den 24. 12. 1934
Montag

Mein Geliebtes, ich hab' Dir jeden Tag geschrieben und dann nicht abgeschickt. Und nun ist auf einmal Weihnachten, aber ich empfinde es gar nicht so. Hoffentlich sind wir im nächsten Jahr zusammen. Tausend Dank für das liebe Paketchen – es war so niedlich, und die Lederhülle nehm' ich als Zigarettenetui. Die Puderdose ist hochinteressant. (...)

Ach, mein liebes, liebes Kleines, hoffentlich kommst Du bald mal her. Und von Amerika immer noch nichts gehört. Ich sitze in dem Lokal neben dem Reichshof, um Dir zu schreiben. Muß gleich nach Haus. (...) Ich wollt' Dir vorhin ein Weihnachtstelegramm schicken, aber da fehlten mir ganze 15 Pfg. Scheiße. Nun hast Du Weihnachten noch nicht mal einen Brief von mir, und dabei bist Du doch so ein süßes, sentimentales, an christlichen Feiertagen hängendes Pünktchenhaftes. Wir werden auch später immer einen ganz pekinesischen Weihnachtsbaum haben, was? (...) Mein kleines Liebes, wär' schön, wenn wir heut' zusammen wären, heute, morgen und übermorgen! (...) – Mein Kleines mußte dichten? Ist ja ekelhaft. Bei mir braucht es das nie später. Es kann mir alle seine lieben Gedanken und Worte ohne Reime sagen, und drei Küsse sind mir lieber als ein langes Gedicht.

Viele, viele Küsse, mein Liebes – leider nur Papierküsse
Deins

In Arnold Strauss' Weihnachtsbrief vom 24. 12. 1934 an seine Eltern steht: Irmgards Weihnachtspost ist noch nicht angekommen, ich wäre auch sonst enttäuscht gewesen, wenn unsere in diesen Dingen so ähnliche Seelenverfassung und meine darauf bauende negative Erwartung enttäuscht worden wäre.

Marjory Strauss (15. 10. 1987): »Arnold was as sentimental as his father, who wrote poems not only for Christmas and birthdays, but for Pfingsten and anybody's wedding, and he was a better poet. Every Christmas he gave me a desk calender with entries like these:

July 22 (1957): Am 22. war meine Mutter geboren. Ich habe sie verloren. Dich habe ich gewonnen.

Sept. 25 (my birthday, 1964): Dich lieben, Dich schauen, verstehen, Dir vertrauen, Frau aller Frauen.«

Köln, den 30. 12. 1934
Sonntag

(...) Ich hatte Hemmungen, Dir zu schreiben, weil ich mich etwas über Dich geärgert hatte. Ich dachte, der Ärger würde vorbeigehen, aber er ging nicht vorbei, und um Dir das zu erklären, brauchte ich ein bißchen Zeit und Ruhe. Ich wollte es Dir schon vor meinem Brief vom Montag (Heiligabend) schreiben, aber das tat mir erstens zu leid, und außerdem gelang es mir, mir einzureden, ich ärgere mich nicht. Kurz und gut: Ich war wütend, als Deine Puderdose zu Weihnachten kam. Ich habe noch nie eine Puderdose gesehen, die mir so wenig gefallen hätte. Wahrscheinlich hast Du sie damals mit dem roten Spiegel zusammen gekauft. Aber das ist ja egal. Das Geschenk war häßlich und lieblos, denn Du kennst mich und meinen Geschmack ganz genau, um zu wissen, daß ich an dem Quatsch keine Freude haben würde. Und wir stehen uns doch wirklich zu nah, um uns pflichtschuldigst was zu schenken, nur weil Weihnachten ist. Ich schicke Dir das Ding zurück, denn es gibt sicher viele Leute, denen Du eine Freude damit machen kannst. Du warst immer so lieb zu mir, Arnold, hast mir so viel geschenkt und mir so viel Freude gemacht – Du hattest doch wirklich nicht nötig, Dich zu irgendwelchen Weihnachtsgratifikationen verpflichtet zu fühlen. – Wenn Du, was mich anbelangt, Weihnachten in diesem Jahr ignoriert hättest, so hättest Du mir allein damit eine Freude gemacht. – Weißt Du, ich freue mich ganz ernsthaft und ehrlich auf den Tag, an dem ich wieder normal und vernünftig verdienen werde und Dir das Geld wiedergeben kann, das Du mir gabst. Damit der Betrag nicht größer wird, möchte ich kein Geld mehr von Dir haben, und schenken sollst Du mir auch nichts mehr.

Dann kam Dein Brief, in dem Du mir meinen noch fehlenden Weihnachtsgruß vorwarfst – ich meine, Du beklagtest Dich nicht über die Schreibfaulheit an und für sich, sondern der mangelnden Weihnachtsgefühle wegen. Ich finde es furchtbar lieb von Deinen Kollegen, wenn sie Dir ein Lichterbäumchen schicken. Aber Du kennst doch nun annähernd die Umstände, unter denen ich momentan lebe. Da mußt du doch verstehen, daß ich jetzt bewußt alle obligaten Feiertagsstimmungen verdränge. Ich möchte da jetzt keine sentimentalen Gefühle aufkommen lassen, und ich glaube nicht, daß dieses Empfinden unsauber und unverständlich ist. – Ganz abgesehen davon, daß mir die tiefe innige Verbundenheit mit Festen, wie sie in Deiner Familie üblich ist, nicht so liegt. Sicher seid Ihr warmherzigere Menschen mit tieferem Empfinden.

Marjory Strauss (14. 10. 1987): »Arnold gave me a silver powderbox one Christmas too large to suit me. He had excellent taste, just bad luck with powderboxes.«

Neujahr

Mein Kleines,
gestern war ich zu Haus und hab' tüchtig gearbeitet und heute auch. Wütend bin ich gar nicht mehr. Aber die Puderdose gefällt mir immer noch nicht.

Ich bin müde. Kuß, Irmgard

Einen Brief später hat sich Irmgard Keun wieder beruhigt; zwei Briefe später teilt sie Arnold Strauss mit, daß an der Mosel noch eine Rechnung von 115 Mark zu bezahlen sei und wie gern sie wieder hinführe, um endlich ihren Roman zu schreiben; drei Briefe später feiert sie ironisch das Ergebnis der Saarabstimmung (13. 1. 1935): »Nur die Saarabstimmung war eine große Freude, ein wundervolles Resultat, nicht wahr?«

Am 13. 1. 1935 findet die Abstimmung im Saargebiet statt. 91% stimmen für die Rückgliederung in das Deutsche Reich. Am 17. 1. beschließt der Völkerbundsrat die Rückgabe des Saargebiets an Deutschland.

Die meisten Januar-Briefe sind kurze Berichte, ausführlich nur in den Passagen, in denen es um den Gesundheitszustand der Verfasserin geht.

Flucht in die Krankheit? – Mal spuckt sie Blut, mal tut ihr jede Bewegung weh, mal schmerzen Gaumen und Zähne. Der Arzt diagnostiziert eine Mundfäule.

Köln, den 29. 1. 1935

(...) Na, ich wanke zu ihm rein und werd' von diesem Patriarchenpünktchen behandelt, als hätt' ich ihm gerade vorgestern noch fünf große eiserne Hakenkreuze auf den Kopf gehauen – und als wär' er aber zu stolz und abgeklärt, auf den Vorfall zurückzukommen. Ein mattes, gebrochenes, hoffnungslos verbittertes Wesen.

Er untersuchte mich mit einer Mischung von unsäglicher Gleichgültigkeit und tiefem Rasseekel. Weißt Du, so unter dem Motto: ›Na ja, wenn sie was haben, können sie zum Pünktchen kommen.‹ Ich hatte erst etwas Angst, daß er mich vielleicht plötzlich mit einem vergifteten Davidstern pieken würde. Aber ich merkte dann, daß ich ihm viel zu verächtlich war, als daß er so was gegen mich unternehmen würde. Es war eine eisige gespensterhafte Atmosphäre. Alle meine Worte gefroren mir im Mund, und ich kam mir unsäglich schuldbeladen vor. Fehlte nicht viel, und ich wäre der Suggestion derart erlegen zu glauben, ich gäbe den Stürmer heraus. Ich erfuhr jedenfalls zu meiner Beruhigung, daß der bisherige Arzt alles richtig gemacht hatte, daß die Entzündung im Abklingen begriffen wäre (Entzündung der Mundschleimhäute) usw.

Ich schied von diesem Wesen, das eigentlich eine Leiche war, die aus Kränkung im Grabe keine Ruhe findet. Nun scheidet er Menschen in Pünktchen und Nicht-Pünktchen – und alle Nicht-Pünktchen sind Feinde. Gott, und dieser Mann war immer so tüchtig und heiter – und äußerlich einer dieser großen rothaarigen Pünktchen-Typen, deren Urväter s. Zt. aus Spanien eingewandert sind. – Du z. B. siehst ziemlich murklig neben ihm aus – und Dein Vetter würde neben ihm ganz unverkennbar den minderrassigen galizischen – ostgalizischen Gegenpol darstellen. Woll'n wir mal sagen: Er ist Pünktchenadel, und Ihr seid besseres Pünktchenkleinbürgertum. Ich meine das nicht im sozialen Sinne, denn Dein Vater ist sicher reicher als er. Weißt Du, er ist wie so ein Lessing-Jude. Als es ihn traf, war er zu alt und somit im Verstand zu unelastisch, um im Überwinden wieder neu zu werden. Er suchte nun wohl nach längst überholter alttestamentarischer Größe – nach Größe, die für uns keine ist, wenigstens nicht mehr. Ich habe zufällig in den letzten Tagen unentwegt im Alten Testament gelesen. Schade, daß Du nicht bei mir warst. Und mitgelesen hast. Moses Lehren sind fremd und unsympathisch. (...) Fremd und abstoßend auch das ganze Buch der Könige. – Prachtvoll aber das Buch Hiob. Und schön, klug und uns noch gültig die Sprüche Salomonis. Eines aber ist wahr, Arnold, Du mußt nicht lachen, ich meine es ganz ohne Ironie – lese das Alte Testament und lese die Edda – und Du wirst finden, daß die Edda Dich mehr angeht. Kirche hin – Kirche her. Das Christentum ist nicht der uns gemäße Glaube.

Ich muß nach Haus, Kleines, und ins Bett. Sitz' jetzt in einem Café.

Viel Liebes. Küsse. Deins.

Mit »Lessing-Jude« meint Irmgard Keun »Nathan den Weisen«, für den eine Religion ebensoviel wert ist wie die andere.

»Moses Lehren« sind die Lehren eines strafenden Gottes, eines Gottes ohne Güte. Moses – keunsch ausgedrückt: Gottes unkritischer Befehlsempfänger – überbringt seinem Volk mit Donner und Blitz die heiligen zehn Gebote – für Irmgard Keun »fremde und unsympathische« Gesetze.

Das »Buch Hiob« aber, die Geschichte eines frommen Fatalisten, trotz aller Niederlagen und Verluste im Glauben unerschütterlich, gefällt ihr, denn Hiobs Gott ist ein gütiger Gott und Hiob ein heiterer Mensch, am Ende aller Fährnisse mit seinem Schicksal versöhnt: Der Herr hat's gegeben, der Herr hat's genommen; der Name des Herrn sei gelobt.

Salomons zeitlose Weisheiten entsprechen ihrem aufgeklärten Denken – und werden sie darüber hinaus amüsiert haben: Mein Kind, wenn dich die bösen Buben locken, so folge nicht.

Es gibt zwei »Edda«-Bücher, einmal eine Sammlung von skandinavischen Götter- und Heldenliedern, zum anderen ein 1200 entstandenes Skaldenlehrbuch, in dem Snorri nordgermanische Mythologie festgehalten hat.

Nirgends sonst in ihren Briefen bezieht sich Irmgard Keun auf die »Edda«. Vermutlich ist dieser Rekurs auf germanische Mythologie doch eine ironische Anspielung auf die germanischen Ideale des Nationalsozialismus. Sie schreibt ihrem jüdischen Freund: »Du wirst finden, daß die Edda Dich mehr angeht.«

1930 erschien bei Kiepenheuer in Berlin »Hiob. Roman eines einfachen Mannes« von Joseph Roth, eine Bearbeitung der von Irmgard Keun so geliebten Hiob-Geschichte. Sechs Jahre später lernt sie Joseph Roth im Exil kennen und ist für einige Zeit seine Begleiterin.

Köln, den 18. 2. 1935
Samstag abend

Mein Liebster,
nun wollt' ich Dir Freitag abend schon ›den langen Brief‹ schreiben. Aber ich bin ja so matt, energielos und entschlußunfähig wie ein Neurastheniker. Ich bin schon stolz, daß ich gestern und vorgestern ganz brav gearbeitet hab'.

Ach Kleines, ich bin doch sehr traurig, wenn Du nach Amerika gehst. Ich bin traurig, weil es uns trennt – und weil Beisammensein gerade in dieser Zeit so wichtig wäre. Mein Liebes, Du wirst mir unter den Händen zerrinnen, wenn Du so lange und so weit von mir fort bist. Was den Brief von Amerika anbelangt – Liebes, man darf sich da nichts vormachen! Er macht keinen vielversprechenden Eindruck. – Was das Gehalt anbelangt: Du wirst knapp damit auskommen können. Die Arbeitsmöglichkeiten kann ich ja nicht beurteilen. (...) Kleines, wenn ich mit dem nächsten Roman Glück habe – dann kann ich hier, allenfalls in der Schweiz und Italien, leben, um einen neuen zu schreiben. Wie sollen wir je zusammenkommen, wenn Du in Amerika bist? Immer noch Jahre, Jahre, Jahre warten? Mit Dir zusammen kann ich ja vieles durchmachen und würd' meistens lustig und selten mufflig sein. Aber warten? *Hier warten?* Das kann ich doch nicht. Tralow übernimmt jetzt das Neue Theater in Frankfurt, drängt, daß ich hinkommen soll. Er hätte ja jetzt Geld. Aber seit wir uns kennen – Du und ich –, hab' ich keinen Pfennig mehr von ihm genommen. Und ich mag's heute nicht und nie tun. Aber ich bin immer so allein. Könntest Du denn nicht bei mir sein statt in

Italien. Du gehörst doch zu mir, und ich hab' Dich doch lieb.
Wann kommst Du denn? Deins.

Am 22. 2. 1936 teilt Arnold Strauss seinen Eltern mit: I. ist über positives Amerika schon jetzt verzweifelt, möchte lieber, daß ich bleibe. Das macht das Fortgehen auch nicht gerade leichter. Aber ich halte es für die einzige Möglichkeit, und Schütz, der ja 1931 die gute Nase hatte, hier sein Staatsexamen zu machen, schrieb mir nun schon wieder: Gehen Sie um jeden Preis möglichst schnell nach Amerika, auch ich tue alles, was ich kann, um dorthin zu kommen. I. geht es gesundheitlich besser, nur ist sie noch schwach. Aber sie schreibt schon wieder, und ich bekam den ersten Teil eines sehr ulkigen Kurzromans.

Arnold Strauss scheint entschlossen, mit Johannes Tralow zu reden. Seine Freundin verbietet es ihm (22. 2. 1935). »Ich *muß* doch vorerst hier leben und Geld verdienen.«

Von möglicher Scheidung kein Wort, dafür eine Einsicht: »Wenn ich's recht überlege, Kleines, so hast Du natürlich mit Amerika recht, um weiterzukommen, ist es wohl der beste Weg.«

Themen der nächsten Briefe: Arbeit und Geld. Aus Moselkern kommen Mahnungen, Irmgard Keun schreibt eine Geschichte nach der anderen – berichtet sie jedenfalls ihrem Freund. Er lobt und zahlt.

Köln, den 7. 3. 1935
Donnerstag

(...) Dann mache ich jetzt was Interessantes: Ich lebe von Rohkost und ganz vegetarisch. Keine Eier, kein Fleisch, keine Milch, kein Salz vor allem. Stieglitz sagt, ich würde wohl nächstens noch auf einer Wiese grasen. Ich komme mir ganz rein und geläutert und heilig vor. Aber Spaß beiseite, ich halte es für recht gesund, mal ein paar Wochen so zu leben, jedenfalls fühle ich mich sehr wohl dabei. Vor allem bringt diese Ernährung mit sich, daß das Bedürfnis nach Flüssigkeit stark nachläßt. Ich esse ungefähr folgendes:

Morgens:	ein geriebener Apfel mit etwas Fruchtsaft oder eine Banane und eine Apfelsine oder etwas Quark mit Fruchsaft.
Mittags:	rohes Sauerkraut und eine Apfelsine oder ein Glas Buttermilch und etwas gedünstetes Gemüse (Breitlauch, Spinat oder Rosenkohl) oder Quark mit rohem Apfelmus.
Nachmittags:	eine Tasse Kräutertee.
Abends:	eine Tasse Kräutertee oder Buttermilch und Quark mit Radieschen oder Tomatensalat oder anderen frischen Salat.

Statt Brot habe ich geröstete Kornflocken. Kaffee trinke ich gar nicht, sondern, wenn ich Durst habe, nur einen Extra-Fruchtsaft, der sehr gut, aber ziemlich teuer ist. Ich habe ihn mir von den 20 Mark aus einem Reformhaus geholt. Wenn ich Geld habe, kaufe ich mir noch mehr Radieschen und einen Obst-Tee. Außerdem will ich dann zweimal in der Woche ins Hohenstaufenbad gehen und mich massieren lassen. (...)

Kleines, wenn ich jetzt nach Köln fahre, dann sitze ich statt in einer kölschen Wirtschaft sanft und still in einem vegetarischen Restaurant. Es ist übrigens lustig zu beobachten, daß kein Mensch sich so viel um seinen Körper kümmert wie Menschen mit asketischem Lebenswandel. Man kann das an den Leuten im Reformhaus und denen im Vegetarischen sehen. Übrigens furchtbare Menschen. Eine Frage wie ob Pflanzenfett oder Tierfett ist ein hohes ethisches, weltanschauliches und religiöses Problem. (...)

Hunderttausend Küsse und alles, alles Liebe und Gute,

Deins.

Neben gesundheitlichen Erwägungen ist der Wunsch abzunehmen Anlaß für diese Diät. Irmgard Keun ist wieder gesund.

Am 13. 3. 1935 fragt Arthur Strauss seinen Sohn: Ist I. denn ganz wiederhergestellt? In der neuesten Nummer der Monatshefte steht die Spinatgeschichte, unterzeichnet nur mit I. K. Erna hatte Freundinnen das kunstseidene Mädchen und Gilgi lesen lassen, die – wie sie sagte – recht gebildet und belesen seien. Sie haben aber die Romane scharf abgelehnt.

Im nächsten Brief die Anfrage, ob die Tochter seiner florentinischen Vermieterin – eine Contessa – nicht besser zu ihm passe.

Am 14. 3. 1935 antwortet Arnold Strauss seinen Eltern: Ich glaube, Ihr macht Euch von Fräulein Priuli eine etwas zu schöne Vorstellung: Sie ist schon 32 Jahre alt und wesentlich dicker als Irmgard, die doch auch nicht gerade schlank ist. Manchmal sieht sie schon wie über 40 aus, manchmal aber so wie auf dem Bild. Ein bißchen hängt das wohl vom Puder ab und dergleichen. Aber sie ist wirklich ein netter und kluger und begabter Mensch. Aber mit Irmgard, ihrer offenen Wärme des Empfindens, ihrem Humor, ihrer Originalität im Denken und in ihren Aussprüchen ist sie nicht zu vergleichen. Sie ist auch nicht so hübsch. (. . .) I. geht es nun wieder ganz leidlich. Sie lebt zur Abwechslung mal ganz vegetarisch, und es bekommt ihr ausgezeichnet. Eine ihrer Freundinnen fährt jetzt nach Italien. Sie ist voller Sehnsucht, und ich habe mich erkundigt, ob mir die Freundin ein paar deutsche Zigaretten mitbringen will, wenn sie selbst Nichtraucherin ist. (. . .) Was die Kritik der Freundinnen Ernas angeht, so glaube ich, daß sie höchstens gegen dieselben spricht. Selbst über Musik pflege ich mir mein eigenes Urteil zu machen, obwohl ich nichts davon verstehe, und mich nicht auf die Kritiker zu verlassen, und über Bücher und Bilder, von denen ich etwas verstehe, pflege ich es erst recht zu tun. Wenn man selbst ein Urteil zu haben glaubt, sind nur solche wertvoll von Leuten, die wirklich mehr verstehen als man selbst, und auch die nicht immer. Immerhin, wenn ich schon auf andere Urteile etwas gebe, sind mir Kerr und Peter Panter maßgebender, von denen der eine schrieb, hier wächst etwas ganz Köstliches heran, eine deutsche Humoristin, und beide begeistert auch sonst. (...) I. arbeitet sehr viel, und ich schicke Euch mal bei Gelegenheit etwas von ihr. Ich möchte sie schrecklich gern wiedersehen, was ganz auf Gegenseitigkeit beruht.

Kurt Tucholsky (Peter Panter) über Irmgard Keun: »Sie hat Humor wie ein dicker Mann, Grazie wie eine Frau, Herz, Verstand und Gefühl«, sie ist etwas, »was es noch niemals gegeben hat, eine deutsche Humoristin«, und ein anderes Mal über die Gilgi: »Hier ist ein Talent. Wenn die noch arbeitet, reist, eine große Liebe hinter sich und eine mittlere bei sich hat –: aus dieser Frau kann einmal etwas werden.«

Humor und Grazie, Herz, Verstand und Gefühl – auch in den Briefen sind sie immer wieder zu entdecken: und zwar dann, wenn sie einfach etwas beschreibt – einen Menschen, eine Situation, ein Problem.

Irmgard Keun ist eine Frau, die vom Schreiben lebt, vom Schreiben von Romanen, Erzählungen und – Briefen. Arnold Strauss beginnt daran zu denken, sie regelmäßig mit einer festen Summe zu unterstützen. Sie dankt ihm mit hübschen Schilderungen aus ihrem Alltagsleben und einer verspäteten Entschuldigung (29. 3. 1935): »Schrieb ich ihm übrigens schon, daß meine Einstellung zu der Weihnachtspuderdose sich geändert hat? Ich benutze sie schon seit einiger Zeit, und sie gefällt mir sehr gut.«

Köln, Mitte März 1935
Donnerstag

(...) Um ½ 4 treffe ich eine mittelalterliche Pünktchendame mit fußligem Haar, weißem nervösen Gesicht, aufgeregten blauen Augen von ausgesprochener Pseudo-Intelligenz, wie sie so kleine, bißchen hilflos mondäne Pünktchenfrauen oft haben. Am Karnevalssamstag (...) hat sie mich erwischt (...). Innerhalb einer Viertelstunde und inmitten wüsten Trubels erzählte sie mir höchst verworren eine höchst alltägliche Leidensgeschichte, und ihre Seele,

Gemüt, Unterleib, was weiß ich – wären durcheinander. Backfischprobleme. Vielleicht kriegt man die mit 40 wieder! Mit Gott wird sie auch nicht fertig – auf backfischartige Weise nicht fertig. Diagnose: Reif für einen Gigolo mit Herztönen oder für einen Spiritistenklub. Oder für beides. Dieses alles innerhalb einer Viertelstunde. Seit jenem Samstag ruft das Wesen nun täglich bei mir an. Sie müßte mich mal sprechen, »kein Mensch außer mir könnte sie seelisch beraten«. Wörtlich. Sie sieht zu mir auf, weil ich damals, mich verabschiedend, zu ihr sagte: »Sie sind ja eine dumme, langweilige Gans.« Nun werde ich sie gleich treffen, dann kann sie ihren Schutt abladen, und ich werd' mich freuen, wenn darunter ein bißchen echte Substanz und nicht nur amorphe Masse ist. Weißt Du – so viele Frauen und auch Männer leiden so furchtbar gern, und von den Leiden zu sprechen ist ihnen ein derartiger Hochgenuß, daß es eigentlich tragisch für sie wäre, wenn sie nicht litten. Eigentlich eine Abart der Hysterie, was? Aber dann gäb's auch hysterische Männer. – Na, und um 6 Uhr treff' ich ein anderes Mädchen, um es zu verarzten. Lernte es auch an dem Samstag kennen. Ein arisches Mädchen von über 30 – sehr gesund und gar nicht verlogen und verschwommen und mit realen Kümmernissen, in denen aber nicht zu raten ist. Sie hat ein großes Möbelgeschäft und sieht auch so aus: nett, dunkel, starkknochig und hölzern. Bißchen dumm und verrammelt, aber handfest. Sehr sauber und mütterlich und wirklich gut – nicht gutmütig. Liebt einen Mann – also einen perfekten Luden. Ich kenne den Mann, sie wird nicht mit ihm fertig werden. Natürlich werde ich ihr nicht abraten, wenn ich sie treffe. Es hätte keinen Sinn. Im Gegenteil – ich werd' ihn loben. Das könnte sie eventuell innerlich zum Widersprechen anregen. Ich werde lauter gute Eigenschaften an ihm rühmen, die er nicht hat. (...)

Wie viele Briefe Irmgard Keuns ist auch dieser in Fortsetzungen geschrieben, und wie in vielen kommen auch in diesem Krankheit und Geld zur Sprache.

Irmgard Keun möchte wieder an die Mosel fahren – nirgendwo sonst könne sie so gut schreiben –, müsse zuvor aber noch die letzte Rechnung dort bezahlen und die Frühjahrsgarderobe aus dem Pfandhaus holen.

Das gleiche in den folgenden Briefen: kein Geld; sie pflege die kranke Mutter; die Mutter einer Freundin liege im Sterben.

Köln, den 29. 3. 1935

(...) Die letzten Wochen werden ja wohl auch recht qualvoll sein. Eigentlich müßte man doch den Menschen so eine letzte schaurige Krankheitsphase, in der der Patient nichts oder nur Gräßliches vom Leben hat, ersparen. Heilen kann man auch nicht mehr – da könnten die Ärzte doch ruhig Morphium geben, damit so ein Wesen stirbt. Tut man das eigentlich nie? Und wenn nicht – warum nicht? Wärst Du nicht auch für Sterbenlassen, wenn das Leben für den Patienten so qualvoll und sinnlos ist?

Bald darauf wird die Diskussion über Sterbehilfe fortgesetzt. Irmgard Keun nutzt die Gelegenheit, unverblümt ihre Meinung über Ärzte zu sagen.

Köln, den 6. 4. 1935
Samstag

(...) Lohnt sich so was denn? Der Patient (...) unterzieht sich doch diesen Torturen (der Behandlung, die Hrsg.) nur, weil er an eine endgültige Heilung glaubt (wird ihm ja gesagt) – und weil er vor jeder Prozedur denkt, es wäre das letzte Mal (wird ihm auch gesagt). Natürlich hast Du recht mit dem, was Du über Todbeschleunigung bei rettungslos Leidenden schreibst. Ist natürlich ein Problem. Dem Gesunden scheint das Dasein so eines verlorenen Schmerzgeplagten nur eine einzige Qual – er denkt, wäre ich an der Stelle, wäre mir der Tod eine Erlösung. Das denkt und sagt wohl *jeder* Gesunde – aber wenn ihn dann so ein Schicksal ereilt, empfindet er vielleicht oft ganz anders und gewinnt vielleicht noch in scheußlichstem Zustand dem Leben Daseinswerte ab. Ein Arzt, der da ganz im Sinne des Patienten entscheiden kann, muß schon sehr weise (sein) und himmelhoch über dem Durchschnitt stehen. Problematisch ist es auch wohl, ob dem Patienten gesagt werden soll, daß er sterben muß. Es *nicht* zu sagen, *kann* unter Umständen eine *große* Gemeinheit sein, z. B. bei Wissenschaftlern und Künstlern, die vielleicht noch eine Arbeit vollenden wollen. Oder man hat Kinder, für die man noch Maßnahmen treffen möchte. Oder man würde noch eine Reise machen wollen. Auch religiöse Momente dürften für viele wichtig sein. Schade, daß die meisten Ärzte menschlich so stumpf, stur, eitel und selbst bei beruflicher Tüchtigkeit ohne einen Funken Genialität, von kleinbürgerlicher beschränkter Intelligenz sind. Aber derartige Betrachtungen sind jetzt nicht so wichtig. Wichtiger ist jetzt Dein Fall Mailand/Amerika. Wie soll ich da nun raten? Du bist innerlich für Amerika entschieden, also wäre es wohl gut, Du gingest da erst mal hin. (...) Du möchtest nach Amerika. Seit Jahr und Tag hast Du Dich in diesen Gedanken hineingelebt. Und Du versprichst Dir – sicher zum Teil mit Recht – viel davon. – Was die Honorierung anbelangt, so sind 500 Mark in Amerika *sehr* wenig. Soviel wie hier *knapp* 200. (...) Ob es Dir in Amerika gefallen wird, ist zweifelhaft – in jedem Fall ist es mal etwas Neues und anderes. (...) Du kannst Dich auch leicht fremden Verhältnissen anpassen und Dir schnell Freunde und Bekannte schaffen. Nur finanziell wirst Du Dich wahrscheinlich weniger gut durchsetzen. Aber kurz und gut: Ich glaube, Amerika ist das richtige für Dich. (...)

Nun leb wohl für heute, mein liebes Kleines.

Viele, viele Küsse, D.

Zwischen zwei Arbeitsangeboten hat sich Arnold Strauss zu entscheiden, er könnte als Pathologe in Mailand arbeiten oder eine pathologische Abteilung in einer Klinik in Montgomery, West Virginia, aufbauen.

Am 8.4.1935 schreibt er seinen Eltern: Von Irmgard langer Brief, Sie rät zu Amerika, aber aus jedem Wort spricht, daß sie möchte, ich bliebe hier, obwohl sie es mit keinem Wort sagt.

Irmgard Keun beschließt, ihren Mann Johannes Tralow in Frankfurt zu besuchen.

Köln, den 11.4.1935
Mittwoch morgen

Mein liebes Kleines, ich bin nun doch sehr froh, daß die Amerikasache endlich geklappt hat. Jetzt hat die ganze Ungewißheit doch wenigstens ein Ende. Und für Dich wird es wunderbar sein, wenn Du wieder richtig arbeiten kannst. (...)

Nur was Frankfurt anbelangt, so schreibst Du etwas dämlich, und ich muß Dich energisch zurechtweisen. Wenn ich jetzt nicht hinfahre, würde Tr. herkommen, und da bin ich doch tausendmal lieber in Frankfurt. Ich fahre auch vorerst aus vielen Gründen lieber nach Frankfurt. Hier in Köln habe ich ja viele Monate, von Annemarie abgesehen, mit keinem Menschen gesprochen, bin kaum vor die Tür gekommen. Das Leben in einem Trappistenkloster war gegen mein Dasein der reinste Karneval. In Frankfurt komme ich mit ein paar netten Menschen zusammen, die zudem noch berufliches Interesse für mich haben. Ich wollte schon immer mal gern mit den Zeitungsleuten dort sprechen. Ferner ist das Wetter so ekelhaft – ich hätte an der Mosel nur kaum geheizte Räume zur Verfügung und könnte weder kalt noch warm baden. Und last not least: Ich hab' ja immer noch M 53,00 Schulden dort. Bitte, liebes Kleines

– wenn Du noch irgendwas an Geld übrig hast – dann schicke es mir doch sofort, ja?

Es ist verrückt – jetzt habe ich hier monatelang gesessen und dachte immer, Du kämst – und Du konntest nicht kommen. Und jetzt, wo Du endlich kommen kannst, kann ich beim besten Willen nicht länger warten. Ich fahre in spätestens einer Woche, es geht nicht anders. Adresse schreib' ich Dir rechtzeitig. Sonst kannst Du die Briefe weiter über Köln gehen lassen. Wie wir uns von Frankfurt aus treffen, muß ich noch mal sehen. Erst muß ich mal drei Wochen dagewesen sein, dann werde ich mal für zwei bis drei Tage nach Köln fahren, um irgendwas zu holen. Na, das wird sich ja alles finden. Arbeit geht recht gut weiter – nur im Augenblick ist keine richtige Ruhe mehr wegen Abreisezustand. Will in den nächsten Tagen mal an ein paar Verleger schreiben, ob sie Interesse haben, die beiden größeren Novellen (beide werden ca. 60–70 Seiten lang) als Buch herauszubringen. Ich schicke ihnen dann die Anfänge von je 20 Seiten ein, vielleicht klappt es, und ich bekomme sogar Vorschuß. Wär' ja wunderbar. Allerdings sind sie im Ton beide etwas zersetzend.

Für heute Schluß, Kleines, hab' fieberhaft zu tun. Zum Zahnarzt muß ich auch noch. Und wie gesagt – wenn Du Geld hast, schick es bitte ganz schnell hierher, damit ich dort Bewegungsfreiheit habe, falls es nötig ist. (...)

Für heute viele, liebe Küsse, Deins.

Seinen Eltern schreibt Arnold Strauss am 15.4.1935: Ich sehe Irmgard, wenn ich in Barmen alles wegen der Papiere erledigt habe, bin auch mit ihr noch etwas zusammen. Tr. will nach Köln kommen, gerade jetzt. Wir müssen sehen, wie wir das machen. Vielleicht ist es besser, I. fährt statt dessen nach Frankfurt. Es handelt sich um wichtige geschäftliche Besprechungen. Wenigstens will ich das ihr vorschlagen, dann kann sie nachher wieder nach Köln kommen, und Tr. ist nicht da. I. hat nun fast einen kleinen Novellenband fertig. Es geht auch mit ihr aufwärts, und ich sehe gut in die Zukunft. Diese Zeit muß man noch durchhalten. Ich habe mit meinem zähen Wartenkönnen ja auch Amerika durchgesetzt.

Die Wirklichkeit wird umgeschrieben. Sie soll gefallen, sie soll die Eltern überzeugen. Zukunft wird beschworen, obwohl Irmgard Keun sich konkreten Plänen verweigert.

Köln, den 19. 4. 1935

(...) Ich werde auch unter keinen Umständen nach Amerika gehen, ehe ich nicht *alles* versucht habe, vorher noch in Deutschland resp. Europa eine neue berufliche Grundlage geschaffen zu haben. Aufregungen, Durcheinander und Gemütsbewegungen kann ich dazu nicht brauchen. Die Schwierigkeiten, die ich ohnehin habe, sind mir mehr als genug. Ich weiß auch ganz genau, was ich will. Vor allem erst mal einen neuen Roman fertig haben.

Dann folgen detaillierte Arbeitspläne, Novellen, Romane etc. – und das Versprechen, demnächst ein paar Seiten mitzuschicken. Sie scheinen nie bei Arnold Strauss angekommen zu sein, denn unter den nachgelassenen Briefen befindet sich nichts davon.

Und was ist aus dem »Hungrigen Ernährer« geworden? Auch darüber steht nichts mehr in den Briefen.

Am 20. 4. 1934 reist Irmgard Keun nach Frankfurt. Sie trifft Freunde und Redakteure. Es ginge ihr gut, wenn sie genug Geld hätte. Dennoch (6. 5. 1935): »Ich bin immer noch selig, nicht in Köln sein zu müssen – war dort ein zu klägliches Leben. Wenn Du mich nur ein bißchen gern hast, mußt Du das einsehen.«

Die Briefe, die Irmgard Keun aus Frankfurt schreibt, sind nie länger als drei Seiten und im Ton sachlich, geradezu geschäftsmäßig: Wann kommst Du? Wie kommst Du? Hier meine Deckadresse. Komm nicht zu lange.

Mitte Mai findet ein kurzes Treffen statt. Arnold bringt ihr Arden-Präparate und eine Kette mit, Tralow ist mißtrauisch.

Zwischendrin: Rias, Depressionen und Geldmangel. Arnold hilft.

Am 1. 6. 1935 kehrt Irmgard Keun nach Köln zurück. Arnold Strauss ist während dieser Zeit bei seinen Eltern in Barmen. Ende Mai fährt er nach Den Haag.

Köln, den 1. 6. 1935
Samstag

Mein liebes Kleines, bin gerade in Köln angekommen. Sprach mit meiner Mutter. Die reisen am Mittwoch. Furchtbares Durcheinander im Haus, in meinem Zimmer kein Licht, kann nicht arbeiten – *muß* aber für Frankfurter Illustrierte bis Ende der Woche eine längere Geschichte machen, die sie mir gestern in Auftrag gegeben haben. Dieses Hin und Her jetzt macht mich ganz verrückt. Außerdem habe ich keinen Pfennig Geld. Ich will nun am Montag mit Sack und Pack schon immer nach Bonn fahren. Ich gehe da in das Hotel am Bahnhof. Ein Tag allein dort ist mir ganz angenehm zum Arbeiten. Schreibe oder telegrafiere dann Deine Ankunft: Bonn, hauptpostlagernd. Du *mußt* aber spätestens Dienstag/Mittwoch kommen. Und dann mußt Du sehen, daß ich bis Montag nachmittag Geld habe! Das Geld muß nämlich nach *Köln* gehen, an meine Braunsfelder Adresse. Weil man mich dort kennt und mir das Geld auszahlt. In Bonn tut man das nicht, weil ich ja keinen Paß habe. Habe ihn übrigens in Frankfurt beantragt und werde ihn auch wohl in ca. 4 Wochen kriegen. – Kleines, *bitte*, sorge, daß Montag auf telegrafischem Wege Geld da ist. Telegrafiere mir auch schon nach Köln, wenn Du in Bonn sein wirst. Telegrafiere aber *nur* Zeit und Wartesaal. Erwähne das Wort Bonn nicht und nichts Persönliches, weil die Post mich hier kennt. – Die Westdeutsche hat jetzt die Bilder von drei Frauen gebracht, die mit Juden liiert waren. Mit Namen, Adressen und allem Kommentar. (...)

Also, Kleines, mach, daß ich Montag nach Bonn kann. Es ist wichtig. Mein kleines Tüchtiges wird es schon möglich machen. Hätte ich jetzt Geld und könnte morgen früh fahren, wäre mir wohler. Hilf jetzt, so schnell es geht. Und komm, ehe es zu spät ist. Deins

(Ich erwarte Dich in *Bonn* im *Wartesaal* zu der Ankunftszeit, die Du mir nach *hier* telegrafierst!)

Arnold Strauss ermöglicht das Treffen.

Am 12. 6. 1935 fährt Irmgard Keun weiter zum Arbeiten an den Rhein.

Filsen, den 13. 6. 1935
Mittwoch morgen

Mein Kleines, Liebes,
bin jetzt glücklich in Filsen. Die Fahrt gestern war sehr nett, war aber doch traurig, daß das Kleine auf einmal wieder fort war. Aber diesmal ist es ja nicht für lange. Also hier schlief ich gestern in einem ganz alten Haus mit hübschem Blick auf den Rhein, aber gleich am Bahngeleise. – Das Geräusch von den Zügen hat mich erstaunlicherweise nicht so sehr gestört, aber ich kann den Anblick von Geleisen nicht leiden. Ferner habe ich in meinem Zimmerchen keinen rechten Arbeitsplatz, keinen richtigen Tisch. Das Haus gehört zwei äußerst munteren, krunkligen alten Damen, die eine ist Witwe von Beruf, die andere eine 70jährige Jungfrau, die malt. Sie kichert und mauzt in den höchsten Tönen, tut forsch und neckisch. Ist aber gutartig. Besitzt im übrigen ein Brechmittel von kleinem Hund, mit dem ein geradezu sinnliches Getue gemacht wird. Sie sind eng befreundet mit noch zwei alten Damen (ehemalige Lehrerinnen), die immer im Haus rumzirpen. Alle sind so vergnügt und kichrig wie Backfische, nur die Verwitwete scheint um eine Nuance gereifter. Mit diesen Wesen muß man zusammen essen. Ich hasse das ja sonst, aber hier muß ich doch lachen.

(...) Also, Kleines, im Zimmer habe ich jetzt eine Abart von Tisch, auf dem sich aber gut tippen läßt. Außerdem ist alles hell und freundlich. Von einer gewissen rührenden Ärmlichkeit, die aber gar nicht bedrückt. Es existiert auch noch eine 19jährige Stütze (hübsches und tafliges Mädchen) und ein Kind von 13 Jahren, das unauffälliges feines Benehmen bei Tisch und auch sonst lernen soll. Die Unterhaltung bei Tisch ist hauchzart und neckisch. Gekocht wird taflig und mit Kultur. Laut und energisch nach hiesigen Puffs zu fragen, hatte ich bis jetzt noch leichte Hemmungen. Außerdem würde man doch nur denken, ich meinte eine Art Schlummerrolle. Ob es angebracht ist, die Damen bei der Begrüßung in den Popo zu kneifen, konnte ich nicht ausprobieren, weil das ja in wirklich anständigen Kreisen nur den Herren zukommt. Aber im Ernst: Die allgemeine Munterkeit bei ärmlichsten Lebensumständen hat was Rührendes, und die Atmosphäre ist alles in allem hell und freundlich. Auch ist nirgends was Klägliches. Natürlich sind sie nicht richtig arm. Sie haben das Haus und einen Garten, wo sie Gemüse und Salat und Obst züchten. Aber sie sparen sich zum Beispiel immer für den Herbst 10 Mark, um mit der Hunsrückbahn zu fahren, das wäre wie in der Schweiz und bildet immer einen Höhepunkt ihres Daseins. Es fehlt auch jede geizige Tendenz. Z. B. gibt es beim Essen keine abgezirkelten Rationen – Butter usw. in großen Dosen, nach Belieben. Mit mir haben sie ja momentan Glück, weil ich furchtbar wenig essen will. Aber das ist ihnen gar nicht recht, und ich bekomme jetzt immer extra Salat und Obst. Morgens puffeln sie mit großen Strohhüten und Schürzen in ihrem Garten und in der Küche herum, und mittags erscheinen sie dann taflig und frisch mit weißen Spitzenkragen und geputzten Schuhen. Gegen Abend werden sie künstlerisch veranlagt, spielen auf einem restlos hinfälligen Klavier oder ergehen sich singend am Rhein. Ich habe so ein Milieu in derartiger Reinkultur noch nie erlebt. Sonst wäre ja nicht viel Neues zu berichten. Bin traurig, daß mein Kleines nicht bei mir ist. Wann werden wir endlich mal eine lange und ruhige Zeit zusammensein? Immer wenn ich mich gerade an das Kleine gewöhnt hab', dann muß man wieder auseinander. Und nun sind wir bald für ein ganzes Jahr getrennt. Aber ich werde ihm viel schreiben, und nach einem Jahr muß es kommen. Wenn ich doch was wirklich Gutes in der Zeit arbeiten könnte und dann auch etwas Glück damit hätte. Und wenn man doch mal wieder frei und ohne jeden Druck leben könnte. Es muß aber auch immer und immer lieb sein, wenn ich mal mit ihm komme, sonst mag ich es nicht mehr. Schreib mir vorerst weiter nach Wiessee, Kleines. Hoffentlich ist es bald in Barmen, daß ich es von Boppard aus anrufen kann.

Für heute Schluß.

Alles, alles Liebe und Küsse. Deins

In Wiessee machen Irmgard Keuns Eltern Ferien. Irmgard Keuns Mutter leitet Arnolds Briefe weiter.

Arnold Strauss hat einen Ein-Jahres-Vertrag in Montgomery abgeschlossen, will aber für immer in den USA bleiben. Er hofft und plant, daß Irmgard Keun ihm nach einem Jahr folgen wird. Sie hofft, in diesem Jahr gut zu arbeiten. Die Passagen ihrer Briefe, die sich auf die Zeit danach beziehen, haben einen unechten, neckisch-drohenden »Wenn-nicht-dann«-Ton. Aber wie gut arbeiten in diesem Deutschland, in dem die ihr wichtigsten Texte als »zeitgemäß unerwünscht« (18. 6. 1935) in der Schublade liegenbleiben? Sie weiß es nicht und flüchtet immer häufiger – zumindest brieflich – in die Depression, gesteigert durch die Furcht, daß Arnold – die Idee Arnold, der Adressat ihrer Briefe, der Fluchtpunkt – sich entfernen könnte.

Boppard, den 21. 6. 1935
Freitag

Dank für die Briefe, lieber Arnold. Wie lange wirst Du wohl noch in Holland bleiben? Du schreibst nichts darüber. Kleines, ich bin gar nicht mehr so froh mit Dir, wie ich es früher war. Du schriebst ja selbst, daß Du das letzte Mal in Bonn durch so vieles beunruhigt warst, und das verstehe ich ja auch. Aber dann mußtest Du plötzlich so schnell und eilig fort und wärst beinahe noch vor mir gefahren, weil Dein Onkel Geburtstag hatte. Trotzdem wir immer so selten und so wenig zusammen sind und Du viel öfter und viel länger in Holland bist.

Ich wünschte auch, ich hätte wieder Geld genug und könnte selbst für mich bezahlen. Und habe mir auch überlegt, daß ich mir wieder allein helfen will und daß du mir auch nicht mehr helfen sollst. Ich mag das alles nicht mehr. Ich werde schon auf jeden Fall früher oder später das schreiben, was ich schreiben will. Du warst so lange in Italien, Kleines, ich hatte manchmal gewünscht, Du würdest zwischendurch mal kommen. Ich war ja fast immer allein in Köln, und ich denke, daß Du in Italien recht froh und zufrieden warst auch ohne mich. Vielleicht ist es am besten, mein Kleines, wir sehen uns jetzt gar nicht mehr und lassen alles zu Ende sein, und mein Kleines fängt in Amerika in jeder Beziehung von Neuem an.

Tausend liebe Wünsche, I.

Der zweite Abschiedsbrief?

Nie sei er da, wenn sie ihn brauche, wirft Irmgard Keun Arnold Strauss vor, und vergessen scheinen alle Verhaltensmaßregeln wegen seiner jüdischen Herkunft, alle Heimlichkeiten, um Johannes Tralow nicht zu kränken, alle Terminverschiebungen wegen ihrer Arbeitsüberlastung.

Denn – mit Arnold entfernte sich ihr treuestes und großzügigstes Lesepublikum. Eine Schriftstellerin, die kaum mehr veröffentlichen kann, schreibt einen um den anderen Tag seitenlange Briefe. Berichte aus dem Innen-Leben ersetzen das äußere. Arnold ist der Vertraute, der einzige, der alles wissen darf – und nichts erfährt. Daß er sich wehrt gegen eine solche Funktionalisierung, ist selten. Auch er hat etwas zu verlieren, und sei es die Idee einer Liebe.

Boppard, den 27. 6. 1935

(...) Warum war es so mufflig, weil ich damals das Geld ausgegeben habe? Ich hatte mich doch so auf Dich gefreut, und dann warst Du mufflig wegen so'n paar Mark. Ich gebe doch so furchtbar gern Geld aus, wenn ich's habe. Und ich bummle mit Tr. nicht und mit sonst keinem Mann – da konnt' ich's doch mal mit Annemarie tun. – Wie eklig Du warst, Kleines. (...) Außerdem kommt seit drei Tagen täglich ein anonymer, gemein geschriebener Brief an Tr. »Möchten Sie was von Ihrer kleinen Frau wissen?« »Armer Ahnungsloser.« »Wenn Sie Ihre Frau lieben, lassen Sie sie nicht allein reisen.« Usw. Ich wollte Dir erst nicht davon schreiben, weil es so widerlich ist. (...) Es ist ein ekliges, schleimiges Gefühl, das man bei diesen Briefen hat. Sie haben auch was Krankes an sich. Näheres mündlich.

Kuß. D.

Um den 10. 7. 1935 herum treffen sich Irmgard Keun und Arnold Strauss in Bonn. Die Briefe, die das Ereignis vorbereiten, handeln vor allem von Geld. Kein Wort mehr von anonymen Briefen, aber viele von unbezahlten Rechnungen – und wie soll es werden, wenn Arnold erst in Amerika ist?

Seine Idee: Seine Eltern sollen seine zukünftige Frau regelmäßig unterstützen. Irmgard Keun ziert sich (1. 7. 1935): »Das mit Deinem Geldprojekt möchte ich nicht. Ich will das nicht mit Deinen Eltern. Ich kann auch allein fertig werden. Wir wollen gar nicht mehr davon sprechen. Sorge jetzt nur, daß wir bald zusammen sind.« Dazu noch der Hinweis, daß Tralow jetzt gut verdiene, er habe Kontakte zu alten Kämpfern – »und ich bin natürlich sehr froh darüber«.

Von Bonn aus fährt Irmgard Keun nach Köln zurück und Arnold Strauss zu seinen Verwandten nach Den Haag.

Köln, den 13. 7. 1935
Freitag

Mein kleines Liebes,
hoffentlich ist es gut angekommen – und morgen werde ich ja von ihm hören. Denke Dir, hier sind maßlos viele Nachtfalter von außergewöhnlicher Größe. Gestern sind zwei in mein Gesicht geflogen – es war gräßlich und hätte mein Tod sein können. Über Tante Frieda kam heute morgen Nachricht. Die Wirtin, bei der sie zuletzt wohnte, schrieb. Das arme Tier ist von einem Privat-Auto am Bahnhof Heerstraße überfahren worden. Das Auto ist rasend schnell weitergefahren und hat sich um nichts gekümmert. Ich bin überzeugt, daß Leute, die das tun, bei Gelegenheit auch morden würden. Sie ist dann ins Hildegard-Krankenhaus gekommen, ein paar Tage bewußtlos geblieben und dann gestorben. Die Wirtin schrieb noch, daß Frieda zuletzt Tag und Nacht in ihrem Zimmer eingeschlossen war. Keiner durfte das Zimmer betreten, weil sie an einer großen Erfindung arbeitete. Später fand man in dem Zimmer drei sonderbare motorenartige Gebilde, die an Steckkontakte angeschlossen waren und surrten. Zwei solche Dinger waren ins Bett eingebaut. Die Wirtin schien das alles wunderbar mystisch und bedeutend zu finden. Frieda hätte auch noch vor kurzem einen Band Karikaturen gezeichnet, mit Text versehen und bei einem Verlag abgegeben. Verfolgt wurde sie hauptsächlich von mir – es wäre entsetzlich, was ich ihr alles angetan hätte. Sie war auch ein paarmal auf der Polizei, machte auf meinen Umgang mit Verbrecherkreisen aufmerksam und bat um Schutz vor meinen furchtbaren Verfolgungen. Außerdem trug sie in ihrer Handtasche immer einen geladenen Revolver bei sich. Das wußte die Wirtin, und das wußten auch die Verwandten in Berlin. Mache Dir

den Idiotismus dieser Verwandten klar: eine Irrsinnige wie Frieda mit so einem Revolver herumlaufen zu lassen. Schließlich hätte sie sich ja doch mal bedroht gefühlt, daß sie vielleicht wirklich geschossen hätte. Oder sie hätte einen Befehl erhalten oder sonstwas. Interessant wäre mir ja zu wissen, wo sie den Revolver herbekommen hat. Das ist doch weiß Gott nicht einfach, sich so was zu verschaffen. Ich würde auch die Motoren gern mal sehen und die Zeichnungen.

Hoffentlich bist Du bald wieder hier, Kleines – und hoffentlich klappt alles schnell und gut mit dem Visum.

Ich bin noch etwas müde und trotz der Hitze regelrecht erkältet: Halsschmerzen und Schnupfen. Heute werde ich erst mal alle Post erledigen, und morgen fange ich mit der Roman-Schulen-Arbeit an. Ich möchte gern ein gutes Stück weiter sein, wenn das Kleine kommt. Wir könnten uns dann ja zuerst mal einen Nachmittag hier in Köln treffen und dann das Weitere besprechen.

Leb wohl für heute, mein kleines Liebes.

Tausend liebe Küsse, D.

Die Romanschule ist eine Novelle, an der Irmgard Keun seit einiger Zeit zu arbeiten vorgibt.

Sollte es je ein Manuskript gegeben haben, so ist es verlorengegangen. Fest steht: Viele der Texte Irmgard Keuns existierten nur in ihrem Kopf. Noch kurz vor ihrem Tode ›zitierte‹ sie mir am Telefon seitenlang aus ihrer Biographie »Kein Anschluß unter dieser Nummer« – einem ungeschriebenen Text.

Tante Frieda hat Irmgard Keun in ihrem zweiten Exilroman ein Denkmal gesetzt:

> Seit Jahrzehnten galt Tante Camilla in der Familie als wunderlich und nicht ganz normal. Vor ein paar Jahren war sie nach einem Anfall von Verfolgungswahn sogar vorübergehend in einer Anstalt interniert gewesen. (...) In dem Haus, in dem sie

Die Maßnahmen der Staatspolizei Breslau.

Ein Kommentar der „Nationalsozialistischen Schlesischen Tageszeitung“.

Die Staatspolizeistelle Breslau hat, wie berichtet, eine Mitteilung veröffentlicht, nach der sechs jüdische Männer und sechs arische Frauen in Schutzhaft genommen wurden und in ein Konzentrationslager übergeführt werden sollen.

In einem längeren Kommentar der „Nationalsozialistischen Schlesischen Tageszeitung“ zu dieser Maßnahme der Breslauer Geheimen Staatspolizei heißt es unter anderem: „Damit ist nunmehr in entscheidender Weise von Staats wegen dem schändlichen Treiben artvergessener Frauenspersonen und ihrer Juden entgegengetreten worden. Die staatliche Macht hat diesem Willen (der Bevölkerung. Schriftltg.) nicht entgegengearbeitet, sondern ihm in der Erkenntnis seiner Richtigkeit entsprochen. So beweist sich in dem nationalsozialistischen Volksstaat die Uebereinstimmung der inneren Kräfte des Volkes mit der staatlichen Gewalt. Wir können feststellen, daß auch die Justiz den Kampf der artbewußten Breslauer Bevölkerung richtig verstanden hat und sich nicht mehr an den Buchstaben überlebter Paragraphen klammert. Eine der angeprangerten Frauenspersonen hatte eine Klage angestrengt gegen zwei der Aktivisten, die in der Oeffentlichkeit den Kampf gegen die Rassenschande führen. Das Gericht hat die Klage abgewiesen und festgestellt, daß es das selbstverständliche Recht der SA-Führer ist, für den nationalsozialistischen Staat, der als eines der wesentlichen Grundelemente gerade den Kampf um die Rassereinheit des deutschen Volkes in seinem Programm geschrieben hat, in jeder Form zu kämpfen. Der Kerrlsche Strafrechtsentwurf von 1933 wurde in dieser Urteilsbegründung erwähnt. In diesem Strafrechtsentwurf wird bereits das Tanzen zwischen Ariern und Nichtariern als Rassenschande bezeichnet und unter Strafe gestellt.“

Am Schlusse seines Artikels veröffentlicht das Blatt unter der Ueberschrift: „Der Kampf geht weiter — An den Pranger!“ je vier weitere Namen von Nichtariern und Arierinnen.

In einem Brief von Arthur und Lucy Strauss aus diesen Tagen findet sich unkommentiert dieser Zeitungsausschnitt vom 23. 7. 1935.

wohnte, entstand ein übern andern Tag Kurzschluß, da sie an einer Erfindung arbeitete, und zwar an einer Art von elektrischem Motor. Wegen dieser Erfindung montierte sie Lampen und Lichtschalter und Steckkontakte ab. (...) Sie war fieberhaft tätig, machte alles kaputt, um praktisch zu sein. (...) Sie schnitt Klubsessel entzwei, um aus dem Leder Handtaschen zu nähen. Aus Mullgardinen machte sie Hemden und aus Seidenhemden Nadelkissen. (...) Früher war Tante Camilla ihren Verwandten ein schwieriger Gast gewesen, den man mehr oder weniger ergeben hinnahm. Jetzt, in der Blüte der Rassen- und Vererbungstheorie war Tante Camilla etwas besonders Peinliches geworden, nämlich eine Erbmasse.

D-Zug dritter Klasse

4. 8. 1935: Das letzte Treffen in Köln. Am 5. 8. reist Arnold Strauss ab. Zum Abschied schenkt er seiner Freundin Geld und eine Uhr. Sie schreibt ihm aufs Schiff:

Köln, den 5. 8. 1935
Montag

Mein Kleines,
es ist noch alles ganz komisch und unwirklich. Jetzt bin ich in der Stadt am Neumarkt, hier sind wir auch noch gestern gegangen. Gleich löse ich die Pfänder aus, und dann kaufe ich einen Regenmantel. Die Uhr ist so niedlich – ich sehe sie immer an –, nur wenn ich mal wissen will, wie spät es ist, denke ich nicht daran, daß das Niedliche ja eine Uhr ist, und suche nach alter Gewohnheit, sonstwie die Zeit zu erfahren. Ich fühle mich noch etwas betäubt, aber nicht mehr so krank (unberufen). Der Blasenkatarrh ist besser, die Rias sind noch nicht da, auch keine Ria-Schmerzen. Gestern, wie ich ganz matt und kaputt im Bett lag, neben mir die Lampe wollt' ich gerade ausmachen – da schwirrte ein riesengroßer Nachtfalter an mich ran, das gab mir den Rest. Wochenlang war keiner mehr bei mir im Zimmer gewesen. Ach, mein

Kleines, jetzt werde ich alles besorgen, und dann fahre ich aus diesem schrecklichen Köln fort. Die Depressionen sind immer noch da. Es ist scheußlich. Hoffentlich hat mein Kleines eine gute Fahrt und wird munter. Ich will auch bald wieder munter sein und tüchtig arbeiten und ihm immer schicken. In der letzten Zeit hab' ich nie so rechte Ruhe, und jetzt, wo ich noch hier bin, hat es mit Besorgen und Sachen-in-Ordnung-Bringen zu tun. Aber das ist ganz gut, ich muß noch so viel an das Kleine denken und könnte noch nicht so richtig arbeiten. Jetzt soll der Brief schnell fort, damit mein Kleines ihn auch rechtzeitig hat.

Hunderttausend Küsse, mein Liebstes – ich werde sehr auf Nachricht warten.

In Liebe, Deins

Fünf Tage später schreibt sie den ersten Brief nach Montgomery:

Köln, den 10. 8. 1935
Samstag

Mein Liebstes,
war *so* froh über die 150. Immerzu ist es in der Stadt und kauft und kauft und kauft. Ist sogar ein kleines bißchen belebt, trotzdem die Rias in vollem Gange sind. Jetzt muß ich ihm genau erzählen, was ich alles gekauft habe und wie ich aussehen werde: für Vormittags den Luftikus-Mantel (Stoffprobe anbei). Er ist ganz weit und lang und sportlich. Dazu hatte ich noch einen hellen Rock. Dazu braune Schuhe (hatte ich noch). Und neu eine resedagrüne sportliche Seidenbluse und einen ärmellosen Pullover in etwas dunklerem Grün aus wunderbarer Wolle. Hat 24 Mark gekostet und die Bluse 23 Mark. Aber es sind auch ganz taflige Sachen. Zur Abwechslung habe ich noch eine weiße Lackbluse, wie ich sie immer hatte, gekauft. Und dann einen braunen Hut und zwei unerhört pekinesische Tücher. Ganz weiche Seide und beispiellos niedlich. Und ganz helle

Schweinsleder-Handschuhe. Dazu wird meine braune Krokodiltasche repariert und wie neu gemacht. Das wäre die eine Garnitur. Dann habe ich als weitere Garnitur: den Breitschwanz. Dann habe ich gekauft zu meiner schwarzen Seidenjacke (Du kennst sie noch von Berlin her) – einen schwarzen Seidenrock und eine ganz taflige weiße Seidenbluse. Dazu kriege ich einen ganz weichen Veloursshut gemacht – aus wunderbarem Material und genau, wie ich es will. Kostet allerdings 30 Mark. Dann habe ich schwarze Handschuhe gekauft und eine schwarze Tasche aus Seehundleder. – Für nachmittags werde ich mir dann noch das schwarze Seidenkleid machen lassen. Ich denke, ich werde sehr taflig sein, und bin nur furchtbar traurig, daß mein Kleines mich nicht sehen kann. – Strümpfe und Badetasche habe ich noch gekauft. Weil ich doch in Frankfurt schwimmen gehen will. Dann muß ich noch Schuhe kaufen, Ardens, Pelzreparatur bezahlen, Büstenhalter, einen weißen Kragen. Eigentlich wollte ich mir noch eine dicke Koralle als Brosche kaufen, aber dazu komme ich nicht mehr. Ich habe jetzt alles bis auf den letzten Pfennig auskalkuliert. Weil ich nun mal alles teuer und taflig gekauft habe. Wenn ich erst mal in Frankfurt bin, werde ich noch viel Freude an den Sachen haben. Mein Kleines, mein Liebes, ich kann ja immer noch nicht glauben, daß es nun so weit und so lange fort ist. Vor lauter Einkaufen und Unruhe komme ich gar nicht zum Arbeiten. Aber bald will ich ihm grüne Tippblätter schicken. Ende August fahre ich also nach Filsen, und es soll dann einfach immer an Frau K. (*ohne* Vornamen) schicken – nur Geld und Einschreiben an Frau Elsa K. Ende September will ich dann nach Frankfurt. Ich freue mich darauf, und wenn Deine Eltern dann in Wiesbaden sind, besuche ich sie da mal.

Sonntag

Mein Kleines, an das Briefsystem mit Amerika bin ich noch gar nicht gewöhnt – denke immer, wenn ich jetzt einen Brief abschicke, hat es ihn übermorgen. Und drei Tage drauf kann ich dann Antwort haben. – Und nun ist heute zum erstenmal auch kein Brief von ihm gekommen! Ich will diesen Brief heute abschicken – und im nächsten schicke ich ihm allerhand ulkige Zeitungsausschnitte. – Am liebsten würde ich schon heute wissen, wie es Dir in Amerika gefällt, wie die ersten Eindrücke waren und alles. Zu Haus ist ein bißchen trübe Atmosphäre, weil mein Vater morgen ins Krankenhaus geht wegen der Samenstränge. Das andere will er in Haag machen lassen. – Geschäftlich sind auch große Ärgernisse und Sorgen. – Gestern fand ich unter meinen Büchern von Strindberg ›Nach Damaskus‹. Das war jahrelang mein liebstes Buch. Gestern las ich es wieder. Ich schicke es Dir, und wenn Du Zeit hast, mußt Du es ganz aufmerksam von Anfang an lesen. *Jedes* Wort, das der Unbekannte da im Anfang sagt, empfinde ich genauso. Aber abgesehen davon – mir ist fast nie ein Dichter derart interessant gewesen wie Strindberg. Ich will jetzt auch seine anderen Sachen noch mal lesen.

Halbe Stunde später

Etwas Komisches ist passiert. Denke Dir, ich habe sicher 5 Jahre lang weder Strindberg gelesen noch an ihn bewußt gedacht. Gestern nun las ich. Jetzt sitze ich in der ›Waldschänke‹ und schreibe Dir davon. Auf dem Weg von der Toilette greife ich mir so nebenbei eine Zeitung, die da hing. Ich blättre sie auf und lese als *erstes:* »Der unbekannte Strindberg«. Es folgen dann u. a. ein paar vernichtende Worte: »Ein Mann, der es wagen durfte zu sagen, daß es die fruchtbarste Idee und das kräftigste Bestreben unserer Tage sei, das kurzsichtige Nationalgefühl aufzuheben, das die Völker trenne und sie als Feinde gegenüberstelle – ein solcher Mann hat sich das Recht auf Leben und Wirkung bei jedem anständig denkenden Volke verwirkt.«

Mein Kleines – vorigen Sonntag um diese Zeit saßen wir bei Wiesel.

Viele, viele Küsse D.

Der Unbekannte. Ich habe, als Dichter, ja auch mit dem Leben gespielt. Obwohl ich von Natur schwermütig bin, war es mir nie möglich, irgend etwas wirklich ernst zu nehmen, nicht einmal meine eigenen schweren Sorgen, und es gibt Augenblicke, da ich bezweifle, daß das Leben mehr Wirklichkeit besitzt als meine Dichtung.

(August Strindberg)

Was für ein dummes, albernes Dasein, klagt Irmgard Keun in ihrem Brief vom 16. 8. 1935: Er dort, sie hier – es sei ihr unbegreiflich. Sie kündigt an, jetzt endlich Holländisch lernen zu wollen und sich um ihren Paß zu kümmern. Und – sie bittet um weiteres Geld. Alles, was sie kaufen müsse – sie zählt noch einmal auf, was sie bereits gekauft hat –, sei dringend notwendig, sie habe schon ganz abgerissen ausgesehen (19. 8. 1935): »Eine Zeitung ist eingegangen, von der ich noch 40 Mark zu bekommen hatte (...). Ein diskreter, eleganter Schrei ...«

Außerdem sei Moselkern immer noch nicht bezahlt.

Sie lebt diät, klagt über Schmerzen und verspricht (16. 8. 1935): »Mindestens drei Monate lang will ich keinen Tropfen Alkohol mehr trinken, das schwöre ich Dir bei Deinem Leben!«

Köln, den 23. 8. 1935
Donnerstag

(...) Also, Kleines – war eben auf dem Polizeirevier hier, um wegen des Passes zu fragen. Und denke Dir, da wurde mir gesagt: Der Paß läge in Frankfurt für mich bereit. Der Beamte dort hat sich von sich aus an mein Polizeirevier gewandt und auch von hier aus die notwendigen Unbedenklichkeitserklärungen bekommen.

Zu erinnern ist an dieser Stelle an die Geschichte, die Irmgard Keun Jürgen Serke *(Die verbrannten Dichter)* erzählte: Sie wollte weg aus Deutschland, bevor der nächste Zugriff kam und dann kein Geld mehr half. Doch Johannes Tralow und Irmgard Keun hatten einen gemeinsamen Paß. Sie brauchte einen eigenen. Die Schriftstellerin ging zur Frankfurter Polizei: »Meine ganze Löwenmäuligkeit zerfiel in nichts vor dem Beamten, den ich nach der Möglichkeit befragte, einen eigenen Paß zu bekommen. Er sagte zu mir: ›Sie wollen raus, junge Frau? Ich wünschte, ich könnte es auch.‹ Ich bekam meinen Paß.«

Irmgard Keun brauchte einen eigenen Paß auch aus einem anderen Grund (23. 8. 1935): »Es ist ja eine Qual, ohne Reisepaß zu sein – kein Geld, keine Einschreibsendung kann man bekommen.«

Köln, den 27. 8. 1935
Dienstag

Nie mehr gehen meine Augen auf!

Heute kam Dein Telegramm. Gott sei Dank, Kleines. Gestern hatte ich *furchtbare* Depressionen und Angstgefühle. Später wurde es interessant. Nie mehr gehen meine Augen auf ...

Also, es fing damit an, daß ich zu einem Naturheilkundigen mußte, weil mein Haar von Tag zu Tag mehr ausgeht und immer fettiger wird. Arnold, *bitte*, erkundige Dich sofort, was dagegen zu tun ist. Woher das kommt usw. Bitte! Mein Verstand und meine medizinische Erfahrung hält für möglich, daß es sich bei mir doch um mangelnde Drüsentätigkeit handelt. Dieses Getobe von meinen Talgdrüsen wird wohl innersekretorische Gründe haben. Ach Kleines, warum bin ich kein Mann! Männer können ruhig Glatzen kriegen, Männer dürfen bummeln, Männer können sich an jeden Baum stellen – die Vorzüge sind unendlich. Würdest Du mich auch mit einer Glatze lieben, Kleines? Ich ging also gestern zu einem gepriesenen Naturheilkundigen wegen der Haare. Dieser Mann reizte mich furchtbar. Er sah mir in die Augen und sagte, mit meiner Lunge wäre was nicht in

Ordnung. Außerdem wäre ich hochgradig nervös, aber das wurde ich da erst. Mit grenzenloser Mühe brachte ich ihn dann auf die Haare. Ich soll zwar keinen Klatschkäse, aber süßes Mandelöl vorm Waschen drauftun. Na schön. – Abends hab' ich geschrieben und Dostojewski *Der Spieler* gelesen. Warum hast Du eigentlich keine Briefe von New York abgeschickt? Tausende von Briefen hätten längst hier sein müssen – ich bin vollkommen vereinsamt und vernachlässigt. – Um 12 Uhr war ich an der Opernhaus-Haltestelle – und da kam ich mit einem sehr feinen Mädchen, vielmehr Frau, ins Gespräch. Unsere Bahnen waren gerade fort – da gingen wir zusammen ein Glas Bier trinken. Es war sehr munter. Sie ist Arbeiterin in einer Gummifabrik (...). Wir haben uns großartig unterhalten. Gegen 4 Uhr waren wir in einem Ausschank mit anderen Leuten zusammen. Ich glaube, das geistige Niveau lag etwas unter unserem Ramon-Novarra-Milieu. – Nie mehr gehen meine Augen auf. Später bin ich mit einer Briefmarke nach Haus gefahren.

Arnold Strauss indessen lebt sich ein. Es gefällt ihm in Montgomery.

Am 8. 9. 1935 schreibt ihm sein Vetter Fritz Strauss aus Den Haag: Jedenfalls bin ich erstaunt, in welcher Weise einige Tage drüben schon genügten, um Dich teilweise zu assimilieren. Du wirst Dir wohl selber keine Rechenschaft davon geben, aber Dein Briefstil ist schon anders geworden, die Weise, in der Du Deine Kuverts adressierst, kurzum, es scheint doch wahr zu sein, daß Europäer, die nach drüben gehen, sich leicht assimilieren.

Irmgard Keun wird Ähnliches bemerkt haben (3. 9. 1935): »Mein Kleines – wenn es amerikanisiert wird, dann will ich es nicht mehr.«

(8. 9. 1935): »Kleines, ich hoffe sehr, daß Du englisch sprichst ohne diesen typischen affigen englischen Akzent. Weißt Du, so'n Gewühl und Gerolle von den Vokalen im Mund. Es wäre mir ekelhaft und peinlich, wenn Du das tätest.«

Sie fühlt sich einsam und verlassen: »Was für Blumen gibt es in Montgomery? Kann man in dem Fluß da schwimmen? Und gibt es dort Ardens?«

Sie ist inzwischen in Moselkern, versucht, Geschichten zu schreiben und am Roman zu arbeiten. Ihrem Brief vom 23. 9. 1935 legt sie einen Zeitungsausschnitt bei: die Nürnberger Gesetze und einen Artikel über das Mischehenverbot der Nationalsozialisten, abgedruckt in der Frankfurter Zeitung, die auch viele ihrer Geschichten abdruckte.

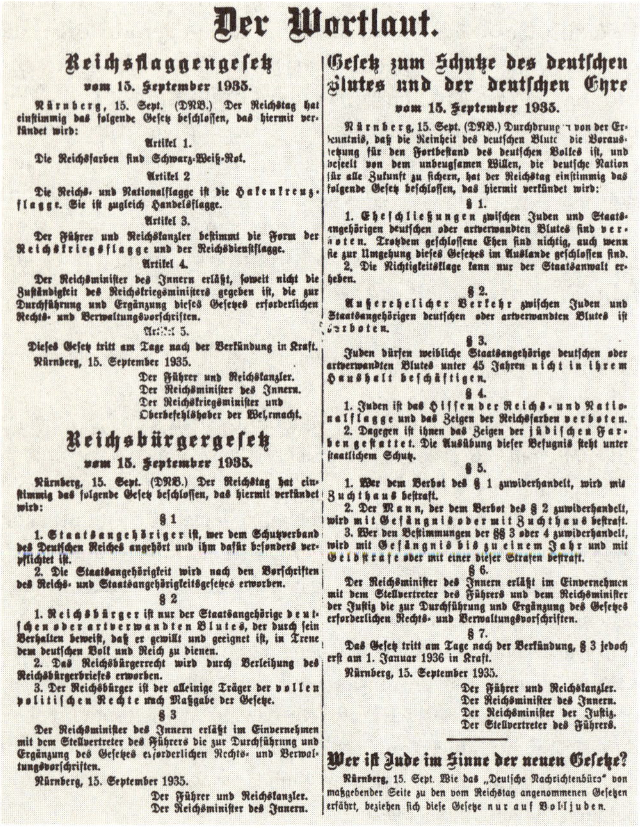

Der Wortlaut.

Reichsflaggengesetz

vom 15. September 1935.

Nürnberg, 15. Sept. (DNB.) Der Reichstag hat einstimmig das folgende Gesetz beschlossen, das hiermit verkündet wird:

Artikel 1.

Die Reichsfarben sind Schwarz-Weiß-Rot.

Artikel 2

Die Reichs- und Nationalflagge ist die Hakenkreuzflagge. Sie ist zugleich Handelsflagge.

Artikel 3.

Der Führer und Reichskanzler bestimmt die Form der Reichskriegsflagge und der Reichsdienstflagge.

Artikel 4.

Der Reichsminister des Innern erläßt, soweit nicht die Zuständigkeit des Reichskriegsministers gegeben ist, die zur Durchführung und Ergänzung dieses Gesetzes erforderlichen Rechts- und Verwaltungsvorschriften.

Artikel 5.

Dieses Gesetz tritt am Tage nach der Verkündung in Kraft.

Nürnberg, 15. September 1935.

Der Führer und Reichskanzler.
Der Reichsminister des Innern.
Der Reichskriegsminister und
Oberbefehlshaber der Wehrmacht.

Reichsbürgergesetz

vom 15. September 1935.

Nürnberg, 15. Sept. (DNB.) Der Reichstag hat einstimmig das folgende Gesetz beschlossen, das hiermit verkündet wird:

§ 1

1. Staatsangehöriger ist, wer dem Schutzverband des Deutschen Reiches angehört und ihm dafür besonders verpflichtet ist.

2. Die Staatsangehörigkeit wird nach den Vorschriften des Reichs- und Staatsangehörigkeitsgesetzes erworben.

§ 2

1. Reichsbürger ist nur der Staatsangehörige deutschen oder artverwandten Blutes, der durch sein Verhalten beweist, daß er gewillt und geeignet ist, in Treue dem deutschen Volk und Reich zu dienen.

2. Das Reichsbürgerrecht wird durch Verleihung des Reichsbürgerbriefes erworben.

3. Der Reichsbürger ist der alleinige Träger der vollen politischen Rechte nach Maßgabe der Gesetze.

§ 3

Der Reichsminister des Innern erläßt im Einvernehmen mit dem Stellvertreter des Führers die zur Durchführung und Ergänzung des Gesetzes erforderlichen Rechts- und Verwaltungsvorschriften.

Nürnberg, 15. September 1935.

Der Führer und Reichskanzler.
Der Reichsminister des Innern.

Gesetz zum Schutze des deutschen Blutes und der deutschen Ehre

vom 15. September 1935.

Nürnberg, 15. Sept. (DNB.) Durchdrungen von der Erkenntnis, daß die Reinheit des deutschen Blutes die Voraussetzung für den Fortbestand des deutschen Volkes ist, und beseelt von dem unbeugsamen Willen, die deutsche Nation für alle Zukunft zu sichern, hat der Reichstag einstimmig das folgende Gesetz beschlossen, das hiermit verkündet wird:

§ 1.

1. Eheschließungen zwischen Juden und Staatsangehörigen deutschen oder artverwandten Blutes sind verboten. Trotzdem geschlossene Ehen sind nichtig, auch wenn sie zur Umgehung dieses Gesetzes im Auslande geschlossen sind.

2. Die Nichtigkeitsklage kann nur der Staatsanwalt erheben.

§ 2.

Außerehelicher Verkehr zwischen Juden und Staatsangehörigen deutschen oder artverwandten Blutes ist verboten.

§ 3.

Juden dürfen weibliche Staatsangehörige deutschen oder artverwandten Blutes unter 45 Jahren nicht in ihrem Haushalt beschäftigen.

§ 4.

1. Juden ist das Hissen der Reichs- und Nationalflagge und das Zeigen der Reichsfarben verboten.

2. Dagegen ist ihnen das Zeigen der jüdischen Farben gestattet. Die Ausübung dieser Befugnis steht unter staatlichem Schutz.

§ 5.

1. Wer dem Verbot des § 1 zuwiderhandelt, wird mit Zuchthaus bestraft.

2. Der Mann, der dem Verbot des § 2 zuwiderhandelt, wird mit Gefängnis oder mit Zuchthaus bestraft.

3. Wer den Bestimmungen der §§ 3 oder 4 zuwiderhandelt, wird mit Gefängnis bis zu einem Jahr und mit Geldstrafe oder mit einer dieser Strafen bestraft.

§ 6.

Der Reichsminister des Innern erläßt im Einvernehmen mit dem Stellvertreter des Führers und dem Reichsminister der Justiz die zur Durchführung und Ergänzung des Gesetzes erforderlichen Rechts- und Verwaltungsvorschriften.

§ 7.

Das Gesetz tritt am Tage nach der Verkündung, § 3 jedoch erst am 1. Januar 1936 in Kraft.

Nürnberg, 15. September 1935.

Der Führer und Reichskanzler.
Der Reichsminister des Innern.
Der Reichsminister der Justiz.
Der Stellvertreter des Führers.

Wer ist Jude im Sinne der neuen Gesetze?

Nürnberg, 15. Sept. Wie das „Deutsche Nachrichtenbüro" von maßgebender Seite zu den vom Reichstag angenommenen Gesetzen erfährt, beziehen sich diese Gesetze nur auf Volljuden.

Irmgard Keuns Kommentar (23. 9. 1935): »Unser Führer hat neue Gesetze erlassen. Ich schicke sie mit. Immer besser lerne ich die Bewegung verstehen, und immer mehr muß ich den Führer bewundern. Lese nur mit Verständnis – Du mußt mir recht geben.«

Ich verstehe übrigens nicht, was Sie immer gegen die Rassengesetze haben, Breslauer. Unerhört human sind diese Gesetze. Stellen Sie sich mal vor, die Juden würden gesetzlich gezwungen, wöchentlich dreimal mit Mitgliedern der NS-Frauenschaft zu schlafen.

Nach Mitternacht

Moselkern, den 28. 9. 1935

Kleines Liebes – alles bekommen. Briefe und Einschreiben. Morgen schicke ich neue Geschichte. Von diesen Kindergeschichten mache ich auch mal eine Serie, die ich als Buch erscheinen lassen will. – Möbel will es kaufen. Es tut ja wie ein Erwachsener. Muß man denn dann in den Möbeln wohnen und ein geregeltes Hauswesen führen und immer pünktlich zu den Mahlzeiten da sein? Wer sorgt denn für die Wohnung und alles? Vielleicht läßt Du Erna zuerst mit rüberkommen? Deine Frau will doch mehr arbeiten denn je, und einem Haushalt ist sie da doch ganz und gar nicht gewachsen. (...) Sehr lange werde ich nicht mehr hier sein, und ich glaube nicht, daß die nächsten 6 – 7 Monate gespart werden kann – weil vorher keine Bücher erscheinen können. Man muß sehen, wie das in Holland wird. (...)

Morgen mehr. Und gute Nacht jetzt. D.

Dieser Brief enthält den ersten ernst zu nehmenden Hinweis auf Emigrationspläne: »Man muß sehen, wie das in Holland wird.«

Im Exil in Holland erschien 1936 »Das Mädchen, mit dem die Kinder nicht verkehren durften« – eine Sammlung von Kindergeschichten, zum größten Teil noch in Deutschland entstanden: »Von diesen Geschichten mache ich auch mal eine Serie, die ich als Buch erscheinen lassen will.«

Diese Serie wurde ihr Entree als Exilautorin.

Moselkern, den 31. 9. 1935

Mein Kleines,
gestern abend rief mich meine Mutter an – und telefonierte mir Dein Telegramm durch. Was ist geschehen, Kleines, Liebes? Ich verstehe es nicht ganz. Ich kann doch noch nicht kommen – ich muß erst meine neue Arbeit haben. So viel, viel habe ich jetzt zu arbeiten: Romanschule fertigmachen, verbessern, abschreiben – zwei kleine Novellenbände fertigmachen – einen Märchenband, einen Band Kindergeschichten. Und dann den großen Roman. Dann bin ich gerüstet. Bald fahre ich nach Frankfurt. Da lerne ich Holländisch, um dort später richtig verhandeln zu können und eventuell auch Artikel für die Zeitungen schreiben zu können. Ich muß erst einen Boden in Europa haben – sonst kann ich nicht nach Amerika in diese fremde kleine Stadt. Ich würde dann sterben vor Heimweh und Angst, daß man mich hier ganz vergißt. Du mußt das verstehen, Kleines, und Du kannst sicher sein, daß ich schon alles richtig und zielbewußt mache. (...)

> Wo doch ein anständiger Mann ein Kind ist, und eine Frau in der Liebe eine männliche Verantwortung trägt. Er ist ein Gutes. Ich habe alles zerstört. So mit Liebe.
> *Das kunstseidene Mädchen*

Ich komme auch so allein nicht gut zurecht, vor allem natürlich mit dem Geld nicht. (...) Ich kann mir gar nicht vorstellen, was ich jetzt ohne Dich machen würde – so viel hat sich seit Deiner Abreise geändert, Kleines. Wenn Du kannst, schicke mehr, weil ich sonst gar nicht weiß, wie ich nach Frankfurt übersiedeln soll. (...) Dabei habe ich Dich immer weniger lieb, je mehr ich jetzt angewiesen bin auf Dich und brauche. – Jetzt kommen auch die Rias, und die entsprechenden Depressionen sind schon da. Aber auch sonst bin ich oft so traurig und gehetzt – und davon darf *nichts* in meine augenblicklichen Arbeiten kommen – die müssen ganz leicht und heiter und unbitter sein – nur dann kann das, was ich sagen will, wirken. (...) In ca. 3 Monaten will ich nach Holland.

Jetzt wird's schon wieder dunkel – die Lichter im Fluß sehen so hübsch aus. Wieviel Häuser sind denn in Montgomery? Gibt es auch Hotels und Pensionen und ulkige Lokale? Es muß Lokale geben, in die ich allein gehen kann. Wenn man es dort nicht tut, führe ich es ein – und wenn keine Lokale da sind, mußt Du welche bauen. Wenn man gut und natürlich schreiben will, kann man nicht leben wie eine artige Gesellschaftsdame – das mußt Du nie wollen. Ich will einen neuen Erfolg haben, ehe ich komme, denn dann darf man auch für die Idiotischen anders sein.

Leb wohl für heute – und schreibe immer, daß Du meine Briefe bekommen hast.

Tausend gute liebe Gedanken. D.

Moselkern, den 11. 10. 1935

(...) Ich liebe meine Arbeit, und ich möchte, daß Du Deine liebst – aber mehr als alles andere ist doch immer ein lebendiger Mensch. Denke Dich auf eine einsame Insel. Was wäre Dir wichtiger: Arbeit oder ein Mensch? Natürlich zuerst ein Mensch. Ich würde bestimmt nicht arbeiten, wenn es keine Menschen gäbe, für die ich arbeiten kann. Ich werde Dir jetzt ein schönes Buch schreiben, mein Kleines.

Die Konkurrenz der Berufe: Fronten werden abgesteckt.

Moselkern, den 21. 10. 1935

(...) Und dann brauche ich auch Zigaretten und anständigen Alkohol und muß auch jeden Tag mal in ein Lokal, um zu schreiben. Ich kann nun mal nicht den ganzen Tag zu Haus sitzen – ich brauche immer wieder mal eine veränderte Atmosphäre und so nebenbei was sehen und beobachten können. Wenn ich so ganz und gar das Leben einer Hausfrau führen müßte, würde ich bald matt und kläglich werden. Ist das klar?

Ist es Arnold Strauss wirklich klar?

Die Briefe und Tagebucheinträge seiner Mutter sprechen dagegen. Sie rechnet mit der Schwiegertochter Irmgard Keun. Ihr Sohn – selbst oft genug deprimiert – scheint sie überzeugt zu haben.

Am 25. 10. 1935 schreibt Lucy Strauss an ihn: Vor allem beglückt es mich, daß Du so ein nahes Ziel für Irmgards Kommen setzt. Wenn das doch möglich wäre. Vorher werden wir sie ja sprechen, worauf ich mich unendlich freue. Sie weiß sicher noch viel mehr über mein Bibulein als ich jetzt durch seine Briefe. Weiß Tr. jetzt, daß Irmgard sich scheiden lassen will?

Und in ihr Tagebuch schreibt sie am 26. 10. 1935: Arnold schreibt, daß Irmgard im neuen Jahr für ein paar Monate nach Holland geht, und er hoffe, sie käme dann zu ihm. Es ist schön, daß er mit ihr monatlich sein Einkommen teilt, besser wäre es, wir unterstützen sie.

Arnold Strauss verdient zu dieser Zeit 2400 Dollar im Jahr plus Mahlzeiten in der Krankenhauskantine – für amerikanische Verhältnisse kein hohes Einkommen. Irmgard Keun kümmert es nicht, daß seine Geldsendungen für ihn Entbehrung bedeuten. Ihre Briefe aus jenen Tagen klingen alles andere als liebevoll.

Sie ist böse, weil das versprochene Geld zu spät ankommt (»Wann hat es denn zuletzt abgeschickt?«), sein Rat wegen eines deformierten Fingernagels gefällt ihr nicht (»Entweder hast Du kein Interesse oder verblödest in diesem Amerika«), seine Aussagen über Arbeit und

Leben erklärt sie für alberne und verlogene Phraseologie: Arbeit sei nicht der Hauptinhalt des Lebens, außer bei künstlerischen Genies.

Selbst ihre Geldforderungen trägt Irmgard Keun in immer wütenderem, entschiedenerem Ton vor. Arnold Strauss erfüllt sie. Er schickt das Geld bahnpostlagernd an Annemarie Schäfer, Irmgard Keuns Freundin und Deckadresse. Außerdem erinnert er seine Mutter, die monatlichen Zahlungen an seine Braut pünktlich zum Ersten zu schicken, Überbringerin soll das Dienstmädchen Erna sein.

Am 15. 11. 1935 schreibt Lucy Strauss ihrem Sohn: Ich bin sehr gespannt, ob wir bald von Irmgard hören. Schreibe an Erna, ob wir ihr 200 M auf einmal oder in 2 Raten schicken sollen.

Sie hört nichts von Irmgard. – Und auch Arnold hat seit 14 Tagen keinen Brief mehr von ihr bekommen. Der Grund: Schwierigkeiten mit der Reichsschrifttumskammer.

Frankfurt, den 16. 11. 1935

Du mein Kleines,
heute bekam ich zum erstenmal Post nachgeschickt, dabei 9 Briefe vom Kleinen. Es ist ja so lieb und rührend gut, ich mußte fast weinen, und die 100 kamen wie ein Segen vom Himmel. – Und um ein Haar wäre alles so schön für mich geworden, und ich hätte nichts mehr gebraucht, das Kleine hätte sparen können. Ich hatte noch ein paar von den Kindersachen, noch viel niedlichere, als Du kennst. Die maßgebenden Leute hier waren begeistert, als ich damit zu ihnen kam. Sie wollten eine Serie davon bringen – jede Woche eine Seite mit pekinesischen Zeichnungen – im Ganzen 15 Stück. Ich sollte im voraus *2000* Mark kriegen, denke Dir. Die Sache sollte groß angekündigt werden mit meinem Bild auf dem Titelblatt. Da kommt ein Brief, und es darf nicht sein. (...) Es ist eine Sauerei, daß Amerika so weit ist – und daß man immer so furchtbar lange auf eine Antwort warten muß, und daß man nicht mal eben schnell

telefonieren kann. Und ein richtiges Telegramm kostet doch auch ca. 15 Mark. (...) Ich wünschte, ich hätte schon Antwort auf diesen Brief – aber darauf muß ich wohl 20 Tage warten. I.

Der Brief, der kam, war ein Brief der Reichsschrifttumskammer. Irmgard Keun ist nicht Mitglied, Irmgard Keun darf nicht veröffentlicht werden.

Nach ihrer Wiederentdeckung in den späten siebziger Jahren gefiel es Irmgard Keun, von ihrem Widerstand gegen das Werben der Reichsschrifttumskammer zu berichten. Tatsache ist: Sie selbst hat sich um die Aufnahme beworben; anders konnte sie in Deutschland nicht veröffentlichen.

Arnold Strauss' Eltern warten indessen vergeblich auf ein Lebenszeichen ihrer zukünftigen Schwiegertochter. Arnold muß trösten und erklären:

Am 27. 11. 1935 schreibt er ihnen: Also, was Irmg. betrifft, so wird es einige Zeit brauchen, bis Ihr sie einerseits verstehen, andererseits richtig schätzen lernt. Was ihr Nichtantworten betrifft, so hatte sie Gründe, die so waren, daß ich selbst auch nichts von ihr hörte. Ich weiß dann schon, daß es Gründe hat und sie deprimiert ist, mache mir Sorge und hätte eventuell, wenn ich nun nicht wieder Briefe hätte, telegrafiert. Sie sollte 2000 Mark für ihre Kindergeschichten bekommen, und dann (...). Aber vielleicht hat sie Euch das nun erzählt. Weil Ihr nichts zu tun habt, sucht und sucht Ihr, weil ich viel zu tun habe, denke ich klar und vernünftig, und wenn ich mal plötzlich nichts höre, weiß ich, daß irgend etwas los war, und warte erst mal ab. Das hat mit Gefühlen gar nichts zu tun. Außerdem hat Irmg. viel mehr Hemmungen als gewöhnliche Leute, besonders Leuten gegenüber, die sie irgendwie persönlich angehen. Mit Ruhe ist das ganze Leben so einfach, und wenn man nie abwarten kann, wird es erst elend kompliziert. Mit Eurer Methodik werdet Ihr ewig mit allem unzufrieden sein, weil Ihr vor lauter Ungeduld Euch die Freude an den endgültigen Ereignissen im voraus zerstört; ich hätte viel mehr Grund, ungeduldig zu sein. Warum bin ich es denn nicht? Wenn man den Dingen ihren Lauf läßt und nur mal ganz gelegentlich, wenn es absolut nötig ist, ihnen einen kleinen Stubs gibt, dann verschwendet man nie seine Kraft, behält die Übersicht, und sollte man es mal nötig haben, kann man immer mal energisch eingreifen, dann aber mit voller statt mit verzettelter Kraftreserve.

Sein Brief kreuzt sich mit dem seiner Eltern vom 25. 11. 1935:

Mein liebes Bibulein!
Auch heute morgen – nach Wochen – noch kein Zeichen von I. Wenn ein Mensch, den man liebt, und er mit Liebe von seinen Eltern spricht, mit absoluter Gleichgültigkeit und Nichtachtung ihnen begegnet, so ist das keine Herzensbildung. Liebe macht blind, und Du machst davon keine Ausnahme. Wir sind davon überzeugt, daß I. ein ganz besonders spiritueller Mensch ist und, daß sie Dich durch ihre Originalität mehr wie jede andere Frau gefesselt hat. Ihr selbst war Deine geistige Einstellung und Dein Wesen ebenso wertvoll und anziehend wie fördernd für ihre Arbeit. Wir können nur zu der Überzeugung kommen, daß sie für Dich – wie Du für sie – eine wertvolle Lebensepisode war. Solange Du arbeitslos warst, haben wir Dir unsere Bedenken nie so offen gesagt, wie wir das jetzt tun können, denn wir waren froh, daß das Leben Dir durch Irmgard einen Reiz gab. Heute sprechen wir offen und objektiv über sie, mehr, als Du es mit Deiner blinden Liebe und Verliebtheit einzusehen vermagst. Wir wissen, daß wir Dir wehe tun. Aber Du weißt, daß wir Dir nie im Leben Schwierigkeiten bereitet haben und bereiten werden. Aber wir halten es für unsere Pflicht, Dir unser Empfinden zu sagen. Du bist auch in einem bürgerlichen Milieu aufgewachsen. Ein Bohèmeleben ist reizvoll, aber nicht als Dauerzustand für einen arbeitenden Mann. Es war kennzeichnend, daß I. sich das erste Mal, als ich sie kennenlernte, so lange aufs Klo zurückzog. Eine Dame würde sich nie so benommen haben. Es war flegelhaft und unfein. Und ebenso ist jetzt ihr Benehmen. Sie müßte doch unsere Herzen zu gewinnen suchen. Schon um Dir Freude zu machen. Aber jedesmal, wenn sie uns begegnete, war ihr Verhalten geziert und unnatürlich. Würden sich je

Erna oder Gisela oder Liesel oder wen Du Dir auch vorstellen möchtest, oder Hatty oder Mütterli so gegen ihre zukünftigen Schwiegereltern benommen haben? Müssen wir daraus nicht schließen, daß es ihr nicht ernst gemeint ist? Dein Peter und Deine Mli

Peter: Arthur Strauss.
Mli: Mütterli Lucy Strauss.

> Das Klosett ist die einzige Zuflucht des Zivilisierten. Man ist nicht nur berechtigt, sondern sogar verpflichtet, sich einzuschließen, und niemand verlangt von einem Aussprachen, Unterredungen, Gunstbezeigungen, Rechenschaften, Parteinahme, Liebe, Geld, Kritik, Feindschaft, Freundschaft, Steuern, solange man sich in diesem Zivilisationsasyl befindet. (...) Die Zeit, die man auf einer Toilette verbringen darf, ist befristet. Jedes irdische Glück ist begrenzt.
> *Ferdinand, der Mann mit dem freundlichen Herzen*

Irmgard Keun lebt sich langsam in Frankfurt ein. Sie beginnt, die Enttäuschung mit der Frankfurter Illustrierten zu verkraften und schreibt weitere Kindergeschichten.

Frankfurt, den 3. 12. 1935

Mein Kleines, mein Geliebtes,
Deins verkehrt in tausend niedlichen Pünktchenfamilien. Annemarie hab' ich neulich mitgenommen. Denke Dir, diese Menschen haben *süße* Liköre!!! Die mischen sie mit anständigem Korn. So einen verkommenen Geschmack *können* doch einfach nur Pünktchen haben – was Alkohol anbelangt. Voll tiefstem Ekel habe ich ein derartiges Getränk abgelehnt und habe dann bösartig und eigensinnig die ausgesprochen pünktchenhaft hochherrschaftliche Wohnung verlassen und bin in einer Kneipe noch ein Glas Bier trinken gegangen. Annemarie blieb bei den Leuten, wurde in einem Auto nach Haus gebracht, das sie geistesab-

wesend vollständig vollkotzte. Einschließlich der Mäntel etlicher Mitfahrender. (...) Ich muß Dir schreiben, wie alles kam. Tr. ist jetzt hier, und wir wurden eingeladen. Ich hatte keine Lust und sagte: »Nein.« Aber Tralow sagt, er würde Pünktchen nicht kränken, gerad' jetzt nicht, er ginge dann eben allein. In diesen Sachen ist er wirklich so konsequent und grundanständig. Ich war zu Haus und arbeitete – da kam gegen 11 Uhr Annemarie und brachte etwas Cognac mit, den tranken wir aus. Ich war dann ziemlich betrunken, aber so, daß man es nicht merkte. Daraufhin packt uns Unternehmungsdrang, und wir gingen noch zur nächtlichen Stunde zu diesen Leuten. Der hörige Mann mit der gefährlichen Frau war auch da. Sie ist aber (unberufen) nicht mehr gefährlich und feindlich gegen mich, weil sie jetzt restlos überzeugt ist, daß meine Gefühle für ihren Mann mehr als harmlos sind. (...) Heut ist der Erste, und es ist wieder kein Geld da. Zum Verdienen komm' ich nicht – vielleicht, vielleicht im Februar. Der Mann hier versucht alles, um zu helfen, war jetzt in Berlin, und was er unternommen hat, scheint (unberufen) geglückt. Das wäre gut in *jedem* Fall. Aber es sind noch saure Schwierigkeiten zu überwinden. Wenn sie überwunden sind, darf ich vielleicht nach Amerika, um Propaganda für Deutschland zu machen. Und um von dort nach hier zu berichten. Dann würde Tr. auch einverstanden sein. Aber, wie gesagt – das alles dauert noch allerhand Zeit. – In den nächsten Tagen muß ich mal nach Haus fahren, nach meiner Mutter sehen und mir ein paar von meinen Sachen holen. – Ich wünschte so sehr, alles Geschäftliche klappte und ich würde im Februar verdienen – dann brauchte ich für ca. 4–5 Monate mal gar keine Hilfe. Jetzt ist es furchtbar – wie ich's auch anstelle, ich komme mit dem Geld einfach nicht aus. Ich hätte so leidenschaftlich gern ein resedagrünes Kleid aus ganz leichter Angorawolle, und ich wollte sparen, um es mir zu kaufen. Statt dessen muß ich, wenn jetzt die 200 kommen, gleich an

Miete und Schulden bei Annemarie 120 bezahlen. Allerdings habe ich den Nutriamantel ausgelöst. Für alle Fälle: Was man hat, hat man. Ich muß ihn aber neu füttern und aufmontieren lassen. – Die kleine Uhr ist wieder in Ordnung und hat ein pekinesisches rotes Lederband bekommen. – Was Aussehen anbelangt, habe ich mal wieder eine besonders günstige Zeit. Erstens habe ich in den letzten 4 Monaten *11* Pfund abgenommen, und mehr will ich nicht. Mein Haar hat sich (unberufen) erholt und ist wunderbar in Ordnung. Ich selbst habe ja im allgemeinen tiefe Minderwertigkeitskomplexe, und wenn mir einer was von schön und hübsch sagt, dann weiß ich nicht recht, ob ich nun veräppelt werden soll oder ob sich's um eine freundliche Geste handelt. Aber jetzt seh' ich den Fortschritt erstens im Spiegel, und in den letzten drei Tagen haben 5 verschiedene Leute zu Annemarie gesagt: »Was für eine schöne Frau.« Du kannst Dir denken, wie mich das freut. Annemarie denkt nicht daran, mir Komplimente zu machen – im Gegenteil! –, auf sie kann man sich verlassen. Auf verliebte Männer gar nicht. Was Männer anbelangt, habe ich gar keine Minderwertigkeitsgefühle, und wenn sich einer in mich verliebt, dann tut er das auch, wenn ich gerade mal eine miese Zeit habe. Genauso wie Dein Vetter sich zum Beispiel nie in mich verlieben würde, auch nicht, wenn ich mal auf Hochglanz poliert wäre. Manchmal bin ich traurig, daß das Kleine mich jetzt nicht sehen kann. Es würde richtig stolz sein. – Trotzdem bin ich vervös, weil ich so viel Durcheinander habe. So viel, daß ich seit 10 Tagen an regelrechter Schlaflosigkeit leide, die qualvoll ist. Einmal habe ich Phonodorm genommen – da war's in der nächsten Nacht aber noch schlimmer. Ich hab' dann ans Kleine gedacht und nehme ihm und mir zuliebe *nichts* mehr ein. Kein bißchen.

Kleines – ist es böse, daß ich mit dem Geld nicht auskomme? (...) Ich bin so egozentrisch, Kleines. – Ich bin so egozentrisch, Kleines, und schreibe immer, immer,

immer nur von mir. Dabei hatte ich *so* viel Freude, weil Du Freude dort hast und weil die Leute nett mit Dir sind und weil Du weiterkommst. Aber das wundert mich gar nicht, Du mein niedliches Musterwesen.

Weihnachten! Ach, Kleines. Was ich mir wünsche? Ich weiß nicht. Daß es mich liebbehält, auch wenn's noch schwerer kommt und wenn ich so dumm bin und nicht richtig schreiben kann. Und sonst wünsche ich mir viel und gar nichts, ich will mal nachdenken.

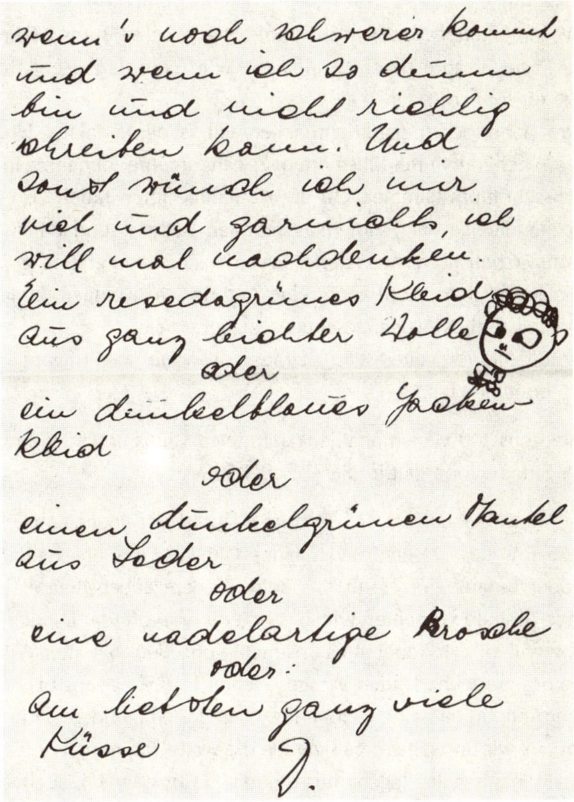

wenn's noch schwerer kommt
und wenn ich so dumm
bin und nicht richtig
schreiben kann. Und
sonst wünsch ich mir
viel und garnichts, ich
will mal nachdenken.
Ein resedagrünes Kleid
aus ganz leichter Wolle
oder
ein dunkelblaues Jacken-
kleid
oder
einen dunkelgrünen Mantel
aus Leder
oder
eine nadelartige Brosche
oder:
Am liebsten ganz viele
Küsse
J.

Die Aussagen über Johannes Tralows Judenfreundlichkeit stehen im Widerspruch zu den Erinnerungen der Freundin Ria: Johannes Tralow habe sie denunziert, weil sie Kontakt zu Juden gehabt habe und oft Irmgard Keuns »Arnold-Alibi« gewesen sei. Bekennt sich Irmgard Keun zu diesem Zeitpunkt immer noch zu Johannes Tralow, so um ihren Freund in Amerika zu beruhigen: Arnold ist Jude, sie umgibt sich mit Judenfreunden und Juden, und das, nachdem die Nürnberger Gesetze erlassen sind.

Der hörige Mann mit der gefährlichen Frau wurde bereits in einem anderen Brief kurz erwähnt: Er verehrt Irmgard Keun, seine Frau ist eifersüchtig.

Wegen Johannes Tralow soll Arnold Strauss seine Briefe an Annemarie Schäfer adressieren. Annemarie wird bald darauf ein Deckname für Irmgard Keun sein.

Der Mann, der Irmgard Keun helfen will, ist der Redakteur Holfelder von der Frankfurter Illustrierten. Es geht um ihre Aufnahme in die Reichsschrifttumskammer. Ob die Aufnahme ihr wirklich zu einer Propagandareise nach Amerika verholfen hätte – und damit zur nationalsozialistisch finanzierten »verdeckten« Emigration –, ist mehr als fraglich. Wohl kaum eine Autorin war weniger als nationalsozialistisches Aushängeschild geeignet als sie.

Arnold Strauss' Vetter ist Fritz Strauss, der Mann, der Irmgard Keun »trop bohème« fand.

Mindestens 200 Mark monatlich hat Irmgard Keun zur Verfügung. Als guter Stundenlohn galt in dieser Zeit 1,50 Mark.

Am 9. 12. 1935 beklagt sich Arthur Strauss bei seinem Sohn: Wir freuen uns des Daseins und Deines Glückes, das uns heilig ist. Darüber hinaus gibt es für uns keine höhere Lebensfreude. Und gerade deshalb vermißten wir so sehr eine Antwort von I. Auch um Deinetwillen. Wir konnten es uns nicht vorstellen, bei aller Würdigung des zurückhaltenden Wesens Deiner I., daß sie uns bis heute keiner Antwort teilhaftig werden ließ, und das empfanden wir um so mehr, als wir uns sagten, daß gerade die weite Trennung von Dir es doppelt nahe hätte legen müssen, daß I. uns, wenn auch eine absagende, Antwort hätte geben dürfen. I. ist also leider noch nicht hier erschienen. Aber nun wollen wir ganz bestimmt Deine Argumentationen auch für uns gelten lassen, und wenn sie kommen sollte, soll sie offene Arme bei uns finden.

Arthur Strauss hat seine Praxis in Barmen 1933 geschlossen. Seitdem leben er und seine Frau einen Teil des Jahres in Wiesbaden. Irmgard Keun ist seit Anfang November 1935 in Frankfurt, keine 50 Kilometer von Arnolds Eltern entfernt.

In seinem Brief vom 7. 12. 1935 versucht Arnold zum wiederholten Male ihr Fernbleiben zu erklären: Ich habe Euch doch erzählt, wie lange es gedauert hat, bis wir uns kennenlernten, sie ist scheu, aber so voll Liebe und Wärme, wie ich nie einen Menschen getroffen habe, so beseelt, für Gutes zu kämpfen. Es wäre für sie ein so Leichtes gewesen, sich mit Hannas und Heinz' Freunden gut zu stellen, und sie tat es nicht. Papilein, wie ich es kenne, wird sich ja mit ihr nach dem nächsten großen Erfolg aussöhnen und dann sehr stolz auf sie sein. Mir selbst ist es ja so gleichgültig, und nur in einem guten Sinn ist es ihr nicht.

Hanna und Heinz sind Hanna und Heinz Arioni.

Am 9. 12. 1935 kündigt Irmgard Keun Arnolds Eltern endlich einen Besuch an.

Arthur Strauss am 12. Dezember an seinen Sohn: I.s Nachricht, daß sie kommt, ist sicher auch für Dich eine große Freude. Und Du wirst der Inhalt unserer Gespräche und Wünsche sein. Ich tue einen Blick in die Zukunft. Ich sehe Deine I. dort an Deiner Seite mit Dir weiter Stein auf Stein behutsam bauend an Eurem Glück an Deiner Seite in einem schöneren Land, auf gutem Grund und Boden, den Du vorbereiten wirst, wird auch Deine I. frei und ungestört schaffen können, und Ihr beide werdet Euch einen hochgeachteten Namen machen, Du als Wissenschaftler, I. als Schriftstellerin. Und es wird, hoffen wir, auch der Tag kommen, an dem wir uns mit Euch vielleicht unter dem strahlenden Weihnachtsbaum dort unseres Glückes freuen können. Das ist mein Weihnachtswunsch.

In dem gleichen versöhnlichen Ton schreibt Lucy Strauss am 16. 12. 1935: Wenn ich noch etwas Besonderes ersehne, so ist es das, daß Dir Deine I. bald zufliegen möge, um mit Dir gemeinsam zu bauen an Eurem Glück. Bisher hat sie sich nicht weiter gemeldet, und wir nehmen sie und alles um sie, wie Du es als gegeben betrachtest: Wir sagen nur mit Dir: I. wird schon für ihr Verhalten ihre guten Gründe haben. So warten wir's ab.

Und auch Irmgard Keuns nächster Brief klingt zukunftsfroh:

Frankfurt, den 13. 12. 1935

(...) Ich weiß sehr gut, was ich will – und praktisch weiß ich meinen Weg heute besser als vor einem halben Jahr. Ich glaube nicht, daß ich jetzt noch etwas falsch mache – in unserem Sinn. Wir müssen *beide* Arbeit mit unserem Gefühl vereinen. Wenn ich jetzt das tue, was für meine Arbeit richtig ist – dann ist es letzten Endes auch für Dich/uns wichtig.

Außerdem wichtig: Seine Überweisungen. Irmgard Keun dankt ihm telegrafisch. Ein Telegramm dieser Länge kostete 1935 mindestens 15 Mark: ALLES ERHALTEN WAR ZUVIEL TAUSEND DANK ALLES LIEBE ZU WEIHNACHTEN DENKE IMMER AN DICH NAECHSTE WEIHNACHT ZUSAMMEN.

Frankfurt, den 31. 12. 1935

Meins – mein Geliebtes,
so wild in Arbeit wie noch nie. Roman ist im Gange. Unberufen: Ich glaube, es wird, es wird, es wird. Endlich mal wieder was Richtiges. Bis zum Frühsommer habe ich dann drei Bücher fertig – und dann. Gott, ich muß ja *so* viel nachholen an Arbeit. Hab' so lange brachgelegen, aber nun wird's. Die Kindersachen sind wirklich süß und pekinesisch. Der neue Roman wird ernster. (...)

Meins – wie soll ich ihm danken für alles Liebe! So viel Geld. Ich hätt' gar nicht telegrafieren brauchen – am nächsten Tag war es da. Die Ardens habe ich noch nicht, sie sind in Köln, ich fahre in den nächsten Tagen mal hin und hole sie mir. Mein Kleines – danke, danke, danke. Ich lebe in einem wilden Wirbel. Denke Dir, Annemarie ist sehr krank, muß liegen. Eierstocksache. Der Arzt dachte erst, Eileiterschwangerschaft – aber das ist nicht möglich – oder müßte vom Heiligen Geist sein. Übermorgen hofft der Arzt (Pünktchen), klarer zu sehen. Nun liegt sie da im möblierten Zimmer, ist märchenhaft hysterisch und liebebedürftig – morgens, mittags, abends muß ich zu ihr, es frißt meine Zeit – aber sie hat doch keinen außer mir. Dann habe ich eine neue Hörige. Wo ich wohne, wohnt auch eine ältere Dame, vornehm und hochgebildet, hat jetzt eine Rilke-Biographie aus dem Italienischen übersetzt. Leider furchtbar schlecht. Ein Jahr hat sie daran gearbeitet – weißt Du, so versenkt in hohe und höchste Sphären. Und das Ganze ist mystische Scheiße – kann ich ihr aber doch nicht sagen. Die fühlt sich nun von mir und meinem Lebenswandel magisch angezogen. Du mußt denken, daß in meinem Zimmer jetzt manchmal, d. h. oft 10-15 Leute tagen. Immer mehr kommen zu mir. Und tatsächlich allerbeste Gesellschaft. Sehr gescheite Pünktchen drunter. Die Rilkefrau sieht jetzt in mir eine dämonische Naturkraft und hängt mit scheuer Innigkeit an mir, die mir bedrückend ist. Um mich kommen zu hören, macht sie ihre Zimmertür nicht mehr zu, morgens kocht sie mir Eier und bringt sie mir und schleppt mir die Pantoffeln nach, wenn ich schnell mal ohne ins Badezimmer laufe. – Ach, wärst Du hier bei mir – dann wäre das Leben restlos wunderbar. Weil ich gut arbeiten kann, bin ich meistens in wunderbarer Stimmung, Du kennst mich gar nicht so. Und solch einen Haufen von netten Leuten hatte ich noch nie beisammen. Und nun schnell was, über das Du Dich totlachen wirst. Vor drei Tagen besucht mich Grossi hier. Er kam todernst, seine Scheidung wäre durchgeführt, seine Vermögensverhältnisse bescheiden, aber in Ordnung – ob ich ihn heiraten wollte. Ich fiel aus allen Wolken. Natürlich dachte ich zuerst, er machte Ulk, ging darauf ein und sagte, er möchte es meinem Mann schreiben. Und was meinst Du – am nächsten Tag kam ein Brief an T., den ich zufällig abfing. Ich hab' dann mit ihm gesprochen – Selbstmord wird er nicht begehen, aber er bleibt hier bis zum letzten Tag seiner Ferien. Er sagt, ich wäre hübscher geworden, hätte mehr Seele! bekommen, wir paßten herrlich zusammen – er würde mich auch bestimmt nie stören. Er gestand mir, daß er eine Kiefersache hatte, unten wären alle Zähne fort – aber er kriegte neue, dann würde er um 10 Jahre jünger aussehen. Dabei ist er keine Spur sinnlich – wir sind am Palmengarten spazierengegangen. Von Händchendrücken und so keine Spur – geschweige denn von einem Versuch zu küssen. Ein Phänomen, aus dem ich nicht klug werde. Zu jeder Tages- und Nachtzeit ist er zur Stelle, wenn ich nur eine Stunde Zeit habe – stur, leidenschaftslos und zufrieden. Und – er hat mir seinen Hund geschenkt. Einen einjährigen schottischen Hund. Ein herrliches Tier, Arnold. Ich lass' ihn für Dich fotografieren. Er heißt Garro. Ich bringe ihn bestimmt mit. Morgen mehr. Ich liebe Dich. I.

Drei Bücher will Irmgard Keun bis zum Sommer fertig haben: die bereits erwähnte verschollene Romanschule, einen Band mit Kindergeschichten – »Das Mädchen, mit dem die Kinder nicht verkehren durften« und »einen ernsten Roman«, wahrscheinlich eine Vorstudie zu »Nach Mitternacht«.

Grossi ist ein Bekannter aus Köln, ein Zeichner.

Wegen der Krankheit ihrer Freundin Annemarie Schäfer verschiebt Irmgard Keun den angekündigten Besuch bei Arnolds Eltern. Die Eltern schreiben am 7. 1. 1936 enttäuscht an den Sohn:

Aber die Krankheit der Freundin klärt sich auf. Sie leidet, schreibt I., an Krebs. Man wird an das Verslein der Liebenden erinnert: Sie konnten zueinander nicht kommen, das Wasser war viel zu tief. Aber wo ein Wille ist, ist auch ein Weg. Und da der Wille doch da ist, wird I. schon über den Main kommen.

Annemarie Schäfer war wirklich sehr krank, aber nicht ganz so krank, wie Irmgard Keun schreibt. Als dramatisch begabter Mensch ließ sie sich diese Gelegenheit zur Selbstinszenierung nicht entgehen.

Annemarie Schäfer am 3. 9. 1987 in einem Brief an mich: Ich mußte um die Zeit 1935 operiert werden. Ich erinnere mich noch, daß Irmgard eines Tages mit Champagner an mein Krankenbett kam. Es war der Bescheid gekommen, nach der Blutuntersuchung, es sei kein Verdacht auf Krebs. Darauf wollte sie mit mir anstoßen.

Frankfurt, den 5. 1. 1936

Mein Kleines, mein Liebes,

denke doch nur, Annemarie mußte von heut auf morgen ins Krankenhaus, um operiert zu werden. Ich hatte eine schreckliche Hetze, vor allem war ich ganz verzweifelt, weil der Arzt (ausgezeichneter Pünktchenarzt) an Krebs glaubt. Gestern abend war ich so kaputt, daß ich fast zusammengebrochen bin. Dazwischen geisterte immer Grossi herum und macht mich noch nervöser, trotzdem er es gut meinte. Er hat eine Foto- und Zeichnungenserie für Ullstein, dazu sollte ich ihm die Texte machen. In das Honorar teilen wir uns – sind für jeden ca. 200 M. Für diese eine Sache. Hoffentlich klappt es. Nun stell Dir die Hetzerei vor. Morgens ins Krankenhaus, fröhliche Zuversicht markieren, dies holen, jenes holen. Schnell mal eben mit Grossi ins Städelmuseum, wo eine Ausstellung ist, die Grossi zeichnet – ich soll darüber schreiben. Wieder ins Krankenhaus. Was besorgen. Mit dem Arzt telefonieren, eben mal hingehen. Nachmittags bei dem Museumsprofessor eingeladen, der mir Angaben über diese Ausstellung machen will. Kaffee, Cognac, Kuchen. Die Frau ist auch da, die Leute wollen ›was von einem haben‹. Um schnell fortzukommen, verabrede ich mich für den übernächsten Tag. Nach dem Museum mit Grossi zum hiesigen Physiologen, weil der Alraunenwurzeln hat, die wir für unsere Serie brauchen. Wieder Kaffee, Kuchen, Cognac und Frau. Und Damen von einem literarischen Kränzchen, die mich kennenlernen wollten. Anschließend Schreibzimmer im Frankfurter Hof. Grossi will für ein paar Zeitungen Zeichnungen von mir machen.

Dann soll ich für die Frankfurter Entwürfe für Photomontagen zusammenstellen. In einem kleinen Lokal hau' ich schnell was zusammen, sause dann zur Redaktion – so gegen 8 Uhr abends. Bringe alle durcheinander, telefoniere siebenmal, heule auf einmal los, benehme mich hysterisch, albern und zänkisch. Gott sei Dank ist Grossi heute abgereist – die Ferien sind zu Ende. Im übrigen geht der Trubel weiter. Wenn's jetzt nur bald mit dem Geldverdienen klappt! Ich muß ja erst im Verband aufgenommen sein – das zerrt sich immer noch quälend hin. Aber die Photoentwürfe kann ich auch so machen. – Irgendwas *muß* klappen. Annemarie hat keinen Pfennig Geld. Kriegt *vielleicht* in 4–6 Wochen. Dritter Klasse sind so viel stöhnende Kranke – ich ließ sie zweiter legen und zahlte alles, was ich noch hatte, der Klinik. Erst hieß es 4 Tage – jetzt muß sie noch 14 Tage dableiben. Hätte ich nur was geahnt, wäre ich mit dem Weihnachtsgeld sparsamer umgegangen. Gestern mußte ich Ring und Uhr versetzen. Zu allem Unglück klappt es nicht mit dem Schicken von Erna. D. h., zu Weihnachten schickten sie mir M. 100 im voraus. Die anderen 100 aber kommen nicht. Das alles klappt immer nur bei *Dir.* Ich will mich da auch nicht mehr drauf verlassen. Und Deinen Eltern auch nichts davon schreiben. Ich wollte sie besuchen, da passierte das mit Annemarie. Ich mußte natürlich abtelegraphieren, und dann habe ich es ihnen geschrieben. Annemarie hat hier ja niemanden außer mir. Lieber Himmel, wenn das mit dem Krebs nun stimmt! Schauerlich. Ich weiß schon nicht mehr, wo mir der Kopf steht. Briefe vom Kleinen sind auch nicht da. Wenn Du mir nur nicht krank wirst. Es darf mir auch keine Depressionen haben – wird schon alles gut. Ich hatte scheußliche Depressionen und Angstzustände. Und war doch so schön in der Romanarbeit drin.

Nun weiß es soweit alles, mein Liebstes. Schreibe mir jetzt unter meinem Namen, Frankfurt, hauptpostlagernd – aber nicht eingeschrieben. Wenn es was mitschicken will, einfach so. – Ich habe Angst, Annemarie könnte aus Versehen Deinen Brief aufmachen und was von Krebs drin lesen. Nicht auszudenken. Außerdem weiß ich ja auch sonst nicht, was mit ihr wird. Ach Kleines! In Liebe Deins

Der Januar vergeht mit Krankenpflege und Sehnsucht. Irmgard Keun entdeckt an sich »Klettigkeitswünsche« ungeahnten Ausmaßes. »Gibt es kein Mittel dagegen? Was machst Du denn?« Und sie stellt fest, hoffnungslos monogam zu sein. – Ein Treueschwur ohne Konsequenzen: »Neulich hab' ich mal energisch wegen Scheidung angetippt. Hoffnungslos. Lebensgefährlich« (Januar 1935, kein genaues Datum).

Frankfurt, den 25. 1. 1936

Kleines,

bin zu Tode erschrocken über den letzten Brief – von wegen Einschränken und so. Diese ernsten Töne! Ehrenwort, ich hab' nicht gewußt, daß es ihm so schwerfällt. Kleines, das wollt' ich doch nicht. Pater peccavi. Alle mäkeln an mir herum – keinem mache ich's recht. Es ist schrecklich. Nun warte ich immer noch auf die Zulassung. Dann brauche ich *nichts* mehr – nur arbeiten muß ich. Aber ich werd' dann wunderbar Geld verdienen. (...) Ich hasse es, wenn Du so böse bist und so streng. Ich bin doch nun mal nicht so'n Automatenmensch. Manchmal kann ich überhaupt nicht schreiben – manchmal könnte ich Dir seitenlang erzählen und tue es dann auch. Du warst immer unfaßbar lieb, aber ich segne den Tag, an dem ich selbst wieder richtig Geld verdienen kann. Natürlich war ich leichtsinnig mit Geld – das bin ich ja immer. Aber besonders leichtsinnig war ich nicht. Was soll ich tun, wenn Annemarie von heut auf morgen ins Krankenhaus muß? Konnte ich das vorher wissen? Und kann sie für meine Finanzwirtschaft sorgen, wenn sie so krank ist? Morgen fahre ich mit Ria nach Wiesbaden und besuche Deine Eltern. Endlich! Und weißt Du, wo ich heut abend hingehe? Ins Schumanntheater. Da ist »Akrobat schööön«. D. h., die Rivels haben sich getrennt – und »Akrobat schön« ist selbst nicht mit dabei heute abend. Nur seine Brüder. Polo und René. Sie sollen furchtbar ulkig sein. Ich werde denken, wie wir im Reichshallen waren. Und wie das Kleine gelacht hat. Und nun so weit fort! Schrecklich.

Muß jetzt gehn – fängt gleich an.

Tausend – Millionen Liebes. D.

Reichshallen: ein Kabarett-Restaurant in Köln.

Am 26. 1. 1936 schreibt Lucy Strauss ihrem Sohn: Irmgard sah wirklich sehr hübsch aus, gepflegt, onduliert, parfümiert, Nägel poliert, den schönen Mantel, das kleinkarierte Blüschen an, ohne Hut und den üblichen Packen Literatur unter dem Arm. Wir tranken Kaffee und plauderten über die allzu vielen Schwierigkeiten. Ich freute mich so, als sie ins Zimmer kam, daß ich ihr einen Kuß gab, an ein Stückchen Bibulein dabei denkend. Wir dachten an all die Schwierigkeiten, die es im vorigen Jahr für Bomm (Arnold, d. Hrsg.) gegeben hatte, und zogen die Parallele mit dem, was Irmgard jetzt an Gezappel durchmacht. Hoffentlich kommt bald auch für sie das zusagende Ja. Dann wäre ja ein großer Graben übersprungen. Sie kam ungefähr um 4 und blieb bis 7. Papi freute sich riesig, wie er heimkam und sie noch bei uns saß. Aber er steht noch ein bißchen kopf über die verschiedenen Cognacs, die I.s Kehle herunterflossen. Aber sag ihr nicht etwa etwas darüber. Papi sah im Geiste einige unbegabte, idiotische Kinder infolge dieses Trinketicks. Ich lege Dir ein Schneeglöckchen ein, aus dem Strauß, den sie mir mitbrachte. Sie scheint ja fleißig gearbeitet zu haben. Ich kann mir nicht denken, daß sie eine energische Kampfnatur ist.

Arnold Strauss, der es doch eigentlich besser weiß, beruhigt die Eltern. In seiner Antwort vom 9. 2. 1936 steht: Also, das Unzulängliche ist nun Ereignis geworden, und Ihr hattet den lange ersehnten Besuch. Ich bin mir nach Eurem Brief noch nicht ganz klargeworden, ob es Euch froh machte oder nicht. Ich hätte gern mehr gewußt und werde ja nun auch von Annemarie direkt hören und bin sehr gespannt darauf. – Hoffentlich gibt es nicht wieder einen der nicht abgesandten Briefe. Und Peter hat sich wegen der alkoholischen Kinder gesorgt? A. hat sicher nur soviel Alkohol getrunken, um ihre Hemmungen zu beseitigen. Schwierige Situationen werden erfahrungsgemäß mit einem leichten Schwips überbrückt. Hoffentlich habt Ihr ihrem Beispiel Folge geleistet, das hätte die Herzen viel leichter das Fremdsein überwinden lassen. Ich habe nicht daran gedacht, Euch größere Alkoholmengen gegenseitig für das Wiedersehen zu empfehlen. Für das nächste Mal würde ich dringend zu einigen Flaschen sehr guten Weins raten. Später sind sie dann nicht mehr nötig. Wegen des Alkoholismus braucht Ihr Euch wirklich keine Sorgen zu machen.

Wenn das so schlimm wäre, müßte Amerika nur aus Idioten bestehen, denn hier werden ja heimlich lasterhaft unheimliche Mengen von Whiskey vertilgt, selbst von Leuten, die als Temperenzler gelten. Annemarie pichelt gern, aber nie im Übermaß und im allgemeinen nur, um über tote Punkte, auch der Arbeit, zu kommen.

Kein Wort vom Alkohol in dem Nachtrag, den Arthur Strauss unter den Brief seiner Frau setzt: Nun ist das Eis um I. gebrochen. Sie war ganz reizend, und sie will bald wiederkommen. Hoffentlich ist sie bald in ihrem Schaffen wieder frei. Sie meinte, es sei nur noch ein Prozent zu überwinden.

Dies eine Prozent scheint Irmgard Keun erhebliche Schwierigkeiten zu machen: Eine Woche nach dem Besuch bei den Eltern berichtet sie Arnold von einem Selbstmordversuch. Sie habe sich das linke Handgelenk so weit aufgeschnitten, daß der Arzt siebenmal hätte klammern müssen.

Frankfurt, den 3. 2. 1936

(...) Und warum eigentlich? Ja, Kleines – da kam eben eines zum anderen. Die Zerrerei mit der Aufnahme in die Kammer. Dann habe ich mal ernsthaft wegen Scheidung gesprochen – mit denkbar negativem Ergebnis. Alles scheußlich. (...) Und was Arbeit anbelangt, hatte ich auch auf einmal heftigste Minderwertigkeitsgefühle (...). Übrigens war ich bei Deinen Eltern – habe mir Mühe gegeben, von Depressionen nichts merken zu lassen. Sie sahen sehr frisch aus und scheinen sich (soweit das möglich ist) wohl zu fühlen. – Ach, Kleines, zu meinem Entsetzen mußte ich gestern sehen, daß ich einen langen Brief an Dich nicht eingeworfen habe! Und ich war *fest* davon überzeugt, daß ich's getan hatte! Lieber Himmel, jetzt wird es wieder toben, weil so lange ohne Nachricht. Die Klammern im Arm pieken scheußlich, weil sie richtig ins Fleisch gestochen sind.

Morgen mehr, Du mein Kleines.

In aller Liebe, D.

Arnold Strauss wirbt bei seinen Eltern weiterhin um Verständnis (2. 2. 1936): Irmgard ist ein armes, von tausend Dingen gehetztes Wesen. Ihr müßt Geduld mit ihr haben. Würde ich sie nicht kennen, würde ich denken wie Ihr. Aber manchmal bekomme ich keine Post und weiß, daß die geschriebenen Briefe wieder nicht abgeschickt werden, und habe auch zu warten. Weil Ihr nichts anderes zu tun habt, fällt es Euch nur noch schwerer. Es wird schließlich schon werden, seid nicht zu ungeduldig und traurig. Ihr werdet das alles verstehen lernen.

Die Geduld, die der Sohn von den Eltern erbittet, scheint bei ihm selbst zunehmend erschöpft. Er flieht – nicht zum erstenmal – in die Krankheit: Grippe und Depressionen. Irmgard Keun wünscht gute Besserung. Und: weiteres Geld.

Frankfurt, den 8. 2. 1936

Mein Kleines, mein Gutes, so lieb war es wieder! Mit Dollars und Telegramm. Und Ardens kommen auch noch? (...) Mein Kleines, wie komisch, daß wir diese Todesdepressionen zur gleichen Zeit hatten. Aber wir dürfen sie nicht mehr haben, müssen sie überwinden. Millionen anderer Menschen haben es nicht so gut wie wir und nicht so viele Hoffnungen.

Und dann berichtet Irmgard Keun von einem neuen Verehrer, Sohn einer jüdischen Familie –

in Deinem Alter und märchenhaft dumm, taugt zu keinem Beruf, weil eben zu dumm – wird von der Familie gleichzeitig mißachtet und heiß geliebt. Ist artig, sehr wohlerzogen und ausgesprochen niedlich und pekinesisch. Dieses Wesen nun verliebte sich in mich zum wilden Entsetzen der Familie, die mich zuerst entzückend fand. Jetzt aber nicht mehr. Die Tätigkeit dieses Wesens bestand darin, seinem Vater das Auto zu fahren und den Hund spazierenzuführen. Mir gefiel das Wesen, weil es so restlos ehrlich und so restlos uneitel war. Ich fühlte mich sehr erhaben und wie ein Missionar und wollte das Wesen zu einem inhaltsreicheren Lebenswandel bekehren. Also ging ich mit ihm ein Glas Bier trinken. Es tat mir leid aus tausend Gründen – ich suchte auch nach verschütteten Intelligenzspuren, fand aber eigentlich keine. Trotzdem gefiel er mir und war mir eine Erholung. Nun setzte meine Bekanntschaft ein. Alle tobten: Ich dürfte mich mit diesem Idiotenpünktchen nicht in Lokalen sehen lassen usw. Die Sache wurde dramatisch, das Pünktchen bleich und leidend. Es tat mir auch leid, zumal alle so auf es schimpften. Und es war *so* dumm und pekinesisch. Einmal ließ es sich zu der Kühnheit hinreißen, mich beim Vornamen zu nennen. Aus Schreck darüber brach es fast zusammen. Die Bekannten rasten weiter: Ich könnte so viel Spielzeug haben, wie ich wollte, aber *dieses* Spielzeug könnte und dürfte man mir nicht lassen. Nun war ich eines Abends spät am Hauptbahnhof im Wartesaal – vorher war ich im Schumann-Theater. Um mich abzuholen, hatte das Pünktchen seinem Vater den Wagen geklaut, d. h., es sollte seine Eltern damit abholen. Das tat es nun nicht. Es hatte sich immer unterdrücken lassen und entfaltete nun leise selbständige Regungen. Leider wohnen wir in nächster Nähe – und so kam es, daß ich dem Auto entrauschte gerade in die Arme der Eltern, die mufflig und zu Fuß von ihrer Gesellschaft nach Hause kamen. Schon seit einiger Zeit war ihnen ›das seltsame Wesen‹ des Jungen aufgefallen, ›ohne daß sie es sich erklären konnten‹. Nun wurde es immer dramatischer. Das Idiotenpünktchen gestand den Eltern, daß es mich liebte. Am gleichen Tag ging ein Frankfurter

Freund zum alten Pünktchen (hinter meinem Rücken) – er ließe es nicht zu, daß ich mich aus Eigensinn Gefahren aussetzte usw. Ich dachte eigentlich gar nicht mehr an das alles – hatte *so* viel andere Sorgen und Depressionen. Der Junge war nur so nett, dumm und unaufdringlich, und ich hätte ihn gern etwas erzogen. Und dann war ich wütend, weil mir alle in meine Angelegenheiten reinquatschten, trotzdem sie ja recht hatten – genau wie Du damals, als Du mich in Berlin aus der einen Kneipe im Sturmschritt fortrissest.

Weiterer Verlauf des Dramas: Zuckerkranke Pünktchenmutter bekam schweren Anfall, Schwester weinte, Vater tobte – und dem Wesen wurde ein Brief an mich diktiert. So wie in ›Kabale und Liebe‹.

Und dann wurde es unter Bewachung mit zwei zuverlässigen Freunden in die Schweiz geschickt. Der provisorisch sterbenden Mutter mußte es pünktchenhaft schwören, mich nie mehr zu sehen, mir nie mehr ein Lebenszeichen zu geben. Also wurde es aus meiner gemeingefährlichen Nähe entfernt. Alles ging in raender Eile und *sehr* geheimnisvoll – alle sind selig und befreit, daß ich nicht weiß, wo der Junge ist, daß er geschworen hat und längst an anderes denkt. Aber wozu gibt man nun das viele Geld aus, schickt sogar noch zwei Freunde mit? Damit das Wurm mir schreibt. Du siehst, wahre Liebe läßt sich weder durch sterbende noch durch tobende Eltern erdrücken. Ich werde das arme Pünktchen aber keinen weiteren Gewissensqualen aussetzen und ihm schreiben: »Falls Sie es wagen sollten, mich noch einmal zu belästigen ...«

Leb wohl für heute – Du mein Kleines, Gutes, Liebes. – Wieviel Spaß würde mir alles machen mit Dir zusammen. Ich küsse Dich. D.

Irmgard Keun schreibt Arnold Strauss eine Geschichte. Ganz gleich, ob sie passiert ist oder nicht, sie ist für ihn geschrieben. Das Personal: Menschen aus seinen Kreisen. Eine wohlhabende jüdische Familie, eine Mutter, die den Sohn nicht loslassen kann. Eine verführerische Irmgard Keun, die kriegt, was sie will – wenn sie nur will. Aber sie will ja nicht, sie will ja nur Arnold ..., schreibt sie – und lebt anderes.

Arnold drängt. Irmgard vertröstet. Sie ist sich seiner sicher.

In seinem Nachlaß findet sich ein Brief seiner Tante Hatty Strauss, Lieblingstante und Mutter von Fritz Strauss.

Den Haag, 23. 2. 1936

Du bist Irmgard treu geblieben. Du hast Dich selbst auf die Probe gestellt. Du hast sie lieb. – Was soll ich Dir darauf erwidern? (...) Eine Zukunft liegt vor Dir. I. ist nicht mehr frei, die politischen Umstände sind traurig. Auf welche Weise mögen sich Deine Wünsche realisieren?

Edith Beckett, eine medizinische Sekretärin im Montgomery Hospital, war die Versuchung: »I was just a substitute for your physical needs, but you have spiritual and intellectual needs that I can't satisfy.« – Irmgard Keun am 21. 3. 1936: »Es soll keine netten Sekretärinnen haben.«

Ende Februar 1936 präzisieren sich die Angebote des Amsterdamer Allert-de-Lange-Verlages.

Frankfurt, den 28. 2. 1936

(...) Man hat mich nach dort eingeladen wegen Vertrag und so. Wenn alles klappt, bin ich in ca. 6–8 Wochen da, verdiene Geld, mein Kinderband erscheint im Mai – wir wären einen großen Schritt weiter. Roman käme zum Herbst raus. Ich muß nur sehr arbeiten. Halt mir den Daumen, daß diesmal was klappt.

Ich hätte auch so *wahnsinnig* gern Geld für etwas Frühjahrsgarderobe, ich habe da rein gar *nichts* mehr anzuziehen.

Hier arbeitet man weiter in meinen Interessen – immer noch erfolglos. Ist vielleicht gut so. – Karneval traf ich zufällig in einer Konditorei ein bekanntes Pünktchen, schon älter, und hab' mit ihm leichtsinnigerweise gebummelt. Er sagte später: Für so einen Abend hätte es sich gelohnt zu leben. Todernst, dankbar und glücklich. Du Amerikaner kannst unser Leben gar nicht mehr fühlen. So ein harmloser Abend kann so teuer werden für einen, der nicht viel hat – vielleicht müssen sie eine kleine Speicherwohnung beziehen. Sie wissen es auch, aber die Lebenslust ist stärker.

Keine Aufnahme in die Reichsschrifttumskammer, aber ein Auslandsvertrag: »Ist vielleicht gut so.« Und gut ist auch, wenn die Lebenslust stärker ist als die Angst vor Armut.

Eine Episode als Appell.

Frankfurt, den 14. 3. 1936

Kleines, Kleines, Kleines – nun hat sich (unberufen) alles entschieden – und so schön und gut entschieden, daß ich kaum dran glauben kann.

Also – vor ca. 6 Wochen schrieb mir der literarisch angesehenste Verlag Hollands wegen nächstem Roman. Der ist vor Spätsommer nicht fertig. Sie schrieben, schrieben, liefen sich fast die Hacken ab – ich schlug ihnen den Band Kindergeschichten vor, schickte ihnen die Sachen unter großen Hemmungen. Erwartete, daß sie enttäuscht wären hinsichtlich meiner früheren Bücher, die sie liebten. Sind so anspruchsvoll, diese Leute – mich selbst kotzen die Sachen an, ich dachte, sie wären dumm und oberflächlich, für internationales Publikum uninteressant. Ich war fest überzeugt, die Leute würden freundlich antworten, daß sie doch lieber den Roman rausbrächten und so. Statt dessen postwendend begeisterte Antwort. Sie wären entzückt, sie fingen schon mit großer Reklame an, im Mai müßte der Band unbedingt erscheinen. Ich sollte ihnen nur erlauben, sofort mit den Vorbereitungen anzufangen. Den Vertrag muß ich ja dort machen, und vor 4–6 Wochen kann ich nicht reisen. – Jedenfalls ist die Sache perfekt (unberufen). Ins Dänische werden die Sachen auch schon übersetzt. Erst mal für eine dortige Zeitung.

Kleines, ich wag' nicht dran zu denken, daß es nun bald geschafft ist. Jetzt will ich nur noch schnell ein paar besonders niedliche Kindersachen, die allgemein interessieren, dazuschreiben. Und in 8 Wochen werde ich mich hoffentlich ganz in Ruhe dem neuen Roman widmen können. Anschließend dürfte eine Schiffsreise eine gute Erholung sein. Ich möchte nur so *furchtbar* gern hübsch aussehen, wenn ich nach dort fahre, und mir ein paar Frühjahrs- und Sommersachen kaufen. Geht das? Bitte! Jetzt bin ich fieberhaft tätig wegen Garroerlaubnis. Hoffe in 10 Tagen. Halt mir den Daumen. (...) Bitte, bitte, schick telegrafisch, wenn Du diesen Brief hast, ja! So wie immer. Dann weiß ich auch, daß Du den Brief hast.

Und bald mehr. D.

Fritz H. Landshoff am 23. 10. 1987: »Frau Keun hat sich, als sie emigrieren wollte, an den Verlag Allert de Lange gewandt, der gerne bereit war, ihr einen Vertrag zu geben.« Fritz H. Landshoff führte die Geschäfte der deutschen Abteilung des niederländischen Querido-Verlages. Er arbeitete eng mit dem Verlag Allert de Lange zusammen, für dessen deutsche Abteilung Walter Landauer und Hermann Kesten verantwortlich waren. Alle drei waren vor 1933 Lektoren im Gustav-Kiepenheuer-Verlag gewesen.

In ihrem Brief vom 24. 3. 1936 präzisiert Irmgard Keun ihre Kleidungswünsche, »sind ja regelrechte Geschäftsspesen«, schreibt sie und fordert: 1 Paar Schuhe, 1 Paar Opanken, 2 Hüte, 2 Unterkleider, 1 Tasche, 2 Sommerkleider (sportlich), 1 dunkelblaues Complet, 3 Paar Strümpfe und leidenschaftlich gern noch einen Kamelhaarmantel. »Wird Dir schlecht, Kleines?«

Arnold Strauss ist glücklich. Er rechnet mit dem Kommen seiner Braut in absehbarer Zeit, denn in absehbarer Zeit wird sie erreicht haben, was sie immer als ihr Ziel beschrieben hat – auf eigenen Füßen zu stehen (7. 4. 1936): »Nie werde ich zu Dir kommen, ehe ich nicht wieder richtig selbständig bin und Geld verdiene.«

Arnold Strauss' Eltern sind unglücklich. Irmgard Keun hat sich seit Wochen nicht mehr bei ihnen gemeldet. Am 4. 4. 1936 schreibt Lucy Strauss in ihr Tagebuch: Gestern ließ Irmgard mit ihrer eigenen Stimme telefonieren, wann sie die erste Rate bekäme. Da sie sich erst am 29. 3. aufgeschwungen, nur ein Wort zu schreiben, trotzdem ich nach der Märzrate sie bat, mir umgehend zu sagen, daß sie das Geld doch bekommen, folgte ich Heinz' Rat und schickte es ihr diesmal nicht zum 1. Ich schrieb ihr heute, daß es mir wahrscheinlich nicht mehr möglich sei, ihr den Betrag weiterhin ungekürzt zu schicken. Heinz und Clärchen haben die gleiche Meinung über sie und glauben nicht an ihre Heiratsabsichten und auch nur an ihr Ausnutzen, solange es ihr paßt. Clärchen hatte Gelegenheit, sich nach ihr zu erkundigen, hörte von ihrem dauernden Im-Wirtshaus-Sitzen, mit Männern leben und Trinklust. Das übrige wollte sie nicht sagen. Wenn Arnold doch sehen würde . . . Seine guten, klugen, liebevollen Briefe sind mein ganzes Glück.

Clärchen ist Clara Rosenthal, die Cousine von Lucy Strauss.

Frankfurt, den 3. 4. 1936

Mein Kleines – so einen richtigen langen Brief wird es erst von liebste Hatty aus kriegen. Ich glaube – unberufen –, es wird alles klappen. 40 $ habe ich bekommen und ein paar dringendste Rechnungen bezahlt. Tausend Dank, mein Kleines. – Und nun muß ich ihm was Ernstes schreiben. Du hattest mir gesagt, ich sollte mit monatlich 200 M von Deinen Eltern rechnen. Hätte ich das doch nie getan. Hättest Du mir doch diese scheußlichen Peinlichkeiten erspart. Noch nie habe ich so viel Demütigendes erleben müssen wie von Deiner Mutter. Es wird jeden Monat schlimmer. Vielleicht kann ich ihr bald ihr Dreckgeld vor die Füße werfen. Ich muß Dir alles erzählen. Du weißt, wie ich mit zu Hause stehe und daß ich hier von niemandem was nehmen kann und mag. Vielleicht hätte ich andere Wege gesucht und gefunden, wenn Du mich nicht veranlaßt hättest, mich auf die 200 einzustellen. Nun, ich konnte arbeiten, und die Arbeit wird – unberufen – demnächst für uns beide Erfolg haben. Alles war gut, solange Erna die Geldsache machte. Seit Deine Mutter es tut, ist es die Hölle. Ich kann ihr nicht übelnehmen, wenn sie mich nicht mag und sich das Geld unter Qualen abringt – widerlich ist nur, daß sie mich drum betteln lassen will. Du als Mann und Sohn wirst nie spüren und begreifen, was für ein bösartiges, taktloses Biest diese Frau zu anderen Frauen sein kann. – Im vorigen Monat lag ich krank zu Bett – ohne einen Pfennig Geld. Am Letzten kam nichts, am Ersten kam nichts, am 2. kam nichts. Annemarie rief an. Das Geld konnte ja verloren sein. Deine Mutter sagte, es wäre abgeschickt. Am 3. war immer noch nichts da. Daraufhin mußte man doch schon der Korrektheit halber einfach anrufen. Deine Mutter war frech und mufflig und tat, als wollten Annemarie und ich das Geld unterschlagen. Als Annemarie sagte, man müßte bei der Post nachforschen, und ich läge krank und wäre in ziemlicher Bedrängnis, sagte Deine Mutter, das ginge sie nichts an, und hing ein. Denke dir – wie peinlich! Am nächsten Tag kam das Geld – Deine Mutter hatte es abgeschickt, die Post hatte nachweisbar geschlampt. Warum in aller Welt mußte sie so am Telefon sein? Na – ich versuchte zu verstehen und schrieb ihr vor 10 Tagen einen *sehr* netten Brief und schickte ihr einen *wichtigen* Hatty-Brief – mit der Bitte, ihn mir zurückzuschicken. Ich schrieb, sie würde meine Stimmung jetzt sicher verstehen – wär' ja so wie bei Dir vor einem Jahr. Und welch maßlose Hetzerei ich jetzt hätte. Und bald braucht' ich ja nun keinerlei Last mehr für sie zu sein usw. Und bevor ich reiste, würde ich sie noch mal besuchen – aber das dauerte noch etwas. Heute ist der 3. Deine Mutter hat kein Geld geschickt, hat keinen Brief zurückgeschickt, hat nicht geantwortet. Ich hatt' schon Angst, der Brief wär' verlorengegangen, das Geld eventuell auch wieder. Heute mittag rief Annemarie an, ich *mochte* nicht sprechen wegen Geld und so. Deine Mutter sagte: Ja, sie hätte den Brief bekommen. Sie hätte keine Zeit gehabt, das Geld zu schicken. Sie hätte vier Personen zu Besuch da, vielleicht hätte sie in den nächsten Tagen mal Zeit, sie wüßte es nicht genau.

Schuld an allem bist Du, Arnold. Du hättest Deine Mutter nie mit so was beauftragen dürfen. Die denkt von ihrem Standpunkt aus: Was soll ich dieser fremden Frau Geld geben, wieso bin ich dazu verpflichtet – wie kommt diese Person dazu, nach dem Geld zu fragen, als wenn es ihr zukäme? Darin kann ich Deine Mutter verstehen. Sie hätte nur mal sagen oder schreiben sollen: Rechnen Sie nicht mit dem Geld – wenn ich Lust haben sollte, schick' ich mal was, sonst nicht. Ich schwöre Dir, es ist keine Überempfindlichkeit von mir, aber sie hat die ganze Sache prächtig auf Almosengabe aufgezogen. Dazu hat sie nicht das mindeste Recht. Als ich bei ihnen war, hab' ich mich so geschämt, wie Deine Mutter mir die eine Monatsrate in die Hand drückte. Ich kam und komme mir durch das alles auch selber so runtergekommen und fies vor. Ich wünschte, ich hätte Dich nie kennengelernt, und Du hättest mir nie geholfen. Nie im Leben will ich Deine Mutter noch mal sehen – und solange sie bei Dir ist, werde ich bestimmt nicht bei Dir sein. Gerade jetzt, wo ich nicht weiß, wo mir der Kopf steht, muß diese Frau mich so deprimieren. Denke Dir – ich *muß* jetzt *jeden* morgen um 9 Uhr zum Zahnarzt – über drei Wochen lang. Ich muß verhandeln, hin- und hertelegrafieren, hab' immer noch Garrolauferei. Freunde haben jetzt meine Kammersache endgültig gemacht, um mich zu halten. Auch hier winken jetzt finanzielle Chancen. War mir heute – ohne

Pfennig, ohne bezahlte Miete – nach dem Anruf fast wieder eine Versuchung. Deine Mutter *muß* als Pünktchenfrau wissen, wie mir momentan zumute ist. Bei allem muß ich auch noch fieberhaft arbeiten. – Ich habe einen untrüglichen Instinkt für Menschen, die Sympathien für mich haben können. Vom ersten Augenblick an weiß ich das. Bei Deiner Mutter wußte ich sofort, daß sie mich nicht mag und daß ich sie nicht mag. Bitte beachte wohl, daß in so einer Feststellung nicht das geringste Werturteil liegt. Neigung und Abneigung sind nicht bis ins letzte zu definieren. Von Dir mal ganz abgesehen – auch wenn Deine Mutter und ich uns irgendwo begegnet wären, wir hätten einander nie gemocht. Daß wir jetzt Gründe gegeneinander haben, ist letzten Endes nur ein Beweis für die grundlose oder ›metaphorische‹ Abneigung. Die Gründe an sich sind plump und oberflächlich und *Folge* – nicht Ursache. Ich mag Deine Mutter nicht, sie mag mich nicht. Unser Fall war von Anfang an nicht sehr hoffnungsvoll. Ich will und darf nicht ungerecht sein – Deine Mutter hat sich bestimmt Mühe gegeben, mich zu mögen, ich habe mir auch Mühe gegeben. Vielleicht wäre es auch erträglich zwischen uns geworden – aber nun hat das unselige Geld-Problem alles verkorkst. Um an so was nicht zu scheitern, muß man einander kennen und kennen wollen – und der gute Wille scheitert, wenn nur eine angequälte und keine ehrliche Zuneigung da ist. Rien à faire, Kleines. Deine Mutter sieht in mir einen kalten Vamp. Motto: »Wenn sie Geld braucht, wird sie schon kommen.« Sie wird böse sein, daß ich Annemarie anrufen lasse, statt es selbst zu tun. Wenn sie mich gern hätte, würde sie verstehen, daß ich mich einfach genieren muß. Ich würde mich z. B. bei Grossi nie genieren, ihn anzupumpen. Leider hat er selbst nichts. Vielleicht hat auch Deine Mutter Leute, denen sie gerne und auf erträgliche Art gibt. Zu denen gehöre ich aber dann bestimmt nicht. Für mich ist Deine Mutter jetzt ein übler Alpdruck. Und Du mußt wissen, zu wem Du gehörst, zu Deiner Mutter oder zu mir. (...) Wenn Du lavieren willst und schwammig sentimental, dann hasse ich Dich und will nichts mehr mit Dir zu tun haben. Du bist viel zu echt und tüchtig – Du darfst nicht vor Phrasen dahinschmelzen. Auch nicht vor der Phrase: »Arme alte Leutchen.« Wieso arm? Heirate die möglichst reiche Tochter eines einflußreichen Chefs, die nett und einfältig genug ist, die kleine kalte Intelligenzgeschicklichkeit Deiner Mutter für wissende Klugheit zu halten. Mein Kleines, es dürfte Dir nicht schwerfallen, die armen alten Leutchen glücklich zu machen. Sie wollen ja auch das Glück für Dich. Und alle älteren Leute verstehen für ihre Kinder unter Glück was Bleiches, Totes, Steriles, Ungefährliches. Ach, diese verrückten bürgerlichen Wattepackungen. Also, mein Kleines – nun ist es doch ein langer Brief geworden. Hoffentlich verstehst Du mich. Du mußt wissen, zu wem Du gehörst, und Du mußt Dich entscheiden. Ich verlange nicht, daß Du Dich für mich entscheidest, aber ich verlange, daß Du Dich entscheidest. I.

Deine Mutter ist mir ekliger als ein Nachtfalter.

Einen Tag später entschuldigt sich Irmgard Keun für die Schärfe ihres Tons. Sie habe gerade die Garro-Sache erledigt und sei deshalb milderer Stimmung. Was sie mit dem Hund Garro gemacht hat, geht nicht aus dem Brief hervor. Wahrscheinlich hat sie ihn weiterverschenkt.

»Liebste Hatty« ist der Deckname für den Verlag Allert de Lange.

Den letzten Brief aus Deutschland schreibt Irmgard Keun am 22. 4. 1936: Sie habe noch viel zu tun, in 14 Tagen gehe es los, ihre Mutter bringe sie zu »liebste Hatty«. Seine Eltern werde sie vor ihrer Abreise nicht mehr sehen: »Keine rechte Lust«.

Am 4. Mai 1936 kommt Irmgard Keun in Ostende an.

Im April 1935 fuhr ich nach Ostende. Ich verreiste nicht, ich wanderte aus, und ich war keineswegs sicher, daß ich noch einmal wiedersehen würde, was ich verließ. Gewiß, eines Tages würde es keinen Nationalsozialismus mehr geben in Deutschland. Aber wie viele böse Jahre der Ewigkeit würden bis dahin vergehen? Als der Zug über die Grenze gefahren war, da lag hinter mir ein Land und vor mir die Welt. Und hinter mir lagen Elternhaus und Ehe, vertraute Sprache und vertrauter Boden. Je ferner das alles wurde, um so mehr konnte ich es lieben, während der erste Hauch der Fremde mich mit schwermütiger Freude erfüllte.

Ich fuhr zuerst einmal nach Ostende. Ohne besonderen Grund. Irgendwohin mußte ich ja fahren. Mein Emigranten-Verlag in Amsterdam würde mir Vorschuß schicken, und davon konnte ich in Belgien billiger leben als zum Beispiel in Holland. Vielleicht lockte Ostende mich auch, weil ich als Kind einige Male mit den Eltern dagewesen war, und weil ich ans Meer wollte – ans Meer, das die Gefühle nicht klein und eng werden läßt und brütende Ängste und Traurigkeiten reich und fruchtbar machen kann.

Bilder aus der Emigration

Ein wichtiger Schritt ist getan. Ein Schritt hin zu Arnold? 197 Briefe haben ihn vorbereitet.

Eine Liebesgeschichte oder die Geschichte einer langen Trennung? Die meisten der Briefe Irmgard Keuns sind ein Geflecht aus Monologen. Die Einsamkeit bleibt, das »Du« ist kein Gegenüber, es ist ein »Es«.

Ostende poste restante
5. 5. 1936

Mein Kleines – mein Liebes – mein Gutes – in aller Eile nur schnell ihm schreiben. Bin ja (unberufen) so glücklich, kann es noch gar nicht fassen. Gestern abend in Ostende angekommen. Keine Nazis mehr, Kleines. Großer Gott, was mußt' ich zuletzt noch unter ihnen ausstehen. Und zum Teil sind Deine Eltern dran schuld, ich konnt's erst nicht fassen, aber es ist so. Sie haben von Köln aus eine Auskunft über mich einholen lassen – ich habe die Beweise in Händen. Und da fragte die Auskunftei auch, warum meine Bücher verboten wären und ob ich Kommunistin gewesen wäre. Deine Eltern haben veranlaßt, das zu fragen, vielleicht wußten sie nicht, was sie mir damit antaten. Sie werden Dir sagen, daß sie es nicht taten, aber ich schwöre Dir, daß sie es getan haben, denn ich weiß es. *Dreimal* war Haussuchung bei mir – ich werd' Dir jetzt bald alles genau schreiben. Jetzt kann ich ja schreiben. Ich habe Vertrag mit einem wunderbaren Verlag. Lauter Pünktchen, ich bin der einzige Arier.

Nachher mehr. Deins

Zu erinnern ist in diesem Zusammenhang an die Tagebucheintragung von Lucy Strauss vom 4. 4. 1936: »Clärchen hatte Gelegenheit, sich nach ihr zu erkundigen...« Ihr: Irmgard Keun.

Lucy und Arthur Strauss machen Reisevorbereitungen. Sie wollen ihren Sohn in Montgomery besuchen.

Ostende – poste restante
5. 5. 1936

Mein Liebes – heute mittag habe ich in aller Eile einen etwas wirren Brief an Dich abgeschickt. Jetzt ist es Abend, ich habe Zeit und Ruhe – seit langem, langem endlich mal wieder Ruhe (unberufen!!!) – und sitze in einem niedlichen Hotelzimmer (genauso wie im Bergischen Hof in Bonn) und seh' aufs Meer. Ich kann's ja noch gar nicht glauben, daß ich nun nicht mehr im Nazi-Land bin und wirklich frei schreiben, sprechen, atmen kann. Ich muß mich erst langsam dran gewöhnen. Von heut auf morgen geht's nicht. Und ich habe Dir ja sooo viel zu erzählen! Morgen früh will ich Dir auch telegraphieren, damit Du die glückliche Botschaft sofort hast.

Jetzt erst mal die freudigen Tatsachen: Ich habe einen Vertrag mit dem Verlag Allert de Lange in Amsterdam. Er bringt meine Bücher Gilgi und das Kunstseidene neu heraus in Deutsch, außerdem die Kindergeschichten, und ich bin verpflichtet, den neuen Roman bis Oktober 36 abzuliefern. Wird eine harte Arbeit, aber ich freu' mich drauf. In dem Verlag sind nur fabelhafte Leute: Egon Erwin Kisch, Plivier, Alfred Neumann, Theodor Wolff, Georg Bernhard, Georg Hermann, Schalom Asch, Joseph Roth usw. Hoffentlich bricht keine Christenverfolgung aus – außer mir konnt' ich da keinen Arier entdecken. Ich konnt' Dir das alles ja nie so richtig schreiben. Die Leute haben sich furchtbare Mühe um mich gegeben. Zweimal kam ein niedlicher Pünktchenmann nach Frankfurt, um mit mir zu verhandeln. Wir konnten ja nicht korrespondieren, der Verlag ist ja so bekannt und gehaßt bei den Nazis. Am Ostermontag kam der Courier noch mal zu mir nach Köln, und da machten wir alles perfekt. Damit ich gesichert und ohne Sorgen arbeiten kann, bekomme ich unabhängig von allem eine monatliche Rente von 150 Gulden – zwölf Monate hindurch. Außerdem im ersten Monat als Vorschuß auf mein Kinderbuch 500 Gulden. Stelle Dir das Glück vor, Kleines! Alles kam im richtigen Augenblick von selbst, ohne daß ich mich bemüht habe, die Leute sind mir nachgelaufen. Ich kann's noch gar nicht fassen. Nun kommt allerdings der Haken. Ich mußte fortreisen auf Treu und Glauben – einen Vertrag konnt' ich mir ja nicht schicken lassen – abgesehen von allem andern wär's ja schon ein Devisenvergehen gewesen. So reiste ich denn gestern aufs Geratewohl hinein über die Grenze. Meine Mutter war sehr lieb und kam mit – aus Liebe. Sie läßt Dich grüßen. Sie ist tausendmal besser als Deine Mutter. Ich meine nicht an und für sich besser. Ich will nur sagen: Meine Mutter hat Dich gern und will alles verstehen. Weil sie Dich durch mich gern hat, hat sie einen wilden Haß auf alle Antisemiten. Deine Mutter hat immer nur gesehen und schmerzhaft gefühlt, daß Ihr mir Geld gegeben habt. Du weißt, daß ich Dir dankbar bin, Arnold – aber ich schwöre Dir bei allem, was mir heilig ist, daß ich dieses Geld auch von einem anderen Mann bekommen hätte. Deine Mutter ist eine eifersüchtige Gans. Nie wird sie begreifen, daß ich immer mit einem Fuß im Zuchthaus stand, weil ich Dir schrieb und Dich liebhatte. Ich hasse sie ja jetzt so maßlos für das, was sie mir zuletzt antat. Aber davon später. – Ich war bei dem Haken. Also – ich kam gestern abend in Ostende an. Mit meiner Mutter. Nun sollte heute das maßgebende Pünktchen Landauer hier sein. Aber es liegt krank in Brüssel. Einliegend Brief. Vom Verlag kam auch ein Brief mit 200 Gulden. Einliegend Brief. Ich rief Landauer in Brüssel an. Gott, so eine klägliche Jammerstimme antwortete. Hohes Fieber hätte er, Magengrippe und so. Ich hoffe und bete zu Gott, daß es nichts Ernstes ist. Ich kenne ihn ja nicht, habe ihn noch nie in meinem Leben gesehen, aber durch seine Initiative bin ich hier. Hoffentlich ist er kein widerlicher Snob, hoffentlich kann ich gut mit ihm arbeiten – ich wünsche es so sehr. Und außerdem soll er mir den unterschriebenen Vertrag mitbringen. *Ich* habe den Vertrag bereits unterschrieben. – Eben habe ich Landauer noch mal in Brüssel angerufen – er scheint wirklich recht krank zu sein. Wahrscheinlich muß ich morgen mal zu ihm nach Brüssel fahren. Erstens will ich meinen Vertrag haben, und dann tun mir kranke Wesen immer leid und fordern meine brachliegende Mütterlichkeit heraus. In Frankfurt hatte ich zuletzt schwere Tage. Ich wohnte da bei einer sehr netten jüdischen Dame – sie hieß Ballin. War ca. 50 Jahre alt und Witwe. Das ganze große Haus gehörte ihr – im Parterre wohnten Quäker. Und im dritten Stock wohnte ihr Sohn, sehr niedlich, sehr pekinesisch – 28 Jahre alt –, Chemiker, ein bißchen verunglückt, macht Pillen für Krankenhäuser und so. Leidet natürlich unter Hitler. Weil Jude. Und hat eine Frau. Genauso alt wie ich. Seit anderthalb Jahren ist sie krank – todkrank vor Schmerzen und Morphium. Sie hat Drüsenkrebs. Ich kann das ja nicht so verstehen, Arnold, aber Du wirst schon wissen, was das ist. Sie ist lieb und hübsch. Sie hat so eine furchtbare Wunde vom Ohr bis in den Hals – täglich muß sie sieben Spritzen kriegen 0,2. Sie wird ja verrückt vor Schmerzen. Und dann ist sie nachts zu mir ins Zimmer gekommen – mit dem verbundenen Kopf – und hatte so schreckliche Angst zu sterben und Angst, daß man sie aus Barmherzigkeit umbringen könnte. Sie hatte ihren Mann da, ihre Krankenschwester (eine brave sture Idiotin) – und jahrelange Bekannte und Freunde. Aber sie schrie immer, daß ich kommen sollte – und wenn ich nicht kam, kam sie, das schreckliche liebe kleine Gespenst. Sie ist so leicht wie eine Feder, seit einem Jahr kann sie nur noch Orangensaft oder sonstwas Flüssiges essen. Ich kam zuletzt gar nicht mehr zum Schlafen.

6. 5. 1936

Morgen mittag muß ich nach Brüssel zu Landauer, er ist noch krank. Hoffentlich kriege ich da gleich meinen Vertrag. Meine Mutter fährt morgen nach Köln, dann bin ich ganz allein hier. Aber ich hab' ja so wahnsinnig zu arbeiten, *alles* hängt vom neuen Roman ab, er *muß* gut werden. In F. konnt' ich daran ja nie richtig schreiben aus Angst vor Haussuchungen. Ich will die nächsten Monate hier in Ostende bleiben, weil ich hier Ruhe zum Arbeiten habe und billiger leben kann als in Holland. Da würde ich mit 150 Gulden nicht auskommen. Ich hab' auch noch Verschiedenes in Deutschland zu bezahlen und Anschaffungen nötig. Und ich will auch in einem Hotel wohnen, wo ich mich sicher fühle und alle Bequemlichkeiten habe, sonst kann ich nicht arbeiten. Bei irgendeiner fiesen Wirtin werde ich verrückt. Du kannst das nicht so beurteilen, weil sie zu Männern ja immer netter sind. Jetzt ist mir die Hauptsache die Arbeit. Alles andere kommt erst danach. Ehe ich nichts

Gutes geschaffen habe und neuen festen literarischen Ruf erworben, kann ich nicht kommen und will ich nicht kommen. Das mußt Du einsehen und verstehen. Es mag Dir pathetisch klingen, aber ich betrachte es als heilige Aufgabe mitzuhelfen in meiner Art im Kampf gegen Nazitum, menschliche Sturheit, Schlappheit und Barbarei. So viele, die rausgegangen sind, sind lasch und zufrieden geworden, wenn sie nur ihr persönliches Auskommen hatten. Sozusagen von der Parkettloge verfolgen sie noch hier und da ein Schauspiel, das ihnen allmählich schon gleichgültig und langweilig ist. Vergessen sind die Abertausende, die täglich, stündlich in den Konzentrationslagern zugrunde gehen. Vergessen sind die zu Tode Gequälten, deren Art zu denken einem vertraut war. Was in Deutschland geschieht, geht die ganze Menschheit an. Man darf da nicht bequem werden und die Augen schließen. Ich habe in F. so viele gute Menschen kennengelernt, die tatsächlich unter Lebensgefahr ihre Gesinnung bewahren und weiterverbreiten. Die Pünktchen waren allerdings recht hartgesottene Kapitalisten. Ich kenne viele, die freudig Faschisten würden, wenn man sie ließe und ihnen ihr Geld ließe. Na, darüber haben wir ja schon oft gesprochen. – Nun zu Deinen Eltern. Sie wußten nicht, wo ich wohnte – sie kannten nur die Adresse von Wiesenau 1 – da wohnte Annemarie. Nun kam vor ca. 14 Tagen der junge Ballin zu mir: Ein Mann von einer Auskunftei wäre bei ihm gewesen mit einem Fragebogen – gestellt von den Auftraggebern. Und zwar: ob ich Wiesenau 1 wohnte. Ob ich da von meinem Mann getrennt lebte. Ob ich Geld für Alkohol ausgäbe. Warum eigentlich meine beiden Bücher verbrannt wären. Ob ich früher kommunistisch tätig gewesen wäre usw. Die Frankfurter Auskunftei war durch eine Kölner Auskunftei beauftragt – das kam heraus, und es steht ferner einwandfrei fest, daß Deine Eltern bzw. Erna dahinterstecken. Ich mag an das alles gar nicht denken, es ist zu gräßlich und regt mich zu sehr auf.

Vielleicht war ihnen nicht ganz bewußt, was sie mit der Frage, ob ich kommunistisch tätig war, anrichten. Alles andere konnten sie ja in Gottes Namen tun – nur das nicht. Es ist ein Wunder, daß ich jetzt in Ostende und nicht in Schutzhaft bin. Drei Hausdurchsuchungen waren bei mir. Ich bin so maßlos verbittert durch diese Sache, und der Gedanke, daß sie alles ableugnen werden, regt mich furchtbar auf. Ich weiß nicht, ob Erna Briefe von Dir gelesen hat, geöffnet waren jedenfalls mehrere. Ich weiß auch nicht, wie weit und ob sie da mit Deiner Mutter in vertraulicher Verbindung stand. Aber ich weiß, daß es Deine Mutter quälte, mir Geld zu geben. Und ich weiß, daß sie mit ihren grundfeindlichen Gefühlen gegen mich nie fertig wurde, trotzdem sie sich vielleicht redlich bemühte. Es ging eben nicht, es wird *nie* gehen. Und damit alles klar ist: Meine Abneigung ist bewußt und unausrottbar. Ach, mein Kleines, ich wollte so lieb und froh schreiben und für das niedliche Tuch danken – gestern schickte es mir Annemarie nach. Ich bin ja auch so glücklich, mein Kleines – einen Schritt ist man doch weiter. Einen großen Schritt. Jetzt kommt der Roman als nächstes. Und nun kann ich ihm ja auch immer schicken. Und in den nächsten Tagen mehr.

Küsse und alles Deins

Es muß mir unter Tralow schreiben, weil mein Paß so ausgestellt ist.

Irmgard Keun arbeitet an dem Roman *Nach Mitternacht*, ihre Abrechnung mit dem nationalsozialistischen Deutschland. Er wurde bereits vor der Emigration konzipiert.

den 30. April 1936

Frau Irmgard Tralow,
Postlagernd
Ostende.

Sehr verehrte gnädige Frau Tralow,
wir erlauben uns, Ihnen anbei einen Betrag von fl. 200,– zu übersenden. Sie werden wohl mit Herrn Landauer eine Vereinbarung treffen betr. der weiteren Auszahlungen.

Wir bitten Sie um die Liebenswürdigkeit, einliegende Quittung, von Ihnen unterschrieben, an Herrn Landauer zu übergeben.

Mit ergebener Hochachtung Allert de Lange

In der Anlage

1	Quittung				
1	Banknote	à fl.	100,–	= No.	AL 003274
1	"	à	50,–	= "	AV 021619
1	"	à	50,–	= "	BZ 018277

Ostende, den 13. 5. 1936

Mein Kleines – hätte ich doch schon Post von Dir hier! Wie schrecklich lange dauert es doch immer, bis man Antwort hat. Das Telegramm habe ich bekommen. Ich dachte mir, daß es glücklich sein würde. Einliegend Photo, meine Mutter hatte sie hier von mir aufgenommen. Jetzt würge ich herum, den richtigen Anfang, die richtige Form für den neuen Roman zu bekommen. Lieber Gott, man erwartet Wunderdinge von mir, das bedrückt mich etwas. – Heute bekam ich schon die ersten Korrekturfahnen vom ›Mädchen, mit dem die Kinder usw.‹. Hübscher Druck, liest sich, glaub' ich, recht nett. Mich kotzen die Sachen ja an, die ich grad' fertig habe. An und für sich ist dieses Buch ja auch nicht weiter so wichtig – wichtig ist das nächste. Schrieb ich

Dir eigentlich aus Brüssel? Ich mußte Landauer da besuchen, er wirklich krank – Fieber, Durchfall, hundeelend. Und an und für sich schon nur ein zarter Hauch von Mann. Aber ich glaube, recht sympathisch. Am Abend lernte ich in Brüssel Hermann Kesten kennen. Vielleicht kennst Du sein Buch ›Der Scharlatan‹? Ist ein furchtbar netter, witziger, kluger u. natürlicher Mensch. Am Sonntag schickte mir Landauer aus Brüssel drei Pakete – in jedem eine Orchidee. Geschah aber nicht aus irgendwelchen Wüstlingsabsichten, sondern aus Feinheit. Angesichts dieser zarten vornehmen Wesen in meinem Zimmer wage ich es kaum noch, ein kräftiges Wort auch nur zu denken. Nun muß ich für heute schließen, mein Kleines, Liebes. Landauer schrieb mir nämlich dummerweise, daß er für den Band gerne noch eine Geschichte hätte – und zwar sofort. Ich hab' gar keine Lust dazu, muß mir aber nun wohl oder übel noch eine abringen. Dabei bin ich auch so blödsinnig müde. Muß nun aber gleich an die Arbeit.

Küsse für heute, Deins

Hermann Kesten äußerte sich begeistert über seine Begegnung mit Irmgard Keun in Brüssel: »In der Halle des Hotels fand ich ein hübsches, junges Mädchen, blond und blauäugig, in einer weißen Bluse, das lieb lächelte und wie ein Fräulein aussah, mit dem man gleich tanzen gehen möchte. Aber wir saßen noch nicht am Tisch bei einer Tasse Kaffee und einem Glas Wein, da sprach sie schon von Deutschland, mit blitzenden Augen und roten, witzigen Lippen. Sie erzählte vom neuen exotischen Germanien mit vorsichtig gesenkter Stimme und in tollkühnen Wendungen und Bildern. Ihre weiße, seidene Bluse und ihre blonden Haare flatterten wie in einem wilden Wind, ihre Augen und Hände schienen mitzusprechen, und es sprachen ihr Verstand und ihr Herz. Sie war naiv und brillant, witzig und verzweifelt, volkstümlich und feurig und kein Fräulein mehr, mit dem man tanzen gehen wollte, sondern eine Prophetin, die anklagt, ein Prediger, der schilt, ein politischer Mensch, der eine ganze

Zivilisation verschlämmen sah. Alles an ihr sprach und lachte und höhnte und trauerte.«

31 Jahre alt ist Irmgard Keun, als sie ins Exil geht: »ein hübsches, junges Mädchen«. Sie ist verheiratet und hat einen jüdischen Geliebten. Sie ist Schriftstellerin. Früher war sie Schauspielerin. Sie ist die Synthese beider Berufe: Sie spielt sich gut; sie spielt, was sie ist; sie ist anders – in jeder Situation. Hilfebedürftige Heldin oder ausgehaltene Frau, Kameradin oder Vamp, witzig oder depressiv, zart oder kühn, mitfühlend oder egozentrisch – und manchmal alles auf einmal. Sie ist hinreißend und abstoßend. Sie ist klar und wahr und verlogen.

In Arnold Strauss' Nachlaß befindet sich der Brief eines unbekannten Verehrers: »Vieles im Leben ist ein Märchen, Ihr Bild ist auch eins, wie wohl Ihr ganzes Leben« (14. 5. 1936).

Ein dreiviertel Jahr später wird Irmgard Keun an Arnold Strauss schreiben (25. 2. 1937): »Ich hab' ein wildes, buntes Bilderbuch erlebt.«

Ein neues Kapitel beginnt: das Exil.

Ostende, den 23. 5. 1936

(...) Ich hab' jetzt Bücher vom Verlag geschickt bekommen: Alfred Neumann *Der neue Cäsar*, Alfred Neumann *Das Kaiserreich*, Joseph Roth *Hundert Tage*, Bert Brecht *Dreigroschenroman*. Alle historisch – keiner will mehr einen modernen Roman schreiben. Irgendwie scheinen sie alle eine Scheu zu haben, die Gegenwartsliteratur anzupacken – soweit nicht die Geschichte Parallelen zum Heute bietet.

> Alle diese Schriftsteller hatten früher einmal die gegenwärtige Wirklichkeit in ihre Sprache übersetzt und ihr die Kritik geschrieben, die ihnen ihr Temeprament und ihre Persönlichkeit diktierten. (...) Warum schrieben sie nun auf einmal fast alle nur historische Romane? Gewiß, selbst die historischen Romane waren so, daß sie in Deutschland nicht hätten geschrie-

ben werden können, und manche von ihnen werden einmal zum Wertvollsten moderner deutscher Literatur gehören.

Wo aber blieb die große Schilderung gegenwärtiger Wirklichkeit?

Bilder aus der Emigration

Am 4. 5. 1936 ist Irmgard Keun in Ostende angekommen, am 26. 5. formuliert sie den ersten Notruf an Arnold: Ich habe erst 2 Briefe von Dir bekommen (...) gerade jetzt! Wo es doch weiß, daß ich mutterseelenallein in Ostende sitze und keine Menschenseele habe, mit der ich ein paar Worte sprechen kann. Ich bin so einsam, daß ich es manchmal kaum noch aushalte. Wenn es mir Geld geschickt hätte, hätte ich Annemarie für ein paar Tage kommen lassen.

Sie wirft Arnold Strauss Lieblosigkeit und Geiz vor, gerade jetzt, wo alles auf bestem Wege sei. – Wenige Tage darauf bekommt sie Geld und Briefe.

Ostende, den 3. 6. 1936

Mein Kleines, mein Liebes,
(...) Ich hab' auch das Geld bekommen, mein Liebes – und auch die Briefe. Vielen Dank! Ich wünschte, ich hätte von dieser Auskunftssache nichts geschrieben. Es liegt mir wirklich gar nichts mehr daran, ihnen den Aufenthalt bei Dir zu verdüstern. Im ersten Augenblick war ich ja voll Wut und Haß über diese Dummheiten – aber es war ja noch alles gutgegangen.

Ich ärger' mich jetzt viel mehr über mich, daß ich diesen Brief geschrieben habe. So ein Quatsch. Jetzt wirst Du daraufhin manchmal nicht so nett zu ihnen sein, und das wird Dir später leid tun. Und überhaupt ist das Glück getrübt, das Du haben könntest, weil Deine Eltern bei Dir sind. Und was die Eltern anbelangt – so haben sie Dich doch wirklich lieb. Und von hundert bürgerlichen liebenden Ehepaaren dürfte kaum eins beglückt sein, wenn der gute

Sohn ausgerechnet auf mich ein ernsthaftes Auge würfe. Ich widerliches Rindvieh hätte da längst alles mit Humor und Nachsicht sehen können. Diesen Brief hätte ich ihnen, vor allem Dir, in Gottes Namen ersparen sollen. Auch meine vorhergehenden Klagen aus Frankfurt hätte ich lassen sollen. Na, nun ist's zu spät – die Briefe sind fort und gelesen. Tut mir leid. Ich wünschte jetzt, Ihr hättet nur gute und friedliche Tage zusammen gehabt. Wäre ich dagewesen, wäre das ja doch nicht gut möglich gewesen. Eine sehr warme und innige Atmosphäre würde kaum zwischen uns geherrscht haben. Selbst wenn ich mir viel ehrliche gute Mühe gegeben hätte – hätte Deine Mutter höchstens mal geglaubt, sie hätte mich gern – wirklich getan hätte sie's nie. Sie kann nicht. Bevor sie mich kannte, konnte sie nicht. Warum? Gott, das ist so einfach. Solange es Mütter gibt, werden diese Mütter nicht wollen, daß der Sohn eine große grande passion hat, so was ganz und gar Ernstes. Sie würden eine reizende kleine Frau lieben, die der Sohn als Ehefrau liebhat – sie (die Mütter) würden empört sein, wenn der Sohn die reizende kleine Frau betrügen würde. Und je mehr so eine reizende kleine Frau bei der Sohnes-Mutter weinen würde – um so mehr würde sie geliebt werden. Von der Sohnesmutter. Schwiegermutter und Schwiegertochter finden sich in süßer frauenhafter Gemeinschaftsklage über die Unzulänglichkeit der Manneslieb. Wenn ich weinend zu Deiner Mutter nach Wiesbaden gestürzt wäre – so mit seelischen SOS-Rufen: »Helfen Sie mir doch, Arnold schreibt mir nicht – ich bin vollkommen verzweifelt« –, dann hätte sie vielleicht die Gelegenheit wahrgenommen, groß und edel über sich selbst hinauszuwachsen, und hätte zu Dir gesagt: irgendwas Nettes und Gutes für mich. Und wenn es sich um keine liebe arme kleine Schwiegertochter handelt, sondern um ein nettes kleines Verhältnis, dann kann so eine Schwiegermutter auch sehr lieb und tolerant und gütig und großzügig sein. Einmal möchte sie hören:

»Ach Mutter, du bist ja doch die Beste« – und außerdem möchte sie sich einbohren können in die Sohnesaffairen. Aus Liebe zum Sohn und um weiblich vorhanden zu sein. Wenn wir mal einen Sohn haben sollten – so hoffe ich, ihn mit mehr Humor und Selbsterkenntnis und weniger leidender Diskretion zu tyrannisieren. Es geht Deiner Mutter da nicht um bürgerliche Belange, es geht ihr nicht darum, ob ich in ihrem Sinne gut oder schlecht bin (sie wünscht – manchmal – von Herzen, ich wäre schlecht!) – es geht bei ihr nur darum: Wie sehr hast Du, ihr Sohn, mich lieb. (...)

Tausend Küsse, Deins

In Lucy Strauss' Tagebuch steht unter dem 4. 8. 1936: Gott sei Dank ein Jahr glückliches Amerikaleben. Wie wird es im nächsten Jahr für uns ausschauen? Wird er an Irmgards Seite leben, uns nicht mehr oder uns auch noch gehören? Nein, nicht gehören, nur unverändert verbunden sein? Werde ich Liebe oder Haß oder Gleichgültigkeit der Schwiegertochter fühlen? Habe ich mich in ihrem Wesen getäuscht? Hoffentlich.

Irmgard Keun ist Arnold Strauss' »grande passion«, er jedoch nicht für sie.

Das ist es, was Lucy Strauss' sorgenvoll stimmt. Irmgard Keun fühlt sich ein Stück durchschaut; das macht ihre Klagen vehement und ihre versöhnlichen Töne unecht. (Und echt zugleich, denn sie sind auf Wirkung bedacht.)

Ein Brief der wörtlichen Reden – nur eine fällt der Autorin nicht ein: Was ihre Schwiegermutter Nettes und Gutes über sie sagen könnte ... Der Grund: Sie soll nichts Nettes und Gutes über sie sagen können.

Irmgard Keun besteht auf dieser Entfernung, denn es entfernt sie von Arnold Strauss.

Sie schreibt nicht: Die falsche Frau liebt ihren Sohn; sie schreibt: Wie sehr hast Du, ihr Sohn, mich lieb ...

Wie sehr sie ihn liebt, steht im nächsten Brief vom 4. Juni:

Ostende, den 4. 6. 1936

(...) Ich hab' Dich lieb, aber mir liegt ein Dreck dran, Dich zu heiraten. So klug wie Deine Eltern und Verwandten bin ich schon lange – man hat nirgends Sinn für Bohème. – Solange sie erfolglos ist. – Aber wenn sie erfolgreich ist, wird man dort wie hier toleriert. Und findet selbstverständlich, was man sonst shocking findet. Ich würde mich lieber in einem deutschen Konzentrationslager totprügeln lassen, als mein Dasein dankbar und demütig an Deiner Seite zu Ende zu leben. (...) Mir liegt gar nichts dran, noch mal zu heiraten. (...) Natürlich kann ich nicht rüberkommen, bevor meine Arbeit nicht fertig ist. Vor Oktober ist sie nicht fertig. Rechne nicht vor Weihnachten auf mich, es geht nicht anders. Der neue Roman ist so wichtig, daß ich Korrekturen und alles selbst in Amsterdam erledigen muß. (...) Du kannst warten, Du brauchst nicht warten. (...) Weihnachten bin ich bei Dir, wenn Du mich gut und ehrlich liebhast. Dann sind meine Bücher raus, und ich stehe selbst auf meinen Füßen. Und wenn ich das tue, mein Liebes, dann kann ich Dir dort auch nicht schaden. Verstehst Du das? – (...) Ich denke, daß ich Dich erst mal für 2–3 Monate besuche. Wir werden alles besprechen. I.

Der Brief vom 15. 6. 1936: ein Krankenbericht und die Bitte um Geld: »Es ist ja geizig geworden? Jetzt, nachdem es den Nazis nicht mehr zugute kommt, nur noch 50 Mark? Wie furchtbar!« – unterschrieben mit: »Dein trauriges, krankes Verarmtes.« Eine Woche später beste Laune:

Ostende, den 22. 6. 1936

(...) Nun habe ich viel zu erzählen. Ich war bei den Kischs. Bezaubernde Leute. Klug, lebendig, voll Humor und ehrlichem Idealismus. Ich zeigte ihnen unter gräßlichen Hemmungen die ersten dreißig Seiten vom neuen Roman. Also, Du kannst Dir nicht vorstellen, wie begeistert sie waren. Und das Typische ist so für Kisch, daß er einfach keine Ruhe hat und was für einen tun muß, wenn er begeistert ist. Er ging aufs Zimmer, als müßte er arbeiten, ich blieb mit der Frau. Dann kam er wieder und hatte Briefe geschrieben nach Paris wegen Vortrag, an bekannten amerikanischen Verleger, an meinen Verlag – nur um dem zu sagen, wie begeistert er wäre. Beide sind so unglaublich liebe Menschen – vollkommen natürlich, keine Spur von Snob, ganz einfach. Du wärst begeistert, Du kennst solche Menschen gar nicht. Und diese verzweifelte Arbeit um ein neues demokratisches Deutschland! Ich wünschte, Arnold, Du würdest uns helfen und da mitkämpfen. Du darfst einfach nicht so bürgerlich verspießen. (...) Hast Du jetzt die neue Verfassung der Sowjetunion gelesen? Und was Klassenunterschiede (nicht Qualitätsunterschiede!) anbelangt, steht Amerika doch geradezu auf einem verkommenen Standpunkt. Was gilt denn außer Geld? (...) Ich hab' jetzt so wahnsinnig zu arbeiten, Kleines, um den Roman bald fertig zu haben. Ich weiß kaum noch, wo mir der Kopf steht. Für September habe ich jetzt einen Vortrag in Paris perfekt gemacht. Ich wünschte, Du könntest da sein. Vor ein paar tausend Menschen muß ich da sprechen. Dann sind verschiedene Aufsätze zu schreiben und noch ein Haufen anderer Dinge zu erledigen. (...) Ich muß mich restlos auf die Arbeit konzentrieren. Dabei bin ich so dösig vor Hitze. Morgen will ich für ein paar Tage raus zu den Kischs fahren, da kann man den ganzen Tag in der Badehose rumlaufen und von den Dünen aus – ich meine gleich vom Hotel aus, ins Meer laufen. Ich bin schon vollständig verwildert und sehe aus wie eine Negerin, die sich eine Perücke von gelben Haaren aufgesetzt hat. Ich hab' oft große Lust, mit Dir ins Meer rauszuschwimmen (...). Morgen mehr, mein niedliches kleines Blödsinniges.

Küsse und Liebe, I.

Irmgard Keun hat Aufgaben. Sie ist beliebt. Sie fühlt sich wohl. Ihr »Ich wünschte, Du könntest da sein« hat nichts mit Sehnsucht zu tun; eher ist dieser Satz fortzuschreiben mit: »damit Du siehst, wie ich bin«.

Ihr Leben ist ausgefüllt ohne die Idee Arnold, ihre Briefe werden seltener. Das Schreiben muß nicht länger das Leben ersetzen. Wenn sie schreiben will, schreibt sie am Roman.

Und wenn sie Geld braucht, schickt sie Telegramme: insgesamt acht aus Ostende.

Ostende, den 4. 7. 1936

Mein Kleines, mein Liebes,
etwas Schreckliches ist ja passiert. Eben finde ich die letzten drei Briefe an Dich, die ich schon vor Tagen an Dich geschrieben hatte. Ich hatte sie auf meine Kommode gelegt, als ich schnell fortmußte, und dem Zimmermädchen gesagt, sie möchte sie gleich fortbringen. Die hat es vergessen, und bei meiner Unordnung haben sich Papiere und Bücher drüber gelagert. Jetzt wage ich gar nicht zu denken, wie lange es ohne Nachricht ist. Tausend Dank für Geld und Telegramm. (...) Endlich bekam ich auch vom Verlag zwei Exemplare meines Buches geschickt. Ausstattung und Druck sind wirklich hübsch – und das Buch gefällt – unberufen – allgemein. Ich habe dem Verlag geschrieben, daß er Dir sofort ein Exemplar schicken soll. Du wirst sicher sehr lachen müssen – Kesten und Kisch sind ganz begeistert. Du fragtest mich mal wegen Alfred Neumann, ich habe ›Das Kaiserreich‹ eben runter zum Portier gegeben, damit Du es endlich kriegst. Den ›Neuen Caesar‹ kennst Du ja. Ich mache mir aus dieser Art von Literatur nicht das geringste. Ich finde Neumann versnobt und verlogen und in seiner menschlichen Haltung (die aus seinen Büchern spricht) oberflächlich und nicht sympathisch. Da hat beispielsweise ein Mann wie Joseph Roth ganz anderes Format, trotzdem ich sein letztes Buch schwächer finde. Wirklich interessant

ist Brechts ›Dreigroschenroman‹. Und fabelhaft finde ich die Bücher von Kisch. Augenblicklich sind jetzt hier in Ostende: Kesten, Roth, Kisch, Stefan Zweig. Stefan Zweig ist ein feiner Mann, ganz und gar samtig, triefend vor Güte und Menschenliebe. Ich kann weder mit ihm noch mit seinen Büchern was anfangen. (...) Mein kleines Liebes, ich habe so oft Sehnsucht nach Dir, aber es erschreckt mich, wenn Du schreibst, ich sollte nie mehr von Dir fortgehen. Ich werde immer eine große Hälfte des Jahres in Europa zubringen müssen – darüber mußt Du Dir klar sein. Es wird nicht lange dauern, daß ich politisch ziemlich exponiert bin. Du hast Deine Aufgaben als Arzt, ich habe jetzt meine Aufgaben im Kampf gegen den Faschismus. Es gibt unglaublich viel zu tun – ich muß nur erst mal meinen neuen Roman fertig haben. Ich darf mich vorher nicht allzusehr ablenken lassen. Darum will ich auch in den nächsten Tagen nach Italien fahren – in irgendein kleines, einsames Nest am Lago Maggiore, wo ich ganz allein bin und nichts als arbeiten muß. Sowie ich dort bin, telegraphiere ich Dir. Außer Dir soll niemand meine Adresse wissen. (...) Ich freue mich ja so irrsinnig, Dich wiederzusehen – aber vorher habe ich noch harte Arbeitsmonate, sehr harte. Bei Dir kann ich mich dann erholen.

Leb wohl für heute, mein Liebes. Deins

Irmgard Keun fährt nicht an den Laggo Maggiore, sie bleibt in Ostende. Die auf der Hotel-Kommode liegengelassenen Briefe an Arnold werden nie an ihn abgeschickt.

Ostende, den 5. 7. 1936

Mein Kleines –
schnell aus rasender Arbeit heraus ein paar Zeilen. Die Sache mit dem Mann, der die Muskeln bewegen konnte, ist ausgezeichnet. Daraus werde ich eine sehr schöne Geschichte machen. So was kann ich brauchen. – Aber erst

mal den Roman. Gestern habe ich ein Kind verbrennen lassen, heute habe ich ein schwieriges Gestapo-Kapitel vor. Ich kaue noch dran rum. Rias sind auch da und schwere Depressionen. Den halben Tag gestern mußte ich im Bett liegen. »Wie kommen Sie dazu, im Bett zu liegen«, sagte Roth. »Sie sind ein Schriftsteller, Sie haben keine Frau zu sein, sondern ein Soldat.« Ich habe geschworen, nachzuholen und heute 35 Seiten zu schreiben. Roth wird sie heute abend zählen.

Eine *innige* Bitte, Kleines: Laß mich nicht sparen müssen, solange ich an dem Roman arbeite. Ich werde Dir ewig dankbar sein, wenn Du mich gerade jetzt richtig Geld haben läßt. Ich muß jetzt rauchen und trinken, da vertrage ich das billige Zeug nicht. Und wenn ich mir nicht schnell mal ein Taxi nehmen kann, sehe ich den Strand überhaupt nicht. Ich muß auch wieder zum Zahnarzt, und Schulden darf ich hier nicht machen, wo ich ohnehin illegal hier lebe.

Schreib oft und viel, Kleines. Mach Dich um Gottes willen nicht krank vor lauter Arbeit.

Ich muß ja jetzt.

Viel, viel, viel Liebes D.

Ostende, Mitte Juli 1936

Kleines – ich habe so wahnsinnig zu arbeiten. Sei nicht böse und nicht traurig, wenn ich in den nächsten 6 Wochen nur kurz schreibe. Die erste Hälfte meines Manuskriptes geht diesen Monat bereits in Satz. Die ganze große schwere andere Hälfte habe ich noch zu schreiben bis zum 1. Oktober. Ich bin irrsinnig nervös. Schreibe von morgens bis abends in einem Café am Place d'armes, das ich erzogen habe, hier und da Schnaps auszuschenken. In der anderen Ecke sitzt Roth und schreibt. Manchmal schlafe ich für eine halbe Stunde am Kaffeehaus-Tisch ein.

Ostende, den 11. 8. 1936

Mein Kleines, mein Liebes –
kenne nichts als Arbeit, Arbeit, Arbeit. Roth und ich machen die reinste Schreibolympiade. Meistens hat er abends mehr Seiten als ich. – Vorhin schrieb mir Pariser Tageszeitung, daß sie einen Roman von mir wollen. Ich werde versuchen, einen Vorschuß von ihnen zu kriegen. Dann muß ich versuchen, mit dem fertigen Manuskript einen weiteren Vertrag und Vorschuß aus Lange herauszupressen. Ich werde die erste Hälfte in Satz gehen lassen und mich weigern, die zweite Hälfte zu geben, wenn Sie nicht tun, was ich will. Ich muß nur eben fertig sein. Augenblicklich sind die Verhandlungschancen gut. Querido möchte mich Lange abkaufen und mir dazu ein weiteres Jahr Vertrag geben. Wer weiß, wie die Chancen in zwei Monaten sind oder drei? Querido kann sterben, Lange pleite machen, was weiß ich.

Roth hetzt mich maßlos, aber er hat recht. Er ist als Kollege das Anständigste und Bezauberndste, was man sich denken kann. Er ist sehr misanthropisch, aber manchmal kann man auch Tränen mit ihm lachen. Das angenehme ist, daß man keine Spur verliebt ineinander ist, keine Spur von Flirtigkeit herrscht. Ein wirklich idealer Zustand. Gute Freundschaft, gleiche Ansichten, gemeinsame Interessen. So ungefähr, als wenn Du täglich von morgens bis abends mit Rössle zusammen wärst, mit ihm zusammenarbeitetest. Ich habe manches von Kisch gelernt, ich lerne ungeheuer viel durch Roth. Leider fühle ich mich körperlich gar nicht gut. Alle 14 Tage bin ich unwohl. Hoffentlich kein Myom wie Annemarie. So was kann ich jetzt nicht gebrauchen. Mit den Zähnen geht's auch nicht gut. Und dann ist irgendwas mit meinen Knien. Neulich konnte ich kaum gehen. Es war ein Gefühl, als wenn die Beine eingeschlafen sind. So wie aus Watte und ohne Gefühl. Wahrscheinlich Vergiftung. Alkohol oder Nikotin. Ganz widerlich. Ist heute – unberufen – etwas besser, aber immer noch recht eklig. Unter normalen Umständen hätte ich jammernd im Bett gelegen und den Arzt kommen lassen. So genierte ich mich vor Roth. Und außerdem gefährdet jetzt jeder arbeitslos verbrachte Tag meine Zukunft. Solange das Manuskript nicht fertig ist, kann ich an nichts anderes denken. Ich kann auch bis dahin nicht mit Rauchen und Trinken aufhören. Ganz unmöglich: Leider sind die Getränke in Belgien im allgemeinen große Scheiße. Kein Wunder, wenn man sich vergiftet in einem Land, in dem Schnaps verboten ist.

Ich bitte Dich, was soll man trinken? Das Bier ist hier Scheiße. Wein kommt nur in Frage, wenn er ganz teuer ist. Die süßen Aperitifs ekeln einen nach dem vierten Glas und machen außerdem Kopfweh. Natürlich habe ich Lokale, in denen ich Schnaps bekomme. Wahnsinnig teuer ist er immer, einigermaßen gut fast nie. Man müßte als Schriftsteller so viel verdienen, daß man zumindest in den letzten 8–9 Wochen der Romanarbeit täglich 1–2 Flaschen *anständigen* trockenen Champagner trinken könnte. Da hätte man in dieser Scheißzeit die richtige Arbeitsstimmung und würde nicht krank.

Man braucht ja nur eine Zeitung aufzumachen, und es kommt einem idiotisch vor, daß man überhaupt noch schreibt. Man muß diesen Gedanken und das Wissen um den Zusammenbruch einer Welt, das Wissen um kommende Sintflut, Krieg usw. verdrängen, wenn man schreiben will. Man kann sonst nicht schreiben. Dazu braucht man Alkohol. Es kommt dabei nur darauf an, gut und weise zu trinken. Ein Künstlerberuf ist nun mal unrettbar, unentrinnbar von Stimmungen abhängig. – Über das Kinderbuch kamen jetzt die ersten Kritiken. Etwas hymnisch ekstatisch. Unberufen. Hoffentlich wird's einigermaßen verkauft. (...) Ich werd' Dir nächstens mal ein paar Kritiken schicken.

Eben kam neue Post. Die Taschentücher! Wie lieb von Dir. Sind handgerollt und genau so, wie ich's gern habe.

Dann kam eine Kritik vom Allgemeene Handelsblatt. Aber nicht unter Buchkritiken, sondern eine ganze Seite im Feuilleton mit Bild. So eine Abhandlung von dem wichtigsten Kritiker in Holland. Ist sehr gut für den Verkauf. Und auch sonst. Weil, wie gesagt, ein sehr seriöser Literaturkritiker schreibt. Vergleiche mit Dickens, Meister des Humors usw.

Leb wohl für heute.

Und tausend Liebes. D.

Lange ist der Verlag Allert de Lange.

Querido ist ein niederländischer Verlag, der eine Exilabteilung hat.

Professor Robert Rössle war Arnold Strauss' Lehrer, Freund und Kollege am Pathologischen Institut der Universitätsklinik in Berlin.

»Als ich Joseph Roth zum erstenmal in Ostende sah, da hatte ich das Gefühl, einen Menschen zu sehen, der einfach vor Traurigkeit in den nächsten Stunden stirbt. Seine runden blauen Augen starrten beinahe blicklos vor Verzeiflung, und seine Stimme klang wie verschüttet unter den Lasten von Gram. Später verwischte sich dieser Ausdruck, denn Roth war damals nicht nur traurig, sondern auch noch der beste und lebendigste Hasser.

Er schrieb an einem Roman aus dem alten Österreich... (Gemeint ist, laut Angabe von Irmgard Keun, *Die Geschichte von der 1002. Nacht.* Die Hrsg.)

In seinen Büchern versenkte Roth sich gern in die Welt der alten österreichischen Monarchie – in eine Welt, von der er mit verzweifelter Anstrengung und Inbrunst glauben wollte, daß sie ihm – zumindest früher einmal – Heimat des Denkens und des Fühlens war. Doch er wußte, daß er ewig heimatlos war und sein würde. Alles, was seinem Wesen nahe kam – Menschen, Dinge, Ideen – erkannte er bis in die verborgenste Unzulänglichkeit hinein, bis in jene Kälte, die auch den lebendigsten wärmsten

Atem einmal erstarren macht. So suchte er denn nach Welten, die ihm wesensfremd waren und von denen er hoffte, daß sie ihm unerkennbar und wärmend bleiben würden. Doch was seiner rastlos schaffenden Phantasie gelang, zerstörte ihm immer wieder sein bitterböser unerbittlicher Verstand...

Zuweilen sah er sich selbst in geisterhaft leerem Raum zwischen Rationalismus und Mystik, gelöst von der Wirklichkeit und das Unerreichbare nicht erreichend und wissend dabei, daß es nicht zu erreichen war. Er war gequält und wollte sich selbst loswerden und unter allen Umständen etwas sein, was er nicht war. Bis zur Erschöpfung spielte er zuweilen die Rolle eines von ihm erfundenen Menschen, der Eigenschaften und Empfindungen in sich barg, die er selbst nicht hatte. Es gelang ihm nicht, an seine Rolle zu glauben, doch er empfand flüchtige Genugtuung und Trost, wenn er andere glauben machen konnte. Seine eigene Persönlichkeit war viel zu stark, um nicht immer wieder das erfundene Schattenwesen zu durchtränken, und so empfand er sich manchmal als ein seltsam wandelndes Gemisch von Dichtung und Wahrheit, das ihn selbst zu einem etwas erschrokkenen Lachen reizte.

Roth konnte damals noch seine Qualen und Traurigkeiten vergessen und gern und gut lachen. Er konnte auch zuweilen noch sehr gut, sehr intensiv und äußerst lebendig in der Wirklichkeit leben. Wenn er nicht an seinem Roman arbeitete, schrieb er Artikel gegen den Nationalsozialismus. Ich kenne niemand, der so unerbittlich klar, so überzeugend stark, so leidenschaftlich kompromißlos darüber und dagegen schrieb wie Roth ... Ich kenne niemand, der immer so sauber und so mutig Stellung nahm gegen jede Ungerechtigkeit – ganz gleich wer sie beging, ganz gleich wo sie begangen wurde. Ich habe nie wieder einen Menschen gekannt, ... der weniger Rücksicht auf eigenen Schaden oder Nutzen nahm. Und nie wieder einen Menschen, der andere so souverän nach eigenem Ermessen wertete – völlig unfähig jemals nur die Spur eines sozialen Unterschiedes gelten lassen zu können. Erst recht nicht, als ihm

gelegentlich einfiel, die Rolle eines dem österreichischen Adel Ergebenen zu spielen ...«
Bilder aus der Emigration

Anderthalb Jahre hat Irmgard Keun – mit Unterbrechungen – mit Joseph Roth verbracht. Anderthalb Jahre, in denen sie Arnold Strauss im unklaren ließ über die Art ihrer Beziehung zu Joseph Roth.

Kurz nach ihrem Kennenlernen – Egon Erwin Kisch hat sie miteinander bekannt gemacht – zogen sie zusammen in ein Hotel. Dem Roth-Biographen David Bronson erzählte Irmgard Keun: »Wir fanden zusammen – jeder für seinen Teil – aus Angst, allein zu sein, obwohl das gegenseitige Interesse schon bei der ersten Begegnung vorhanden war.«

Um im gleichen Hotelzimmer wohnen zu können, kooperieren sie manchmal mit Anton Kuh. Der übernimmt Joseph Roths Zimmer, Joseph Roth wohnt bei Irmgard Keun.

Für Briefe an Arnold Strauss bleibt da nicht viel Zeit. Außerdem – Irmgard Keun wird nicht müde, es zu betonen – hat sie zu arbeiten.

Am 10. 8. schreibt Arnold seinen Eltern: Von Annemaries nächstem Buch ist schon die erste Hälfte im Druck, während sie die zweite beginnt. Sie arbeitet fieberhaft Tag und Nacht. Hoffentlich kann sie das Arbeitstempo durchhalten. Ich mache mir etwas Sorgen um sie. Sie sieht und spricht keinen Menschen mehr, kennt nur noch die Arbeit.

Seine Mutter trägt unter dem 31. 8. in ihr Tagebuch ein: Arnold schreibt wie elektrisiert über Irmgards Arbeitsfreude. Wahrscheinlich nimmt er an, daß sie auf diese Weise früher zu ihm kommen kann.

Lucy Strauss zweifelt daran – und läse Arnold Strauss die Briefe seiner Braut aufmerksam, müßte er es auch tun.

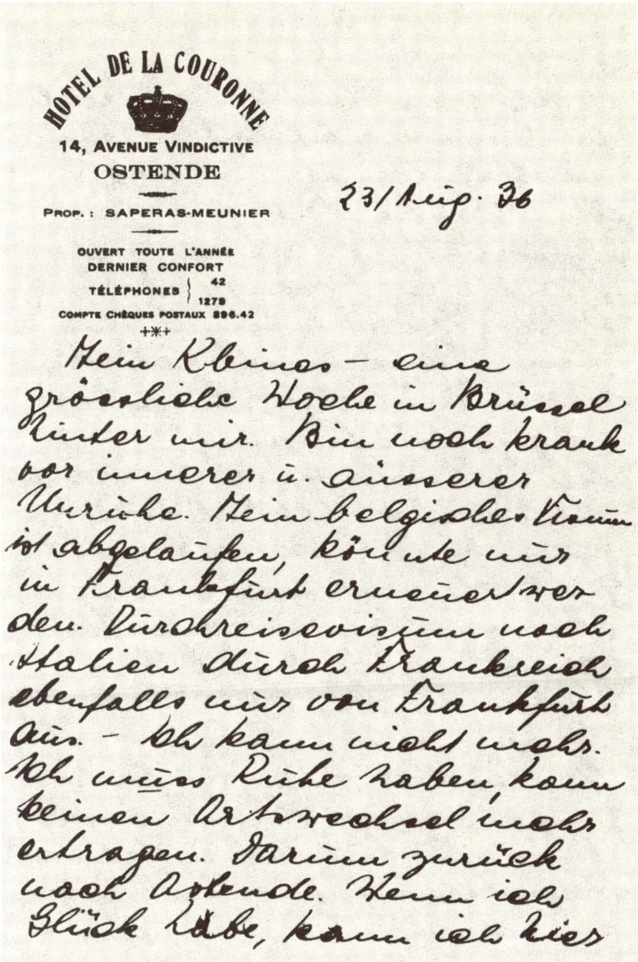

HOTEL DE LA COURONNE
14, AVENUE VINDICTIVE
OSTENDE
PROP.: SAPERAS-MEUNIER
OUVERT TOUTE L'ANNÉE
DERNIER CONFORT
TÉLÉPHONES 42 / 1279
COMPTE CHÈQUES POSTAUX 896.42

23/Aug. 36

Mein Kleines – eine
grässliche Woche in Brüssel
hinter mir. Bin noch krank
vor innerer u. äusserer
Unruhe. Mein belgisches Visum
ist abgelaufen, könnte nur
in Frankfurt erneuert wer-
den. Durchreisevisum nach
Italien durch Frankreich
ebenfalls nur von Frankfurt
aus. – Ich kann nicht mehr.
Ich muss Ruhe haben, kann
keinen Ortswechsel mehr
ertragen. Darum zurück
nach Ostende. Wenn ich
Glück habe, kann ich hier

noch eine Zeitlang illegal
u. unbemerkt leben. Dann
nach Holland. Nur erst
den Roman fertig. Diese
letzte Zeit hat mich aufge-
fressen mit Haut u. Haaren,
kein Strich konnte ich
tun. Jetzt leide ich des-
wegen unter panischer
Angst u. Aufregung.
Die Freunde sind unberufen-
gut u. lieb u. herzlich wie
immer. Nur ich war nicht
gut. Ich bin dem bösen
Dämon Roth erlegen. Man
versteh mich um Gottes
Willen nicht. Er ist kein
Mann mehr, nur Geist.
Unendlich klug, unheimlich
genial, zuweilen bösartig
boshaft. Dunkel u. tragisch.
Irgendwo lebt er in weiten
unirdischen Welten, die

HOTEL DE LA COURONNE

14, AVENUE VINDICTIVE

OSTENDE

PROP.: SAPERAS-MEUNIER

OUVERT TOUTE L'ANNÉE
DERNIER CONFORT
TÉLÉPHONES 42 / 1279
COMPTE CHÈQUES POSTAUX 896.42

einem verschlossen sind.
Frauen mag er nicht und
es ist schrecklich deprimie-
rend, wenn er einem die
Unzulänglichkeit des weib-
lichen Geschlechts beweist.
Und er hat eine Art zu
sprechen, dass ich jedes
seiner Worte wie ein Evan-
gelium hinnehme. Ich
liesse mir bedenkenlos
einen Finger abhacken,
wenn ich mir dafür ein
paar gute freundschaftliche
Gefühle erkaufen könnte.
Und so quält mich schreck-

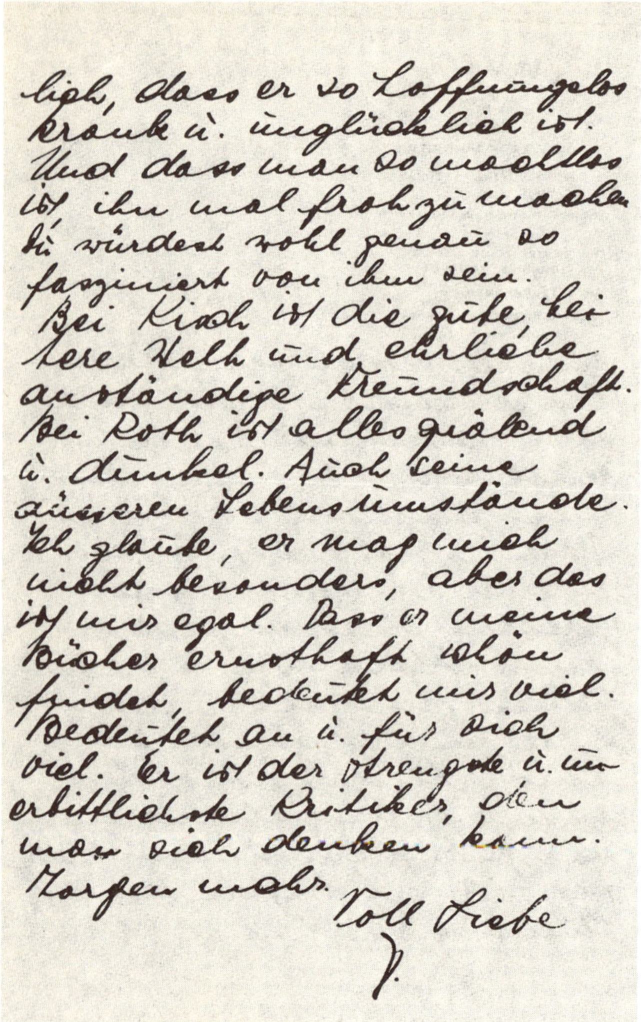
lich, dass er so hoffnungslos
krank u. unglücklich ist.
Und dass man so machtlos
ist ihn mal froh zu machen
Du würdest wohl genau so
fasziniert von ihm sein.
Bei Kisch ist die gute, hei-
tere Welt und ehrliche
anständige Freundschaft.
Bei Roth ist alles quälend
u. dunkel. Auch seine
äusseren Lebensumstände.
Ich glaube, er mag mich
nicht besonders, aber das
ist mir egal. Dass er meine
Bücher ernsthaft schön
findet, bedeutet mir viel.
Bedeutet an u. für sich
viel. Er ist der strengste u. un-
erbittlichste Kritiker, den
man sich denken kann.
Morgen mehr.
Voll Liebe
J.

Irmgard Keuns nächste Briefe lesen sich wie Trennungsangebote.

Ostende, den 29. 8. 1936
Samstag

(...) Ich lebe in dauernder Angst, daß durch die Scheidungssache jemand ins Konzentrationslager kommt. Im Augenblick habe ich keinen Pfennig Geld, weil ich ein paarmal wegen der Scheidungsscheiße in Brüssel war und einem sehr anständigen Anwalt Vorschuß gab. Ich muß ja auch sonst jetzt in den internationalen Rechtsfragen Bescheid wissen, brauche auch Geld wegen Visum-Beschaffung, Aufenthaltserlaubnis usw. Nun telegrafierte ich Dir fast mit meinem letzten Geld am Montag. Statt mir zu schicken, telegrafiertest Du mir zurück – aber Geld ist immer noch nicht da. Von Roth und Kisch habe ich mir schon was gepumpt in der Gewißheit, es ihnen heute wiedergeben zu können. Jetzt habe ich erstens überhaupt nichts mehr, kann auch nichts zurückgeben und geniere mich natürlich, noch mal zu fragen. Im Hotel habe ich die letzte Rechnung blöderweise nicht bezahlt, kann mir infolgedessen nichts vom Portier geben und auch nicht mehr anschreiben lassen. Es ist schrecklich. Manchmal kommt auch alles zusammen. Mir graust schon vor dem Sonntag. Wenn Du mir wenigstens etwas geschickt hättest! Ich rechnete so fest damit, sonst hätte ich an den Verlag geschrieben. Was ich allerdings nicht gern tue, weil Situationen der Hilflosigkeit nicht dazu angetan sind, günstige Voraussetzungen für einen neuen Vertrag zu sein. Und den will ich doch in nächster Zeit aus den Leuten rausquetschen. Du kannst Dir doch vorstellen, was los ist, wenn ich Dir von Scheidung telegrafiere. Was soll denn das Telegramm? Ich kann Dir doch nicht so eine komplizierte Sache mit ein paar Worten telegrafieren. Wie stellst Du Dir denn so was nur vor. Du bist überhaupt flüchtig und lieblos geworden. Wochenlang hatte ich keinen Brief von Dir. Ausgerechnet in der Zeit, wo ich es so schwer habe, wirst Du schlapp. Versetze Dich doch mal in meine Lage. Bei Dir ist alles glatt und klar – ich habe jetzt ein ganz böses wirres Knäuel zu entwirren. Morgen mehr. Bin wütend aus tausend Gründen. D.

Tag später

Immer noch kein Geld da. Warum hast Du nicht wenigstens telegrafiert, daß Du nicht oder erst später schicken kannst!!!

Mittwoch

Liebes – ich war schon wütend, weil so lange keine Briefe waren. Ich bin *wahnsinnig* nervös. Bei der Arbeit eine Reaktion. Alles kotzt mich an. Zu dem ganzen Roman hab' ich keine Lust mehr – am liebsten würde ich mit dem neuen Buch anfangen. Eine sehr schöne Sache, »Grausame Geschichten«. Aber ich darf noch nicht dran denken.

Im jetzigen Roman geht's auch munter zu. Alle Leute darin sind ziemlich widerlich und unsympathisch – und die, die ich zuerst sympathisch haben wollte und glaubte, sind allmählich auch recht ekelhaft. Natürlich verbrennt das Kind, es verkohlt sogar.

Was soll mit Roths Leber sein? Was eben mit so einer Säuferleber ist. Dick geschwollen. Jeden Abend greuliche Schmerzen wie Messerstiche im Nacken, scheußliche Übelkeiten. Mir tut es wahnsinnig leid, er ist ein Genie und hat die herrlichste Intelligenz, die man sich vorstellen kann. Aber wie kann man helfen? Ich weiß es nicht. Mir geht es jetzt auch nicht gut. Überarbeitet und so. Und die verfluchten Scheißgetränke hier. Dann habe ich jetzt mit der Scheidung angefangen – über die Sorgen und Ekelhaftigkeiten und Depressionen dadurch mag ich gar nicht schreiben. Das *ist* ein Unrecht.

Ein Mann, der eine Frau liebt und sie als seine Frau ansieht, tut so was nicht.

Wenn Du nichts hast, kannst Du nichts schicken, das ist

klar. Aber das mußt Du mir doch dann mitteilen. Damals hast Du sogar vergessen, mir Geld zu schicken – als Deine Eltern da waren. Glaubst Du selbst, daß ein wirklich liebender Mann das vergißt – noch dazu, nachdem die Frau gerade in der Emigration ist.

Sei doch nicht so feige, Arnold, und gib es zu, daß es mit Deiner Liebe nicht mehr so ist wie vielleicht früher einmal. Sei doch ehrlich. I.

Ich verstehe ja, daß man anderen Menschen nichts fortnehmen darf, aber ich verstehe gar nicht, warum man andere Leute nicht um Geld bitten soll, wenn sie was haben. Es ärgert mich, wenn Leute kein Geld hergeben, obwohl sie was haben und obwohl man das Geld doch braucht. Sonst würde man sie doch nicht darum bitten.

Kinder aller Länder

Montag, den 2. 9. 1936

Lieber Arnold – kein Geld ist da, keine Briefe sind da. Immer öfter gehe ich umsonst zur Post – fast immer gehe ich umsonst hin. Dabei muß ich immer fast eine halbe Stunde lang Schlange stehen. Es ist jedenfalls gar kein Zweifel, daß Du Dich geändert hast. Auf keinen Fall hättest Du mich früher im Stich gelassen, wenn ich für die Scheidung Geld gebraucht hätte. Wenn Du nichts gehabt hättest, würdest Du mir bestimmt telegrafiert haben, wann Du was schicken könntest und würdest.

Du schreibst allerhöchstens noch den vierten Teil von dem, was Du früher schriebst. Augenscheinlich ist es Dir eine Last. Was nicht schlimm wäre, wenn Du von Anfang an zu den schwerfälligen Briefschreibern gehört hättest, die immer ungern Briefe schreiben.

Du hast Dich geändert, Deine Gefühle haben sich geändert. Vielleicht weißt Du es selbst noch nicht. Vielleicht weißt Du's auch und belügst mich nur noch aus – was weiß ich für netten oder unnetten Gründen. Aus Nachlässigkeit adressierst Du ein paar Briefe an Keun statt Tralow, mußtest damit rechnen, daß ich sie nicht bekommen und wochenlang ohne Nachricht von Dir sein würde. Als es Dir einfällt, kriegst Du nicht etwa einen Schreck, es macht Dir gar nichts aus, Du erwähnst es mal eben so nebenbei.

Das alles sollen jetzt keine Vorwürfe sein. Vielleicht beschäftigt Dich eine andere Frau, vielleicht hat Deine Liebe einfach nur so durch die Zeit nachgelassen. Dafür kannst Du nichts. Aber sieh, Arnold, es ist bestimmt ehrlich und nicht übertrieben, wenn ich Dir sage, daß ich noch nie eine so ernste Zeit erlebt habe wie jetzt, noch nie so belastet war, noch nie mich so – fast übermenschlich – anstrengen mußte, um alles zu schaffen, was ich jetzt schaffen will und schaffen muß.

Die tatsächlichen Schwierigkeiten, Ängste und Sorgen sind so zahlreich und so ernst, daß ich oft fürchte, ich werde die Kraft nicht haben, alle zu bewältigen. In so einer Situation darfst Du mich nicht warten lassen und hinhalten. Du darfst es nicht zulassen, daß ich mit meinen Gedanken und Gefühlen auf einen Mann eingestellt bleibe, der gleichgültig ist. Das ist unanständig von Dir und ein böses Unrecht gegen Dich und mich.

Mit diesem Brief will ich ehrlich sein für Dich. Ich warte jetzt auf keine Nachricht mehr von Dir. Wenn Du noch was schreiben willst: Hotel de la Couronne, Ostende. I.

Und natürlich schreibt Arnold, und natürlich schickt er auch Geld: »Brav« – wie Irmgard Keun am 21. 9. schreibt – »und trotzdem nicht genug«. Aber immerhin so viel, daß sie sich für die letzten Briefe entschuldigt: Sie sei überarbeitet, habe noch viel mit dem Roman zu tun, und er solle nicht traurig sein, wenn er in der nächsten Zeit nicht viel von ihr höre. Was er dann hört, sind Klagen über ihren Gesundheitszustand, ihre Arbeitsüberlastung und ihren Geldmangel. Sie bittet um Briefe, Roth sei für einige Zeit fort, sie fühle sich allein. Kurze

Notizen, kaum länger als die Telegramme, die sie regelmäßig schickt: Hilferufe um Geld.

Der erste lange Brief dann am 23. 11. 1936 aus Wien. Am 7. hat sie ihn telegrafisch angekündigt: SCHLIMMES ERLEBT BRIEF UNTERWEGS.

Wien, den 23. 11. 1936

Ach, Du liebes Kleines,
was ist nicht alles geschehen. Womit soll ich anfangen zu erzählen? Ich habe so viel Greuliches und Schwieriges erlebt – nur unter größter Mühe und mit größter Anstrengung konnte ich den Roman zu Ende schreiben. Die letzten Schlußseiten fehlen mir immer noch.

Der Roman läuft jetzt mit der dreißigsten Fortsetzung in der Pariser Tageszeitung. Hoffentlich hat man Dir die Zeitungen alle geschickt, ich habe Anweisung gegeben.

Als ich vor ca. 5 Wochen von Brüssel nach Amsterdam kam, hatte der Roman bereits riesiges Aufsehen erregt. Ich kam dort in ein kleines Hotel. Roth, der ein paar Tage vorher von Brüssel fortgefahren war, wohnte dort und seine Cousine, ein lieber, rührend guter Mensch. Sie ist ca. 40 Jahre, wohnt in Lemberg.

Roth und diese Cousine sind mir die aufopferndsten Freunde geworden. Ich glaube fest, daß ich ohne diese beiden nicht mehr leben würde.

Als ich nach Amsterdam kam, war ich recht elend, ziemlich runter mit den Nerven und konnte nicht mehr essen. Ohne daß ich es wollte, hatte ich in den letzten sechs Wochen 14 Pfund abgenommen.

Nun sorgte man, daß ich aß, daß ich nicht trank, daß ich wenig rauchte. Daß ich eine halbe Stunde spazierenging. Daß ich schlief. Ich bin nur noch manchmal in meinem Zimmer allein, wenn ich arbeite. Man verwöhnt mich maßlos, und ich bin unselbständig wie ein dreijähriges Kind.

Kaum, daß ich in Amsterdam war, begannen die furchtbaren Erlebnisse. So abenteuerlich schien mir alles, wie ein wüster Traum kam es mir manchmal vor.

Es fing damit an, daß die Gestapo mich verfolgte. Ich wurde morgens aus dem Bett heraus verhaftet. Und zwar hatte ein Gestapomann einen kleinen holländischen Polizeispitzel bestochen, der mich verhaften sollte. Man hoffte, ich würde einen gefälschten Paß haben oder irgendwelche Anmeldeformalitäten versäumt haben oder Schulden im Hotel haben oder die nötigen Subsistenzmittel nicht nachweisen können. Die Gestapo hoffte, daß die holländische Polizei mich dann über die Grenze abschieben würde. Man hätte mich nur über die deutsche Grenze abschieben können, denn die Belgier hätten mich nicht reingelassen, da ich kein belgisches Visum hatte. Da mein Paß in Frankfurt ausgestellt ist, kann ich das belgische und französische Transitvisum nur in Frankfurt bekommen.

Du kannst Dir vorstellen, daß es eine widerwärtige Situation war. Sie wurde noch widerwärtiger durch Folgendes:

Der Verlag Allert de Lange gehört einem Herrn van Alfen. Als ich nach Amsterdam kam, wollte dieser Herr van Alfen einen neuen Jahresvertrag mit mir machen mit 200 Gulden monatlich. Mittlerweile hatte der Roman in der Pariser Tageszeitung ein derartiges Aufsehen erregt, daß Herr van Alfen (er macht immer noch Inseratengeschäfte mit Deutschland – das Inseratengeschäft ist überhaupt sein Hauptgeschäft) einen Wink aus Deutschland bekam, er möchte dieses Buch nicht erscheinen lassen. Es ist alles so kompliziert und ungeheuerlich, daß Eingeweihtere als Du es nicht begreifen können.

Ein paar Tage vor meiner Verhaftung wurde ich gebeten, auf den Verlag zu kommen. Am Abend vorher hatte ich mit Landauer (Leiter der Verlags-Abteilung) gesprochen, er war begeistert von meinem Roman, auch ein amerikanischer Verlag hatte sich schon um die Rechte beworben.

Alles schien herrlich und in Ordnung und auf dem besten Wege. Um 11 Uhr morgens ging ich zur Verhandlung in van Alfens Büro. Ich kannte ihn bisher noch nicht. Er ist der Typ eines wohlhabenden, ungebildeten Mannes.

Van Alfen gab mir mein Manuskript zurück – er wollte so deutliche Bücher gegen Hitler nicht bringen. Zugegen waren Landauer und der Prokurist Cronenburg, beides brave Menschen, leider nur etwas feige. Es war vollkommen klar, daß sie selbst bei dieser Wendung wie aus allen Wolken fielen und vorher keine Ahnung davon gehabt hatten.

Feige war ich nie, wenn's darauf ankommt, außerdem habe ich mich in der harten Schule der letzten Jahre etwas entwickelt. Und dann hat man manchmal das Glück, genau im richtigen Augenblick wütend und klar zugleich zu sein. Meistens fallen einem die richtigen Worte, die man hätte sagen sollen, ja erst hinterher ein. Bei Herrn van Alfen sind sie mir mit Gottes Hilfe sofort eingefallen. Er hat mir unerhörte Dinge gesagt – genau wie ein Nazi hat er gesprochen. Aber ich habe entsprechend erwidert und reagiert, und das Ganze wurde ein übler Skandal.

Landauer kündigte, Roth löste seinen Vertrag, ich bekam so eine Art Nervenzusammenbruch, lag im Bett und heulte und war von heut' auf morgen mittellos.

Natürlich kann ich klagen, brauche aber erst mal dazu einen guten Anwalt und Geld.

Mittlerweile bekam Alfen Angst, daß sein ganzer Emigrantenverlag auffliegen und ein übler Skandal für ihn entstehen würde. Was auch geschehen wird. Er versuchte also, wieder einzulenken. Zwar wollte er diesen Roman nicht herausbringen, war aber bereit, einen neuen Vertrag über ein kommendes Buch zu machen. Selbst wenn ich krepierte, konnte ich darauf nicht eingehen.

Ich telegraphierte an einen Schweizer Emigranten-Verlag. Der aber will sich die Entscheidung bis Ende des Jahres vorbehalten, weil neue strenge Presse- und Literaturgesetze in der Schweiz herausgekommen sind und man noch nicht weiß, wie die sich auswirken.

Außerdem ruht auf einem plötzlich zurückgewiesenen Manuskript immer ein Makel. Man kann nicht alles so schnell erklären, und nicht jeder glaubt sofort alles. Fast alle Verleger sind blöde und feige und unselbständig in ihrem Urteil.

Drei Tage nach der Alfen-Sache wurde ich verhaftet, und der Paß wurde mir fortgenommen. Ein Haufen Leute, die sich freundschaftlich an uns herangemacht hatten, entpuppten sich plötzlich als Spitzel. Die Situation wurde brenzlig in höchstem Maße. Ich wurde wieder freigelassen. Der arme Roth, der so schwach und krank ist, half mir und tat alles und hatte natürlich unerhörte Aufregungen und Anstrengungen dadurch.

Als wir alle vollkommen erledigt am Nachmittag wieder ins Hotel kamen, war der Hotelchef durchgebrannt. Wir waren mit ihm fast regelrecht befreundet gewesen und hatten ihn als unerhört klugen und reizenden Menschen kennengelernt. Seit Monaten hatte er auf die unerhörteste Art betrogen. Hatte Geldbriefe, die an Roth gekommen waren, unterschlagen und die an Lieferanten zu zahlenden Summen. Das Hotel ging ohnehin nicht gut, der Wirt war furchtbar arm. Der Mann war durchgebrannt mit allem Geld, das wir und andere Gäste für die Rechnungen gezahlt hatten. Alle Briefe, die wir ihm zum Absenden gaben, unterschlug er. An Dich mindestens sieben Briefe. Und damit nicht genug: Wir hatten alle so großes Vertrauen zu dem Mann gehabt und ihm alle unser Geld für den Safe gegeben. Ich hatte ihm meine letzten zweihundert Gulden gegeben, nur um sie nicht etwa auszugeben, da ich durch die Alfen-Sache doch schon in eine greuliche Notlage gekommen war. Roth, der auch arm ist, hatte ihm fünfhundert Dollar gegeben. Die Cousine hatte ihm hundert Pfund gegeben. Sie ist nicht arm, sondern wohlhabend, kann aber von ihrem Vermögen in Polen durch die strengen Devisenbestimmungen dort nichts rauskriegen.

Stelle Dir also bitte diese ungeheuerliche Situation vor.

Den Wirt haftbar zu machen war restlos sinnlos. Er war ein gebrochener Mann, verarmt bis auf den letzten Pfennig.

Und inmitten dieses Drecks hörten wir aus ganz zuverlässiger Quelle, daß man mir in den nächsten Tagen das deutsche Staatsbürgerrecht nehmen wird, und auch unabhängig davon meine Situation in Holland geradezu lebensgefährlich würde. In Deutschland wurde ein Strafdelikt, das ich begangen haben sollte, konstruiert und Auslieferungsantrag gestellt. Selbst wenn man mich nicht ausgeliefert hätte, hätte ich im günstigsten Falle dort ein paar Monate in Haft gesessen. Es gibt viele derartiger Fälle.

Um meine Spuren zu verwischen, wurde ich ins Amstel-Hotel gebracht, weil man im teuersten Hotel immer noch am sichersten ist. Ein paar Tage wohnte ich dort, konnte nicht vor die Tür gehen, aß und trank auf dem Zimmer und wurde fast verrückt. Roth, der selbst nicht mehr weiß, wovon er das nächste halbe Jahr leben soll, stellte mir sein ganzes Geld zur Verfügung.

Du hast gar keine Ahnung, was dieses verzweifelte Luxus- und Fluchtleben kostet. Die Zeit im Amstel-Hotel allein kostete schon an hundert Gulden. Vor allem mußte ich nun die Visen für Belgien und Frankreich haben. Daß ich sie bekam, war mehr als ein Wunder. Und bei der Angst und Anstrengung wären schon die Nerven des Stärksten zerrissen. Ich durfte auch keine Briefe schreiben, da meine Post kontrolliert wurde.

Endlich bekam ich das Visum für Belgien für fünf Tage und das Transitvisum für Frankreich.

Roth, die Cousine und ich fuhren zuerst nach Brüssel. Man wohnte im teuersten Hotel, fuhr erster Klasse in Pullman-Zügen, weil da die geringste Kontrolle ist. Ich war so elend und schwach, daß ich kaum noch eine Handtasche tragen konnte. Zwischendurch mußte ich immer noch arbeiten und Briefe schreiben und Ferngespräche führen.

Von Brüssel aus fuhren wir nach Wien. In Zürich sprach ich mit dem Verleger -- von dem ich vorher schrieb.

Dann weiter im Schlafwagen nach Wien. Wir wohnen im Bristol-Hotel, nebenan wohnt der Baron Rothschild. Du wirst fragen, warum Wien? Weil es das von Holland nächstgelegene Land war, in dem ich bleiben kann ohne Aufenthaltsbewilligung. Weil Roth alter Stammgast im Bristol-Hotel ist und man (unberufen!!!) nicht sofort die Rechnung wird zahlen müssen. Und weil ich von hier aus mit der Cousine nach Lemberg fahren werde, nur um ein Bett über dem Kopf zu haben. Dann muß ich die Scheidung von Tralow mit aller Energie weiter betreiben. Er macht mir immer noch die gräßlichsten Schwierigkeiten, obwohl er sich selbst in die furchtbarste Gefahr damit begibt. Ich muß geschieden sein. Denn dann kann ich einen polnischen Paß bekommen. Wir haben einen absolut zuverlässigen Polen, der mich für dreihundert Zloty heiratet und sich am gleichen Tage wieder scheiden läßt. Lassen *muß*. Ich habe nicht die Kraft, jetzt genau alle Einzelheiten zu schreiben.

Anders gibt es für mich überhaupt keine Möglichkeit mehr, nach Amerika zu kommen.

Leicht ist das alles nicht, mein Kleines, und manchmal verzweifle ich und glaube nicht, daß ich alles durchhalte. Oft bin ich nahe am Selbstmord. Doch im Augenblick fehlt es mir selbst dazu an Kraft.

Ich hatte so gehofft, zu Weihnachten bei Dir sein zu können und Ruhe und ein wenig Erholung zu haben. Obwohl ich jetzt so kaputt und versorgt bin, daß ich für Klettigkeit nur Grauen übrig habe. Ich könnte es gut verstehen, wenn Deine Liebe jetzt erlahmte. Ich bin jetzt ein ganz kranker und matter Mensch, krank und matt an Körper und Gefühl. Zuviel kam zusammen. Ich habe das Bedürfnis, Tage und

Wochen nur zu liegen und zu schlafen und nichts mehr zu denken.

Du hattest gewiß viel Ärger und warst überarbeitet dort. Aber Kleines, den Wust an Greueln, den ich erlebte, hast Du nicht erlebt. Auch menschliche Enttäuschungen kamen hinzu. Und auch politische Enttäuschungen, die alte erfahrene Emigranten erledigt hätten. Und die Qualen der Armut. Die furchtbare Zerrerei mit der Scheidung. Und immer wieder fehlen im entscheidenden Moment ein paar hundert Mark. Die drückenden Schulden bei Roth. Drükkend, weil er die Hotelrechnung nicht zahlen kann, wenn ich ihm das Geld nicht wiedergebe. Und immer die Gestapo auf den Fersen. Und jetzt könnte ich noch nicht mal fort, wenn was passierte und ich gleich fortmüßte.

Eben kam Dein Brief. Du bist ja idiotisch, anzunehmen, ich wäre in Deutschland gewesen. Was fällt Dir denn ein, mir solch einen Brief zu schreiben? Ich verstehe Dich gar nicht.

Na, nach diesem Brief weißt Du ja alles – wenigstens annähernd. Und einen kleinen Begriff meiner Sorgen und Qualen wirst Du auch bekommen haben. Den ganzen großen Komplex von Scheußlichkeiten zu erfassen wird Dir unmöglich sein. Dazu hätte ich auch noch mehr und noch ausführlicher schreiben müssen.

Sicherlich hört es sich roh und scheußlich an, wenn ich sage: Helfen kann mir jetzt nur Geld und nochmals Geld. Und zwar müßte ich telegrafisch eine größere Summe haben – so drei- bis vierhundert Dollar. Du wirst sie nicht haben, armes Kleines. Ich würde Dich bitten, mir sofort bei Erhalt dieses Briefes telegrafisch zu schicken, was Dir nur irgend möglich ist. Ich könnte verstehen, daß Dir nach all diesen Schwierigkeiten die Lust dazu vergeht. Schließlich bist Du ja auch nur ein Mensch. Und es kommt hinzu – ich muß es Dir sagen –, daß ich rein praktisch an keine Möglichkeit glaube, vor Februar-März rüberfahren zu können.

Und nun lebe wohl für heute, mein Kleines. Ich war glücklich, endlich mal wieder einen Brief von Dir zu haben, trotzdem es kein guter Brief war. Die Briefe, die Du noch nach Holland schicktest, werden wohl zurückgehen, denn ich durfte dort meine Adresse nicht angeben, weil meine Spur ein wenig verwischt werden sollte. Dir wird das alles indianerhaft und abenteuerlich erscheinen. Vielleicht denkst Du, ich wäre verrückt geworden, schizophren mit Verfolgungswahn. Doch dann müßten ein Dutzend ernsthafter Männer ebenfalls verrückt geworden sein.

Drahte jedenfalls an Geld, was Du kannst und magst. Ich schreibe bald mehr. Schreibe Du mir hierher. Sowie ich Geld habe, fahre ich nach Polen, um dort die Sache mit dem Paß zu erledigen.

Viele Küsse, alles Liebe u. immer D.

Roth muß in den nächsten Tagen nach Paris fahren. Vielleicht findet sich dort auch ein Verlag für mich.

Irmgard Keuns Roman »Nach Mitternacht« erschien nicht mehr bei Allert de Lange, sondern bei Querido. Fritz Landshoff, damals Querido-Lektor, erinnert sich am 23. 10. 1987: »Die materielle Lage von Irmgard Keun war in der Emigration (...) schwierig. Aus diesem Grunde haben sowohl im Falle von Irmgard Keun wie in dem von Joseph Roth, die beiden Verlage dem Wunsche der Autoren und der deutschen Geschäftsleitung entsprochen, und es sind die Werke von Irmgard Keun und Joseph Roth abwechselnd in beiden Verlagen erschienen. Der Verlagswechsel erfolgte jeweils dann, wenn der Autor bei dem einen zu hoch in der Schuld stand und der andere bereit war, die monatlichen Zahlungen an den Autor zu übernehmen. (...) Wir versuchten stets, ein monatliches Minimum in Form einer Rente zu zahlen, die über die Zeit der Entstehung des jeweiligen Werkes hinweghalf. Dabei handelte es sich um Beträge, die zwischen Hfl. 300,– und Hfl. 500,– monatlich schwankten.« Und weiter: Es sei zu dieser Zeit möglich gewesen, für zwei Gulden täglich in Amsterdam privat zu wohnen.

Der Konflikt mit Herrn van Alfen (dem Nachfolger des Allert-de-Lange-Chefs Gerard de Lange) ist also erfunden, wahrscheinlich um Arnold Strauss über die Gründe der Reise mit Joseph Roth zu täuschen – Roth war vom polnischen PEN-Club zu einer Vortragsreise eingeladen –; und auch die materielle Not Irmgard Keuns ist zu diesem Zeitpunkt längst nicht so groß wie beschrieben.

> Vor allem muß ich lernen, was ein Visum ist. Wir haben einen deutschen Paß, den hat uns die Polizei in Frankfurt gegeben. Ein Paß ist ein kleines Heft mit Stempeln und der Beweis, daß man lebt. Wenn man den Paß verliert, ist man für die Welt gestorben. Man darf dann in kein Land mehr. Aus einem Land muß man raus, aber in das andere darf man nicht rein. (...) Über eine Grenze kommt man nicht, wenn man keinen Paß hat und kein Visum. (...) Sie ist etwas, was sich mitten im Zug abspielt mit Hilfe von Männern, die Beamte sind. Wenn man ein Visum hat, lassen die Beamten einen im Zug sitzen, man darf weiterfahren. Weil unser Paß in Frankfurt ausgestellt ist, bekommen wir eigentlich ein Visum nur in Frankfurt. Frankfurt liegt aber in Deutschland, und nach Deutschland können wir nicht zurück, weil uns dann die Regierung einsperrt, denn mein Vater hat in französischen und anderen Zeitungen und sogar in einem Buch geschrieben, daß er die Regierung nicht leiden kann. (...) Ein Visum ist etwas, das abläuft.
> *Kind aller Länder*

Am 20. 12. 1936 teilt Arnold seinen Eltern mit – »was Euch erstaunen wird« –, daß seine Freundin nach Polen gefahren sei. Lucy Strauss' Kommentar am 1. 1. 1937: »Wie sonderbar. Sie wird gute Gründe gehabt haben. Ein Roman dürfte bald die Erklärung geben.«

Der Roman heißt *Kind aller Länder* und erscheint 1938 bei Querido in Amsterdam. In ihm beschreibt Irmgard Keun etliche Stationen ihrer gemeinsamen Wanderschaft mit Joseph Roth. Der treulose Hotelchef wie die Reisen in Pullman-Wagen und die Aufenthalte in den teuersten Hotels kommen darin vor. Selbst eine Reise nach Amerika wird das »Kind aller Länder« unternehmen – nach Norfolk in Virginia, wo Arnold Strauss seit dem 1. 12. 1936 als Pathologe in einem Krankenhaus arbeitet.

Lemberg, den 24. 12. 1936

Mein liebes Kleines,
nun bin ich also nach Lemberg verschlagen. (. . .) Manchmal scheint mir alles wie ein Traum. Ostende, Brüssel, Amsterdam, Brüssel, Wien, Lemberg. Die Leute sind sehr lieb zu mir, nur noch sehr fremd. Du kennst doch meine maßlose Scheu vor fremden Menschen. Dies hier ist eine alte bürgerliche jüdische Familie. Roth gehört zu ihnen, ich bin fremd und eine »Goyte«. (Ich weiß nicht, wie man das schreibt.) Das Haus ist alt und düster, und alles ist in eine Atmosphäre von Schwermut getaucht. Es leben dort Paula, die bekannte Cousine, ihre ältere Schwester, die vor einem Jahr ihren Mann verlor und ganz in Traurigkeit versunken ist. Sie heißt Recha, ist sanft und gütig und hat die traurigsten dunklen Augen der Welt. Zwei nette Kinder von ihr leben auch dort, alles dreht sich um diese Kinder. Dann ist noch ein Bruder da, ein jüngerer durchschnittlicher jüdischer Mann, typischer Kaufmann, dessen Privatdasein dem Lemberger Nachtleben geweiht ist. Roth und ich haben uns gestern dieses Lemberger Nachtleben mit ihm angesehen, es ist unbeschreiblich trostlos und leichenhaft. Der Mann verkehrt nur mit halben oder ganzen Huren (. . .), will aber »um seiner selbst willen und nicht des Geldes wegen geliebt werden«. Die typischen Phrasen. Ich kann sie nicht mehr hören. Weiter lebt in dem Haus noch die alte verwitwete Mutter, eine brave alte Jüdin. Alle sind richtige Juden, die

auch noch die Riten einhalten. Dann wogt noch eine Menge alter Tanten herum. Alle sind lieb und gut, aber fremd. (...) Wenn polnisch gesprochen wird, sitze ich wie blöde dabei. Hoffentlich kannst Du mir Geld schicken, damit ich im Hotel wohnen kann.

Sonst werde ich unheilbar melancholisch. Im übrigen hat Lemberg viel Angenehmes. (...) Die Menschen sind nett, die Lokale angenehm. Das Essen und die Art der Zubereitung ist so gut und interessant, wie ich es noch in keiner Stadt fand. Der Schnaps ist gut und billig, der Wein ist schlecht und teuer. Roth hat immer schreckliche Leberschmerzen, ich gebe mir wahnsinnige Mühe, daß er wenigstens Wein statt Schnaps trinkt. Aber gerade so ein Leberleiden macht einen Menschen, der von Natur herzensgut ist, so bösartig und gereizt, daß der Umgang mit ihm recht schwer ist. Ich habe aber – unberufen – einen großen medizinischen Erfolg zu verzeichnen. Seit 6 Jahren mußte Roth *jeden* Morgen, wenn er aufwachte, eine Stunde lang würgen und greulich brechen, ob er was im Magen hatte oder nicht. Von dieser Anstrengung bekam er gräßliche Herzbeschwerden – und man dachte jeden Morgen, jeden Vormittag, er würde sterben. Ich wußte das aus Erzählungen schon von früher, aber in Wien habe ich das selbst gesehen, weil er mich ein paarmal bat, Telefongespräche in seinem Zimmer entgegenzunehmen. Das arme Wurm konnte keinen Laut hervorbringen, und es handelte sich um wichtige Sachen. Ich glaube, er hat auch eine Angina pectoris. Schreib mir doch bitte das Mittel, das Du damals dem Pilz gabst. Dieser Mann hat so viel für mich getan, daß ich froh bin, wenn ich ihm etwas helfen kann, obwohl er oft schrecklich boshaft und verletzend wird und in seinen Launen und Stimmungen zermürbend wechselvoll ist. Wir fragten wegen der morgendlichen Kotzerei mehrere Ärzte, jeder verschrieb was anderes, nichts half. Auf einmal fiel mir der Knochenflicker in Moselkern ein, der ja auch was von Kräutern und Tees verstand. (...) Kurz und gut, ich besorgte einen konzentrierten Wermutsaft, abends und morgens muß ein Teelöffel mit sechsfacher Menge Wasser genommen werden. Es schmeckt so furchtbar bitter, daß das allein schon die Übelkeit aufhebt. – Jedenfalls geschah ein Wunder, das ich selbst kaum für möglich hielt – seit Roth dieses Mittel nimmt, hat das Kotzen aufgehört. Seit sechs Jahren zum erstenmal. Und schon seit einer Woche. Nun hofft er kindlich-gläubig, ganz gesund zu werden. Er kann jetzt morgens aufstehen wie ein normaler Mensch, und während er jahrelang erst abends etwas aß, ißt er jetzt normal zu Mittag. Er fängt jetzt auch erst nachmittags an zu trinken. Leider Schnaps. Er ist so mager wie ein verhungertes Kind, nur die Milz ist schrecklich geschwollen. Ich weiß nicht, ob da noch was zu retten ist. Jedenfalls habe ich ein Mittel gegen Leberschmerzen, das ich ihm geben werde, wenn er anfängt, nur Wein zu trinken. Ich werde ihn ab morgen dazu kriegen. Er hat geradezu eine Sucht, gesund zu werden, seitdem er ein Leiden losgeworden ist. Dabei ist er jetzt immer oder fast immer gehässig und voller Abneigung gegen mich. »Sie sind hochmütig, verwöhnt und eingebildet auf Ihre Erfolge.« »Ich durchschaue Sie – es wäre Ihnen unangenehm, wenn sie wüßten, wie sehr ich Sie durchschaue.« »Sie sind nicht christlich. Sie sind ohne Güte.« Aber ich habe ihn gern, wie ich den Stieglitz gern hatte (...). Mit Bosheit aus Krankheit habe ich Geduld, ich kann sie verstehen. Und in schlimmen Zeiten und Situationen war Roth zu mir wie der beste aller Brüder. Vielleicht kann ich so viel geduldiges mütterliches Gefühl für Kranke haben, weil ich selbst noch keine Kinder habe. – (...)

Drei Uhr Mittag ist, und in Lemberg ist Nacht. Tiefdunkel und kalt.

Schreibe mir schnell. D.

Schnaps konnte ihn besessen machen von Haß, es war schrecklich, Anlaß seines Hasses zu sein. Denn er haßte klar, grausam, hellsichtig und begründet. Er verriet ihr ihre Lügen. Er verriet ihr ihre lieblosen Gedanken, er verriet ihr ihre Schuld. Er kämpfte gegen sie wie gegen seinen bösesten Feind und machte sie gleichzeitig zu seinem Mitkämpfer gegen sich selbst. Er bewies ihr, daß sie schlecht war, wenn sie glaubte, gut zu sein. Er zwang sie, das Gift seiner Trunkenheit aufzunehmen, er wurde seinen Rausch an ihr los, er vernebelte ihr Hirn. Und wenn er müde und nüchtern war, vergaß er sie. Sie blieb allein und so verwirrt, daß sie Sterne für Aschenbecher halten würde und zugeben, ihren Vater mit Rattengift umbringen zu wollen, oder sündige Neigungen zu ihrer Tante haben, wenn Karl das wollen würde. Sie glaubte ihm, daß sie schlecht war, sie mußte es ja glauben.

D-Zug dritter Klasse

Sie empfinde für Roth wie für ihren Bruder, schreibt Irmgard Keun. Er sei ein bedauernswertes Geschöpf, auf den Tod krank, und sie schildert Arnold seine Symptome, auf daß er rate, und außerdem, wie gehässig Roth mit ihr umgehe.

Was hätte sie anderes schreiben können?

Daß sie Roth liebe, daß er das Erlebnis ihres Lebens sei ...

David Bronson schildert Irmgard Keun die Reise mit Roth als Reise eines – wenngleich krisengeschüttelten – Paares, und auch die Freunde Egon Erwin Kisch und Stefan Zweig haben den Eindruck, es mit einem Paar zu tun zu haben.

Daß ein anderer Mann ihre Reisen mitfinanziert, ahnt niemand.

Arnold scheint sich zurückzuziehen. Das erwartete Geld kommt in Lemberg nicht an. In den letzten Dezembertagen des Jahres 1936 schreibt Irmgard Keun ihm den nächsten Brief: wieder einmal ein Hilferuf. »Ob ich nun billig oder teuer lebe – ich muß *leben.* Oder mich umbringen.«

In Roths Familie sei es unerträglich, die reiche Cousine eifersüchtig auf sie und kein Hotel in der Nähe, das ihr Kredit gebe. Wenn er wirklich wolle, daß sie komme – und das würde bald schon sein –, dann müsse er jetzt helfen. Sie berichtet von einem neuen Querido-Vertrag und Schadenersatz von Allert de Lange, sie deutet die Möglichkeit an, als Korrespondentin einer katholisch-niederländischen Zeitung in die USA geschickt zu werden.

Am 18. 1. 1937 zahlt Arnold Strauss. Irmgard Keun dankt ihm mit einem Krankenbericht.

Eine zu 50% psychische Erkrankung ist zu beklagen: Sie hat Angst zu stürzen, und sie hat Angst vor zitternden Händen.

Als ich dann das Geld von Dir hatte, da ging ich in ein Restaurant essen, da zitterte meine Hand überhaupt nicht. Ach Kleines, was habe ich alles erlebt! Am meisten angst machen mir jetzt die Knie und der furchtbare Geldmangel!

Und angst macht ihr natürlich auch Roths Zustand:

Die Leute hier halten ihn alle für einen 60jährigen Mann, so alt und krank sieht er aus.

Lemberg entwickelt sich für Irmgard Keun zum Alptraum (9. 2. 1937): »Ich habe Angst vorm Schlafengehen, ich habe Angst vorm Aufstehen. Ich habe nicht mehr die Kraft, mich gegen die körperlichen Leiden zu wehren, meine körperliche und meine seelische Widerstandskraft ist gebrochen.«

Die Leiden sind: Nasenbluten, dumpfer Druck auf dem rechten Auge, Halsschmerzen, Husten und Erbrechen, Gliederschmerzen und Rückenstiche.

Kein Wort mehr von dem jungen Polen, der ihr durch Heirat zu einem Paß verhelfen wollte, dafür viel darüber, daß an Scheidung vorerst nicht gedacht werden kann: »*Ich* habe keinen Scheidungsgrund, es *muß* von *ihm* ausgehen.«

Und zwingen könne sie Tralow nicht, er könne möglicherweise ihrer Mutter schaden. Jetzt hoffe sie auf das Erscheinen von »Nach Mitternacht«, das würde den Nazifreund kompromittieren. Sie macht Arnold Vorwürfe:

Lemberg, den 9. 2. 1937

(...) Du bist so unverständig geworden. Was wirfst Du mir Schreibfaulheit vor, wo ich wirklich fast jeden Tag in unserer Sache schreiben muß und schreibe? Wenn ich einen Brief an den Anwalt geschrieben habe, habe ich keine Lust, die ganze Scheiße noch einmal in einem Brief an Dich zu wiederholen. Und ich bin auch nicht imstande, gleichgültige oder liebevolle Freundlichkeiten zu schreiben. (...) Begreifst Du denn nicht, daß ich im Kampf stehe und alle Kraft und List dazu gebrauche? (...) Ich verstehe, daß es Dich quält, passiv sein zu müssen. Finde Dich damit ab, oder laß uns Schluß machen. Ich bin glücklich, wenn ein guter Brief von Dir kommt, aber ich ertrage keine Vorwürfe mehr. Wenn Du es satt hast, auf mich zu warten, und nicht mehr willst, schreibe es mir. Viel hast Du bestimmt nicht an mir verloren. Willst Du aber, daß ich komme, hilf mir mit guten Briefen, erzähle mir von Dir und Deinem Leben, laß alle Quängeleien, und sei überzeugt, daß ich alles tue, was zu unserem erwünschten Ziel führt. Ich weiß, daß Du ein Engel an Güte sein kannst, aber Du kannst auch zu einem ganz primitiven bösen kleinen Juden werden. Ich habe eine maßlose Angst, Dir in einer amerikanischen Provinzstadt hilflos ausgeliefert zu sein. Aber nun wird mein Buch in Amerika übersetzt, ich werde – so Gott will – bald einen neuen Vertrag mit Querido haben und – unberufen – Geld und einen großen Erfolg. Wäre ich nur nicht so krank. Schau, mein liebes Kleines – es kam und kommt doch auch sonst noch so viel zusammen. Der operierte Vater, mit dessen Tod ich tagelang rechnete. Die verzweifelten Briefe der Mutter. Der sterbenskranke Roth in meiner Nähe, dieses arme, gute, gequälte Wesen, das ich so liebgewonnen habe. Ich bin so traurig, daß Du schreibst, daß er der Leber wegen in 1–2 Jahren sterben muß. Du würdest es auch, wenn Du ihn kenntest. Du würdest ihn sehr lieben. Das Trinken läßt er nicht, man müßte ihn in eine Anstalt bringen. Aber wie?

Er trinkt mehr denn je und immer den greulichsten Schnaps. Er krümmt sich immer vor Schmerzen und Übelkeiten und schreit und stöhnt. Es ist entsetzlich. Er ist so mager wie ein Skelett und so leicht wie ein zehnjähriges Kind, nur sein Bauch ist eine gequollene Kugel. Ich hätte gern mal den Nabel gesehen, nach dem, was Du mir darüber schriebst, aber ich sehe ihn ja nur bekleidet, selbst wenn ich ihm Tropfen und Wärmflaschen gebe. Gelbsucht hat er nicht, aber die Augen sind ganz roh und vorgequollen, und sämtliche Zähne bis auf drei sind ausgefallen.

Schreib mir, Kleines. Ich küsse Dich. D.

Irmgard Keun fordert viel, Arnold Strauss zweifelt – und distanziert sich. Am 21. 2. 1937 schreibt sie den nächsten Klagebrief – und diesen auf Hotelpapier: »So lange kein Brief mehr! Und kein Geld. . .« Sonst nichts Neues.

Vier Tage später doch etwas Neues: *Nach Mitternacht* ist erschienen: »Gott verzeih mir die Sünde – aber ich kann wirklich schreiben.«

Sie hat etwas bessere Laune und Sehnsucht: »In den letzten Tagen mußte ich viel an uns denken. (. . .) Ach, Kleines, ich hätte so eine wahnsinnige Lust, jetzt in irgendeiner dämmrigen Kneipe zusammenzusitzen und Dir stundenlang zu erzählen. Ich habe ja wirklich ein wildes buntes Bilderbuch erlebt.«

Die Aussicht darauf, einen Blick in dieses Bilderbuch werfen zu dürfen, läßt Arnold weiteres Geld überweisen: 125 Dollar. Ein sechs Seiten langer schreibmaschinengeschriebener Brief ist die Antwort.

Die Themen: Roth, Geld- und Verlagsschwierigkeiten, die Scheidung und der operierte Vater.

Lemberg, den 6. 3. 1937

(. . .) Ich habe Roth ja wirklich ehrlich gern, er ist ein wunderbar bedeutender Mensch, aber durch seine Krankheit ist er so entsetzlich anstrengend und schwierig. Diese entsetzlichen Depressionen. Und durch den Alkohol sieht er die Dinge und Menschen oft so gespensterhaft und unheimlich verzerrt. Und dann greifen einen die Qualen so eines kranken Menschen ja auch aus Gründen des Mitleids schrecklich an. (...) Ich gäbe was darum, wenn ich ihn dazu kriegen könnte, in eine Anstalt zu gehen. Aber das wird mir wohl nicht gelingen. Und ohne läßt er das Trinken nicht.

Nachts im Hotelzimmer schaute er mich einmal mit schweifendem Blick und in einem Zustand furchtbarer Beängstigung an und fragte dringend: »Wo ist Frau Keun?« Ich brüllte ihn an: »Frau Keun ist unten im Restaurant, und Sie sollen schlafen gehen!« Am nächsten Tag schien er sich des Vorfalls nicht zu erinnern, und auch ich habe nichts davon erwähnt.
Irmgard Keun im Gespräch mit David Bronson

Vor ein paar Tagen sah alles hoffnungsvoll aus. Eine hiesige bürgerlich jüdische Zeitung war wild darauf, meinen Roman abzudrucken, sie war schon bereit, den Preis von tausend Zloty zu zahlen. (...) Gleichzeitig bekam ich von meinem dänischen Verleger einen geradezu ekstatisch hymnischen Brief, ich hatte ihm die Korrekturfahnen vom Roman geschickt. Innerhalb weniger Tage hätte er den Roman bei einem dortigen Verleger angebracht, der sofort und gut zahlen würde. Das Geld bekäme ich umgehend geschickt. Alles schien sich aufs beste zu ordnen. (...) Na, und dann kam ein Rückschlag nach dem andern. Die augenblickliche Politik in Polen ist nicht günstig für mich. Was die jüdische Zeitung vor drei Wochen noch gewagt hätte, wagt sie nicht mehr heute. Abgesehen davon, daß das bürgerliche kapitalistische jüdische Bürgertum noch nie und nirgends Waghalsigkeit und Mut zu seinen hervorstechendsten Eigenschaften zählen konnte. Immerhin kann ich die Leute verstehen. Streichen wir die tausend Zloty. (...) Aus Dänemark hätte ich längst hören sollen, höre aber nichts. Von dem ersten Scheißverlag habe ich nichts zu erwarten, bis der Prozeß ausgetragen ist. Der zweite Scheißverlag fühlt die wirtschaftliche Schwäche und schlägt mir einen elenden Vertrag vor, auf den ich erst im letzten Stadium des Krepierens eingehen werde. Wenn ich ihnen jetzt einen fertigen Roman gebe, würden sie einen sehr guten Vertrag mit mir machen. Ich werde also versuchen, jetzt in vier Wochen einen Roman zu schreiben. Wahrscheinlich werde ich danach irrsinnig oder falle tot um.

Der erste »Scheißverlag« ist Allert de Lange, der zweite Querido – und trotz aller Schwierigkeiten ist Irmgard Keun eine begehrte Autorin, die zu unterstützen angebracht ist. Auch das steht im Brief.

Es ist grotesk, wenn Du mir Vorwürfe machst, daß ich noch nicht nach Amerika komme. Lieber heut als morgen würde ich kommen. Ich war schon fest entschlossen, wenn meine Geschäfte jetzt einigermaßen geklappt hätten, sofort wenigstens erst mal für ein paar Monate rüberzufahren. Ich hatte hier schon einige Leute aufgetrieben, die alles Schwierige für mich erledigt hätten. Ich weiß gar nicht, wie und wo Du in Norfolk wohnst. Aber es wird ja wohl ein anständiges Hotel in Norfolk geben, wo wir – der Reputation wegen – in der Zeit meines Dortseins hätten wohnen können. Daran hätten schließlich auch die Prüdesten keinen Anstoß nehmen können. Tausendmal habe ich in Romanen gelesen, was Leute ausstanden, wenn die Scheidung nicht klappte, ich hatte das nie verstanden und immer ziemlich blöd und belanglos und konstruiert gefunden. Jetzt erlebe ich es selbst. Tralow ist neuerdings unauffindbar. Briefe erreichen ihn nicht. Und der Anwalt braucht weiterhin Vorschuß, den ich nicht zahlen kann. Außerdem ist nichts zu machen. Tralow muß klagen. (...) Ich von mir aus kann es nicht, mir sind die Hände gebunden. Er besitzt Briefe von meiner Mutter, die sie ins Konzentrationslager bringen würden.

D-Zug dritter Klasse ist der nächste Roman, den Irmgard Keun schreiben wird: die Geschichte einer Frau zwischen mehreren Männern. Allen fühlt sie sich verpflichtet, jedem macht sie Hoffnungen, zu keinem gehört sie.

Von Karl läßt sie sich quälen, von Bruno finanzieren, und irgendwo in der Ferne wartet ein Alfred.

Irmgard Keun beginnt ihn zu schreiben in der Zeit mit Roth.

Das ist alles so grotesk, Kleines. Während ich hier sitze und nicht weiß, wovon ich in den nächsten Wochen leben soll und wirklich still und ernsthaft überlege, wie man sich am besten umbringt, wenn's gar nicht mehr weitergeht – da bringt mir der Hotelportier *die* literarische Wochenschrift Polens mit einem Bild von mir und spaltenlangem Bericht von einem Warschauer, dem ich ein Interview gab. (Ich gebe täglich mindestens ein Interview.) Dieser Bericht eines sonst höchst skeptischen und intellektuellen Pünktchens endet: »Engel, schöner blonder Engel, möge doch der süße reine Spott deiner Augen, deiner Stimme und deiner Worte leuchten über unsere Politik hinaus.« Das ist wörtlich übersetzt.

Leb wohl für heute, Kleines. Ich telegrafier', wenn ich fortfahre.

Seinen Eltern schreibt Arnold Strauss am 22. 3. 1937: I. hat dauernd Schwierigkeiten mit der Scheidung. Da sie selbst keinen Grund hat, muß ihr Mann ja klagen. Einmal kümmert er sich um die Sache, dann ist er wieder abgeneigt, und augenblicklich ist er verschwunden. Die Briefe kommen zurück, und I. weiß nicht mal, wo er ist. Die finanziellen Verhandlungen mit dem Verleger strecken sich in die Länge, und I. ist ihren augenblicklichen Aufenthaltsort schrecklich leid, was ich gut verstehen kann. Vielleicht müssen wir doch auf unseren Reno-Plan zurückgreifen.

Sein Brief kreuzt sich mit dem seiner Mutter vom 16. 3. 1937: Sonderbar, daß Tralow erzählte, er sei geschieden im vergangenen Jahr. Wo ist sie denn jetzt?

Die Scheidung Irmgard Keuns von Johannes Tralow wurde am 29. 5. 1937 verkündet und am 25. 6. rechtskräftig. Lucy Strauss' Bemerkung kann nur dazu angetan sein, ihren Sohn zu verunsichern.

Wo ist sie denn jetzt? hatte Lucy Strauss ihren Sohn gefragt. Sie ist in Wien. Am 25. 3. 1937 telegrafiert sie Arnold ihre Ankunft im Hotel Bristol, am 30. 3. bittet sie ihn telegrafisch um 100 Dollar – »letztmalig, unbedingt, sofort«, am 6. 4. kommt sie im Hotel Stein in Salzburg an. Erste Meldungen: Der Arzt habe eine Herzmuskelschwäche festgestellt, und alle Leute seien maßlos begeistert von »Nach Mitternacht«.

Salzburg, den 6. 4. 1937

(...) Es wird bereits in polnisch, englisch, französisch, ungarisch, hebräisch, dänisch und schwedisch übersetzt. Und nach Amerika ist es auch verkauft. Der amerikanische Verleger drahtete spontan nach Amsterdam: »Delighted Keun«. Der dänische Übersetzer schrieb mir, daß es seit Heine so etwas nicht mehr gegeben hätte. Ach Kleines, ich wünschte so sehr, es würde ein Erfolg, damit ich in Ruhe mein nächstes Buch schreiben könnte. Es ist ja auch so schrecklich, daß ich so viel mehr Geld brauche als andere brave Leute. Ich weiß manchmal nicht, wieso das kommt. Das Reisen und alles ist eben so wahnsinnig teuer.

Ich möchte Dir so viel erzählen. Briefe können so gar nicht mehr ein mündliches Gespräch ersetzen. Mein Amsterdamer Verleger, der von Querido, war bei mir in Wien. Er war sehr nett und bot mir einen neuen Jahresvertrag mit 200 Gulden monatlich. Ich will 230 haben, und nun warte ich hier auf seinen Bescheid. In Wien habe ich es nicht mehr ausgehalten, ich wäre dort bestimmt gestorben.

»Wenn Du sie kennenlernst, werde ich mich sehr freuen, aber besauf Dich nicht dabei, die beiden trinken wie die Löcher!« (Egon Erwin Kisch an seinen Bruder in Wien, den Besuch von Irmgard Keun und Joseph Roth ankündigend).

Salzburg, den 7. 4. 1937

Mein liebes Kleines, gestern abend schrieb ich Dir, heute wurde mir Dein Brief aus Lemberg über Wien nachgeschickt. Die drei handgerollten Tüchelchen sind so reizend. Ich danke auch noch für die 100 Dollar. Ohne sie wäre ich aus dem teuren Bristol nicht fortgekommen.

> Lenchen begann Bruno Gottlobs Zehndollarscheine höher zu schätzen als seine zarten, sinnigen Liebesgrüße.
> *D-Zug Dritter Klasse*

Nun zu Deinem Brief. Auf keinen Fall würde ich bei den Kimmelstiels wohnen, und wenn sie noch so nett sind. Ich kann in einer fremden Wohnung nicht leben, heute noch weniger denn je. Und ich halte es auch nicht im engen Umgang mit bürgerlichen Menschen aus. Wenn ich nach Norfolk komme, so muß ich selbständig so viel verdienen, daß ich nie das Gefühl des Eingesperrtseins und des Nichtfortkönnens habe. Und unabhängig davon möchte ich in Norfolk und einer neuen bürgerlichen Ehe nicht eine letzte Zuflucht aus materieller und anderer Notlage sehen. Ich kenne mich und weiß, wie es ausgehen würde. Abgesehen von flüchtigen kleinen sentimentalen Reminiszensen, habe ich keine Heimwehgefühle für Deutschland. Aber nach Europa werde ich immer Heimweh haben, alle meine geistigen und literarischen Interessen liegen in Europa. Ich glaube ja, daß Du gut zu mir sein wirst, Du bist ja immer gut gewesen. Aber ich würde das Gefühl nicht aushalten, für Jahre in einer amerikanischen Provinzstadt begraben zu sein. Mit einem Vertrag und der Möglichkeit einiger Nebeneinnahmen fahre ich gern. Dann werde ich auch nett und erträglich sein. Gewiß, ich war auch hier abhängig von Dir, aber doch nicht so restlos, wie ich es dort wäre. Hättest Du mir hier nicht geholfen, dann hätte ich mich eben anders eingestellt und manche geschäftlichen Unvorsichtigkeiten vermieden und einige Arbeiten machen müssen, die ich nicht gern gemacht hätte. Mir hätten auch andere geholfen, von denen ich mir Gott sei Dank nicht helfen lassen brauchte. Aber nun scheint ja alles auf wirklich gutem Wege. Den Vertrag erwarte ich täglich stündlich. – Ich denke, ich werde Dich bald für die Überfahrt sparen lassen können, Du Armes. Vielleicht kann ich sie sogar selbst bezahlen. Deinem Brief nach scheint es auf jeden Fall besser und billiger, die Scheidung vorher zu haben. Ich weiß Tralows Adresse nicht. Der Anwalt von mir schreibt an den Frankfurter Anwalt. Ich werde versuchen, seine Adresse herauszubekommen. Dann werde ich selbst ihm noch einmal schreiben, ihn eventuell in der Schweiz treffen und mit ihm sprechen. Ich verspreche mir diesmal davon Erfolg. Ich kenne ihn und weiß, was ich sagen muß. Es ist mir peinlich, aber ich will es tun.

Vorerst werde ich hier in Salzburg bleiben und versuchen, den neuen Roman bis zum August fertigzuschreiben. – Du rechnest ja auch damit, daß ich ungefähr im August rüberkomme. In Polen würde ich es nicht aushalten. Hier eher. (...) Italien habe ich nach Erscheinen meines Buches auch schon ad acta gelegt. Für Frankreich bekomme ich kein Visum. Es ist wirklich furchtbar anstrengend, über alles nachzudenken. Vielleicht ist es am besten, die letzten vier Wochen in Amsterdam/Rotterdam zu sein und von dort aus alles mit Quota-Visum und so zu regeln. Vielleicht kann mir auch der amerikanische Verlag helfen. Oder der Querido.

Küsse für heute, D.

Im Jahre 1924 führten die USA ein Limitierungssystem für Einwanderungen ein, die sogenannte Quotierung der Visa, die bis zum Ende des Zweiten Weltkriegs gültig war. Aus den »quoted countries« durften jährlich 150 000 Menschen in die USA einwandern, aufgeteilt auf Länderquoten, die von der USA-Einwanderungsbehörde festgesetzt wurden. Folgende Unterlagen waren für ein Visum erforderlich: Paß, Geburtsurkunde, Heirats- bzw. Scheidungsurkunde, polizeiliches Führungszeugnis, Armeezeugnis, Vermögensbescheinigung. Bei Nichtvorlage aller Papiere lag es im Ermessen des amerikanischen Konsuls, lediglich ein Besuchervisum (nur für ein Jahr gültig) auszustellen. Die Vermögensbescheinigung konnte durch ein sogenanntes Affidavit – die Bürgschaft einer in den USA ständig lebenden Person – ersetzt werden. Die Einwanderungsbehörde war allerdings nicht verpflichtet, diese Bürgschaft anzuerkennen.

Die jährliche Quote für Deutschland und Österreich betrug 27 230 Einwanderungen. Sie wurde nur im Jahre 1939 ausgeschöpft. Gründe: Die Einwanderungswilligen sahen sich einer relativ starren amerikanischen Bürokratie gegenüber, und viele Emigranten versuchten, so lange wie möglich in der Nähe Deutschlands zu bleiben, um – wenn der »braune Spuk«, der so lange doch nicht dauern könnte, erst vorbei sei – sofort zur Stelle sein zu können, und weil sie glaubten, in Europa effektiver gegen den Faschismus kämpfen zu können.

Fast drei Wochen vergehen bis zu Irmgard Keuns nächsten Brief. Am 22. 4. dann die frohe Botschaft: Tralow habe endlich beim Landgericht in Frankfurt die Scheidung eingereicht. – Das alles koste natürlich noch eine Menge Geld. Und leider sei es immer noch nicht zu einem für sie günstigen Vertragsabschluß gekommen...

Über ihr Leben in Salzburg schreibt Irmgard Keun wenig:

Salzb[illegible]en 22. 4. 1937

(...) Salzburg ist sehr schön, aber [illegible]ll mit Nazis. – Ich bin viel mit der Frau Zwe[illegible]nen, die wirklich reizend und sehr lieb zu mir [illegible]r Stefan Zweig ist momentan in London, kommt aber in den nächsten Tagen her. Ich mag ihn ja nicht. Die Frau ist viel netter. Dann ist noch der Zuckmayer hier in Salzburg, den ich auch nicht leiden kann, und der englische Exkönig, ohne Mrs. Simpson. (...) Kannst Du mir am Ersten telegrafisch 100 Dollar schicken? Bitte schicke mir sofort, was Du kannst. Es wäre schrecklich, wenn ich keinen Vertrag hätte bis zum Ersten. Und müßte betteln und jede Konzession machen. Bitte laß mich keinen Tag, keine Stunde warten.

Ich küsse Dich. D.

Arnold Strauss läßt sie nicht warten. Er schickt Briefe, Geld und einen »interessanten Schal« (13. 5. 1937). Das Geld reicht nicht. Die Scheidung koste mehr als gedacht und: »Du mußt mir dann gleich wieder *sofort* Geld schicken, damit ich dem Verlag gegenüber einen Rückhalt habe.« Außerdem wolle sie englischen Konversationsunterricht nehmen, um ihren Amerikaaufenthalt vorzubereiten.

Kein Wort zu seiner Lage. Der persönlichste Satz des Briefes lautet: »Es freut mich sehr, daß Dir das Buch so gefällt.« In ihm hätte Arnold Strauss lesen können, was Irmgard Keun von ihm denkt.

Man will Sie nicht mehr in Deutschland. Ihren Beruf dürfen Sie nicht mehr ausüben, in Ihrer Klinik nicht mehr operieren. Glück und meinetwegen auch Verdienst brachten es mit sich, daß man Ihnen die Stelle des Chefarztes in einer Klinik Nordamerikas anbot. Sie werden Ihren Beruf also weiterhin ausüben. Darüber hinaus verdienen Sie Geld und können sorglos leben. Und nochmals darüber hinaus haben Sie den größten Teil Ihres beträchtlichen Vermögens im Ausland. Denken Sie an die Armen und Elenden, die hinausgingen, weil sie wollten oder mußten. Die kein Geld haben, keine Stellung, keine einflußreichen Verwandten. Sie, Breslauer, fühlen sich mißhandelt, bemitleidensw[illegible]eits jetzt als deutscher Emigrant. Das soll Ihnen auch g[illegible]n, nur Mitleid dürfen Sie nicht von mir verlangen. Me[illegible]id brauche ich für Ihre tausend

Mitemigranten, die arm sind. Mögen es Arier oder Juden sein, Straßenarbeiter oder Gelehrte, ihre Armut bereitet ihnen ein gleiches Schicksal, das mit dem Ihren, Breslauer, nichts gemein hat, nichts gemein haben wird. Vielleicht kommt Ihnen später einmal ein Gedenken an andere Mitvertriebene, Sie werden solch ein Gedenken ängstlich verscheuchen. Sie werden im Begriff sein, das amerikanische Bürgerrecht zu erhalten. Sie stehen kräftig und stolz auf amerikanischem Boden. Welch ein Land! Alle Menschen sind reizend zu Ihnen. Denn erstens haben Sie Geld, zweitens können Sie was und sind fleißig dazu, drittens sind Sie von sanft freundlicher und trotzdem störrischer Gemütsart – das heißt, Sie gehören nicht zu denen, die gehaßt werden, weil sie sich prügeln lassen, denn in der letzten Sekunde fangen Sie an, sich zu wehren. Viertens ist es Ihnen höchste sinnliche Lust, sich einmal gegebenen Gesetzen, Sitten, Gebräuchen zu fügen. Sie haben ein glückbringendes Temperament, Breslauer. Und Sie haben Geld. (...)

»Reden Sie nicht von Heimat, Breslauer, ich kann so was nicht hören. Heimat ist da, wo man gut behandelt wird. Auch für ein Elternhaus, in dem man mich als Kind mißhandelt hat, werde ich als Erwachsener keine innigen Erinnerungen haben. Außerdem sind Sie Arzt aus Lust an Ihrem Beruf. Blut und Eiter sind Ihre Heimat.

Wenn Sie noch mal was von deutschem Wald sagen, stehe ich auf und lasse Sie allein sitzen. Sie wissen, daß Sie sofort jüdischer aussehen, wenn mein arischer Abglanz nicht mehr auf Sie fällt. Auch in Amerika werden Sie Gelegenheit finden, sich im Sommer in Ameisenhaufen zu setzen und im Herbst Eicheln zu sammeln – bis heute habe ich nicht gewußt, daß Wandervogel-Romantik zu Ihrem Lebensglück gehört.«

Nach Mitternacht

Die nächste Nachricht erreicht Arno[illegible] Amsterdam. Ein Telegramm am 12. 6. 1937: SCH[illegible]RFEKT LETZTMALIG HUNDERT SOFORT AMSTERDAM[illegible]EL DEINS.

Am 29. 5. 1937 wurde die Scheidung verkündet. »Im Namen des Deutschen Volkes!« werden Urteil – Schuldig! – und Tatbestand verkündet:

»In einem Brief vom 18. 5. 1936 teilt die Beklagte, die früher in Deutschland schriftstellerisch tätig gewesen ist, dem Kläger mit, daß sie, nachdem man ihr in Deutschland die unbehinderte schriftstellerische Tätigkeit nicht gestatte, sich zunächst nach Holland begeben habe, weil ihr dort Gelegenheit geboten sei, ihre schriftstellerische Tätigkeit auszuüben. Sie wolle nicht mehr nach Deutschland zurückkehren. (. . .)

Der Kläger macht geltend, schon die Tatsache, daß die Beklagte ihn verlassen habe, und die Gründe, mit denen sie diesen Schritt zu rechtfertigen suche, stellten eine schwere Verletzung ihrer durch die Ehe begründeten Pflichten dar. Die Beklagte habe auch in der Folgezeit bei ihren schriftstellerischen Veröffentlichungen im Ausland eine dem heutigen Staat ablehnende Haltung gezeigt und so dem Wohl des Reiches geschadet. Es könne aber dem Kläger nicht zugemutet werden, die Ehe mit einer Frau fortzusetzen, die dem heutigen Staat auch nach ihren an Reichsstellen gerichteten Eingaben so völlig verständnislos gegenübersteht. Außerdem habe die Beklagte nach ihm zugegangenen Mitteilungen im Auslande auch bei ihrer persönlichen Lebenshaltung die Würde vermissen lassen, die man von einer Frau verlangen müsse. (. . .)

Entscheidungsgründe: (. . .) Die Tatsache, daß die Beklagte sich der Volksgemeinschaft nicht einfügen kann und nicht gewillt ist, die hierdurch bedingten persönlichen Opfer zu bringen, sondern daß sie es vorzieht, ihre schriftstellerische Tätigkeit im Ausland auszuüben, nur um sich bei ihren Meinungsäußerungen keinerlei Beschränkungen auferlegen zu müssen, läßt schon für sich allein einen schweren Charaktermangel erkennen. Darüber hinaus hat die Beklagte nach den glaubhaften Vorbringungen des Klägers bei ihren Veröffentlichungen und so[illegible] Meinungsäußerungen ein Verhalten an den Tag gelegt, das [illegible] Deutschen eine kaum zu überbietende Pflichtwidrigkeit da[illegible] mit politischen Gegensätzen nicht erklärt werden kann. [illegible]

Brüssel,
wahrscheinlich Ende Juni 1937

(...) Du kannst ja nicht wissen, was ich mit dieser ganzen Scheidungsscheiße durchgemacht habe. Du hast nichts damit zu tun gehabt, ich habe alles allein durchgekämpft. Und Du hast nichts Besseres zu tun, als Dich wegen großer Geldausgaben zu beklagen. Dabei hätte ich verlangen sollen, daß Du in dieser Zeit bei mir warst. Schreiben kann man all das Traurige und Schwere nicht. Das hätte bedeutet, alles doppelt zu erleben. Ich glaube schon, Kleines, daß Du elend und nervös durch das Examen bist, aber so ein Buch schreiben macht auch nervös. Und so eine Scheidungssache bringt so viel persönliche Quälerei mit sich. Dich natürlich berührt das nicht. Du bist weit fort.

Wie sollte ich denn sparen, Kleines? Glaubst Du denn, man könnte auch nur einigermaßen billig leben, wenn man so von einem Land ins andere ziehen muß und nirgends Ruhe hat? Und was hat mich diese Scheidung gekostet! (...)

Sei gut, mein Kleines, werde mir nicht fremd. Ich habe Dir zu wenig geschrieben, und Du hast zu wenig gewußt von mir. Habe Vertrauen und etwas Phantasie. (...) Bleib lieb und gut, damit ich mich weiter auf Dich freuen kann. (...) Wie lange haben wir uns jetzt nicht mehr gesehen? Ich denke an unseren letzten Abend in Köln. Die Uhr habe ich am Arm, aber sie geht hoffnungslos schlecht, seit ich sie in Lwów einem braven jüdischen Uhrmacher gab, um das zerbrochene Glas zu ersetzen. Ich glaube, der Brave hat das gute Uhrwerk gegen ein schlechteres vertauscht. Man sollte es Streicher schreiben.

Seit ein paar Tagen bin ich in Belgien. – Ich will jetzt hier bleiben, bis ich den Roman fertig habe. Im Oktober will ich nach Holland fahren und im November nach – Amerika. (...) Es ist so furchtbar heiß, Liebes – ich bin so matt und muß kotzen. Bevor ich kotze, küsse ich Dich. Deins

Ostende, den 12. 7. 1937

Ach, Kleines,
ich wußte ja, daß es so kommen würde. Es geht mir elend dreckig. Seit drei Tagen habe ich nichts mehr gegessen. Meine Hände zittern so, daß ich nicht mehr mit der Hand schreiben kann. Morgen ist die Hotelrechnung fällig, und ich kann sie nicht bezahlen. Ich habe *nichts* mehr und keine Möglichkeit, mir was zu verschaffen. Manchmal kommt eben alles zusammen. Leute, die mir schnell aushelfen könnten, sind fast alle in Ländern, aus denen sie nichts schicken können. (...) Ich Idiot. Nun sitze ich da. Der Verlag ist hart wie Zement. Vor nächstem Monat schickt er nichts und auch nur dann, wenn ich das Manuskript geschickt habe. Ich bin entsetzlich deprimiert, weil mir nicht das gelingt, was ich schreiben will. Ich fange immer wieder von vorne an und kann mir das doch gar nicht leisten. Am liebsten würde ich die ganze Scheiße in die Ecke schmeißen und was ganz Neues anfangen, aber dazu ist es doch viel zu spät, da ich doch in ein paar Tagen hundert Seiten abliefern muß. Ach Kleines, ich kann wirklich nur noch zu Gott bitten, daß Du meinen Brief vom Anfang des Monats rechtzeitig bekamst und sofort geschickt hast. (...) Diesmal ist es wirklich so, daß ich mich umbringen muß, wenn nicht rechtzeitig Deine Hilfe kommt. Du hast ja immer geholfen bis jetzt, vielleicht willst Du jetzt nicht mehr und ahnst nicht, wie ernst es diesmal ist. Es war ja schon oft recht ernst, aber so schrecklich drückend wie jetzt war es noch nie. Immer war es eine Erlösung, wenn das Geld von Dir kam. Aber meistens hätte ich mich noch – zwar schwer und mit ekelhaften Peinlichkeiten – herauswinden können, wenn Du mich im Stich gelassen hättest. Diesmal ist nichts mehr möglich. Jetzt will ich wieder an die Arbeit. Gott soll mir helfen, daß mir was gelingt. Ich sehne mich danach, wieder jeden Tag von Dir Post zu haben, und höre fast gar nichts

mehr. Ich schicke eine Schleife mit, die ich schon seit Wien mit mir herumschleppe.

Tausend Liebes, Küsse, Dein Verzweifeltes.

Drei Tage später ein Telegramm: Hilf.

Arnold hilft, aber zu spät und zu sparsam. Seine Eltern wollen ihn besuchen. Er hat weniger Geld zur Verfügung als üblich. Ihre Antwort:

Ostende, den 21. 7. 1937

(...) Es freut mich nicht, daß Deine Eltern zu Dir kommen. Ich freue mich auch nicht, wenn sie glücklich sind. Sie haben mich damals denunziert, und das Glück jüdischer Naziagenten interessiert mich nicht. (...) Und sie haben gegen mich gestänkert, ehe sie mich kannten. Sie haben mich verachtet, weil ich nichts mehr verdiente bei den Nazis. (...) Bete jetzt nur, daß mit dem amerikanischen Verleger alles klappt. Und schicke! Ich *will* jetzt nicht in Not sein, ich *darf* jetzt nicht in Not sein. Versteh mich doch, mein Liebling. Es handelt sich jetzt nicht um »Ich weiß nicht wofür«. – Ich möchte – muß – anständig angezogen sein, wenn dieser Verleger kommt. Ich brauche unbedingt ein Kostüm, einen Hut und drei damenhafte Blusen. – Könntest Du mir übrigens nicht eine Bluse schicken? Im Briefumschlag – so wie einen Schal? Sie müßte aus *dünnem*, weißen Seidenstoff sein, lange Ärmel haben und einen spitzen Halsausschnitt. Am besten aus Crèpe Georgette. – Du müßtest eine sehr große und weite Bluse nehmen, wie für eine ganz dicke Dame, weil ich dann ändern kann, was mir nicht paßt oder nicht gefällt.

Jetzt muß ich arbeiten.

Schreib. Küsse, viele Deins.

Wenn jemand Irmgard Keun denunziert hat, so Arnolds Vetter Heinz Arioni. Wie weit Arnolds Eltern davon informiert waren, ist nicht zu klären. – Heinz Arioni wurde 1945 in Theresienstadt ermordet.

Ostende, den 3. 8. 1937

Ekelhaftes! Heute ist Dienstag. Du hast mir telegrafiert, daß Du am Samstag 70 schicken würdest. Bis heute ist nichts gekommen. Mir ist furchtbar übel. Ich werde unwohl. Ich habe nichts zu essen. Ich habe Angst vor den Hotel-Leuten. Wegen Rechnung. Das Briefpapier kam am Sonntag. Zuerst hat es meinen Augen weh getan. Jetzt regt es mich an, Dir zu schreiben. – Ich wünschte, ich könnt' bald mir Dir sprechen. – Mein Kleines, mein Liebes – mein Ekelhaftes. Du schreibst mir *sehr* wenig. Bist du treu? Hast Du so ein gutes Gewissen wie ich? Ich zweifle manchmal. Wenn Du mich betrogen hast, möchte ich Dich nicht wiedersehen. Denke an mich, Kleines. Habe mich lieb, und schreibe mir wieder jeden Tag. Ich küsse Dich. D.

Wie gut ist Irmgard Keuns Gewissen? Was ist mit Joseph Roth? Ihre Wege scheinen sich vorerst getrennt zu haben. Sie ist allein in Ostende und kann täglich Post empfangen. Und wie immer, wenn sie allein ist, schreibt sie häufiger Briefe. Den nächsten – ohne Anrede:

Ostende, den 7. 8. 1937

Ich war so froh über das Geld und würde Dir so gern von Herzen danken, aber –

heute kamen zwei Briefe. Ich schicke Dir den einen zurück, ich will ihn nicht empfangen haben.

Arnold! So was kann doch kein nobler Mensch schreiben, und wenn er noch so verbittert ist: Daß Du auf Rückzahlung des Geldes klagen wolltest.

Großer Gott, ich wünschte, ich hätt's Dir schon zurückgezahlt. Du kannst böse sein auf mich und schimpfen, aber Du darfst nicht drohen. Das ist vulgär. Ein Kellner oder ein Hotelportier kann mir drohen, wenn ich ihm Geld schulde. Wahrscheinlich begreifst Du nicht, was ich meine.

Natürlich würdest Du alles verstehen, wenn ich mit Dir sprechen würde.

Augenblicklich habe ich Krach mit dem Verlag. Du konntest das nicht wissen. Ich bekomme jetzt keine 200 Gulden im Monat – ich bekomme überhaupt nichts. Weil ich noch nichts von meinem Roman abgeliefert habe. Ich kann aber erst in einem Monat abliefern. Alles ist so ekelhaft und trostlos. D.

Irmgard Keuns Empörung verdanken wir dem einzigen erhaltenen Brief von Arnold Strauss an sie. Wie alles, was von ihr kam, bewahrte er ihn auf.

Norfolk, July 27, 1937

Mein Kleines,
es ist wirklich schlimm mit dem Geld. Ich habe mein letztes ausgegeben, um Dir das Telegramm zu schicken: Als ich Wilson um 2 Dollar anpumpen wollte, gestand er, daß er mich um 20 fragen wollte, was keine Entschuldigung war. Das kleine Pekinesische *muß* einfach lernen, weise zu sein. Es ist nicht die geringste Hoffnung, daß ich Dir während der nächsten Monate schicken kann. Meine Eltern kommen mit 10 Mark herüber. Zuerst kommt die Reise von New York nach Norfolk, dann wohnen, essen hier, etwas Abwechslung muß ich ihnen schließlich auch bieten. Ich habe außer der Lebensversicherung nicht einen Cent Ersparnisse, von denen ich nehmen könnte. Alles hat das Kleine ausgegeben. Und schließlich haben auch meine Eltern ein Recht, nachdem das Kleine mindestens 2000 Dollar (5000 Mark klingt noch besser) bekommen hat, es ist sicher mehr, einen oder zwei Monate auf meine Kosten zu leben, nachdem sie einige Jahrzehnte für mich gesorgt haben. Man muß doch mit 300 Gulden im Monat leben können, wenn ich mit 120 Gulden in dem teureren Holland habe leben können, als meine Verwandten nicht da waren. Wenn Du Anwalt oder Arzt oder wem sonst kleine Summen jeden Ersten schickst, werden sie Geduld haben. Also, bitte, bitte, bitte Kleines – sei weise. Deins fühlt ebenso schrecklich, wenn es nicht helfen kann, als Meins, wenn es in der Patsche ist. Wenn Du herkommen könntest, könnte ich Dir weder das Fahrgeld schicken noch die 500 Dollar hinterlegen, um die die Einwanderungsbehörde

gelegentlich fragt. Weil Du so gewöhnt bist, immer alles zu bekommen, hast Du Dir angewöhnt, schrecklich unvorsichtig mit Geld zu sein, und Du mußt jetzt vernünftig sein, weil ich Dich erbarmungslos während der nächsten Monate in der Patsche sitzenlassen muß. Rechne Dir doch am Ersten des Monats aus, was Du fürs Leben brauchst, zahle die Hotelrechnung besser im voraus oder tue irgend etwas. Mein Kleines, Liebstes soll nicht denken, daß das ein böser Brief ist. Ich helfe doch gerne und hab' wirklich gut für mein Kleines gesorgt, und tausend Dinge, die ich gern hätte, habe ich mir nicht geleistet und war gar nicht traurig, weil es für Meins war. Aber es ist doch alles so sinnlos, ob ich 100 Mark oder 150 Dollar schicke, ob Du 100 oder 300 Gulden hast, es ist dasselbe und ist doch keine Hilfe, und wenn ich 400 schicken könnte, wäre es auch nicht besser. Bitte, Liebstes, erspare mir die nächsten Monate das Telegramm »Ausgeschlossen« oder »Unmöglich« als Antwort auf einen Notschrei. Bitte, bitte.

Komm bald. Es ist die einzige Lösung. Wenn Du doch nur nicht noch mit einem Roman angefangen hättest. Wenn Du noch einen mehr in Europa schreibst, verklage ich Dich auf Rückzahlung aller gesandten Gelder anstelle weiterer Sendungen. Bekommt es schreckliche Depressionen? Ist es böse, jüdisch und keins? Ach mein Babylein, mein Unmündiges, wenn ich Dich doch hier hätte. Hier kann ich aufpassen, und es gibt keine Nöte und Aufregungen und Verzweiflungen. Anstelle geldgieriger Wirte und Blindschleichen kann man Depressionen fortwedeln, und Meins kann trotzdem Ichweißnichtwofürs haben und darf auch im Krankenhaus kleine coloured babys besuchen, aber nicht verängstigen, sie sind nämlich schrecklich verwöhnt und haben immer ihren Willen und schreien sonst sofort.

Deins hat am 9. September Geburtstag und wünscht sich einen langen Brief, der muß am 20. August geschrieben sein und selbst eingeworfen und will alles vom Leben von Meinem wissen, und wann Du kommst. Und soll schreiben und bekommt dann auch viele Briefe und ganz liebe. Und wird in Gedanken so lieb gestreichelt und wunderschöne Küsse geküßt, viele tausend, und möchte es doch haben und Verwöhnmensch sein. Deins.

Blindschleichen nennt Irmgard Keun Gläubiger.

Den nächsten Brief schreibt Irmgard Keun am 12. 8. – friedlich und freundlich im Ton. Sie habe abgenommen, lebe diät, sehe so hübsch aus wie noch nie – und ob Norfolk eigentlich weit von New York entfernt liege.

Am 23. 8. ein Dankbrief mit Zwischentönen: Arnold hat ihr eine Bluse geschickt.

Ostende, den 23. 8. 1937

(...) Sie steht mir ausgezeichnet, ist reizend und nur einen Grad vom Gipfel – dem ganz großen Entzückensschrei – entfernt. Das eigentlich nur deswegen, weil es Kunstseide statt reiner Seide ist. Kunstseide mag noch so schön sein, so weich und edel wie echte Seide fällt sie nie. (...) Tausend Dank.

> Manchmal liebt sie Seide mehr als uns Menschen.
> *Kind aller Länder*

Übrigens brauchte es nicht unbedingt Seide zu sein – es gibt auch sonstwo hübsche leichte Stoffe – Voile, Batist, so mit kleinem Geflatter oder Spitzen am Kragen. Ich schreibe Dir das für den Fall, daß Dich mal ein unbezwinglicher Drang packen sollte, was zu schicken. (...)

Einen Geburtstagsbrief mag ich nicht schreiben, es widersteht mir so, Du kennst mich doch. Wenn ich jetzt Geld hätt', würd' ich was schicken. Aber wann hab' ich schon mal Geld? (...) Daß Deinen Eltern das Buch gefällt, ist sehr nett von ihnen. Ich meine, es ist nett, daß sie imstande sind, ihre persönliche Abneigung so weit zu überwinden, ein Telegramm zu schicken. (...)

Freitag

Heute kam Dein Brief, er war lieb. Ich habe keine Angst gehabt, du würdest zu einer neuen Blindschleiche, ich wußte auch, daß die Drohung Scherz war, aber ich fand auch diesen Scherz vulgär. Und Drohungen vertrage ich überhaupt nicht und am wenigsten, wenn mir das Wasser bis zum Hals steht. Natürlich fange ich keinen neuen Roman hier mehr an. Bin froh, wenn ich diesen fertig habe.

Am 27. 8. ein Telegramm: Bitte.

Ein Bittbrief am 20. 9., zwei Tage später das nächste Telegramm.

Lucy und Arthur Strauss sind vom 31. 8. bis zum 9. 11. bei ihrem Sohn. Im September erkrankt Arnold an einer schweren Lungenentzündung und kommt ins Krankenhaus.

Im Oktober schickt er zum erstenmal wieder Geld. Seine Braut dankt mit Klagen: Ihr Visum sei ausgelaufen, sie habe Angst vor Auslieferung, und ihr Plan, ihren amerikanischen Verleger in Paris zu treffen, sei auch gescheitert.

Sie schreibt nicht mehr oft und nur noch kurz. Ihr Ton ist verstört, die Handschrift zerfahren:

Brüssel, ohne Datum

Kleines, ich bin elend und verzweifelt. Ich finde mich allein nicht mehr zurecht. Was soll ich tun? Wie soll ich's tun – um nach Amerika zu kommen. – Kannst Du herkommen und mich abholen? Ich brauche Dich, wie ich Dich damals in Berlin brauchte. Ich brauche Dich, ich halte dieses Leben nicht mehr aus. Die Juden sind genau solche Schweine wie die Nazis. Ich flehe Dich an, komm und hilf mir und zwinge mich, mit Dir zu kommen. Ich bin verzweifelt, ich weiß nicht weiter. Ich habe heute abend 39 Grad Fieber und bin vollkommen durcheinander. Hast Du mich noch lieb, Arnold? – Dann mußt Du kommen und mußt mir helfen wie damals. Telegrafier' mir, ob Du kommen wirst, ob Du mich noch liebhast. Ich muß es wissen. Du bist so schlaff geworden in Deinen Gefühlen. Ich habe Dich lieb, Kleines, und ich bitte Dich: Komm, komm, komm, und hole mich zu Dir, wenn Du mich liebhast.

Ich habe Sehnsucht nach Dir. Komm. Es muß sein. Wenn

Du mich noch liebhast und an mich glaubst, mußt Du kommen. Mein Kleines, mein Liebes, wir werden wieder glücklich zusammensein.

Denke an die Nachtfalter, an Bonn, an Berlin-Savigny, an Köln-Deutz, an Lindow...

Ich küsse Dich D.

Damals in Berlin – das war im August 1933: Zwei Monate blieben Irmgard Keun und Arnold Strauss zusammen, die längste Zeit in ihrem Leben...

Eine Zeit, die beschworen und verklärt wird in schwierigen Situationen – und vergessen in Momenten des Glücks.

Berlin war ein Versuchsaufbau in aller Heimlichkeit, aber keine Probe auf das Exempel.

Ihr »Hol mich« teilt er seinen Eltern trocken mit (4. 11. 1937): I. liegt mit Grippe krank und allein im Bett. (...) Ihre Arbeit ist im Rückstand, sie ist todunglücklich und möchte, daß ich käme, hülfe und sie mitnähme.

Seiner Freundin schreibt er, daß er selbst auch krank sei; und seine Briefe werden fast so selten wie ihre.

Im November und Dezember schreibt Irmgard Keun, die früher fast täglich schrieb, je einen Brief an Arnold Strauss.

Amsterdam, den 19. 11. 1937

Mein Kleines, mein Liebes –
ist keine Faulheit, keine Gleichgültigkeit, wenn ich so wenig schreibe. Bin so kaputt und brauche alle Kraft zur Arbeit. Was heißt: alle Kraft? Habe ja kaum noch welche. Komme mir geplagt vor wie Hiob. (...)

Und nun will ich Deine Fragen beantworten. Ich bin mit dem letzten Geld nach Amsterdam gefahren. Mein Visum in Brüssel war abgelaufen, und ich hielt es auch sonst nicht mehr dort aus. Die Qualen dort waren zu schrecklich gewesen. Als ich im schlimmsten Zustand war, besuchte mich Roda Roda, munter und mit roter Weste. Er machte mir wild den Hof, was schrecklich quälend für mich war. Später war er dann nett und menschlich und wußte überhaupt nicht, was er alles für mich tun sollte. Mich machte alles immer nur noch nervöser. Nun bin ich hier und hoffe (unberufen), wirklich in ein paar Tagen fertig zu sein. Mit dem Visum kannst Du gar nicht helfen, das muß ich allein machen, habe hier Rat und Hilfe. Zuerst einmal muß ich hier festen Wohnsitz haben, polizeilich angemeldet und zuständig sein. Das werde ich jetzt hier machen. Dann muß ich aufs amerikanische Konsulat in Rotterdam. So viel Englisch, um mich verständigen zu können, werde ich noch aufbringen. Was meinen amerikanischen Verlag anlangt, so hat es nicht den allergeringsten Sinn, daß Du Dich da reinmengst, Du könntest nur was verderben. Dem Verlag ist scheißegal, ob ich nach dort komme oder nicht komme. Die Verträge sind durch Querido geschlossen, alles Geschäftliche geht über Querido. Der Verlag ist einer der größten Verlage in New York. Sinclair Lewis erscheint dort und Thomas Mann. Es ist sehr gut für mich, wenn ich dort rauskomme. »Nach Mitternacht« erscheint in der amerikanischen Übersetzung in den nächsten Wochen. Damit ist schon allerhand gewonnen. (...) Die Frau Knopf (Frau vom Verleger) war, wie ich Dir schrieb, jetzt in Europa und wollte mich kennenlernen. Sie schrieb mir dreimal nach Brüssel, daß wir uns in Paris oder London treffen sollten. Ich hatte kein Geld, um zu fahren. (...) Man verkorkst aber alles, wenn man so einer Frau schreibt, daß man kein Geld hat. *Vielleicht* hätte ich es ihr sagen können, aber schreiben nicht. Zumal ich ihr nur englisch oder französisch schreiben kann, denn sie versteht nicht deutsch. Und englisch und französisch kann ich allenfalls brave konventionelle Briefe schreiben, aber keine mit ›Herztönen‹. (...)

Nun werde ich ihr nach New York schreiben. Und zwar: daß ich unglücklich sei, sie hier nicht kennengelernt zu haben, aber hoffe, sie demnächst in Amerika sehen zu können. Ich werde ihr schreiben, daß es mein sehnlichster Wunsch sei, Amerika kennenzulernen. Um mir die Visumschwierigkeiten zu erleichtern, soll sie mir eine Einladung schicken. Das wird sie tun. Bei Klaus Mann war das gleiche. Habe ich noch dazu die amerikanische Ausgabe meines Buches *und vor allem* den festen Wohnsitz hier, ist das Visum kein Problem. Zwar wird's nicht ganz schnell gehen, aber doch sicher. Es handelt sich jetzt um Folgendes: Was muß geschehen, um die dauernde Aufenthaltsbewilligung zu bekommen? Du mußt mir *sofort* schreiben, denn vorher will ich nichts unternehmen. Würde es genügen, wenn ich ein Visum für 6 Monate hätte??? Ich meine, ich wär' dann immerhin mal dort, und alles weitere könnt' man besprechen. Wie ich das Visum für 6 Monate bekomme, weiß ich. Weiter weiß ich nicht. Also schreib.

Natürlich graust mir etwas davor, Mrs. Strauss spielen zu müssen. Mir graust sogar sehr, aber einmal muß es ja sein, und ich habe Dich lieb. Vielleicht geht's schief, vielleicht geht's besser, als man denkt. Angst habe ich bestimmt mehr als Du. Sei nur gut zu mir. Und eines mußt Du mir heilig versprechen: zu sorgen, daß ich jedes Jahr für 2–3 Monate nach Europa kann. (...) Kleines, ich glaube, ich habe alles Sachliche jetzt geschrieben. (...) Also schreib mir schnell, und werde mir ganz, ganz schnell gesund.

Tausend Küsse, tausend Liebes. D.

Das Visum, von dem Irmgard Keun schreibt, ist ein sogenanntes Visitor Visa, das außerhalb der Quoten vergeben wird.

Es scheint Irmgard Keun ernst zu sein mit ihren Reiseplänen, Anfang Februar will sie Arnold Strauss besuchen. Die Schritte, die sie unternimmt, um ein Visum zu bekommen, sind vernünftig und ohne Dramatik. Der Ton ihres Briefes ist sachlich. Freude auf das Wiedersehen, Enthusiasmus gar, ein euphorisches »Endlich!« ist nicht zwischen den Zeilen zu lesen. Eher Resignation: Einmal muß es ja geschehen...

Mein Kleines, mein Liebes, bin vollkommen vereinsamt. Habe *nichts* zu Weihnachten gehört und seit *drei* Wochen nur *einen* Brief bekommen. Keine Antwort auf meinen langen Brief, kein Telegramm, kein Gruß zu Weihnachten – *nichts.*

Nun ist es soweit, daß ich kommen kann, und nun läßt Du mich so im Stich und machst mich so mutlos. (...) Die Sache mit dem Visum hat mein Verleger hier in die Hand genommen, und wir erwarten es nun jeden Tag. (...) Könnte ich nicht auch mit einem französischen Dampfer fahren? Du mußt mir wirklich genau und sofort schreiben. Schickst Du die Karte? Was kostet sie? Ich muß jetzt *unbedingt* (auch wenn Visum hier klappt) noch einmal nach Paris. Ich kann dort die nächsten beiden Romane verkaufen – und wenn ich das Geld auch erst später kriege, so ist es für später wichtig. Mein Liebster – du –, ich kann ja auch noch nicht glauben, daß ich nun bald bei Dir sein werde. Du weißt ja gar nicht, wieviel Sehnsucht ich nach Dir habe – wieviel Sehnsucht auch, mit Dir zu sprechen, Dir zu erzählen. Ich glaube, ich werde Dir jahrelang erzählen können und müssen.

Mein neues Buch ist besser und schöner als alle anderen, Du wirst es sehr lieben. Es ist nur etwas verrückt. Und jetzt schreibe ich eins, das uns die ganz große Chance sein wird, weil es nur auf den Titel und die ersten 15 Zeilen hin überall – an alle Länder verkauft wird.

Es heißt: *Kind aller Länder*
Child of all countries
L'enfant cosmopolite

Es handelt von einem kleinen Mädchen, das mit seinen Eltern auswanderte, überall in den Hotels als Pfand zurückgelassen wird usw. Du wirst begeistert sein.

Habe mich lieb, mein Kleines. Wir werden es schaffen. Bald bin ich bei Dir. Telegrafiere mir nur ein liebes Wort. Ich küsse Dich und umarme Dich – bald wirklich. D.

Die Vorfreude auf das Wiedersehen – ist sie echt?

Sie geht einher mit dem Plan, ein nächstes Buch zu schreiben: *Kind aller Länder.* Ein Plan, der sie weiterhin an Europa binden wird.

Das Buch, das Irmgard Keun gerade beendet hat, ist *D-Zug dritter Klasse*, besser und schöner als die anderen – und etwas verrückt, findet sie. Dieses Buch, nicht *Kind aller Länder,* erzählt die Geschichte ihrer Beziehung zu Joseph Roth. *Kind aller Länder* zitiert die Stationen ihrer gemeinsamen Wanderschaft, *D-Zug dritter Klasse* ist der verzweifelte Versuch, die innere Struktur dieses Verhältnisses, das sich auf Anziehung und Ablehnung, auf Alkohol und Einsamkeit gründet, schreibend zu verarbeiten. Am Ende des Romans steht keine bewußte Trennung des Paares, sondern das ebenso zufällige wie zwangsläufige Sich-einander-Verlorengehen.

Paris, den 2. 1. 1938

Kleines! Kleines! Kleines!

Nichts gehört – nichts, nichts, nichts.

Vollkommen verzweifelt. *Was* soll ich tun? Mache alles an Reisevorbereitungen – mit Angst im Herzen, da ich ja nicht weiß, was mit Dir ist. Hast Du mich nicht mehr lieb? Bist Du kränker geworden? Hast Du mich vergessen? Kein Brief zu Weihnachten, kein Brief zu Neujahr – kein Lebenszeichen seit *Monaten.* Und ich warte, warte, warte. Wie soll ich denn Mut behalten? Du mußt mir doch jetzt etwas helfen – ich muß doch alles andere tun. Du weißt doch, wie schwer mir alles ist. Warum hast Du mir denn nicht telegrafiert? (...) Du *weißt* doch, wieviel Hetzerei und Arbeit und Traurigkeit ich jetzt habe – warum läßt Du mich so im Stich? Wie kann ich denn kommen, wenn Du so furchtbar lieblos bist? D.

Am 8. 1. 1938 überweist Arnold Strauss Irmgard Keun das Reisegeld nach Paris. Sie fährt damit über Nizza nach Bordighera, um ihre Mutter zu treffen, die ihr Geld geben will. Leider nicht genug. So bittet sie Arnold noch einmal um Unterstützung.

Nizza, den 4. 2. 1938

(...) Ich muß mir *unbedingt* noch ein paar Sachen zur Reise kaufen. Es wäre ein Jammer, wenn ich mir in Frankreich nichts mehr kaufen könnte – wo alles dreimal billiger ist. Für fünf Dollar kann ich die herrlichste Bluse haben und für 35 Dollar ein wirklich schönes Jackenkleid. Dann brauche ich noch zwei Sommerkleider, einen Hut, Handschuhe, Strümpfe, Schlüpfer, ein Nachthemd, eine Tasche. Bitte mache das doch möglich. Mit 130 Dollar komme ich gut ausgestattet dort an, daß ich ein bis zwei Jahre überhaupt nichts mehr nötig habe. Dafür verspreche ich, ein wilder Feind aller Verkaufsvamps zu sein und keine Schulden zu machen. Ich würde dafür auch zweiter Klasse fahren, wenn es nicht anders geht. Ein paar Tage möchte ich in New York bleiben, wegen Knopf. (...) Ich bin furchtbar aufgeregt, habe große Sehnsucht nach Dir und kann nun die Abreise selbst nicht mehr erwarten. Ich erwarte hier in Nizza, Hotel Felix Faure, Dein Antworttelegramm auf diesen Brief. Drahte mir einen Kuß und ob ich zweiter oder erster Klasse fahren kann. Schicke mir soviel Geld wie möglich. (...)

Eine Briefantwort von Dir wird mich nicht mehr erreichen. Ich rechne damit, in 12 Tagen Telegramm und Antwort (telegrafisch) von Dir zu haben. Dann brauche ich noch drei Tage für Einkäufe. Wenn ich von Rotterdam fahre, brauche ich für diese Reise ca. fünf Tage. Genügt mein Paß, um zu heiraten? Das Scheidungsurteil habe ich ja. Was brauche ich sonst noch? Geburtsschein? Taufschein? Wirst Du sehr lieb mit mir sein und mich sehr verwöhnen? Ich brauche das so. Mein Kleines wird auch ganz gesund werden, und wir werden sehr glücklich sein. Alles Weitere mündlich! Ich küsse Dich, ich habe Dich lieb.

Deins

Am 21. 2. teilt Arnold Strauss seinen Eltern mit, daß er nun fest damit rechne, daß die »Volendam« am 5. 3. »mit ihm lieber Fracht« lossegele. Am 23. 2. telegrafiert Irmgard Keun um 200 Dollar. Sie müsse eine Rückfahrkarte bezahlen, sonst bekomme sie kein Visum. Arnold Strauss überweist ihr sein letztes Geld – und teilt es ihr telegrafisch mit: FAHRE MÖGLICHST TOURISTKLASSE GELDQUELLEN ERSCHÖPFT.

Nizza, den 3. 3. 1938

Mein Geliebtes, mein Gutes,
jetzt klappe ich wirklich bald zusammen und zweifle, daß ich drüben lebendig ankomme.

Heute erst kam die Nachricht von Cook, daß das Geld eingetroffen sei! Das lag zum Teil auch daran, daß hier wegen Karneval tagelang Banken u. Cook geschlossen waren. Und ich saß wie auf Kohlen und bin vollkommen zermürbt von Warten.

Dazu vollkommen allein, weit und breit keine Menschenseele, mit der man sprechen kann. Der Karneval widerwärtig, Getöse und Höllenlärm.

Jetzt muß ich gleich zum amerikanischen Konsulat. Da waren nämlich wieder neue Schwierigkeiten aufgetaucht. Damals in Amsterdam hatte ich das Visum fast schon – und hätte es wohl auch sicher bekommen. Dann aber wurde ich ungeduldig und dachte, es ginge schneller in Paris. Zumal mein französischer Verleger mir helfen wollte. Der tat auch alles. Aber dann sollte ich meinen Paß nach Deutschland schicken, wo ich zuständig bin. Und das riskiere ich natürlich auf keinen Fall. Das können Leute machen, bei denen ein verlorengegangener Paß nicht zur Katastrophe wird.

Man weiß auch nie, was man den Leuten erklären soll und wie, daß man den Weg über Deutschland nicht nehmen kann. Daß ein Jude Emigrant ist, scheint den meisten harmlos und begreiflich. Bei einem Arier werden die meisten mißtrauisch und denken, man wär' Kommunist. Damals, als Du fuhrst, herrschte noch nicht so eine allgemeine Hysterie. Außerdem konntest Du ja auch noch Deine Angelegenheiten von Deutschland aus erledigen. Jetzt sagte man mir hier auf dem Konsulat das Visum zu, wenn ich auch die Rückfahrkarte hätte. Ich gehe gleich hin, hoffentlich klappt's dann endlich. Vielleicht bekomme ich aber nur für drei Monate Visum. Aber Hauptsache, ich bin überhaupt erst mal drüben. Dort wird sich alles Weitere schon finden. Die Knopfs werden, wenn ich sie richtig sprechen kann, sicher einen Ausweg finden – und mein Kleines kann auch schon überlegen.

Ich bin vollkommen erledigt von der dauernden Spannung, den dauernden Enttäuschungen, dem Hinundhergezerre. Mir fallen ja auch alle solche Sachen so furchtbar schwer, und ich habe mich sicher manchmal ungeschickt angestellt.

Dazu auch sonst die schrecklichsten Depressionen. Die Sache mit Österreich! Angst vorm Krieg usw.

Übrigens gilt die Rückfahrkarte zwei Jahre lang.

Jetzt kommt auch noch hinzu, daß ich panikartige Zustände kriege, wenn ich an Dich, mein Kleines, denke. Vielleicht bekommst Du eine Krise, vielleicht wird es ein vollkommen Blödsinniges und denkt, ich hätte Schuld an dieser neuen Verzögerung.

Mein Kleines, hättest Du eine Ahnung, wie maßlos ich mich nach Dir sehne! Ich zittre schon vor Angst, das Schiff wird untergehen, wenn ich's glücklich geschafft habe, an Bord zu sein.

Jetzt fährt die Volendam erst wieder am *11. Mai.* Ab Rotterdam. Ach, mein Liebes, wirst Du so lange noch Geduld haben? Dein Armes kann ja nichts dafür und ist trauriger und enttäuschter als Du. Es ist mir auch gar kein Trost, daß der Cook-Mann mir sagte, die Überfahrt im Mai sei besser. Es ist mir auch kein Trost, daß ich nun noch in

Ruhe in Amsterdam verhandeln und Abrechnungen kontrollieren kann. Landshoff (der Querido-Mann) ist jetzt in Wien, um dort die den Buchhandlungen in Kommission gegebenen Bücher vor der Beschlagnahme zu retten. Ich hätte ihn also jetzt in Holland gar nicht sprechen können, und das wäre immerhin schade gewesen. Trotzdem! Aber: make the best of it. Ich will versuchen, in dieser Zeit meinen neuen Roman fertig oder so weit fertigzuschreiben, daß ich in Amsterdam einen neuen Vertrag bekomme.

Wenn ich nur wüßte, daß mein Kleines diese letzte, diese allerletzte Enttäuschung übersteht und mich tröstet. Es muß mir sofort, sofort, sofort ein liebes gutes Wort telegrafieren. Ich halte es sonst nicht aus. Ich bin ganz verwirrt und durcheinander und entsetzlich aufgeregt. Ich habe auch ein bedrückendes privates Erlebnis gehabt. Meinen besten Freund hier im Ausland, den ich wirklich so liebhatte wie einen Bruder, habe ich verloren. D. h., er ist Gott sei Dank nicht gestorben – er hat nur *plötzlich* unbrüderliche Gefühle bekommen oder redet sie sich ein. Es war die schönste Freundschaft, die Du Dir denken kannst. Er hat mich wirklich beschützt wie ein Vater, ohne auch nur eine Spur vom Pilz zu haben, ohne die allergeringste Schmierigkeit. Tausend Ekelhaftigkeiten und Belästigungen sind mir durch ihn erspart geblieben. Ich hatte ihn schrecklich gern und habe ihn auch gepflegt, wenn er krank war. Und jetzt auf einmal ist er wie rasend, daß ich fortfahre, hat überhaupt keine Vernunft und Logik mehr, haßt mich wie die Pest und ist zusammengebrochen. Und ein Teil unserer gemeinsamen Freunde ist jetzt auch schon überzeugt, daß es eine Gemeinheit von mir ist, den Mann »im Stich zu lassen«. Und ich hatte mich schon so drauf gefreut, daß wir ihn mal nach Amerika einladen würden. Es ist schrecklich, wenn der wunderbarste klarste Geist sich plötzlich riahaft verwirrt. Dabei habe ich ihm auch die Scheidung von Tr. zu verdanken.

All das kann ich Dir aber besser mündlich erzählen, ich mag jetzt nicht mehr daran denken.

Ich will von hier in den nächsten Tagen über Paris nach Amsterdam fahren, und da kommt denn sofort meine Mutter hin. Ich halte diese letzte Wartezeit so vollkommen allein einfach nicht mehr aus, ich werde verrückt. Ein paar Tage vor der Abfahrt will auch mein Vater nach Amsterdam kommen. Ich habe ihn zwei Jahre nicht mehr gesehen.

Mein Kleines – ich flehe Dich an: Laß mich die erste Zeit dort bei Dir Ruhe haben, und dränge mir keine neuen Menschen auf. Ich ertrage das nicht. Laß mir erst Zeit, und laß mich Deine Bekannten nach und nach kennenlernen, wenn ich Lust dazu habe. Vielleicht habe ich eher Lust dazu, als ich jetzt glaube. Ich würde sogar am besten finden, Du würdest mich zuerst in einem netten kleinen Ort mit viel Natur (ich weiß nicht, ob es so was wie Lindow dort gibt) in der Nähe von Norfolk unterbringen, wo Du immer mit dem Auto hinkommen kannst und wo wir die erste Zeit ganz für uns allein wären. Vielleicht ist es im Mai dort auch schon so warm, daß ich schwimmen kann. Denke nicht, daß es mir was ausmacht, tagsüber oder auch ein paar Tage lang allein zu sein. Ich bin das ja nicht nur gewohnt, sondern ich brauche es sogar. Und wenn ich nicht arbeite, werde ich Englisch lernen, lesen oder Briefe schreiben.

Ich weiß ja nicht, wie lange das in Amerika mit dem Heiraten dauert – jedenfalls könnte ich vorher ja doch nicht mit Dir zusammenwohnen.

Nur nicht gleich fremde Menschen! Ich kann ohnehin die Amerikaner (soweit ich sie aus Wien, Salzburg, Ostende, Paris u. Nizza kenne) und ihre mautschigen Stimmen nicht gut vertragen. Ich muß mich da erst ein bißchen gewöhnen. Mich zieht nichts nach Amerika, mich lockt nichts dort. Wenn Du nicht wärst, würde ich um keinen Preis hinfahren. Hoffentlich sprichst Du noch normal deutsch. Die Deutschen im Ausland nehmen oft auf eine lächerlich affektierte Art den Tonfall einer fremden Sprache an.

Mein Kleines, ich freu' mich ja so auf Dich! Ich werde furchtbar streng mit Dir sein. Und Du sei gut, wie Du es immer warst. Laß uns nur zuerst allein sein – wir müssen ja so furchtbar viel erzählen.

Werden wir ein paar Tage in New York bleiben? Ich will der Frau Knopf mein neues Buch bringen, das jetzt erscheint: »D-Zug dritter Klasse«. Wenn sie es nimmt, haben wir sofort 400 Dollar.

Schrieb ich Dir, daß ich in Dänemark den Literaturpreis bekommen habe: »Das beste Buch des Jahres«? Literarisch bedeutet das eine gute Anerkennung, der materielle Wert ist für mich augenblicklich illusorisch. Reisekosten I. Klasse (von jedem Ort innerhalb Europas und zurück) und ein Monat Aufenthalt im besten Hotel Kopenhagens samt Verpflegung und Rundreisen.

Hab keine Angst – ich fahre nicht. Die Einladung bleibt mir erhalten. Vielleicht werden wir mal zusammen fahren? Wann hast Du denn mal Europa-Urlaub, Kleines, ich schreibe und schreibe und mir ist, als spräche ich schon mit Dir.

Jetzt nur noch Sachliches:

Ich fahre am 11. Mai mit der Volendam von Rotterdam ab. Die Ankunftszeit in New York weiß ich nicht. Schreibe sie mir. Du holst mich vom Schiff ab. Schreibe mir aber auch das Hotel, in dem wir in New York wohnen werden. Für den Fall, daß wir uns auf dem Schiff nicht finden.

Schreibe mir per Adresse: Querido-Verlag, Amsterdam, Keizersgracht 333. Ich weiß nämlich noch nicht, wo ich in Amsterdam wohnen werde. Ich hoffe, für mich und meine Mutter eine billige Pension zu finden. Das American-Hotel macht mir zwar jetzt Vorzugspreise, aber vielleicht finde ich doch noch was Billigeres.

Also schreibe an Querido.

Und telegrafiere sofort nach Erhalt dieses Briefes, damit Deins diese letzte Zeit froh und gesund und beruhigt sein kann.

Ich schreib' so was nicht gern, aber nun sollst Du doch wissen: Ich hab' Dich lieb, ich freue mich auf Dich, ich kann's nicht erwarten, und ich glaube, daß wir zusammen glücklich werden, und ich war Dir treu.

Jetzt fällt mir eben was ein. Dem Verleger ist nicht ganz zu trauen. Verklebe die Briefe so, daß er sie nicht aufmachen kann. Und schreibe mir außerdem Amsterdam *hauptpostlagernd.* Ich bin jetzt nicht riahaft hysterisch – es ist tatsächlich vorgekommen, daß man Briefe von mir unterschlagen hat.

Telegrafier' mir vor allem sofort an Querido, daß Du mich abholst in New York. Und daß Du gut bist und Dich freust.

Wär' ich doch nur schon bei Dir, ich brauche Dich ja so sehr. Eigentlich hättest Du mich abholen müssen, damit ich nicht allein fahren muß, denn wahrscheinlich werde ich seekrank.

Schreibe und telegrafiere, sei gesund und hab mich lieb. Ich küsse Dich. Deins

Ich schwöre Dir beim Leben meiner Mutter, daß ich am 11. Mai fahre.

Telegrafiere mir nur!

Ich drahte Dir auch noch, wenn ich Visum habe und Adresse.

Am 11. 3. 1938 begannen deutsche Truppen in Österreich einzumarschieren, nachdem Bundeskanzler Schuschnigg zurückgetreten war. Die Regierung wurde durch Seyß-Inquart übernommen. Am 13. 3. ist der Anschluß Österreichs durch das Deutsche Reich vollzogen. Er wird durch Volksabstimmung am 10. 4. bestätigt.

Der Freund, den Irmgard Keun verlor, ist Joseph Roth. Ein Rat von ihm beschleunigte ihre Scheidung. Von ihm stammt die Empfehlung, ihrem Mann nach Deutschland zu schreiben, sie schlafe mit Juden und Negern.

Anfang 1938 habe sie sich von Roth endgültig getrennt, erzählte sie Ende der siebziger Jahre seinem Biographen David Bronson. »Roth hatte das Bestreben, einen Menschen in seine Bestandteile zu zerlegen und wieder zusammenzusetzen, um sie mit Haut und Haar zu besitzen. Er wollte über Menschen gebieten, seine hypnotischen Kräfte an ihnen erproben. Hatte er dann sein Ziel erreicht, verlor er das Interesse an ihnen. (. . .) Roth war in jeder Hinsicht eifersüchtig und machte mich auch so, so daß ich ihm seinen Umgang mit einer Frau Schmidt in Wien übelnahm, obwohl er harmlos war. Durch den Alkohol verstärkte sich diese Tendenz noch bei ihm, so daß er mich zum Schluß nicht mehr aus den Fingern ließ. Nicht einmal austreten konnte ich, ohne daß er unruhig wurde. Schlief ich ein, so hatte er seine Finger in meine Haare eingewühlt, auch noch, wenn ich aufwachte. Abschiede waren ihm unerträglich geworden, so daß ich ihm schwören mußte, ich würde ihn nie verlassen. Durch seine wahnsinnige Eifersucht fühlte ich mich immer mehr in die Enge getrieben, bis ich es nicht mehr aushielt, bis ich unbedingt ausbrechen mußte.«

Ein Ausbruch war es nicht, eher die Rückkehr in die vertrauten »Nicht-Verhältnisse«. Eine langsame Rückkehr, einen Roman lang: *D-Zug dritter Klasse*; auch eine Trennungsgeschichte, die Auseinandersetzung mit dem einzigen Mann, der, wie sie später einmal sagte, in ihrer Seele Wurzeln geschlagen habe.

D-Zug dritter Klasse ist ein Erinnerungstext. Während Irmgard Keun ihn schrieb, sah sie Joseph Roth nur noch selten. »Offiziell« machte sie die Trennung durch ihren Entschluß, Arnold Strauss in den USA zu besuchen.

Amerika als Fluchtpunkt vor dem »Dämon Roth«?

Warum hat Arnold Strauss Irmgard Keuns Romane nicht aufmerksamer gelesen?

Am 19. 3. 1938 schreibt er seinen Eltern: Ich war deprimiert, weil I. nicht mit diesem Schiff kam. Nun fährt sie mit dem nächsten. Da sie kein Quota-, sondern nur ein Reisevisum hat, verlangte der Konsul, daß sie eine Rückfahrkarte haben müßte. Ich sandte ihr sofort das Geld, aber unglücklicherweise war gerade Karneval, die Banken geschlossen und alles verzögert, und so konnte sie das Schiff nicht mehr erreichen. Das nächste fährt 15. Mai.

Seine Eltern antworten am 2. 4. 1938: Als Dein Vater sehe ich es als meine Pflicht an, Dich auf folgendes hinzuweisen, denn Liebe macht blind.

1. Karneval war Ende Februar. Das Schiff ging aber am 5. März ab. In welcher Gegend sollen am Karneval Banken schließen? Höchstens in den Stunden des Fastnachtzuges.
2. Warum benutzte I. nicht das Schwesterschiff der Volendam, das am 23. April abfährt, statt Dich wieder 9 Wochen warten zu lassen? Außerdem fährt noch ein anderes Schiff zwischendurch.
3. Wenn man sich nach einem Menschen sehnt, schiebt man die Abfahrt nicht immer wieder mit neuen Gründen hinaus.
4. Du mußt Dir doch sagen, daß man, wenn man eine seit Jahren heiß ersehnte Reise antritt, die Vorbereitungen dazu nicht am letzten Tage trifft.

Du brauchst nicht gleich wieder tobsüchtig zu werden, wenn ich Dich auf diese Tatsachen hinweise. Du weißt, daß es nur ein Ausfluß meiner Liebe ist. Verstehe es bitte nüchtern und richtig. Bei solchem Verhalten könnte ich eine Langmut wie Du nicht aufbringen.

Und Lucy Strauss ergänzt: In Eurer Liebe fällt Dir die Rolle der Solveig zu, die vom Frühling zum Herbst und vom Herbst wieder zum Frühling wartet. Ich werde Deine Frau mit Deinen Augen sehen, sobald Du verheiratet bist. Das ist für mich Gesetz. Aber heute kann ich nur Peters sonst so schönen Gedanken zustimmen.

Arnold Strauss will von der Vergeblichkeit seines Wartens nichts wissen. Am 5. 4. schreibt er seinen Eltern: Wenn Irmgard kommt, werde ich meine Lebensversicherung erhöhen, so daß ich mit 60 Jahren 200 Dollar statt 100 Dollar Rente habe. Ich werde vielleicht nie ein schrecklich reicher Mann sein, aber ich verdiene schon heute über dem Durchschnitt der amerikanischen Ärzte, der bei etwa 300 Dollar liegt. Heute könnte ich hier mit 100 Dollar ganz leidlich ohne Not leben. Man muß nur wissen, wie. Ich will gar nicht mit Irmgards Möglichkeiten hier rechnen. Die Einnahmen, die aus Filmen, aus Kurzgeschichten von den Leuten hier verdient werden, sind phantastisch. Viele Kurzgeschichtenschreiber verdienen über 100000 Dollar. Wenn Irmgard mit ihrem Instinkt, was die Leute wollen, entweder mit einem guten Übersetzer zusammenarbeitet oder nach einigen Jahren anfängt, englisch zu schreiben wie Conrad, der doch Pole war, wird sie hier mehr verdienen als in Deutschland, wo sie es schon auf 30000 Mark im Jahr und mehr gebracht hatte. Und unter meiner strengen Hand fließt ihr das Geld ja nicht so fort wie in der Zeit, wo niemand auf sie aufpaßte. Schon in Berlin bekam ich ja die ganzen Einnahmen von ihr abgeliefert, damit sie nicht sofort verschwanden. Also bitte, macht Euch keine Sorgen wegen mir.

Sorgen allerdings macht sich Irmgard Keun, denn bei ihr läßt Arnold Strauss nichts mehr von sich hören.

Nizza, den 8. 4. 1938

(...) Kein Brief vom Kleinen, kein Telegramm – kein liebes Wort – nichts. Bist Du krank? (...) Hast Du eine ›Krise‹?

Wie kann ich es dann wagen zu kommen? Was jetzt mit Österreich geschah, ist entsetzlich und unabsehbar in seinen Folgen. (...) Ich möchte mich freuen auf Dich – wie kann ich es, da ich nicht weiß, was mit Dir ist?

Es ist nicht zu klären, was mit Arnold war, denn weitere Briefe hat Irmgard Keun bis zu ihrer Abreise nicht mehr geschrieben, dafür aber noch drei Telegramme geschickt: Geldwünsche über insgesamt 130 Dollar. Arnold scheint sie erfüllt zu haben, und Mitte Mai 1938 reist sie tatsächlich ab. Ein Ereignis, das sein Vater mit folgenden Worten kommentiert (15. 5. 1938): Heute Dein Brief vom 4. Wie Du uns beglückt hast. Dein Glück, daß Dich über Deiner Irmgard Ankunft erfüllt, ist in besonderem Maße auch das unsrige. Du weißt, daß wir sie schon in unser Herz geschlossen haben, und wir haben erwartet, daß Du, wenn sie dort ist, uns so schreiben würdest, wie Du es getan. Mit doppelter Freude erledigen wir nun die Angelegenheiten hier.

Bei den zu erledigenden Angelegenheiten handelt es sich um die Auflösung des Hausstands der Familie Strauss. Der größte Teil soll mit einem Lift nach Amerika zum Sohn geschickt werden. Lucy und Arthur Strauss rechnen damit, emigrieren zu müssen.

Bis zum 8. 7. 1938 bleiben Irmgard Keun und Arnold Strauss zusammen. Über die gemeinsame Zeit berichtet er seinen Eltern am 13. 6.: Meine Liebsten, die Tage gehen so schnell herum, daß ich kaum merke, daß schon wieder Sonntag ist. Irmgard arbeitet sehr viel, und meist sehen wir uns erst abends um 6 oder 7, wenn ich nach der Beach herausfahre. Es ist herrlich, dort zu wohnen. Täglich werde ich brauner. Abends kocht Irmgard meistens in meinem neuen Appartement, und wir sparen so das Abendessen im Restaurant. Sie ist eine ebenso phantasievolle Köchin wie Schreiberin. Es gibt lauter Sachen, die es noch nie gegeben hat, und sie schmecken ausgezeichnet. Unser Sonntagsessen war ein Eintopfgericht aus Huhn, gekocht mit Paprikaschoten, grünem Salat und Tomaten. Das Gemüse war, glaube ich, geschmort.

Irmgards Vater sandte mir seine Perlenkrawattennadel, nachdem er erst verzweifelt gegen die Pünktchenheirat gekämpft hatte. Ich war ganz hilflos, weil ich das nie erwartet hätte. Auf dem Dampfer hat er sie schnell aus dem Schlips gezogen und Irmgard mit drei oder vier Worten gegeben, sie mir mitzubringen. Glücklicherweise fanden wir auch endlich einen guten leichten Wein für 45 Cents, der dieses Problem löst und die Schreibstimmung hervorruft ohne böse Folgen sonst.

Als wir nämlich den Jugendfreund in Norfolk abholten und mit ihm nach Virginia Beach fuhren, kehrten wir unterwegs müde, aber glücklich in ein Restaurant ein. Wir waren ja gerettet.

Wir waren selig, daß wir diesen Mann endlich gefunden hatten. Wir liebten ihn, weil wir fast schon verloren gewesen waren und weil er es wirklich war. Deswegen hörten wir gar nicht, was er sprach, und sahen nicht, wie er aussah.

(...) Er erzählte, er habe eine gesellschaftliche Stellung unter echten Amerikanern erobert, wir hörten gar nicht hin. (...) Dann wollte sich der Jugendfreund mit meinem Vater an die Jugend erinnern, und jeder erzählte andere Erinnerungen, dabei stellte sich heraus, daß sie einander verwechselt hatten und gar nicht zusammen zur Schule gegangen waren, ja sich überhaupt nicht gekannt hatten.

Mein Vater rief, nun sei seine Freude doppelt groß, und er lachte und sprach aufgeregt. (...) Abends mußte er immer mit dem Jugendfreund stundenlang auf der Veranda sitzen, die von Glühwürmchen umschwirrt war, obwohl er nicht mehr wußte, was er mit dem Jugendfreund noch sprechen sollte.

Kind aller Länder

In ihrem Brief vom 3. 3. 1938 hatte sich Irmgard Keun für ihren Aufenthalt in Norfolk »ein anständiges Hotel (...) in einem netten kleinen Ort« gewünscht. Genau das besaß Julia DeWitt in Virginia Beach.

Sie erinnert sich noch an ihren Gast Irmgard Keun, der etwa zwei Wochen geblieben sei: »We thought, she was a German spy, because she kept to herself and typed late at night, but we knew Dr. Strauss wouldn't have such a friend« (5. 8. 1986).

Unmittelbar nach Irmgard Keuns Abreise stellt Arnold Strauss ein Affidavit für sie aus.

In the Matter of the Application of

IRMGARD KEUN

for Immigration Visa.

I, ARNOLD FERDINAND STRAUSS, being duly sworn, depose and say:

1.I am a native of Germany and am thirty-five years of age and have been a legal resident of the United States continously since August,1935.

2.I am residing at Virginia Beach/Virginia, 506, 22nd Street where I occupy an appartment of five rooms.

3.I have declared my intention of becoming an American citizen and I hold the certificate of "Declaration of Intention' No.1010/ 913343 being duly sworn before the Circuit Court of Fayette County at Fayettesville/West Virginia om March 26, 1936.

4. I have been always lawabiding and attached to the principles of the United States and I have not at any time been charged with or arrested for any crime or misdemeanor.

5.I do not belong to nor am I in anywise connected with any group or organization whose principles are contrary to organized and democratic Governments, nor does the alien mentioned above, to the best of my knowledge and belief, belong to any such organization, nor has she ever been convicted of any crime involving moral turpitude.

6. I have every intention of marrying, as soon as possible, the above named IRMGARD KEUN who is twenty-nine years of age and who resides in Nice/France. It is my intention to have said IRMGARD KEUN, who is in good health, come to the United States and marry me. It is also my intention to support her until, by virtue of our marriage, I become under a legal obligation as her husband to support her.

7.I have no present dependents.

8.My regular occupation is physician. I am employed as a full-time pathologist at the St.Vincent's Hospital in Norfolk/Virginia.

My average weekly earnings amount to Dollars 110.00 -

I have savings in the bank as following:

Central Savings Bank in the City of New York ....Dollar 2028.78

National Bank of Commerce Norfolk/Virginia ....Dollar 609.56

I hold life insurance policies of the
Aetna Life Insurance Co./Hartford-Conn.
No.1 - 151477 in amount of Dollar 5 000.00
Loan value " 690.00
and No.1 - 120284 in amount of " 5 000.00
Loan value " 750.00

(confer enclosed letter)

I am the holder of the following securities:

1 Share U.S. Steel	.Dollar	60.00
2 Shares General Motors.....	.Dollar	80.00

(app.value first week of July)

Furthermore I possess personal property,
a) deposited in Holland in amount of Fl. 16 000.00
b) deposited in Germany in amount of RM. 27 000.00

9. I am willing and able to receive, maintain and support my fiancée, Irmgard Keun, for the rest of my life.

10. I further state that this affidavit is made by me for the purpose of inducing the American Consul to deliver the visa to said IRMGARD KEUN and the Immigration authorities to admit her into the United States.

Subscribed and sworn to
before me, a Notary Public in
the County of...........
State of................
This ... day of ..... A.D.193..

My commission expires..........

Signature of Deponent

....

Am 28. 7. 1938 schreibt Irmgard Keun den ersten Brief aus Amsterdam. Zuvor bekam Arnold Strauss einen aus New York, verfaßt am 9. 7., Thema: viel eitler Wirbel um die deutsche Schriftstellerin in New York, und einen zweiten von der Überfahrt, einen Sehnsuchtsbrief:

(ohne genaues Datum)

(...) Europa naht. Ich komme mir wieder so unheimlich verlassen vor. Sorge doch nur, daß alles bald in Ordnung kommt. Ich fühle mich dem ganzen Wirrwarr kaum noch gewachsen. Ach Kleines! Am 23. September fährt die Volendam zurück. Da möchte ich mitfahren. (...)

Amsterdam, den 28. 7. 1938

Kleines –

Dank für Briefe. Du mußt jeden, aber auch jeden Tag schreiben – es ist mein einziger Trost. Bin in entsetzlicher Stimmung. Und alle Launen und Melancholien werden von Landshoff und Landauer geradezu sorgsam gepflegt. Zuerst hat es mich etwas belebt, daß ich wieder Leute hatte, die rührend und hingebungsvoll auf jede Laune, jede Depression, jede Unleidlichkeit eingehen und die zumindest überzeugend so tun, als sähen sie in mir ihre liebste literarische Kostbarkeit. Der D-Zug geht natürlich überhaupt nicht, gerade von mir wollen die Leute »optimistischere« Sachen. Landshoff ist das egal. Er liebt das Buch und läßt es darum auf eigene Kosten in Amerika erscheinen. Er gibt mir wirklich immer wieder die rührendsten Freundschaftsbeweise. Als ich kam, hat er geweint – vielleicht zum Teil vor Schreck über die bevorstehenden Anstrengungen. Die Stimmung ist fiebrig und schrecklich hysterisch, und wir machen uns gegenseitig immer hysterischer. Dauernd bringt sich irgendein Freund oder Kollege um, es herrschte eine allgemeine Selbstmord-Panik. Alle sind schrecklich sentimental geworden und zeigen es sogar, niemand versteckt sich mehr hinter dem früheren Zynismus – alle sind aufgeweicht in edlen Freundschaftsgefühlen, genau wie die Menschen in Werthers Leiden. Gesund ist das gerade nicht, aber reicher und echter als die frühere künstliche Sachlichkeit und Kälte und zynische Ruppigkeit. Vor vier Wochen kam übrigens auch Georg Kaiser nach hier, weil er es nun endlich auch nicht mehr aushielt in Deutschland. (...) Und noch einen neuen Zuwachs hat die Emigration bekommen: Grossi.

Mein Kleines, ich brauche Dich so sehr. Bei Dir werde ich schnell normal und gesund sein, soweit das bei mir möglich ist. So vollkommen normal werde ich wohl nie werden. (...)

Morgen gehe ich auf jeden Fall mal hier aufs amerikanische Konsulat – vielleicht habe ich Glück und kann die Sache schon von hier aus anfangen.

Die Arbeit geht mäßig vorwärts, aber ich glaube, sie wird gut. Unberufen. (...) Schreib mir ganz furchtbar viel, Kleines, ich will es auch tun. (...) Für heute tausend Küsse, mein Kleines – und so viel Liebes und Gutes. Deins

Den nächsten Brief schreibt Irmgard Keun erst am 15. 9. Bis dahin: Telegramme – Bitten um Geld, die Passage sei gebucht, sie sei krank...

Drüben bleiben werden wir natürlich nicht, unsere Heimat ist Europa, das liegt mir am Herzen, und wenn es wirklich zugrunde geht, will ich dabeisein. (...)

Meine arme Mutter konnte nämlich nicht mehr nach Amerika kommen, weil sie die Schiffskarte verkaufen mußte, um zu leben. (...)

Sie haßte Amerika und hatte überhaupt keine Lust hinzufahren.

Kind aller Länder

Arnolds Eltern werden wieder mißtrauisch. Am 12. 9. 1938 schreibt Lucy an ihren Sohn: Wir verstehen nicht, warum I. wieder nur besuchsweise kommen will.

Vielleicht verstünde sie es, wenn sie diesen Brief von Irmgard Keun kennen würde:

Amsterdam, 15. 9. 1938

Du, mein einzig Geliebtes,
ich danke Dir für das Geld. Du bist ja das beste, liebste, einzige, was ich auf der Welt habe.

Ich habe Dir nicht geschrieben, weil alles so trostlos war und weil ich immer auf bessere Resultate hoffte.

Ich bete zu Gott, daß ich noch diesen letzten Rest von Energie behalte und daß es mir gelingt, zu Dir zu gelangen. Manchmal glaube ich nicht mehr daran. Aber wenn es mir gelingt und wenn Du mich wirklich liebhast – dann, mein Liebling, wird alles gut werden, und wir werden wirklich glücklich sein. Ich habe immer an Dich gedacht, und Du bist mir so nah und vertraut geworden, wie Du es noch nie warst. Hoffentlich erreicht Dich dieser Brief noch. Du sollst wissen, mein Kind, daß ich Dich ehrlich und von ganzem Herzen liebe, und ich will Dir und mir zuliebe und mit Deiner Hilfe das Trinken *vollkommen* lassen. Es ist mein fester Wille, und ich verspreche es Dir. Ich habe Dir das noch nie versprochen, aber jetzt tue ich es. Bist Du froh? Ich bin ganz klar in diesem Augenblick und lüge weder Dir noch mir selbst etwas vor. Ich weiß, daß bei ein wenig äußerer Ruhe und Ordnung auch in mir selbst Ruhe und Ordnung sein wird. Seit wir uns kennen, Arnold, war doch mein Leben eine einzige große Wirrnis. Und Du mußt mir glauben: Vieles, was auf der Welt geschah und geschieht, erlebe und fühle ich bitterer und schmerzhafter als viele andere Menschen.

Jetzt will ich versuchen, Dir möglichst chronologisch Tatsachen zu berichten. Ich war sehr krank: Grippe und schwere Bronchitis. Der Arzt, den ich hatte, war sehr nett und sehr besorgt, aber seine Tüchtigkeit zweifle ich etwas an. Vielleicht tue ich ihm auch unrecht. Jetzt soll ich mich »schonen«. Wie kann ich? Fast vierzehn Tage mußte ich im Bett liegen. Zeitweise dämmerte ich gleichgültig und teilnahmslos dahin, zeitweilig wurde ich von wilder Panik und praktisch berechtigter Angst erfaßt. Der Arzt machte mir dauernd angst, ich könnte Lungenentzündung bekommen, und ich fürchtete dauernd, man würde mich aus dem Hotel rauswerfen. Man hat dann meine Mutter kommen lassen, und sie war eine Woche lang hier und hat mich gepflegt. Aber sie hatte kein Geld und mußte acht Tage lang in diesem teuren Hotel wohnen und essen, worüber sie fast verrückt wurde und nicht aus noch ein wußte.

Zuerst war es ja vernünftig, daß ich in dieses Hotel ging, denn es hat einen guten Namen, und ich kannte nichts anderes hier. Ich mußte vor der Landung ein Hotel angeben, später auch auf der Polizei, um eine Aufenthaltsbewilligung zu bekommen. Die bekam ich bis zum 15. September. Am 15. September sollte ich aus Holland raus. Die Leute in Europa sind alle vollkommen wahnsinnig, Du *kannst* Dir von dieser Kriegspanik-Stimmung einfach keinen Begriff machen. Ich wußte buchstäblich nicht mehr, wohin, wohin, wohin. Die Quota ist vorläufig gesperrt, darum wollte ich mit dem Tourist-Visum kommen. Ich hatte so eine furchtbare Angst vor dem Krieg und daß ich überhaupt nicht mehr zu Dir gelangen würde. Ich halte es jetzt wirklich nicht mehr ohne Dich aus. Aber jetzt schreibst Du mir wieder, daß ich warten soll. Ich mußte Dir telegrafieren, weil ich schreckliche Schulden im Hotel hatte, es wurde wirklich lebensgefährlich. Ich hatte mir nämlich auch noch durch das Hotel die Fahrkarte nach New York besorgen und bezahlen lassen, um damit gleich das Tourist-Visum zu bekommen.

Gott sei Dank konnte ich jetzt dem Hotel das bezahlen, aber ich konnte nicht alles bezahlen und muß darum hier wohnen bleiben. Es ist zum *Verzweifeln.* Ich will ja mit einem Minimum leben und ausharren, aber dazu müßte ich in ein billiges kleines Zimmer ziehen können. Hier in dem Hotel wächst alles lawinenartig an und wächst mir über den Kopf.

Wegen dieser Schulden konnte ich auch nicht nach Frankreich reisen, sonst hätte ich das vielleicht getan. Die Sache mit meiner französischen Staatsbürgerschaft ist so weit geregelt, daß ich sie nach drei Monaten Aufenthalt in Frankreich bekommen würde. Aber ich will doch zu Dir und nicht mehr so lange warten. Was soll ich denn tun?

Der französische Konsul hier ist furchtbar nett, geradezu rührend und aufopfernd. Es ist auch wirklich gut, mit solchen Familien richtig befreundet zu sein. Für diesen gesellschaftlichen Umgang ist es natürlich auch günstig, hier im Hotel zu wohnen, wo man die Leute würdevoll in der Halle empfangen kann. Du hättest jetzt bestimmt Deine Freude an mir. Ich habe 15 Pfund abgenommen, sehe etwas matt, aber sonst sehr gut aus und bin das Gegenteil von verwahrlost. Wenn ich nicht eingeladen bin, habe ich abends fast immer Familien bei mir, Leute vom französischen und belgischen Konsulat, Redakteure vom Allgemeene Handelsblatt mit Familien. Alle diese Leute wollen keinen gesellschaftlichen Umgang mit Pünktchen, obwohl sie ihnen leid tun. Ich glaube, es war auch mein großer Fehler, daß ich mich auf dem amerikanischen Konsulat durch ein Pünktchen vertreten ließ.

Werde nicht ungeduldig, sondern laß Dir in Ruhe weitererzählen.

Fast alle meiner Pünktchenfreunde mußten abreisen, da die holländische Fremdlings-Polizei auf keinen Fall Aufenthaltsbewilligungen verlängerte. Sogar meine Mutter hatte man kaum reingelassen.

Da meine Bewilligung auch abgelaufen war oder ablief, geriet ich natürlich in Panik. Jeden Morgen rief der französische Konsul mich an, um mich über die Kriegslage zu unterrichten. Soweit jemand überhaupt informiert sein konnte, war er es, und man war der Ansicht, daß die Bombe jede Minute platzen würde. Der Konsul riet mir *dringend* ab, nach Frankreich zu reisen, da dort im Falle des Kriegsausbruches eine selbstverständliche Panik herrschen und jeder Deutsche mit einem deutschen Paß im ersten Trubel in Lebensgefahr sein würde. Also was tun? Wohin?

Ich rief gestern den französischen Konsul an und sagte ihm, daß ich bereits anfinge, illegal hier zu sein. Der brave Mann hat sofort ein Auto genommen und ist zum Polizeipräsidenten gefahren, um die Sache mit meinem Aufenthalt zu erledigen. Er mußte persönlich für mich bürgen und hat es auch getan. Du hast nicht die allergeringste Ahnung, wie schwer das alles jetzt ist. Kesten, der einen anerkannten Namen hier in Holland hat und fünftausend Gulden als Kaution hinterlegte, durfte trotzdem nicht bleiben.

Eben kam Dein Brief. Ach, Arnold, könntest Du doch verstehen, wie roh dieser Brief ist. Früher hattest Du ja oft recht, und ich fühlte mich Dir gegenüber auch schuldbewußt – aber jetzt tust Du mir unrecht, nur und nur unrecht. Schreibe mir jetzt sofort, was ich tun soll. Das Tourist-Visum kann ich gleich bekommen und zu Dir fahren. Die Fahrkarte habe ich. Auf die Quota zu warten würde noch Monate dauern. Ich müßte dann sofort nach Rotterdam fahren, mich vormerken lassen, und Du müßtest noch dazu sämtliche Senatoren in Bewegung setzen. Hier auf dem amerikanischen Konsulat sagte man mir, daß die Quota auf lange gesperrt sei und daß kein Konsul Ausnahmen machen würde und machen könnte. Was also soll ich tun? Telegrafiere mir sofort, wenn Du diesen Brief hast, ob ich mit Tourist-Visa kommen soll oder noch am gleichen Tag mich für die Quota in Rotterdam vormerken lassen soll.

Was augenblicklich mit dem Krieg wird, weiß man wieder nicht. Die Spannung dieser letzten Tage war so unerträglich, daß man sich fast schon die nächste Bombe wünschte, die einen erlösen würde.

Die Verlage geben weder Geld noch Verträge, ehe die Lage annähernd entschieden ist.

Du mußt mich liebhaben, Arnold, und Du darfst jetzt, gerade jetzt nicht böse oder verzagt werden.

Vor allem mußt Du mir helfen, aus dem Hotel rauszukommen, damit ich entweder gleich zu Dir kann oder die Wartezeit wirklich billig überstehen kann. Wenn ich nach Frankreich fahren würde (falls Krieg vermieden ist), wäre ich nach drei Monaten Französin und hätte einen französischen Paß. Dann könnte ich doch ohne weiteres mit Tourist-Visa kommen? Ich meine, falls ich hier noch sechs Monate auf Quota-Visum warten müßte oder noch länger. Sage mir genau, was ich tun soll, ich werde jede Deiner Anweisungen haargenau befolgen.

Ich habe so schreckliche Sehnsucht nach Dir. Es hat mich ganz verrückt gemacht, als man mir sagte, daß ich viele Monate auf Quota-Visum würde warten müssen. Wäre ich doch nur bei Dir, wäre ich doch nur bei Dir geblieben.

Was ist sonst noch zu erzählen?

Augenblicklich mache ich die Korrekturen von meinem Roman – d. h., ich mache sie nicht, weil ich noch so furchtbar viel daran zu arbeiten und hineinzuschreiben habe und nicht die richtige Kraft und Konzentration habe.

In vier Wochen soll ich hier in Amsterdam im Rundfunk sprechen. Das Honorar ist unbedeutend – solange ich nicht aus diesem Luxus-Hotel raus bin. Ein amerikanischer Verlag schrieb mir. Er gibt einen Novellenband heraus, und ich soll eine Novelle von ca. 30 Seiten dazu schreiben. Sie zahlen 250 Dollar bei Erscheinen des Buches (soll in fünf Monaten erscheinen) und dann später die – eventuellen – Tantiemen.

Ich habe eine glänzende Idee für ein neues kleines Buch, das ich schnell und ganz nebenbei schreiben könnte.

Mein Kleines, mein Geliebtes, diesen Brief habe ich in mehreren Etappen geschrieben, hoffentlich scheint er Dir nicht zu wirr, hoffentlich kannst Du alles einigermaßen begreifen. Ich fühle mich gesundheitlich wieder ziemlich matt und schlecht. (...)

Mein Liebling, jetzt soll der Brief *endlich* an Dich abgehen, sogar expreß. Ich schicke Dir auch eine Kritik aus dem Allgemeene Handelsblatt.

Ich vergaß übrigens noch, Dir das Wichtigste zu sagen. Das Pünktchen hier, das alles auf dem amerikanischen Konsulat für mich arrangieren wollte, hat mich die ganze Zeit über hingehalten und mich gehindert, selbständig vorzugehen. Ich fand das auch richtig, denn wenn jemand sich einer Sache annimmt, soll man ihm nicht mit anderen Aktionen dazwischenfunken. Der Mann ist auch wirklich nett und absolut seriös und hat sich auch wirklich Mühe gegeben. Nur hat er seinen Einfluß wahrscheinlich überschätzt. Ich habe beinahe täglich mit ihm bis zum Erbrechen telefoniert. Einmal hieß es, das Quota sei mir sicher. Dann wieder: Ich müsse noch warten. Und: Wenn ich in Rotterdam für das Quota-Visum einreichen würde, würde man mir hier kein Tourist-Visum geben. Alles, was er erreichen konnte, war zuletzt ein Tourist-Visum für sechs Monate. Das konnte ich stündlich haben. Da das Pünktchen auch in fürchterlichste Kriegspanik-Stimmung geriet, riet es mir, auf jeden Fall sofort das Tourist-Visum wenigstens zu nehmen. Ich habe aber trotzdem gewartet, da Du so streng dagegen schriebst.

Jetzt muß ich mich wieder einen Augenblick hinlegen, mein Liebling. Bitte, telegrafiere mir sofort, wenn Du diesen Brief hast. Telegrafiere mir auch ein liebes Wort. Ich brauche es, ich brauche es zum Leben.

Ich küsse Dich voll Liebe und voll Sehnsucht. Deins

Es geht in diesem Brief um die Sudetenkrise, ein seit 1919 schwelender und 1938 akut ausbrechender Konflikt um die deutsch besiedelten Gebiete der Tschechoslowakei. Nach schärfer werdenden Autonomieforderungen der Sudetendeutschen Partei und Wendung ihres Führers Henlein zum Nationalsozialismus im November 1937 erhoben sich erste Stimmen für einen Anschluß an das Deutsche Reich. Hitler ermunterte Henlein zu unannehmbaren Forderungen an die Prager Regierung. Die tschechische Ablehnung beantwortete die deutsche Propaganda mit halbwahren Meldungen über Ausschreitungen gegen die deutsche Minderheit. Westliche Vermittlungsbemühungen blieben erfolglos. Hitler, ohnehin entschlossen, die Tschechoslowakei zu »zerschlagen«, heizte die Stimmung mit militärischen Beistandsangeboten zu Aufstandshitze an. In zwei persönlichen Besuchen bei Hitler in Berchtesgarden (15. 9.) und Bad Godesberg (22.-24. 9.) erreichte der britische Premierminister Chamberlain nur die Verschiebung der von Hitler nun ultimativ geforderten Angliederung des Sudetengebietes. Der europäische Krieg konnte in letzter Minute durch vollständige Erfüllung der deutschen Forderungen durch die Westmächte im Münchner Abkommen vermieden werden. (Zit. nach: Zentner/Bedürftig, Das große Lexikon des Dritten Reiches, München 1985, S. 571 f.)

Irmgard Keuns Angst ist berechtigt. Kein Emigrant weiß, was nach Kriegsausbruch passieren wird, jeder rechnet mit dem Schlimmsten: der Ausweisung. Die Papiere sind in der Regel nicht in Ordnung.

> Man war als Emigrant nicht gern gesehen. Leute, die sich mit ihrer Regierung nicht vertragen können, werden vielfach als etwas anrüchig empfunden. Auch damals wurden sie das, auch als diese Regierung Hitler hieß. Überall gab es Verständnisvolle und Gütige und Einsichtsfähige, aber überall gab es auch andere.
> *Bilder aus der Emigration*

Noch nie war es Irmgard Keun so ernst, nach Amerika zu kommen – auch mit einem zeitlich begrenzten Touristenvisum; und ausgerechnet jetzt rät ihr Arnold Strauss, auf ihre Quote zu warten. In seinem Nachlaß findet sich ein Brief seiner Tante Hatty Strauss aus Den Haag vom 18. 9. 1938. Sie schreibt unter anderem: Du mein Bester wohnst in einem Scheveningen in Amerika. Warum ist Irmgard nicht bei Dir geblieben? Hast Du sie wirklich noch ebenso lieb?

Am 3. 11. erreicht Arnold Strauss ein Telegramm von Elsa Keun, die bei ihrer Tochter in Amsterdam ist: Irmgard habe eine Lungenentzündung. Man erbitte Hilfe.

Hilfe brauchen auch Arnold Strauss' Eltern, die sich endlich entschlossen haben, Deutschland zu verlassen. Der Den Haager Vetter Fritz Strauss empfiehlt Arnold, seine Eltern sofort mit einem Touristenvisum in die USA zu holen, weil die deutsche Quota auf Jahre hinaus geschlossen sei. Arnold Strauss hüllt sich lange Zeit in Schweigen. Fritz Strauss ist irritiert – und organisiert unter großen Mühen die Einreise von Lucy und Arthur Strauss in die Niederlande, die zu diesem Zeitpunkt offiziell schon keine Emigranten mehr aufnimmt. Anfang Januar 1939 kommen die beiden in Den Haag an. Irmgard Keun schreibt an Arnold Strauss bis Ende 1938 nur noch drei Briefe und einen kurzen Weihnachtsgruß.

Den ersten diktiert sie einer Freundin am 24. 11. Sie sei immer noch sehr krank – und immer noch sehr hilfebedürftig. Einziger Vorteil: Sie habe sich über der Krankheit das Trinken abgewöhnt und wolle nun nie wieder damit anfangen. Wie es weitergehe, wisse sie nicht. Ihre Eltern – obwohl guten Willens – könnten ihr nicht helfen. Es bestehe keine Möglichkeit, Geld nach Holland zu bringen. »Behalte mich lieb. Deine Irmgard.« Ihre Unterschrift ist zittrig. Arnold antwortet nicht.

Am 5. 12. 1938 schreibt sie:

Ich bin müde und mutlos, aber das kommt auch, weil ich noch immer so matt und kränklich bin. (...) Ich habe jetzt gar keine Kraftreserven mehr. Durch Dich bin ich auch traurig und muß über Deine Lieblosigkeit oft weinen. Dann stelle ich mir vor, mit was für Schwierigkeiten Du zu kämpfen hast und wie elend Du an der Beach lebst. Ich glaube, zu zweien würde man es besser aushalten.

Amsterdam, Mitte Dezember 1938
(ohne genaues Datum)

Kleines, Dank für den Brief. Du hast jetzt keinen Grund mehr, wütend auf mich zu sein, schon lange nicht mehr. Ich kann mich ja so in Deine Situation und Lage hineinversetzen, und Du tust mir in allem so schrecklich leid. Bitte, habe doch Mut und Vertrauen, wenn ich bei Dir bin, werden wir schon alles schaffen und in Ordnung bringen, und mit Deinen Eltern wird auch alles gut werden. Ich bin in Sorge, daß Du bei dem ekelhaften Wetter immer zur Beach fahren mußt, mein armes Kleines. Trotzdem bist Du vielleicht gegen die Leute hier in Europa noch zu beneiden.

Dein Brief hat mich etwas böse und sehr traurig gemacht, Kleines, Du hast doch genug Phantasie, um Dir wenigstens annähernd mal vorstellen zu können, wie die Atmosphäre hier war und ist. Aber vielleicht kann man das nicht, wenn man so weit fort ist. Ist man hier, so kann man sich jedenfalls *unmöglich* diesen ganzen Dingen entziehen, und die Angst und Qual ist schrecklich. Du hast ja recht mit dem, was Du über Quotavisum schreibst. Jetzt scheint es ja auch anzugehen, daß man wartet. Aber vorher war die Panik hier berechtigt, wie sollte man noch an Warten denken, wo jeder Tag die Katastrophe bringen konnte?

Ich hatte ja schon so schreckliche Ahnungen, als ich von Dir fortfuhr. Hätten wir dort nur geheiratet, und ich wäre später nach Canada gefahren, um von dort aus die Einwanderung zu betreiben. Hier stürmt man jetzt geradezu die Konsulate. Ich habe einen ganzen Tag in Rotterdam verbracht, ohne daß es mir gelungen ist, den Konsul zu sprechen. Mit den unteren Organen zu reden hat gar keinen Sinn, die geben Dir immer nur den gleichen Bescheid, der so deprimierend ist. Als ich Deinen Brief bekam, habe ich sofort den französischen Konsul gebeten, zu mir zu kommen, und er wollte auch gleich die Sache in die Hand nehmen. Dann war er leider ein paar Tage krank, wodurch eine kleine Verzögerung eintrat. Jetzt will er morgen mit mir zusammen nach Rotterdam fahren, ich werde Dir dann das Resultat telegrafieren.

Es ist kindisch, wenn Du mir Vorwürfe machst, daß ich nicht rechtzeitig aus diesem teuren Hotel ausgezogen bin. Es war mein *sehnlichster* Wunsch, es zu tun. Und wenn ich damals die Schiffskarte nicht gekauft hätte, hätte ich es auch gekonnt. Aber Du weißt ja, wie die Situation damals war, selbst Du hattest ja auf einmal ernsteste Befürchtungen.

Mir fehlte dann einfach immer das Geld, um ausziehen zu können. Ich bin selbst verzweifelt darüber, aber ich schwöre, daß es nicht meine Schuld ist. Was soll ich Dir noch mal alles vorrechnen? Ich habe hier genug ausgestanden und gelitten, und zu allem übrigen kam auch noch meine Krankheit. Und dann, daß die Verlage, mit denen man früher immer noch mal hier und da rechnen konnte, völlig wahnsinnig geworden sind. Auch die skandinavischen Leute wollen mich jetzt nicht haben, sie wollen meinen Besuch auf Februar 39 festsetzen. (...) Manchmal geht eben alles schief. Wenn Du mir wenigstens wirklich lieb und gut und liebevoll schreiben würdest! Ich kann jetzt beim besten Willen keine Rauheiten und Zurechtweisungen vertragen, besonders von Dir nicht, zumal ich sie jetzt wirklich nicht verdient habe. Glaube mir, daß ich ganz klar und streng über mich urteile, aber ich *habe* jetzt keine Vorwürfe verdient.

Zu den großen Übelkeiten passieren dann auch noch so kleine groteske Ekelhaftigkeiten. Ich war doch hier sehr mit einer holländischen Familie befreundet, *sehr* brave und sehr gut bürgerliche Leute mit vielen kleinen Kindern. Die Leute konnten gar nicht genug von mir kriegen und besuchten mich und wollten mich dauernd bei sich haben – so wie bei

Dir die Wilsons. Sie waren auch immer genauso gekränkt, weil ich nicht genug Zeit für sie hatte. Aber sonst mochte ich sie sehr gern, und sie boten mir dann an, ein Zimmer in ihrem Haus zu bewohnen. Dieses Angebot zog ich ernsthaft in Betracht, von Tag zu Tag ernsthafter, obwohl ich gewisse Hemmungen hatte. Der brave Mann verliebte sich nämlich vollkommen primanerhaft und hemmungslos mit schwermütigem Ernst. Ich war ja immer nur mit ihm und der Frau zusammen, und es wurde etwas peinlich, wenn er mich um Bilder bat oder mich vollkommen versunken anstarrte und seufzte oder plötzlich und unbeherrscht nach meiner Hand griff und lauter so Sachen. Nur ganz unschuldige brave Ehemänner können sich so blöd benehmen. Er merkte auch gar nicht, wie sehr er sich gehenließ, aber die Frau merkte es. Ich ignorierte es, und meine Freundschaft mit der Frau schien ungetrübt zu bleiben. Dann rief er mich vor einer Woche mittags an und bat mich, unten im Café eine Tasse Kaffee mit ihm zu trinken. Eine Stunde saß er da, seufzte, sprach von Politik, Wetter und Literatur und ging. Das wiederholte sich noch zweimal, und ich wagte auch nicht zu fragen, ob seine Frau wisse, daß er hier sei, weil ich fürchtete, durch die geringsten Anstöße eine Flut aufgestauter Geständnisse zu entfesseln. Mir war das Ganze mehr lästig als schmeichelhaft, aber keine Spur wichtig, ich habe überhaupt nicht darüber nachgedacht, ich hatte andere Sorgen. Da bekomme ich auf einmal einen geradezu märchenhaften Brief von der Frau, in dem sie unter anderen irrsinnigen Drohungen schreibt: Sie würde sorgen, daß meine Stunden in Holland gezählt seien – selbst eine stille holländische Hausfrau könne eine gefährliche Streitkraft werden für eine deutsche Emigrantin. Ich weiß nicht, ob Du die Gemeinheit einer solchen Drohung richtig verstehst und sie Dich auch so empört. Mich macht jedenfalls so etwas rasend. (...) Früher haben brave eifersüchtige Frauen mit dem Regenschirm gehau'n oder mit Revolvern gedroht, heutzutage bedienen sie sich politischer Repressalien. Dabei habe ich mit diesem Mann noch nicht mal kokettiert, geschweige denn sonstwas von ihm gewollt. Ich habe sofort den französischen Konsul gerufen und ihm den Brief gegeben, und der war natürlich schrecklich empört und rief den Mann an, daß er einen Drohbrief der Frau an mich habe und damit zum holländischen Polizeipräsidenten fahren würde.

Er ist aber dann vorher mit dem Mann zusammengekommen, der irgendwelche Versprechungen und Erklärungen für seine Frau abgeben mußte. Der Konsul wollte nicht, daß ich persönlich noch irgend etwas mit der Sache zu tun haben sollte. Er ist so unerhört rührend, dieser Konsul, überhaupt verstehe ich mich eigentlich immer mit allen Franzosen glänzend, und die Holländer hab' ich fast alle ziemlich über. Der Antisemitismus wird immer schlimmer, und Emigrant sein bedeutet ungefähr dasselbe wie Taschendieb oder Einbrecher. Der belgische Justizminister hat jetzt auch eine greuliche Rede gegen Emigranten gehalten. Sei froh, daß Du mit alledem nichts mehr zu tun hast. Hier kannst Du Dich den ganzen Ekelhaftigkeiten nicht entziehen, und es ist sehr deprimierend. Du bist auch zu beneiden, daß Dein Beruf nicht an eine Sprache gebunden ist. Ich komme nie von meiner Sprache los, und das macht alles noch schlimmer. Ich fühle mich so schlecht, Kleines, so krank. Ich verstehe es gar nicht. Wär' ich doch nur schon bereits bei Dir. Sei doch so gut und habe mich lieb. D. I.

»Jetzt macht sie diese arme norwegische Frau unglücklich. Man sollte dafür sorgen, daß sie aus Frankreich abreisen muß, man sollte da wirklich was tun. Sie ist eine deutsche Emigrantin und hat keine carte d'identité. Ihr französisches Visum ist seit einer Woche abgelaufen, sie hat es mir selbst erzählt.«

»Halt den Mund«, ruft Herr Fiedler. Dabei bekommt er böse Augen.

»Ach«, sagt mein Vater, »wo sind die schönen guten alten

Zeiten, wo die braven bürgerlichen Frauen einander noch mit Regenschirmen auf den Kopf gehauen haben, wenn sie eifersüchtig waren – und die unangenehmeren Frauen nette anonyme Briefe schrieben? Heutzutage arbeiten schon die Guten mit politischen Repressalien. Die Politik scheint wirklich alle Menschen und alle menschlichen Beziehungen vergiftet zu haben. Jeanne ist so ein nettes Mädchen, manchmal ein wenig zu zärtlich, ein wenig wirr und etwas zu verschwenderisch mit sich und ihren Gefühlen. Sie ist gescheit, aber wenn sie eine Gelegenheit hat, eine Dummheit zu begehen, wird sie sie unter allen Umständen begehen. Eine Gemeinheit nie.«
Kind aller Länder

Kind aller Länder war bereits erschienen, als Irmgard Keun ihrem Freund ihr Erlebnis mit der eifersüchtigen Frau erzählt.

Hat sie vergessen, die Geschichte bereits verwertet zu haben? Arnold Strauss kennt alle ihre Romane.

Anfang Januar zieht Irmgard Keun aus dem teuren Hotel aus und in ein kleines Zimmer bei der Familie van Schaik in Amsterdam, Van Eeghenstraat 58. Sie schreibt am 10. 1. 1939:

Sehr schön hab' ich's hier nicht, vor allem ist meine Arbeit hier sehr erschwert. Das Zimmer hat keine Zentralheizung, nur einen jämmerlichen Ofen, der an den wärmeren Sommertagen vielleicht nicht sehr stört, aber schon bei leichter Kälte nicht viel mehr heizt als ein brennendes Streichholz.

Nach diesem Brief hört Arnold Strauss – einmal abgesehen von einem telegrafischen Notruf um Geld – bis Ende Februar nichts mehr von seiner Braut. Dafür um so mehr von seinen Eltern, die jetzt in Den Haag leben.

Am 7. 2. 1939 schreibt Arthur Strauss seinem Sohn: Natürlich fesselte uns besonders die Nachricht, daß Irmgard so nahe von uns sich aufhält. Noch heute schreiben wir ihr, da wir gestern nicht die Zeit dazu gewannen. Es ist doch herrlich, daß wir nun endlich wieder in Beziehung treten können. Wir freuen uns so sehr darauf, daß, wie wir ersehnten und hofften, nun endlich eine dauerhafte Brücke zwischen uns und ihr sich bildet. Was werden wir uns gegenseitig zu erzählen haben. Was mag I. inzwischen erlebt haben. Wahrscheinlich noch mehr wie wir, wenn sie auch schon viel länger den unmittelbaren Eindrücken und Gefahren entrückt war.

Lucy Strauss ist weniger euphorisch. In ihrem Brief vom 11. 2. 1939 steht:

Peter erwartet mit jeder Post einen Brief von Irmgard. Ich bin psychologisch etwas anders eingestellt.

Am 20. 2. 1939 hat Arthur Strauss das Warten aufgegeben: Seit 1933 will I. dich heiraten. Sie ist längst geschieden und tut es doch nicht. Sie besucht Dich dort, nachdem sie es zu Weihnachten versprochen hatte, im Juni. Sie telegrafiert dann: Heirate nicht vor August. Und dann fährt sie wieder davon, und Du bist nach wie vor Junggeselle, immer in hoffnungsvoller Erwartung, daß sie sich noch einmal entschließen könnte, anderen Sinnes zu werden und Dich zu heiraten. Glaubst Du denn, daß diese Frau Dich ihrer Arbeit vorziehen wird? Sie hat doch gar kein Verlangen nach einer Häuslichkeit und Heirat, zumal in Amerika. Ich habe es Dir schon einmal geschrieben, daß ich Deine Langmut nicht begreife und daß ich sie nicht für klug halte. Du könntest, solange Du noch jung bist, Dir dort den schönsten Ehestand schaffen, statt der ewig wartende geduldige Liebhaber zu sein. In allen anderen Dingen siehst du klar, und in dieser Angelegenheit bist Du hörig und mit Scheuklappen versehen. Eine Frau, die Dich wirklich liebt, würde *Dir* die Freude machen, Deine Eltern in ihrer nächsten Nähe aufzusuchen, und Dir von ihnen berichten, mit ihnen, mit denen sie später vielleicht zusammenleben soll, Fühlung nehmen, sie näher kennenlernen zu wollen. Die Liebe macht blind. Aber Deine Blindheit begreife ich nicht.

Amsterdam, Ende Februar 1939
(ohne genaues Datum)

Kleines, Liebes, Geliebtes,
Gott sei Dank endlich ein Brief von Dir! Ich wollte schon gestern schreiben. Bücher und Briefe hast Du bis jetzt nicht erhalten, weil ich sie einem etwas blöden Knaben zu besorgen gab, der sie nicht besorgte. Und das habe ich nur durch einen Zufall erfahren. Es waren auch ein paar ziemlich wichtige geschäftliche Briefe an andere dabei.

Mein Kleines, Du hast mir soviel Freude gemacht. Die Ardens habe ich bekommen: Cleansing-Creme, Velva-Creme und Gesichtswasser. (...)

Mein Kleines, ich weiß nicht, was ich Dir zuletzt schrieb und was Du gelesen hast. Über das Kopftuch war ich auch sehr froh, ich habe es schon ein paarmal um den Kopf getragen. Und seit die Neger-Mamie da ist, werden ernste Leute, die zu mir kommen, kindisch und spielen damit, statt sich vernünftig zu unterhalten. Sogar der Arzt interessierte sich mehr dafür als für meine Krankheit.

Ach, mein Liebling, ich kann und kann mich nicht richtig erholen. Mal geht es ein paar Tage ganz gut, und dann kommt wieder ein Anfall von Fieber mit allen möglichen Erkältungserscheinungen. Das Klima hier ist abscheulich. Regen und mörderische Kälte wechseln dauernd. Dazu kommt, daß mein Zimmer keine Zentralheizung hat, sondern einen vollkommen irrsinnigen Ofen. Meistens ist es so kalt, daß ich weinend und in Pelzmäntel gewickelt vor meiner Maschine sitze. Und wenn der Ofen dann endlich einmal geht, wird es so heiß, daß einem der Kopf vor Schmerzen zerspringt. Das riesige Fenster schließt nicht richtig, und es zieht greulich.

Ich bin jetzt nur glücklich, daß Du gesund und die Sorge um Deine Eltern los bist. Ich glaube, Du kannst Dir gar keine Vorstellungen machen, wie entsetzlich hier alles gewesen ist, ich habe hier so viel gehört und erlebt. Europa ist so deprimierend und hoffnungslos, man fürchtet schon wieder ernsthaft für einen neuen Krieg.

Was meine Quota anlangt, so sagte mir der Konsul, ich solle nicht ungeduldig werden, was nur geschehen könne, würde geschehen, und es würde nicht mehr allzulange dauern, aber einen genauen Zeitpunkt kann er auch nicht angeben. Ich habe aber wirklich Vertrauen zu ihm. Nach Frankreich konnte ich noch nicht fahren, weil ich nicht genug Geld hatte. Du hattest mir geschrieben, daß Du mir im Januar 150 Dollar schicken könntest, und das wäre meine Rettung gewesen. Es ist mir gräßlich, Dir damit zu kommen, Liebling, aber ich bitte Dich sehr, tue, was nur irgend möglich ist, so schnell es nur irgend geht. Ich gebe mir die größte Mühe, mich einzuschränken.

Jetzt habe ich wieder so lange gewartet, ehe ich den Brief zu Ende schrieb. Ich habe kein Geld und bin buchstäblich dreiviertel verhungert. Ich dachte, Du würdest mir Anfang Februar Geld schicken, aber bis heute ist nichts gekommen. Ich bin im größten Elend und weiß auch nicht, wie ich telegrafieren soll. Ehe durch Buch und Verlag was eingeht, können noch Monate vergehen. Das Quota ist mir für Mai zugesagt. Ich *muß* zwischendurch mal fortfahren, aus tausend Gründen. Ich gehe hier zugrunde, und wenn Du willst, daß ich leben bleibe, mußt Du mir helfen, mal fortzukommen.

Deine Mutter hat mir geschrieben, aber ich kann ihre Schrift nicht lesen. Wenn sie wenigstens die Adresse deutlich geschrieben hätte! Oder eine Telefonnummer angegeben!

Ich bin auch einfach unfähig, jetzt in den Haag zu fahren, und würde es viel besser finden, wenn Deine Eltern mich in Amsterdam besuchten. Sie haben doch jetzt nichts zu tun, und da ist jede Abwechslung für sie vielleicht gut. Habe mich lieb, mein Kleines, seit ich von Dir fort bin, war alles so schlecht und schwer.

Ich küsse Dich.

Deins

Seit dem Aufenthalt in Norfolk ist in den Briefen Irmgard Keuns aus dem »Es« ein »Du« geworden. Das »Du« aber droht sich zu entziehen. Arnold Strauss schreibt nach wie vor selten. Ein Brief seiner Mutter vom 5. 3. 1939 gibt über den möglichen Grund dafür Aufschluß: Er scheint nun doch an der Liebe seiner Braut zu zweifeln, und – er hat in Norfolk Kontakt zu anderen Frauen. Lucy Strauss schreibt: Zwinge sie doch nicht zur Liebe. (. . .) Miss Taylors Zustand kann ich mir ganz gut erklären. Du warst sicher ihre letzte fehlgeschlagene Hoffnung.

Irmgard Keun scheint die Gefährdung zu ahnen. Kaum einen Brief gibt es, der das nicht durchscheinen läßt.

Amsterdam, den 10. 3. 1939

Kleines, Kleines, Kleines –
wenn ich doch nur von Dir hörte! Ich habe so schrecklich Sehnsucht nach Dir, und immer habe ich Angst, daß Du krank bist. (. . .) Ich habe so viel zu arbeiten. Einliegend ein paar Gedichte. Im Mai komme ich, aber Du mußt lieb sein und mir schreiben. Oft! (. . .) Ich küsse Dich innig.

D.

Bei den einliegenden Gedichten handelt es sich um *Fremde Stadt, Wahnsinn* und – um ein bisher unbekanntes Gedicht:

Liebe

Oft war ich böse, manchmal war ich gut
Zu dir?
Zu mir?
Ich kann uns nicht mehr auseinander halten.
Des hellsten Sterns lebendige Gewalten
Verzaubern mich.
In deinen Adern fließt mein Blut

Von dir
Zu mir –
Ich liebe dich.

Ich war sehr krank.
Durch meine Adern floß der Tod
So schwer und tief,
Daß ich im Schlaf ertrank.

Als ich erwachend nur nach Güte rief,
Ward mir ein Morgen ohne Morgenrot,
So grau und bang.

Am 20. 3. 1939 schreibt Irmgard Keun:

(...) Ich war sehr traurig über Deinen Brief, obwohl ich dachte, daß ich nicht noch trauriger werden könnte, als ich ohnehin schon war. Warum zweifelst Du so sehr an mir und meiner Liebe zu Dir? Glaube mir, ich habe Dich ehrlich lieb. Ich denke täglich an Dich und spreche oft stundenlang in Gedanken mit Dir. Ich sehne mich nach Dir, nach Deinen lieben Augen und möchte bei Dir sein und gut zu Dir sein. (...)

Sie berichtet ihm, daß die Kriegsangst in Europa stündlich zunehme, daß sie dabei intensiv an einem neuen Roman arbeite – und sich nun auch entschlossen habe, seine Eltern zu treffen.

Bevor sie sie trifft, schickt sie ihnen über Querido ihre neuen Bücher.

Am 16. 4. 1939 fahren Lucy und Arthur Strauss zu Irmgard Keun nach Amsterdam. Ein gelungener Ausflug, von dem Lucy ihrem Sohn umgehend berichtet: Sie habe reizend ausgesehen und sei ebenso lieb wie klug gewesen: »Ich habe diesmal zum erstenmal das Gefühl gehabt, daß ich gern für Irmgard sorgen würde.« Und auch Irmgard Keun berichtet.

Amsterdam, den 17. 4. 1939

Mein Kleines, Liebes –
gestern mittag kamen Deine Eltern, und gestern abend kam – endlich – ein Brief von Dir. Ich war so froh!

Ich fange an, Deine Eltern wirklich liebzugewinnen, besonders Deine Mutter. Ich bin glücklich darüber. Es bedeutet viel für mich, jemand liebzuhaben, und ich kann ihm dann auch viel sein. Ich möchte jetzt gern mit Deinen Eltern zusammenleben, bis ich zu Dir kann. – Ich habe eben den französischen Konsul getroffen und bin überzeugt, daß er alles tut, was er nur tun kann. Ich werde ihn unbedingt für Deine Eltern brauchen. Ich mache mir ernstliche Sorgen um sie, denn die Schwierigkeiten werden bald für sie beginnen – und es wird in Europa immer wahnsinniger und verworrener. Ich kenne ja nun schon nahezu alle Tricks, manchmal bin ich todmüde.

Dein Vater ist munter, sieht jung und frisch aus und ist kindlich und gleichzeitig ängstlich und optimistisch. Deine Mutter ist sehr intelligent und sehr feinfühlig und leidet wohl darum mehr. Ich glaube, daß wir zusammen manches erreichen könnten und einander viel sein und helfen könnten. Mein Kleines, ich habe viel gelitten in dem letzten Jahr und war so dumpf und starr geworden. Jetzt fange ich an, wieder etwas aufzutauen, und ich will Dir immer alles schreiben, damit ich nicht zufriere. Und Du mußt lieb sein und mir helfen und mir jeden Tag schreiben und mir alles erzählen und auf meine Briefe eingehen.

Ich bin jetzt geradezu ekelerregend sanft und engelhaft, Kleines. Wirst Du sorgen, daß ich wieder etwas erdhaft und bösartig werde?

Was ist mit Deinem Schnupfen? Bleib mir gesund!

Habe ich Dir von dem Meina erzählt? Mit meiner Freundin Maria war ich vor einigen Wochen hier zum erstenmal im Zoo, weil ich für meinen Roman ein seltenes Tier brauchte. Es regnete, kein Mensch war im Zoo, und auch kein Tier. Wir gingen lange herum und sahen nichts außer einem schönen Tulpenbeet und einem Häufchen Scheiße im Käfig des westafrikanischen Panthers. Maria glaubte, daß das Häufchen von dem Wärter sei – ich glaubte noch nicht einmal das, sondern hielt es für künstlich. An das reale Produkt eines real vorhandenen Panthers glaubten wir beide nicht. Der Zoo war ausgestorben, weit und breit nichts – kein Mensch, kein Tier. Im Vogelhaus ekelhaftes Papageiengeschrei, wüst und böse, und dazwischen rief auf einmal ganz weich und süß und lieb eine Stimme: »Hu hu« und »Ta-hach«. Eine halbe Stunde hab' ich gebraucht, ehe ich den Vogel fand. Er ist der süßeste und zauberhafteste Vogel von der Welt. Er ist mit zehn anderen Vögeln in einem Käfig, und alle sind tausendmal frecher und bunter als er. Er flatterte zu mir ans Gitter und war schrecklich lieb, und seine Stimme ist nie schrill. Immer reizend, gut und weich. Ich habe mich so in das Tier verliebt, daß ich nach ein paar Tagen wieder hingegangen bin und wissen wollte, wie es hieß. Es ist ein Meina. Dunkelblau mit gelbem Halskragen. »Das Myna«! Es kommt von Ceylon. Entsinnst Du Dich, wie Du mir von Florenz schriebst?

Ich küsse Dich, mein Liebling, ich schreibe morgen mehr.

Deins

Ob es diesen Vogel wirklich gegeben hat? »Meina« nennt ihn Irmgard Keun – »mein Vogel« und so lieb! Das Wortspiel – wie auch die Beschreibung des Tieres – verrät Sehnsucht nach einer heileren Welt, in der Wortwahl steckt viel unausgeträumtes Material.

Jahre später erzählte Arnold Strauss seiner Frau Marjory vom Myna, einem sprechenden Vogel aus Südostasien. Er kannte ihn aus einem Text über Teepflanzungen, den er 1935 Irmgard Keun zum Lesen geschickt hatte. Sie hat ihn zurückgeschickt. Eine Kopie findet sich zwischen ihren Briefen.

Einen Text von ihr, in dem ein »seltenes Tier« vorkommt, gibt es nicht.

Arnold Strauss könnte beruhigt sein: ein liebevoller, erzählender Brief von seiner Freundin, dazu die Mitteilung, daß sich Braut und Eltern endlich näherkommen. Da schreibt ihm sein Vater am 21. 4. 1939 – alles Komödie! –:

Wir halten es für unsere elterliche Pflicht, Dir die Augen zu öffnen, und Du darfst unsere Offenheit nur so verstehen, daß wir Dich vor weiteren Enttäuschungen behüten wollen und müssen. Begründung:

1. I. hat Dich mit keinem Wort erwähnt. Als wir einmal die Rede auf Dich brachten, ging sie schnell zu einem anderen Thema über. Ist das natürlich?

2. Der Querido-Verlag löst sich auf. Er siedelt nach USA über, wie I. uns erzählte. Auch ihre anderen Beziehungen zu Zeitungen erlöschen.

3. Nun läge es doch nahe, daß I. diese Übersiedlung nach dort freudig begrüßte. Aber nein. Sie sagte: Überall finden meine Bücher guten Absatz. Nur nicht in Amerika, wo ich eine schlechte Kritik habe. Meine Bücher werden dort vernachlässigt.

4. Amerika hat mir nicht gefallen, auch Norfolk nicht, auch die Menschen dort nicht. Die Hin- und Rückreise ist mir sehr schlecht bekommen. Trotzdem I. reizend aussah, fühlte sie sich keineswegs wohl. Fortwährend zitterten ihre Hände, ein richtiger Tremor. Auch ihre Schultern zitterten beständig. Wie ich es bei einer Frau in ihrem Alter nie gesehen habe! Sie behauptete erst, es sei eine Nikotinvergiftung, zumal sie auch eine Herzneurose habe. Dann fragte sie, ob auch Elytiran diese Zustände verursacht haben könne.

5. I. behauptet, vielleicht im Mai reisen zu können. Auf unsere Frage, welche Quotennummer sie habe, erwiderte sie, daß sie keine hätte. Das hieße doch, daß sie gar keine ernsthafte Absicht hat, dauernd nach dort zu gehen. Statt dessen möchte sie gerade jetzt, kurz vor der erhofften Möglichkeit, endgültig auswandern zu können, in die Schweiz, wegen der Kriegsgefahr. Sie glaubt, sicherer in der Schweiz zu sein als in Holland. Da wäre es doch wohl näherliegend, daß sie jetzt ihre Abreise nach USA betriebe.

6. Sie sagte, daß ihr die Reise nach dort und zurück sehr schlecht bekommen sei. Sie scheue sich vor einer nochmaligen Fahrt.

Schlußfolgerung:

1. I. ist eine reizende faszinierende Persönlichkeit. Sie kann nur leben in einer unmittelbaren freien schriftstellerischen Umgebung und unter dauernder schriftstellerischer Anregung.

2. Du bist in sie verliebt und siehst nur das, was Dir im Zusammenleben mit ihr eine schöne eheliche und künstlerisch anregende Zukunft gestalten könnte. Aber wie so oft: Die Liebe macht Dich blind.

Mein Bibulein! Wir fürchten, daß auch diesmal Deine Hoffnungen sich nicht erfüllen. Du wartest nun etwa 6 Jahre auf ihr endgültiges Kommen, und Du wirst auch ferner darauf vergeblich warten!

... und – dieser Brief verrät es – Arthur und Lucy Strauss sind bereit, einiges zu tun, daß es so bleibt.

Mag sein, daß Irmgard Keun sehr uneins mit sich ist, wenn sie sagt, daß sie kommen will – und sie sagt es in einer Situation der Angst –, sicher ist, daß Lucy und Arthur Strauss dagegen intrigieren, denn auch sie wollen zu ihrem Sohn ...

Eine Konkurrenz auf Leben und Tod – aller zeitweisen Annäherungen zum Trotz.

Mitte Mai (ohne genaues Datum) schreibt Irmgard Keun:

Diesmal scheint's ernst zu werden. Es ist grauenhaft, hier in Amsterdam zu sein und eingesperrt zu warten – auf was? Krieg, Tod, Qual, Konzentrationslager? (...) Vielleicht oder sicher wäre es besser gewesen, überhaupt nicht auf das Quota-Visum zu warten, sondern mit einem Tourist-Visum zu Dir zu fahren. Aber Du wolltest es ja so. Und daß Du es so wolltest, erscheint mir jetzt manchmal fast als Mord. Alles ist so schrecklich hier, Liebling, so unbeschreiblich schrecklich. Und ich möchte so gern leben, auch für Dich leben.

Ende Mai dann:

Es war schon oft schlimm, aber so schlimm war es noch nie. In meinem Bekannten- und Freundeskreis ist eine Selbstmordepidemie ausgebrochen. Erst hat sich in Landauers Pension ein reizender alter Herr umgebracht, mit dem wir oft zusammen waren, dann eine Dame, mit der wir befreundet waren. Dann kam die Nachricht, daß Toller sich erhängt hat, und jetzt die Nachricht, daß Roth gestorben ist.

Joseph Roth starb am 27. 5. 1939 in Paris. In seinem letzten Text, *Die Legende vom heiligen Trinker,* steht: »... zu jenem langsamen Untergang entschlossen, zu dem Trinker immer bereit sind – Nüchterne werden das nie erfahren –, begab sich Andreas wieder an die Ufer der Seine, unter die Brücken.«

Das Gedicht, das Irmgard Keun dem toten Freund widmete, hat sie Arnold Strauss nicht geschickt:

Die Trauer, Freund, macht meine Hände dumm,
Wie soll ich aus dem schwarzen Blut der Grachten Kränze winden?
Das Leid, mein Freund, macht meine Kehle stumm,
Wo bist Du, Freund, ich muß Dich wiederfinden.

Die Tränen sterben mir, denn du bist tot,
Zerbrochene Gräber scheinen mir die Sterne,
Es fließt, es fließt der Strom der großen Not
Aus jedem Grab der unerreichten Ferne.

Ich möchte einen Mantel weben aus dem Leid
Einsamer Stunden, kann man Tote noch beschenken?
Man kann nur dankbar sein für jede Stunde Zeit,
die Gott noch gibt, um liebend zu gedenken.

Drastischer kommentiert Lucy Strauss am 31. 5. 1939 Roths Tod: Der Schriftsteller Roth hat sich totgetrunken, er ist nur 45 Jahre geworden.

Amsterdam, den 22. 7. 1939

Geliebtes,
ich gebe mir große Mühe, nicht verrückt zu werden. Ich bestehe nur noch aus Warten. Warten auf Visum, Warten auf Briefe von Dir, die nicht kommen. Wenn Du doch wenigstens schreiben würdest. Nach einem Brief von Dir habe ich immer wieder für ein paar Tage Mut. Ich sehne mich schrecklich nach Dir und freue mich so auf Virginia Beach. Ich bin geradezu musterhaft vorbereitet. Das größte Wunder scheint mir, daß ich den Alkoholismus überwunden habe. Es ist wirklich ein Wunder. Ich trinke überhaupt *nichts* mehr, nicht einen Tropfen. Und ich habe nicht das geringste Bedürfnis, was zu trinken. Ich bin dankbar und glücklich, daß ich diesen Fluch los bin. Vor allem auch, weil ich jetzt endlich mal ein Kind haben will. Ich wünschte, es wär' schon soweit.

Dann habe ich (ohne Elytiran!) *sehr* viel abgenommen, der Badeanzug vom vorigen Jahr schlottert mir am Leib. Ich besitze einen Nähkasten und stopfe Strümpfe und nähe Knöpfe an. Ich habe interessante Kochrezepte gesammelt und mache abends milde lyrische Gedichte. Manchmal bin ich mir in diesem veredelten Zustand schon etwas ekelhaft. Gott sei Dank ist mein neuer Roman keine edle Trieferei, sondern ziemlich salzig und bissig. Ich glaube, auch etwas unanständig.

In den nächsten Tagen will meine Mutter noch mal kommen, um nun zum drittenmal vor meiner Abfahrt Abschied zu nehmen. Sie will mir auch noch Sachen mitbringen. Meistens ist es ja Scheiße, was man aus Deutschland bekommt, aber das eine oder andere kann man vielleicht doch gebrauchen. Ich geniere mich, hier noch Bekannte zu treffen, denn seit Monaten reise ich wöchentlich ab. Offiziell bin ich schon gar nicht mehr hier.

Neulich besuchte mich Erika Mann. Ich fand sie sehr nett, sie würde Dir auch gefallen. Nächste Woche kommt sie wieder nach Amsterdam, im August fährt sie nach New York. Ein Freund von ihr sitzt hier in der gleichen Situation wie ich. Es macht mich ganz verrückt, daß ich hier nichts tun und unternehmen kann als sinnlos und störend, täglich den französischen Konsul anzurufen. Damit das Dasein nicht zu eintönig wird, setzt alle fünf Minuten Kriegsstimmung und Panik ein. Zwischendurch sind immer wieder neue Schwierigkeiten mit der Fremdenpolizei.

Das letztemal sagte mir der Beamte wörtlich: »Sie wissen doch, daß in Holland jetzt prodeutsche Politik getrieben wird.« Ich sehe hier sehr viel Antisemitismus und viel Nazihaftes. (...) Ich habe blutrünstige Träume und würde gern ein Massenmorden ganz nach meinem eigenen Geschmack veranstalten. Die Holländer scheinen mir übrigens in der Mehrzahl noch im Geiste des 30jährigen Kriegs zu leben. Wirklich interessiert sind sie nur an dem Kampf zwischen Calvinisten und Katholiken. Ich werde aus dieser verbitterten und verworrenen Kämpferei nicht ganz klug, aber da meine holländischen Freunde Katholiken sind, bin ich auch gegen die Calvinisten.

Es ist schon spät, Kleines, und ich will schnell noch den Brief in den Kasten werfen. Sonst bleibt er wieder tagelang liegen, um schließlich nicht abgeschickt zu werden.

Ich schreibe eigentlich weniger aus Mitteilungsbedürfnis als aus Aberglauben. Seit Monaten fand ich Schreiben immer überflüssig, weil ich glaubte und hoffte, noch vor dem Brief selbst dort zu sein. Vielleicht kommt jetzt das Visum, wenn ich gerade mehrere ellenlange verquatschte Briefe eingeworfen habe. Nachtfalter kommen auch wieder in mein Zimmer. Ich dachte, ich sei so gleichgültig und ausgelaugt von Ärger, Melancholie und Europaqual, daß sie mich nicht mehr erschüttern könnten. Aber sie erschüttern mich doch sehr. Und ich sitze hier in Zigarettenqualm und dumpfer Hitze bei geschlossenen Fenstern. Vor ein paar Tagen war ein fetter Falter auf dem Klosett, auf das ich nachts mußte, weil ich Durchfall hatte. Vor Entsetzen habe ich Verstopfung bekommen. Ich habe auch schon drei sehr schöne und sehr niedliche Überraschungen für Dich zum Mitbringen. Jetzt bin ich in Versuchung, eine voraus zu schicken. Klettigkeitsgefühle habe ich auch. Wahrscheinlich hat das Abmagern und meine Abstinenz meine Hormone munter gemacht.

Schluß für heute.

Schreib, schreib, schreib und telegrafiere und kümmer Dich um mich, kleines Blödsinniges, und sei lieb. Deins

Seit der »Reichskristallnacht« am 9. 11. 1938 und dem Bruch des Münchner Abkommens am 15. 3. 1939 (Einmarsch in Böhmen und Mähren) gibt es international keinen Zweifel mehr, daß Hitler den Krieg will. Am 23. 8. 1939 schließen in Moskau Deutschland und die UdSSR den Nichtangriffspakt; der Angriffsbeginn auf Polen wird auf den 26. 8. festgesetzt, dann aber verschoben, als bekannt wird, daß England und Polen einen Beistandsvertrag abgeschlossen haben und Italien neutral bleiben werde. Hitler bemüht sich, Großbritannien aus dem Konflikt mit Polen herauszuhalten – erfolglos. Am 30. 8. erklärt Polen die Mobilmachung. Am 1. 9. um 4.45 Uhr »wird zurückgeschossen«.

Die Angst der Emigranten ist berechtigt. Niemand weiß, wie sich »sein« Emigrationsland in dieser Situation verhalten wird, jeder will so schnell wie möglich weg. Für Irmgard Keun heißt in dieser Situation die einzige Möglichkeit: Amerika. In ihrem Brief empfiehlt sie sich nicht ohne Ironie als künftige brave Hausfrau: »Ich habe interessante Kochrezepte gesammelt . . .« Und auch ein Kind wünscht sie sich. Das Kind als Versprechen auf ein anderes Leben?

Die Sehnsucht nach einfachen Verhältnissen in komplizierten Zeiten ist verständlich. – Es kommt zu einer neuerlichen Annäherung zwischen Irmgard Keun und Arnold Strauss' Eltern.

Amsterdam, den 29. 8. 1939

Ach Kleines, kannst Du Dir vorstellen, was hier los ist? Es ist einfach zum Verrücktwerden. Vor meinem Fenster wildes Getobe. Radiogeheule, Fliegersirenen, unentwegt rasende Autos, Tag und Nacht Geknall und Getobe. Die Leute, mit denen man spricht, sind entweder in Apathie erstarrt oder knistern vor Aufregung. Gott sei Dank wohnen Deine Eltern so fern ab vom Getriebe, daß Ihnen viele Aufregungen und aufregende Symptome erspart bleiben.

Am Montag war ich bei Deinen Eltern, und wir telegrafierten Dir. Ich glaube, für sie ist es gut, daß ich noch hier bin. An den Verwandten scheinen sie gar keine rechte Stütze zu haben. Sie kamen mir sehr trostbedürftig vor. Sie geben sich große Mühe, tapfer zu sein, aber ich denke, daß sie oft schrecklich verwirrt und deprimiert sind. Aber es scheint – unberufen – auch nicht schwer, ihnen Mut zu machen. Natürlich ist es im Augenblick fürchterlich und am schlimmsten für Leute, die sich noch gewaltsam an letzte Reste von Optimismus klammerten. Du bist ja auch an vielem schuld, weil Du alles so korrekt und legal wie möglich haben wolltest. Aber dazu war es schon zu spät. Hätte ich Idiot nur einfach Deinen Wünschen zuwidergehandelt und Deine Eltern auch dazu veranlaßt. Jetzt sitzen wir hier in diesem Hexenkessel, und es ist mir noch schleierhaft, wie wir uns da rauswürgen sollen. Es gibt jetzt nur noch die Möglichkeit, mit Besuchsvisum rüberzufahren. Auch das wird elend schwer zu bekommen sein. Sind wir einmal drüben, könnnen wir das Visum verlängern lassen, bis Du Deine amerikanische Staatsangehörigkeit hast. Und dann ist es kein großes Problem mehr, daß sowohl ich wie Deine Eltern dableiben können. Vorläufig haben Deine Eltern diesen unglücklichen Paß, der bald abläuft. Wenn sie ihn jetzt zur Verlängerung auf dem deutschen Konsulat abgeben, wird ihnen – wahrscheinlich – geschehen, daß man ihnen den Paß vorerst gar nicht zurückgibt. Dann sitzen sie ohne jede Legitimation da. Ob der Aufenthalt für Holland verlängert wird, ist auch zweifelhaft. Meiner läuft auch bald ab.

31. 8. 1939

Mein Kleines –
die Panik wird immer schlimmer. Eben wurde hier die allgemeine Mobilisation bekanntgegeben. Deine Eltern erwarten mich. Ich besitze noch 17 Cent und weiß nicht, wie und wovon ich heut noch fahren soll. Aber ich werd's schon irgendwie schaffen. Mache Dir nicht zu viel Sorge, mein liebes Kind. Deine Eltern leben gut und gesund, und physisch geht es beiden gut.

Irmgard Keun kümmert sich um sie, und Arnolds Mutter schreibt es am 23. 8. 1939 im Geburtstagsbrief an ihren Sohn: Ein Schönes hat Dir Dein letztes Lebensjahr noch zum Schluß gebracht, daß wir uns mit Irmgard fanden. Du hast es ja immer vorausgesehen. Wenn Du uns beide Frauen so vertraut gesehen hättest, wäre es Dir Bestätigung gewesen. Irm ist wirklich kaum zu schildern. Ich verstehe Dich jetzt, »etwas Süßes«, wie Du auch einmal sagtest. Das ist sie auch außerdem. Das Wort »glücklichst« hat Bomm im vergangenen Jahr an uns telegrafiert. Wir haben es noch an die schlafende Post telegrafiert. Peter gab sein Bett her, und Irm blieb bei uns. Ich habe wieder einmal gelacht wie in alten Zeiten, und ich werd' es nun hoffentlich oft tun. Sie wollte ein Schlafpulver haben, ich gab ihr Pernokton, und sie wurde immer lebhafter. Dann stellte sich heraus, daß sie heimlich noch ein Mittel gegessen, das Peter auf dem Nachttisch hatte. Es war das belebende Pervitin. Sie hat dauernd heimlich davon gefuttert. Wir haben so fast die ganze Nacht verplaudert. Da ich immer vorsorge, daß ich um 3 Uhr, wenn ich vor Hunger nicht schlafen kann, etwas zu essen habe, kannst Du Dir vorstellen, wie göttlich das für Irm war. Ich glaube, wenn sie 8 Tage im Gefängnis nichts gegessen hätte, würde sie nicht mit mehr Appetit alles Erreichbare verzehrt haben, es war zum Totlachen. (...) Plötzlich fand ich eine kleine gewöhnliche

Muschel in meinem Bett. »Das ist eine meiner Besten«, sagte Irm. Dann hatte sie auch noch einen Glasknicker bei sich etc. (...) Irm meint, man könnte leichter mit Besuchsvisum herüberkommen und dort Verlängerung der Aufenthaltserlaubnis bekommen. Irm kam herüber und sagte, es ist Krieg. Empfindung. Du kannst Dir unsere Erlösung denken, als eine Mitmieterin uns am nächsten Morgen eine Zeitung auf den Balkon bändelte von der höhergelegenen Etage, in der von dem Hitlerabkommen mit Rußland stand.

Arthur Strauss schreibt ein Gedicht auf seine Schwiegertochter:

Setz dich, Irmgard, auf ein Pferdchen,
meinetwegen auf dein Pegasuspferd
Mit lachenden Augen, unbeschwert
Und nimm mich mit. Ich will laufen.
Möcht' etwas für Dich, mein Irmchen, kaufen.
Möcht' mit Dir laufen, an den Läden vorbei,
Und kaufen, was für Dich das Schönste sei.
Da schau – ein entzückendes Jackenkleid,
Pelzbesetzt, aus der jüngsten Zeit.
Wie würde es dir reizend stehn.
Und was muß ich in jenem Fenster sehn?
Eine Bluse, weiß, mit wallenden Bändern.
Nichts wäre an dieser Bluse zu ändern.
Und drüben – aus köstlichem Pelz ein Kragen.
Du könntest im Sommer und Winter ihn tragen.
Und wie ich sie praktisch für Irmchen fände,
Die Handschuhe dort, für deine schlanken Hände,
Und dort die Schuhe für deine flinken Füße – wie elegant.
Auch von Briefpapier wäre ich dir gerne Spender,
Statt Monogramm soll es zieren: Visum aller Länder. –
Ach so offen mein Herz und so offen meine Hand.
In jeden Laden möchte ich treten.
Doch fehlen mir – leider – die Moneten. –
So muß ich mich beschränken.
Vielleicht kann ich das alles in Norfolk dir schenken.

Meine Wünsche sind: Viele Leser in allen Landen,
Auf daß bald ein Goldberg wäre entstanden,
Und daß bald auch dein tiefster Wunsch sei gestillt
Und auch deine Sehnsucht endlich erfüllt,
Mit unserm Bommel vereint zu sein
Im eigenen Heim voll Glück und Sonnenschein.

Der nächste erhaltene Brief von Irmgard Keun stammt aus der letzten Septemberwoche 1939.

Amsterdam, Ende September 1939
(kein genaues Datum)

Mein Kleines,
wenn Du auch nur eine Ahnung hättest, wie trostlos und hoffnungslos hier alles ist! Gott sei Dank kam endlich mal wieder ein Brief von Dir. Ich weiß nicht mehr, wann ich Dir zuletzt schrieb – vielmehr, wann ich den letzten Brief abschickte.

Der französische Konsul machte mir vorgestern einen Besuch, um die diplomatischen Beziehungen zu mir abzubrechen. Da ich einen deutschen Paß habe und demnach Deutsche bin, darf er offiziell keinen Umgang mehr mit mir haben. Die Franzosen sind jetzt in einem Zustand wilder Raserei, und eigentlich finde ich das verständlich und sogar begrüßenswert. Deutsch ist für sie augenblicklich deutsch, und sie machen da nicht viel Unterschiede zwischen Deutschen, die Hitler mögen, und denen, die ihn nicht mögen. Es ist eben Krieg, und da lassen sich eben keine zarten oder komplizierten Unterschiede machen. Sie wollen auch gar nicht, daß emigrierte Deutsche auf ihrer Seite kämpfen. In England ist es wohl besser für die Emigranten.

Sowie ich Geld habe, will ich wieder zu Deinen Eltern fahren. Ich wünschte, sie würden hier bei mir in Amsterdam wohnen. Ich habe hier für uns alle die schlimmsten Befürchtungen. Was heißt Befürchtungen? Es ist wohl völlig sicher, daß in absehbarer Zeit die Deutschen nach Holland kommen. Vielleicht auf ganz friedliche Art, unter dem Vorwand, das arme gute Holland zu beschützen. Man merkt aus den deutschen Zeitungen, daß sie durchdrungen von diesen Absichten sind. Holland würde sich wohl gar nicht wehren. Teils, weil es nicht kann, und teils auch, weil es gar nicht will. Für die Holländer selbst würde sich wohl auch damit nach außen hin zuerst gar nicht viel ändern. Dein Onkel Egon zum Beispiel würde wohl in Ruhe weiter Modenschau veranstalten können, und René im Irrenhaus würde auch nichts passieren. Ich glaube auch nicht, daß man Deinen Eltern was tun würde. Es wären eben nur neue Ängste und Depressionen für die Armen. Sicher ist man – soweit das möglich – in Europa nur noch in der Schweiz. Aber es ist keine Möglichkeit, da noch hinzukommen. Ich lebe hier in der ewigen Gefahr, nach Deutschland ausgeliefert zu werden. Bei Juden versucht man das nicht, da Deutschland sie ja gar nicht haben will.

Am Montag treffe ich den amerikanischen Konsul hier. Wenn er mir ein Besuchsvisum für ein halbes Jahr gibt, fahre ich in vier Wochen (so Gott will) mit Landshoff und seiner Frau rüber. Dort kann ich das Visum für ein weiteres halbes Jahr verlängern lassen. Inzwischen haben wir geheiratet, und Du bist Amerikaner geworden, so daß ich dort bleiben kann. Ich sehe jetzt keine andere Möglichkeit mehr für mich. Es ist einfach keine Zeit mehr, die Quota abzuwarten. Ich bin absolut nicht in Panikstimmung, sondern sehe alles ganz klar und ruhig. Wenn die Deuschen herkommen, bleibt mir tatsächlich nichts anderes übrig, als mich schleunigst umzubringen, ehe die Tiere mich umbringen. Bis jetzt war ich noch ganz froh, Deiner Eltern wegen hier zu sein, und es widerstrebt mir auch, sie allein zu lassen. Sie sind so schrecklich vereinsamt. (...)

An meine Mutter wage ich gar nicht zu denken, obwohl ich Tag und Nacht an sie denken muß. Vor ein paar Tagen rief sie mich telefonisch aus Köln an, sie ruft mich alle paar Tage an – solange das noch möglich ist. Mein Bruder ist jetzt an der Westfront, mein Vater kränklich und meine Mutter in einem Zustand der Depression, wie ich noch nie an ihr erlebt habe. Ich zittere jedesmal vor ihren Anrufen aus Angst, sie könne was Unvorsichtiges sagen, und meistens sagt sie auch was Unvorsichtiges. Wenn das Gespräch beendet ist, ist mir übel vor Angst, ihr könne was passieren, und ich warte fieberhaft auf den nächsten Anruf. Natürlich ist alles scheußlich für die Arme. Alles scheint noch etwas schlimmer zu sein als 1917/18. Gesundheitlich fühlt sie sich schlecht, weil sie einfach überarbeitet ist. Fast alles muß sie allein machen, da Dienstboten ja kaum zu haben sind. Zu essen gibt es fast gar nichts, und sie muß stundenlang laufen und vor den Geschäften stehen. Die Privatautos sind alle eingezogen, und Schuhe dürfen nicht mehr besohlt werden. Zu allem nichts als die Aussicht, daß das alles nur ein harmloses Vorspiel ist und die wirkliche Tragödie erst kommt. Ach Arnold, ob ich meine Eltern noch einmal wiedersehe? Wie soll meine kleine Mutter das alles überleben! Wenn meinem Vater was passiert oder meinem Bruder? Ich komme mir wie ein Vieh vor, wenn ich jetzt nach Amerika fahre. Aber hier in Holland bin ich ja praktisch kaum weniger von ihr enfernt als in Amerika. Ich kann ihr ja auch gar nicht helfen. Deine Eltern kann ich ja jetzt noch etwas trösten, das letztemal habe ich Deine Mutter sehr zum Lachen gebracht. Aber wenn irgendeine Katastrophe durch Deutsche kommt, kann ich ihnen ja auch gar nicht helfen, sondern sie nur gefährden und belasten.

Glaubst Du, Kleines, daß man noch mal heiter und froh werden kann? Ich bin wie versunken in einem Meer von Trübsal. Wenn wir wenigstens nicht alle so verstreut wären. Zusammen läßt sich ja alles ertragen.

Schreibe mir bitte sofort, was ich tun soll, Kleines.

Ich hatte so sehr gehofft, Du hättest mir noch vor dem

Ersten etwas Geld schicken können. Seit Tagen habe ich keinen Cent mehr und nichts mehr zu essen. Dazu kommt immer noch eine schreckliche Angst um Dich, wenn ich nichts von Dir höre.

(...) Schreib, Kleines. Ich küsse Dich innigst. Deins

Fritz H. Landshoff kann sich nicht daran erinnern, daß Irmgard Keun zu irgendeinem Zeitpunkt mit ihm und seiner Frau (die zu diesem Zeitpunkt noch seine Freundin war) in die USA reisen wollte. Er glaubte damals nicht an den Einmarsch der Deutschen in die Niederlande: »Der Einmarsch der Deutschen in die Niederlande kam – heute schwer begreiflich – doch noch unerwartet. Ich war zufällig auf einer kurzen Verlagsreise in England und konnte meine für den 10. Mai geplante Rückreise nicht mehr antreten, da an diesem Tage der Einmarsch in Holland begann.« (23. 10. 1987)

F. H. Landshoff wurde 1940 in England für mehrere Monate interniert.

Weihnachten 1939 schreibt Irmgard Keun den nächsten Brief an Arnold Strauss. Was in der Zwischenzeit passiert, ist zu rekonstruieren aus telegrafischen Nachrichten und den Briefen seiner Eltern, die viel Kontakt mit Irmgard Keun haben und – wie immer – alles ihrem Sohn berichten: Klage und Freude wechseln sich wöchentlich ab. Verhält sich die Schwiegertochter ihren Vorstellungen entsprechend und hilft, ist sie die beste aller möglichen Frauen, tut sie es nicht, wird sofort geklagt:

Lucy Strauss am 5. 10 1939: Da uns Irm vorschlug, daß wir einige Zeit nach Amsterdam kommen möchten, entschlossen wir uns (...), diese Interimszeit in A. zu verbringen. Wir schrieben daher I., sie möge uns umgehend mitteilen, ob wir in A. bei ihr (oder anderswo natürlich) am 15. Unterkunft finden könnten. Eine Antwort kam *nicht.* (...) So reizend I. ist, wenn wir mit ihr zusammen sind, können wir ihre in allen Dingen so große Unzuverlässigkeit nicht begreifen. I. kennt unsere Lage, unsere Schwierigkeiten, und als sie uns sagte, daß sie uns in allem helfen wolle, haben wir daran geglaubt.

Lucy Strauss am 28. 10. 1939: Dienstag kam I. und blieb bis Mittwoch. Sie war entzückend. (. . .) I. ist ein liebreizendes, kluges und so warmfühlendes Menschenkind. Wir verstehen uns immer mehr, und wir malen uns jetzt ein noch schöneres Leben an Deiner und Irmgards Seite vor. Wann werden wir Dich umarmen? An meinem Geburtstag fahren wir wahrscheinlich zu I., zumal sie ihre Mutter erwartet!

Lucy Strauss am 5. 11. 1939: Du kannst Dir nicht denken, wie wir uns freuten, als Irm sagte, daß sie am ersten Dezember zu Dir wolle. Wenn es doch nur Wahrheit würde. Ich würde selig für Dich sein. Irm hat herrlich alle Phasen des Irrsinns vorgespielt, die sie mimen würde, wenn sie von einem deutschen Schiff gerettet würde. Ich glaube, unsere Mitbewohner kamen nicht aus dem Staunen, was bei uns los sei. Wir selbst aber lagen nahezu unter den Stühlen vor Lachen. Ach, hoffentlich kommt sie bald glücklich in Deine Arme. Sie ist schon einzig süß und klug, amüsant und geistsprühend. Aber ich habe sehr mit ihr geschimpft, weil sie am Ersten kommen wollte und statt dessen erschien, als wir um 7 Uhr zu Fritz zum Essen mußten, am Zweiten. Du mußt auch dafür sorgen, daß sie sich hübsch und sorgfältig anzieht. Ich hätte sie zu gern eingekleidet, ehe sie zu Dir fährt. Kleider sind günstiger für sie als Blusen, und warum sollte sie nicht so hübsch wie möglich aussehen, sie hat doch die Qualitäten. (. . .) Irm sagte, Dein Schnellfahren mache sie so nervös, also beunruhige das arme Geschöpf nicht auch noch damit, wenn sie neben Dir sitzt – und auch sonst nicht.

Lucy Strauss am 5. 12. 1939: Von Irm haben wir inzwischen nichts gehört. Ihr Kommen hält sie ja nie ein, wenn sie es zu einem Tag verspricht. Wenn sie bloß kein Geld für Alkohol in solchen Massen ausgeben würde, sie ruiniert sich und ihre Kasse damit. Wie magst Du Dich nach ihrem Charme sehnen? Auf welche Weise wird sie nur herüberkommen können?

Lucy Strauss am 18. 12. 1939: Wir sprachen gestern zunächst über unsere Visamöglichkeiten, die für uns ebenso schwierig sind wie für I. Über Genua, meinte I. richtig, würden wir wohl nicht fahren können, da Frankreich Deutschen die Durchreise nicht gestatten wird. I. will in Amsterdam jetzt einen Dr. Karlsberg aufsuchen, der nur für Emigranten arbeitet und enge Beziehungen zum amerikanischen Konsulat haben soll. (. . .) Irm hat sich zu Weihnachten Ballschuhe gewünscht.

Irmgard Keun scheint keine Möglichkeit unversucht gelassen zu haben, ein Visum zu bekommen: Kurze Telegramme und der eine oder andere Nebensatz in den Briefen der Eltern geben darüber Auskunft. Sie wird in Konsulaten vorstellig und bei Rechtsanwälten, sie mobilisiert alle Kontakte – sie will weg aus Holland. Sie hat Angst. Mag sie in ihrem letzten Brief bei der Schilderung dessen, was ihre Mutter ihr aus Deutschland berichtet, auch übertrieben haben, so stimmt es doch als Ahnung künftigen Geschehens.

Und – durch ihren Roman als »Nach Mitternacht« ausgewiesene und in ihrem Scheidungsurteil als amtlich beurkundete Nazigegnerin ist sie in höchstem Maße gefährdet.

Zu diesem Zeitpunkt verschärft die amerikanische Einwanderungsbehörde ihre Bestimmungen für das »nonimmigrant visitor's visa«: Es wird nur noch an Geschäftsreisende vergeben, bei denen man sicher sein kann, daß sie in ihr Heimatland zurückkehren müssen. Bei Emigranten kann man dessen nicht sicher sein.

Lucy Strauss (Ende 1939, ohne genaues Datum): Ach Bibu, ach Bibu! Nichts als negative Bescheide! Wir hatten uns so gefreut, daß Irm zu Dir könnte. Wie siegessicher war sie! Und wie lassen wir den Kopf jetzt hängen. Tieftraurig über Deine Fehleinschätzungen. (. . .) Wir können also für uns nur auf das Heranrollen unserer Quotennummer hoffen. Irm will durch Thomas Mann, Landhoffs Geschäftsgründung, Filiale in New York oder durch Nizzaer Konsul Besuchsvisum versuchen. Vielleicht gibt es noch andere Wege. Diese Gedanken kommen heute im ersten Schreck.

Irmgard Keun muß wieder begonnen haben, mehr zu trinken. Lucy Strauss schreibt es in ihren Briefen – und auch, daß sich das Procedere für das Quota-Visum geändert habe: Nun gelte nicht mehr die Zahl, sondern der Tag der Anmeldung. Ihr Kommen sei damit ungewiß.

Arnold Strauss wußte es. In seinem Nachlaß finden sich die entsprechenden Auskünfte der amerikanischen Einwanderungsbehörde. Zu spät bemühte er sich um ein Besuchervisum für seine Eltern.

Amsterdam, Weihnachten 1939

Mein Liebling,
heute werde ich Dir endlich einen langen und guten Brief schicken. Nicht nur schreiben. Das habe ich oft getan. Ein paar wüste, böse Briefe sind auch unter den Briefen, die ich nicht abschickte.

Für Deinen letzten Brief danke ich Dir sehr, aber er kam zu spät. Dein Geld kam auch zu spät. Es hing vorher alles an einem seidenen Faden, die Details kann ich Dir gar nicht beschreiben. Ich hätte fahren können, ich hätte das Visum bekommen – aber Du hast nicht gewollt, daß ich komme, Du hast mich mit Telegrammen hingehalten, Du hast einfach mörderisch gehandelt. Ach, ich wünschte, Du wärst hier, ich wünschte, Du wärst bei mir. Ich bin nicht nur unglücklich hier, sondern ich bin verzweifelt. Ich glaube, ich habe bei dem amerikanischen Konsul hier jetzt keine Chance mehr, das Visum noch zu bekommen. Zuerst war er schrecklich nett, und ich *zweifelte* überhaupt nicht, daß er es mir geben würde, ich müßte nur mit der Schiffskarte kommen. Aber das hat sich dann immer wieder verzögert, und schließlich war alles verkorkst, zum Teil auch durch meine Schuld. Erst hatte ich angegeben, ich wolle nur eben rüber, um mein neues Buch dort übersetzen zu lassen, und Landshoff unterstützte das alles sehr geschickt. Alles war gut, aber dann machte ich den Blödsinn, wieder ohne Schiffskarte hinzugehen und zu sagen, ich wolle zu Weihnachten meinen Verlobten besuchen, und er möge doch auch Deinen Eltern das Visum geben, damit sie auch gleich mitfahren könnten. Das war an dem Tag, als ich mit Deinen Eltern dort auf dem Konsulat war. Daraufhin wurde er mißtrauisch und sagte, vorläufig könne er es überhaupt nicht geben. Inzwischen fuhr Landshoff ab, und ich heulte vor Wut, weil ich nicht mitkonnte. (...) Ich ging dann zu einem amerikanischen Bankier, einem Freund von Landshoff, und der sprach noch mal mit dem Konsul, und es waren wieder Chancen. Aber Deine 200 Dollars kamen wieder völlig verspätet, und statt mich wie sonst anzurufen, hat die Bank einen Brief geschrieben. Sie ist ja überhaupt mitunter etwas trottelig. Außerdem war auch wieder so viel Zeit vergangen, daß ich etwas mehr gebraucht hätte, und dann hatte ich auch mit einem ganz bedeutend höheren Kurs gerechnet, und zwar mit dem Kurs, den man für Dollarnoten bekommt, wenn man sie hat und verkauft.

Das aber hat ja nichts mit dem Visum zu tun. Ich ging – wieder verspätet – zum Konsul, er schien mir ganz freundlich, sagte aber, im Augenblick könne er kein Visum geben. Endgültig abgelehnt hat er nicht, aber was sonst stimmt oder nicht stimmt, das weiß ich nicht. Vielleicht will er es persönlich nicht geben, vielleicht ist er von irgendwelchen Bestimmungen abhängig, vielleicht ist er auch nur genauso verwirrt geworden wie alle Leute in Europa. An und für sich war ich nicht so furchtbar verzweifelt, weil ich hoffte, durch den französischen Konsul nach Frankreich zu können. Dann hätte ich das amerikanische Visum bei dem Konsul in Nizza bekommen und wäre von Genua aus gefahren. Dieses französische Visum hat mich noch mehr Nerven gekostet, als ich noch habe. In jeder Beziehung wäre es meine Rettung und meine beste Chance gewesen. Vor allem wäre ich erst mal aus Holland raus gewesen, wo mir jeder Tag eine neue Lebensgefahr bringt. Die Deutschen versuchen jetzt alles, um mich über die Grenze zu kriegen.

Und ich habe auch alles getan, um mich bei ihnen übel bemerkbar zu machen. Zum Beispiel haben die Nazis hier Listen von allen irgendwie interessanten Emigranten, und ein bekannter Oberschnüffler ist hier der Anwalt der deutschen Gesandtschaft. Dieser Mann versuchte ein paarmal, im Künstlerclub hier mit mir zu sprechen, ohne daß ihm das gelang. Dann grüßte er mich, wenn er mir auf der Straße begegnete, und ich grüßte nicht wieder. Als er mich nun neulich wieder grüßte, verlor ich die Nerven und schrie: »Guten Tag, Herr Spitzel.« Ich bin überhaupt so wahnsinnig nervös und gereizt, daß ich ein Zusammensein mit Menschen kaum noch ertrage, einfach aus Angst, daß ich plötzlich anfange zu schreien oder über irgendeine Bemerkung tobsüchtig werde. Ein weiteres Unglück ist, daß ich jetzt Steuern zahlen muß. Wenn ich es nicht tue, so bedeutet das, daß ich hier mittellos und ohne genügende Einkünfte bin, und dann muß ich über die Grenze. Diese Steuerscheiße hätte ich auch durch rechtzeitige Abreise vermieden. Und Du, Kleines, sitzt jetzt auch so in Bedrängnis und hast recht mit dem, was Du schreibst: Diesmal ist der böse Wolf wirklich da. Das alles ist nur ein ganz gedrängter Auszug von Scheußlichkeiten. Vor allem ist da jetzt die Sache mit dem französischen Visum. Alles ging schwer, aber gut. Schriftstücke über Schriftstücke mußten ausgefüllt, Eingaben über Eingaben gemacht werden. Meine Bekannten in Paris benahmen sich rührend, weil sie ja wissen und einsehen, daß ich hier in absehbarer Zeit verloren bin. Der französische Pen-Club setzte sich ein, mein französischer Verlag und mein Minister am Quai d' Orsay. Dann gab das Ministerium seine Genehmigung, und dann lehnte das Armee-Kommando »Für den Augenblick« ab. Daß der französische Konsul die Wahrheit sagt, glaube ich, wissen kann ich es nicht. Jedenfalls rechnet man mit *aller* Bestimmtheit mit einem Einmarsch der Deutschen in Holland, der sich im besten Fall noch bis Ende Februar/Anfang April verzögert.

Sämtliche Franzosen hier in Holland haben jetzt ihre sämtlichen Familienmitglieder und einen Teil ihrer Sachen nach Frankreich geschickt. Immerhin werden die braven Holländer sich wehren, und darum werden die Tiere nicht über Nacht hier sein. Es bleibt einem dann gerade noch Zeit genug, sich in Ruhe umzubringen. Ich schreibe das nicht nur so dahin, sondern es ist mir völlig ernst damit. Sei sicher, daß ich alles, aber auch alles tun werde, um mich zu retten, denn ich habe durchaus die Absicht, zu leben für Dich und für mich. Wenn aber alle Hoffnung vergeblich ist, dann lasse ich mich nicht lebend in die Hände der Nazi-Schweine fallen. Einfach von hinten erschossen zu werden wäre ja natürlich ein großes Glück, aber damit darf man nicht rechnen. Quälen würden einen diese Biester. Ich bin aber auch ganz ehrlich überzeugt, daß man Deinen Eltern nichts tun würde, obwohl natürlich für sie auch alles scheußlich wäre. Es wäre mir auch so grauenhaft, ohne sie von hier fortzureisen. Meine Chancen scheinen mir im Augenblick auch noch recht dürftig. Für das französische Visum ist alles geschehen, was geschehen konnte, jetzt muß ich weiter warten. Für das amerikanische Konsulat habe ich wieder eine aussichtsreiche – unberufen! – Hilfe gefunden. Außerdem versucht H. G. Wells jetzt, mir über London nach Amerika zu helfen.

Anfang Januar

Ich konnte nicht weiterschreiben, weil ich zusammengebrochen bin. Ich war Weihnachten schon in einem entsetzlichen Zustand, wollte mich aber unter allen Umständen zusammennehmen, und dann ging es auf einmal nicht mehr. Mein Herz war in einem ganz traurigen Zustand, und ich war so matt, daß ich kaum noch die Hand heben und sprechen konnte. Alles, was ich sah und hörte, regte mich bis zum Wahnsinn auf, und ich wurde fast von Sekunde zu Sekunde empfindlicher. Ich hatte Angst, allein zu sein, aber sobald ich mit Menschen zusammen war, konnte ich sie nicht ertragen.

Heute geht es mir körperlich wieder etwas besser, aber ich fürchte mich immer noch, das Haus zu verlassen. Eins ist jetzt vollkommen sicher: Wenn ich nicht bald fortkann, passiert eine Katastrophe. Ich bin diesen ganzen greulichen Schwierigkeiten, diesen dauernden Spannungen, dieser blödsinnigen Sehnsucht nach Dir und auch nach meiner Mutter, dieser unentwegten Lebensangst um mich und andere einfach nicht mehr gewachsen und weiß nicht, wie lange ich noch für mich garantieren kann.

Außerdem bin ich verloren, wenn Du diesen Monat kein Geld schickst. Von den 200 Dollar habe ich den Rest für die Schiffskarte und alles, was ich hier zu zahlen hatte, bezahlt. Jetzt habe ich nichts mehr zum Leben und seit einigen Tagen zu allem anderen auch noch richtiggehend Hunger. Außerdem muß ich jetzt einen Teil der Steuern wenigstens bezahlen.

Heiligabend war ich bei Deinen Eltern, obwohl ich wußte, daß mich jede Art von Weihnachtlichkeit in diesem Jahr blödsinnig quälen und meiner Stimmung den Rest geben würde. Es gibt einen Grad von Traurigkeit, in der man auch eine Spur von Festesfreude einfach nicht mehr erträgt. Dann mußte ich auch noch mit zu Fritz gehen, der alles sehr gut meinte und für seinen Geschmack sehr prächtig gemacht hatte. Außer Deinen Eltern und mir waren noch Freunde von Fritz da. Berliner Konfektionspünktchen, wie Du sie in Deinem ganzen Leben nicht gesehen hast. Sie mauschelten auf berlinisch und standen alle feierlich um den Tannenbaum herum und sangen: »O Tannenbaum, o Tannenbaum.«

(...) Ach Kleines, wenn ich mit Dir zusammen bin, will ich gern fröhliche Weihnachten mit Dir feiern und in Gottes Namen auch einige Sentimentalitäten ertragen – jetzt und hier finde ich das alles grauenhaft und deplaziert.

Bitte, Kleines, schreibe mir sofort per Luftpost, ich bitte Dich. Glaube mir, Kleines, es ist notwendig, daß ich sofort und dauernd von Dir höre. Ich hätte viel mehr Kraft und Nerven gehabt, wenn Du mich nicht so lieblos im Stich gelassen hättest. Jeder liebevolle Brief von Dir war und ist mein Trost. Wenn ich immer von Dir gehört hätte, wäre ich nicht zusammengebrochen. Ich kam mir mit meinen Kämpfen so entsetzlich einsam und verlassen vor. Und Deinen Eltern hast Du immer geschrieben. Was macht es denn, Kleines, wenn Du ein paar Briefe umsonst schreiben würdest – insofern, als ich vielleicht fortkann, ehe sie mich erreichen. Verstehst Du mich denn gar nicht mehr, Kleines, und kannst Du Dir denn gar nicht vorstellen, was ich mitmache? Ich leide maßlos, mein Liebes, ich leide wirklich maßlos. Es ist nicht leicht, Europa so grauenhaft zusammenbrechen zu sehen und um die entsetzlichen Katastrophen zu wissen, die in absehbarer Zeit eintreten werden. Und fast alle Menschen, die man sieht, sind in schlimmem Zustand. Auch bisher so ruhige Holländer fangen an, diese Atmosphäre nicht mehr zu ertragen. Mit Dir zusammen hätte ich vor gar nichts Angst, und wenn es uns noch so schlecht gehen würde. Mit Dir zusammen könnte ich alles tausendmal leichter ertragen, nur allein ist alles so furchtbar schwer – und manchmal fast zu schwer. (...) Es ist so schlimm, daß ich gar nicht mehr schlafen kann. Jede Nacht liege ich wach und weine und quäle mich und laufe manchmal in meinem Zimmer herum und bin so müde und kann doch nicht schlafen. Nachts habe ich Angst vor dem nächsten Tag, und am Tag habe ich Angst vor der kommenden Nacht. Sei wenigstens in Gedanken und mit Worten bei mir, wenn ich schon sonst ohne Dich sein muß und das kaum noch aushalte. Schicke mir doch ein Telegramm jetzt gleich, irgendein gutes Wort, sonst sterbe ich noch vor lauter Traurigkeit und Verzweiflung, und ich will noch nicht sterben. (...) Sonst kann ich nichts weiter schreiben und denken als: Wärst Du doch bei mir, oder wäre ich doch endlich bei Dir. Ich fühle nichts als Liebe und Sehnsucht, und ich flehe Dich an: Laß mich nicht allein, laß mich jetzt bitte nicht allein, weil ich es sonst nicht mehr aushalte. Ich küsse Dich tausendmal, mein Liebling. Wenn ich nicht sofort von Dir höre oder vorher fortkann, sterbe ich. Ich küsse Dich.

Deins

Im Januar 1940 erreichen Arnold Strauss zwei Telegramme von Irmgard Keun. Sie fleht um Geld.

Mehr hört er von seinen Eltern: »Irm wieder einmal mysteriös, aber man muß sie gewähren lassen« (Lucy Strauss: 4. 2. 1940).

Irmgard Keun läßt kaum noch von sich hören, und besonders Arthur Strauss ist enttäuscht.

Im Februar drei Telegramme:

13. 2.: TODESNOT SOFORT SIEBZIG.
17. 2.: LIEBSTES SEKÜNDLICH NOCH MÖGLICHSTES SONST VERLOREN.
19. 2.: GOTTESWILLEN MEHR SOFORT.

Dagegen steht die Aussage von Arthur Strauss am 27. 2. 1940, daß Irmgard Keun 1000 Franc Vorschuß erhalten habe. Eine Aussage, die nicht folgenlos bleibt: Arnold ist empört.

Anfang März antwortet Irmgard Keun auf seine Vorwürfe. Es ist ihr letzter Brief an ihn aus dem Exil:

Amsterdam, den 9. 3. 1940

Lieber Arnold,
Dein Brief gab mir den Rest. Vielleicht ist es gut, daß ich Dir nicht sofort antworten konnte, als ich den Brief erhielt. Ich hätte Dir Wahnsinniges geschrieben und es dann wohl auch getan. Ich konnte Dir nicht schreiben, weil ich gerade meine rechte Hand gebrochen hatte. Ich wollte im Bett liegend nach einer auf dem Boden liegenden Streichholzschachtel greifen, verlor dabei etwas das Gleichgewicht und stürzte

mich mit allem Gewicht auf meine flach auf dem Boden liegende rechte Hand. Dabei ist sie dann unterhalb des Handgelenkes etwas gebrochen. Es war ein gutartiger Bruch, der schon fast geheilt ist, aber zuerst hat es doch ziemlich weh getan und war sehr lästig. Deine Vorwürfe sind ungerecht und unverschämt. Ich war oft leichtsinnig, aber ich bin kein Schwein. Ich habe keine Einnahmen gehabt, nicht einen Cent. Um aber in Holland bleiben zu *dürfen*, mußt' ich für die Fremdenpolizei die Bestätigung für ein regelmäßiges Einkommen haben. Ich bekam so eine Pseudo-Bestätigung von Querido. Das war vor ca. 16 Monaten. Diese Bestätigung hätte gar keine Folgen gehabt, wenn ich rechtzeitig fortgekonnt hätte – erst nach einem Jahr Aufenthalt wurde ich steuerpflichtig. Nie habe ich geglaubt, dann noch hier sein zu müssen. Ich bin vielen Leuten in Holland nicht sehr erwünscht; als »mittelloser Ausländer« würde man mich mehr als wahrscheinlich über die Grenze schaffen. Das ist keine Phantasie von mir, sondern die Beweise dafür sind da. Das ist die eine Sache. Was die tausend Gulden anlangt, von denen Deine Eltern schrieben, so habe ich ihnen das erzählt, weil sie in panischer Geldangst waren und Deine Mutter (nach Deinem damaligen Telegramm an sie) sich eventuell gedrängt gefühlt hätte, den notwendigen Restbetrag für meine Amerikareise zu beschaffen.

Ich habe gelebt von dem Geld, das Du mir schicktest. Außer diesem Geld bekam ich (. . .) ein paarmal etwas von zu Haus. Aber selten und wenig. Und 100 Mark sind durchschnittlich nur 20 Gulden, meistens nur 19. – Landshoff nahm mich manchmal zum Essen mit und zahlte einmal eine Restschuld im Hotel für mich. Er hat in New York sehr viel Günstiges anbahnen können. Wahrscheinlich wird mein neues Buch Geld einbringen. Aber jetzt muß ich Teile dieses Buches umarbeiten, d. h. vollkommen neu schreiben, weil sie gewisse Zustände in neutralen Ländern zu – sagen wir – zu aggressiv schildern. Ich habe alles sehr satt, seit langem schon.

Ich sage Dir noch einmal: Ich war oft sehr leichtsinnig, aber ich bin kein Schwein. Wenn ich Dir telegrafierte, war ich in Not. Und seit langem, seit *sehr* langem, war ich nicht mehr aus Leichtsinn in Not. *Und es war noch nicht einmal einfach nur Not,* sondern wirklich Lebensgefahr. Das kannst Du Dir vielleicht alles nicht so vorstellen. Ich habe alles so satt.

Jetzt mußte ich wieder aus der Pension ausziehen, ausgerechnet der Inhaber meiner Pension hat für Deutschland Spionage getrieben und ist zu fünf Jahren verurteilt worden. Keiner ahnte etwas, und dann waren auf einmal alle Zeitungen voll von dem Urteil. Als ich von Deinen Sorgen las, hatte ich im ersten Augenblick ein komisches Gefühl: Ich freute mich, weil ich mir vorstellte, Du würdest dann vielleicht herkommen. Und ich weiß, daß ich Kraft haben würde für uns beide zusammen, wenn Du bei mir wärst und in Not. Ich weiß, daß ich dann schaffen könnte und würde für uns beide zusammen und daß ich froh sein würde. Vieles könnte ich dann, was ich jetzt nicht kann. Du mußt nicht darüber lachen und ungläubig sein. Dann würde ich Dich ohne Geld noch tausendmal lieber haben als mit Geld. Du würdest mir wieder ganz vertraut werden – wir hätten die gleichen Sorgen, Kämpfe und Freuden, den gleichen Ehrgeiz, die gleichen Menschen, die gleichen Interessen. Auch in Amerika würde ich gern noch einmal von vorn anfangen mit Dir – fast noch lieber, als in ein von Dir bereits fertiggebautes Dasein zu kommen. Aber lieber – ja lieber noch wäre es mir hier. Verstehe mich recht, ich will auf jeden Fall mit Dir zusammensein, und ich finde es auch sehr richtig, gut und vernünftig, in Amerika zu sein. Aber mit meinem Gefühl und in meiner Phantasie und in meiner Sehnsucht lebst Du immer hier mit mir.

Es ist schrecklich hier, und es ist grauenhaft und fast

unerträglich, jetzt allein hier zu sein. Mit Dir zusammen aber hätte ich keine Angst und würde glücklich sein, mit Dir gemeinsam alle Gefahr, Wahnsinn, Sinn, alle europäischen Leiden mitzumachen, die europäische Agonie mitzuerleben mit allem Recht dessen, der stündlich Gefahr läuft, mitzusterben. Und mit der letzten menschlichen und tierischen Lust, alles zu überleben, bestehen zu bleiben.

In Amerika würde ich nichts mehr von Europa wissen wollen. Nichts mehr – nichts, nichts, nichts – von allem, was geschieht, würde ich hören wollen. Nie könnte ich ertragen, aus sicherer Ferne, munter und teilnahmsvoll dem Todeskampf meiner europäischen Heimat zuzusehen, wie man ein trauriges aufregendes Schauspiel sieht, um manchmal zu weinen und manchmal Beifall zu klatschen.

Vielleicht verstehst Du das nicht, vielleicht würde ich das auch nicht verstehen, wäre ich mit Dir zusammen nach Amerika gegangen und hätte dort so lange gelebt, wie Du dort lebst.

Wenn ich nach Amerika will, so will ich Deinetwegen hin – aber nicht mehr, um gerettet zu sein. Und in Amerika würde ich dann nichts mehr hören wollen von Europa. Ich habe es zu sehr geliebt. Ich liebe es noch.

Ich hoffe aber, liebes Kind, daß Du nicht traurig bist dort und Dich nicht quälst.

Was soll ich Dir noch schreiben? Dein Brief hat mir nicht viel Mut gemacht. Ich fühle mich durch ein paar Worte von Dir beleidigt.

Jetzt will ich an meinem Buch arbeiten. Es ist ein schönes Buch, und ich darf es nicht unfertig lassen. I.

So oft hat Irmgard Keun die Trennung angeboten, jetzt, wo sie Realität zu werden beginnt, versucht sie, sie wegzuschreiben. Vergeblich, und sie weiß um die Vergeblichkeit: »Was soll ich Dir noch schreiben?« Die Wirklichkeit ist mit Worten nicht mehr einzuholen. Irmgard Keun ist allein. Sie erfüllt an sich das Schicksal ihrer

Romanheldinnen – das Alleinsein, egal, ob bewußt oder unbewußt herbeigeführt.

> Mensch sein – das heißt was – da gibt's kein Unterkriechen in Gesamtheit mehr – da heißt's allein sein. Das muß man lernen – Mensch zu sein, das muß man lernen – zu wissen, daß ein Lachen tausend Tränen kostet, das muß man lernen – zu wissen, daß eine Stunde Glück mit tausend Stunden Weh bezahlt wird ... Ja, und jetzt muß ich erst mal fünfhundert Mark haben.
> *Gilgi – eine von uns*

Das letzte Telegramm an Arnold Strauss gibt Irmgard Keun am 9. 5. 1940 auf: FLEHE VOR PFINGSTEN

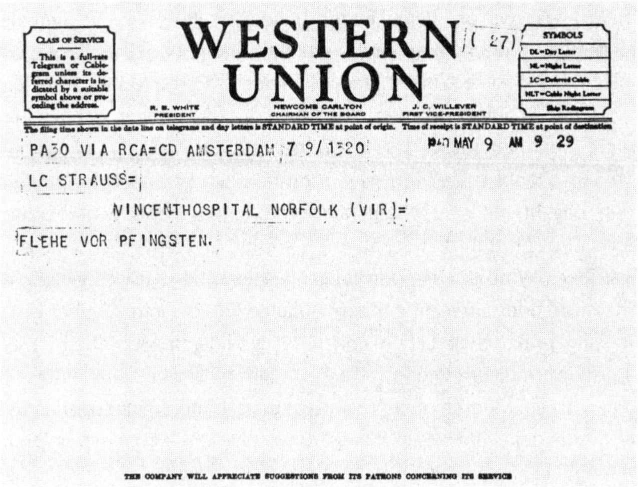
CLASS OF SERVICE
This is a full-rate Telegram or Cablegram unless its deferred character is indicated by a suitable symbol above or preceding the address.

WESTERN UNION (27)

R. B. WHITE PRESIDENT — NEWCOMB CARLTON CHAIRMAN OF THE BOARD — J. C. WILLEVER FIRST VICE-PRESIDENT

SYMBOLS
DL = Day Letter
NL = Night Letter
LC = Deferred Cable
NLT = Cable Night Letter
Ship Radiogram

The filing time shown in the date line on telegrams and day letters is STANDARD TIME at point of origin. Time of receipt is STANDARD TIME at point of destination

PA30 VIA RCA=CD AMSTERDAM 7 9/1320 1940 MAY 9 AM 9 29

LC STRAUSS=

VINCENTHOSPITAL NORFOLK (VIR)=

FLEHE VOR PFINGSTEN.

THE COMPANY WILL APPRECIATE SUGGESTIONS FROM ITS PATRONS CONCERNING ITS SERVICE

Am 10. 5. 1940 beginnt der deutsche Angriff von der Nordsee bis zur luxemburgisch-französischen Grenze. Am 14. 5. kapituliert Rotterdam, am 17. 5. wird Brüssel von den deutschen Truppen besetzt. Irmgard Keun muß untertauchen.

Alles, was Arnold Strauss jetzt noch von ihr hört, hört er von seinen Eltern. – Das alte Lied: Wer es versteht, ahnt den Zwiespalt, in dem Irmgard Keun lebte.

Arthur Strauss am 30. 4. 1940: Eigenartig war ihre uns einmal mitgeteile Ansicht, daß man, wenn man im Leben etwas erreichen wolle, tüchtig alles übertreiben müsse.

Lucy Strauss am 5. 5. 1940: Vergeblich haben wir die ganze Woche auf den Anruf der Bank gewartet. Nun kommt uns der Gedanke, daß Du das lakonische Telegramm (»Geld«, die Hrsg.) für eins von Irmg. gehalten haben könntest, nach dem Erlebnis, das wir gestern hatten. Wir bekamen von Irms Pension die Mitteilung, daß sie dort durchgebrannt ist, ohne zu zahlen.

Das, was wir auf dem Herzen haben, wollten wir Dir niemals schreiben, und ich kämpfe noch immer mit mir, ob ich es Dir sagen soll. Aber als alte erfahrene Frau, nicht nur als Deine Mutter, muß ich Dir diesen Schmerz bereiten. Wir haben uns oft überlegt, daß wir Dir auch mündlich nichts sagen wollten, bis Du selbst nüchtern in Deinem Denken über Irm geworden bist. Sie ist außergewöhnlich klug, begabt, amüsant, witzig, anregend, unterhaltend, warmherzig, aber all das tritt in den Schatten gegen ihre anderen Eigenschaften. Fast jedes Wort ist Lüge oder Lügengespinst, Du wirst es vielleicht Phantasie oder amüsant nennen, solange Du in ihrem Zauber bist, aber im praktischen Leben und unter gebildeten Menschen ist es Lüge, im Kleinen wie im Großen. Sie ist in Unzuverlässigkeit getaucht, ein Mensch ohne Verantwortungsgefühl, ohne Zuverlässigkeit. Aber das schlimmste ist ihre Trunksucht. Diese Frau macht Dich unmöglich. Rede Dir nicht ein, Du oder amerikanische Verhältnisse könnten sie beeinflussen. In solchem Zustand tut sie Unglaubliches. Kaum sitzt sie behaglich im Zimmer, treibt es sie wieder ins Wirtshaus. Gäbe sie nicht so viel für Rauchen und Trinken aus, könnte sie sich tadellos anziehen. Sie sieht aber so unordentlich, ungepflegt und verkommen aus, daß ich mich nicht nur bei unseren einfachen Dienstmädchen, sondern überall für sie schämte. Sie ist eitel, aber diese große Eitelkeit betrifft nur ihr Gesicht, das sie dauernd behandelt, und ihren Geist. Sie zieht sich gern auffallend an, aber Flecke und Risse lassen sie gleichgültig. (...) Trotzdem ist sie ja so reizend, daß man sie liebhaben muß, sie tut mir aufrichtig leid. Es war mir jedesmal unerklärlich, wie gleichgültig sie über Dich spricht oder so nebensächlich, während sie an ihrer Mutter wirklich hängt und sie liebhat. Wie lächerlich macht sie Norfolk, Deinen Verkehr, die Loge etc. Wir haben *immer* das Gefühl gehabt, daß sie nicht ernstlich an ein Herüberfahren denkt. Nur einmal machte sie den Versuch, als Landshoff Weihnachten herüberreiste. Sie hoffte, durch ihn in New York unterzukommen. (...) Wenn sie – wie Du damals schriebst – im Oktober 38 wieder zu Dir hätte zurückfahren wollen, hätte sie es ohne Schwierigkeiten tun können, sie hätte sich auch eine Quotennummer nehmen können, aber sie hatte gar nicht die Absicht. Sie zeigte mir ein Gesuch, das sie für Daueraufenthalt in Holland eingereicht hat. Wenn sie fürchtet, daß Hitler kommt, sieht sie Amerika als einzigen Ausweg. Für unsere Auswanderung hat sie nicht die Spur von Interesse, das ist auch so unnatürlich, abgesehen davon, daß sich eine Frau, die Schwiegertochter werden will, nie so gegen uns benehmen würde. Ebenso wie Du mir Irm in kleinen Dingen ganz anders geschildert hast, als sie wirklich ist, so blind und verzaubert bist Du im Großen. Rede Dir doch nicht ein, daß Du diese Frau, die kaum jünger ist wie Du, ändern oder auf die Dauer beeinflussen könntest, wenn sie je käme. Sie ist ein tiefes, reizendes Erlebnis, aber trenne Dich von ihr, ehe Du die Bitternis kennenlernst und Dein Leben zerrüttet wird. Ich habe Dir nicht nach Irms Rezept geschrieben, daß man alles übertreiben müsse, um zu wirken, jedes meiner Worte ist wahr wie der Wunsch, noch zu Dir herüberzukommen. Wenn man die ausgezeichneten Emigrantenbücher liest, die erschienen sind, versteht man, daß Irm nicht mehr viel gelesen wird. Man sieht sie gar nicht mehr ausgestellt. Sie liebt kein bürgerliches Leben. Ihr ist nur das Abenteuer prickelnd.

Nach dem Einmarsch der Deutschen in Holland benutzten die Strauss' für die untergetauchte Irmgard Keun den Decknamen Annemarie, um sich (und sie?) zu schützen. Sie selbst sind ab sofort »die Schwiegereltern«. Noch einmal – womöglich unter dem Eindruck alltäglicher Gefährdung – nähert man sich einander. Noch einmal wird Gemeinsamkeit beschworen.

Lucy Strauss am 9. 7. 1940: Wir lachen viel zu dritt, wenn wir daran denken, wie wir Dir einmal unsere Not auf allen Gebieten schildern werden. Eben brachten wir Annemarie ein Stückchen heim wie allabendlich und gönnten uns zu dritt für 8 Cent ein halb Pfund Stachelbeeren. Wir überlegen immer, was wir uns alles gönnen würden, wenn wir Geld hätten. Wieviel Kilometer laufen wir immer, um die Tram zu sparen, das ist beinahe Frondienst. Annemarie haben wir noch nichts von Cheque und Brief gesagt, weil sie womöglich bei ihrer Veranlagung gleich ein Haus auf den noch nicht einwechselbaren Cheque kaufen oder mieten würde. Ihr reizendes Wesen erreicht manchen Pump, der uns eher zuwider ist. Hoffentlich kommt das von ihren Eltern vor Wochen avisierte Geld endlich hier an. (. . .) Annemarie und wir haben uns gut aufeinander abgestimmt. Wir liegen bei Sonnenschein den ganzen Tag auf unserem 8 m langen Balkon in Quasi-Nacktkultur schwelgend.

Am Ende dieses Briefes steht ein Gruß in Irmgard Keuns Handschrift: Eben lerne ich Rosinenbrot backen, wenn ich es Dir doch bald machen könnte. Wenn wir am Meer liegen, denken wir immer, daß Du Dich jetzt am anderen Ufer auch sonnst. Schreibe oft, mein Bomm.

»Mein Bomm« – so nannte bisher nur Lucy Strauss Arnold, und zu »Bomm« paßt »Rosinenbrot backen«, nicht aber zu Irmgard Keun alias Annemarie. Am 15. 7. 1940 ist sie wieder Irm. Arthur Strauss lakonisch an seinen Sohn: »Trennten uns von Irm wegen Verhalten.«

Die Beschreibung des Verhaltens folgt einen Tag später:

Lucy Strauss am 16. 7. 1940: Du erkundigst Dich nach Frau Irm, die Dein Freund kennen könnte, möchtest Auskunft über sie. Sie ist bestrickend durch Charme und Klugheit und amüsante Erzählungskunst. Aber festgestellte Tatsachen beweisen ihr pathologisches Flunkertum. Sie macht immer wieder Eroberungen, aber ihre Betrügereien und Lügereien fallen selbst naiven Menschen auf.

Sie scheute sich damals nicht, Menschen, die selbst in Not waren, heimlich Sachen zu entwenden. Eine blutarme Näherin betrog sie, und diese lief zu ihrer Schwiegermutter und drohte mit der Polizei! Ihr Wirt erzählte ihrem Schwiegervater, daß sie mindestens täglich 10 Schnäpse und ein Glas Rotwein nach dem anderen trinke. Außerdem war sie tagsüber in anderen Restaurants. Unsere Kettenraucherin; ihre Hände zitterten beständig. Ihr ist jeder recht, der ihr pumpt, andernfalls hat sie ein vernichtendes Urteil über ihn. Die Schwiegermutter hörte von einer Dame, die in ihrer Nähe wohnte, daß sie sie mehrmals (5x) betrunken in ganz gewöhnlicher Männergesellschaft gesehen habe.

Es ist ein Jammer um so eine entzückende Person. Sie wird noch viele faszinieren. Ich kann Dir nicht bestimmt sagen, ob ihre Schwiegereltern mit ihr Schluß gemacht haben. Die alten Leute gaben ihr immer wieder mächtig (. . .) und gönnten sich selbst nichts. Es scheint, daß Frau Irmgard vorhat, zu ihrer Mutter zurückzukehren. Dein Freund wird auf Einzelheiten verzichten, wenn Du ihm das schon sagst.

Lucy und Arthur Strauss verzichten nicht auf Einzelheiten. Sechs weitere Briefe mit Klagen über Irmgard Keun sind erhalten: Sie trinke und betrüge, sie sei eine Hysterikerin und lüge und – sie kümmere sich nicht mehr um sie, seitdem sie 600 Gulden von ihren Eltern erhalten habe.

Letzte Tage in Holland. Ein Leben in einem wilden Wirbel. Ein Überleben um jeden Preis. Irmgard Keun zahlt ihn. Sie ist noch nicht am Ende angekommen, wohl aber die Schwiegereltern.

Arthur Strauss am 12. 8. 1940: Daß wir noch leben, ist das einzige, was wir sagen können. Der Enttäuschungen waren zu viele. Unser erster und letzter Wunsch kann nur sein, daß Du Dich von dieser Circe *befreist.* Sie hat uns *zu arg* mitgespielt.

Am 5. 9. 1940 nehmen Lucy und Arthur Strauss eine Überdosis Schlafmittel. Sie sterben einen Tag später.

Irmgard Keun kehrt zur gleichen Zeit illegal nach Deutschland zurück. Sie überlebt den Krieg versteckt bei ihren Eltern und bei Freunden.

Arnold Strauss heiratet 1941 in Norfolk die Amerikanerin Marjory Ware Spindle.

Nach Kriegsende setzt sich Irmgard Keun wieder mit ihm in Verbindung. Er antwortet ihr nicht, schickt ihr aber ein Carepaket.

Köln-Braunsfeld, den 21. 3. 1947

Kleines!

Heute kam ein Carepaket von Dir an. Zuerst war ich maßlos erschüttert und aufgeregt, endlich ein Lebenszeichen von Dir zu haben. Endlich! Es ist schon lange her, daß ich Dir ein paarmal ins Vincents-Hospital schrieb. Als ich dann immer ohne Antwort blieb, wurde ich ganz mutlos und traurig. Ja, und jetzt? Was soll ich jetzt denken? Das Paket ist Anfang Februar aufgegeben – zumindest seit Februar mußt Du also mein Vorhandensein und meine Adresse wissen. Wenn Du schon nicht selbst sofort herkommen konntest, so hätte doch schon ein ganzer Haufen Briefe von Dir in meinen Händen sein müssen. Glaubst Du vielleicht, ich wollte Pakete von Dir, Kleines, wenn Du nicht mehr zu mir stehst wie früher? Damals waren die Voraussetzungen so, daß ich Dich um alles bitten konnte, selbst wenn Du manchmal oder oft wütend darüber warst. Nun, mein Kleines – es ist so viel zu erzählen, daß ich nicht weiß, wie und womit ich anfangen soll. Dieser Hitler hat in unser äußeres Leben recht qualvoll entscheidend eingegriffen – aber ich denke doch, daß er nicht die Macht hatte, auch unsere Gefühle zu verändern. Oder konnten Deine Gefühle verändert werden, Kleines?

Schreibe mir, Kleines – schreibe sofort, sofort, sofort.

Deine Irmgard

Arnold Strauss hat Irmgard Keun nicht geschrieben.

Gabriele Kreis
Was man glaubt, gibt es

Mein Kleines, Du hast mir so viel Freude gemacht. Ferdinand ist eine wahre Wonne, er kam in einem Augenblick schlimmer Depression und hat mich fast heiter und glücklich gemacht. Bitte, wenn es Dir möglich ist, schicke mir doch noch drei Ferdinands, ich möchte ihn so wahnsinnig gern ein paar Leuten schenken, die glücklich sein würden damit.

Irmgard Keun Ende Februar 1939 an Arnold Strauss

Mit Ferdinand meint Irmgard Keun das Kinderbuch *The Story of Ferdinand* (›Ferdinand‹) von Munro Leaf (Text) und Robert Lawson (Bilder). Es ist 1936 bei Viking Press in New York erschienen und erzählt die Geschichte eines Außenseiters: des Stieres Ferdinand, der so ganz anders ist als seine Artgenossen – sanftmütig und heiter und allem Schönen aufgeschlossen. Nur ein einziges Mal – eine Hummel hat ihn gestochen – ist er Stier, wie er sein sollte: wild und rasend! Und prompt wird er von Talentsuchern für den Stierkampf entdeckt, eingefangen und nach Madrid gebracht. Sein erster Auftritt in der Arena ist zugleich sein letzter: Ein braves Tier sitzt in der Mitte des weiten Runds und lächelt ins festlich gestimmte Publikum, und die Toreros rennen bis zur völligen Entwaffnung gegen ihn an, verzweifelt.

Ferdinand kämpft nicht. Ferdinand ist unberührbar.

Ferdinand ist der Stier ›mit dem freundlichen Herzen‹.

Ferdinand – so heißt auch der Held in Irmgard Keuns letztem Roman.

Ferdinand, der Mann mit dem freundlichen Herzen ist eine Satire auf Wiederaufbaueuphorie und Schwarzmarktbetriebsamkeit, eine Klage über Verdrängen und Vergessen und – das Porträt eines

Mannes, der Kriegsheimkehrer ist, ohne von Heimkehr oder Heimat etwas wissen zu wollen. Von Beruf und aus Berufung ist Ferdinand Timpe »freudiger Ratgeber«, und ein freundlicher ist er dazu; so freundlich, daß keine Unfreundlichkeit ihn je erreicht und daß alle Intrigen und Betrügereien an ihm zerschellen.

Auch dieser Ferdinand kämpft nicht. Auch dieser Ferdinand ist unberührbar.

Unberührbar wie Arnold Ferdinand Strauss?

Unberührbar in dem Sinne, daß nichts den Menschen, der mit sich selbst im reinen ist, tatsächlich stört oder gar zerstört; unberührbar mit der Folge, daß seine Güte selbstverständliche Geste ist – und den anderen fernhält . . . Am 28. 9. 1934 schreibt Irmgard Keun: »Güte ist immer kalt und unpersönlich – sie ist das eisige Paradies – erträglich nur durch menschliche Schwäche.«

Sie schreibt es im Zusammenhang mit dem Knochenflicker, einem Naturheilkundigen aus dem Moseltal, einem Helfer um des Helfens willen, allseits beliebt und gern gesehen, denn er hilft frag- und nahezu kostenlos.

Auch Arnold Ferdinand Strauss war ein Helfer, und Irmgard Keun brauchte seine Hilfe. Und so wurden sie ein Paar und konnten niemals eines werden. Denn – zu eindeutig waren die Rollen zwischen ihnen verteilt, und gemeinsam war ihnen nur die Beharrlichkeit, mit der sie daran festhielten.

Im Gestus des Helfens ist vieles verborgen: Güte und Gleichgültigkeit, Gefälligkeit und Gefallsucht, Menschenliebe und Eigennutz – Selbstlosigkeit aber nur in den seltensten Fällen und sicherlich nicht im Falle von Arnold Ferdinand Strauss. Eher unbedeutend, bezahlte er dafür, der Freund einer bedeutenden Frau zu sein, und sie dankte es ihm mit Briefen und einem Buchtitel: ›Ferdinand, der Mann mit dem freundlichen Herzen‹ – und erhob damit endgültig in den Stand der Literatur, was niemals mit Leben erfüllt war.

Was sie sieben Jahre lang in Hunderten von Briefen beschworen, waren Irmgard Keun und Arnold Strauss keinen Tag: Zwei, die zusammengehören und nur durch äußere Umstände am Zusammensein gehindert werden. Weitaus trennender waren die inneren Umstände: der Wunsch, bei sich zu bleiben, ein Leben nach eigenem Geschmack zu führen, Nähe nur als Entwurf zu dulden. Arnold Strauss hatte dabei die Konvention auf seiner Seite, Irmgard Keun die Kunst; und die Bilder, die sie sich voneinander machten und mit denen sie operierten, gründeten sich auf Ideen und Notwendigkeiten, nicht aber auf Erfahrung.

Real an ihrer Beziehung war nur das Geld. Anfangs als Vorschuß auf die gemeinsame Zukunft gedacht, schließt es am Ende die gemeinsame Zukunft aus. Arnold Strauss hat Irmgard Keun das Fernbleiben finanziert. Er hat sich eingerichtet ohne sie, aber mit ihren Briefen. Sie ersetzen den gemeinsamen Alltag, sie sind ihm Liebesersatz.

Für Irmgard Keun sind sie anderes. Sie schreibt sie, wie man Tagebuch schreibt – als Zeichen der Selbstvergewisserung: Ich bin.

Was mit Arnold Strauss ist, interessiert sie weitaus weniger. Ihre Briefe sind Monologgeflechte und Selbstdarstellungen; Gesprächsangebote enthalten sie nur selten – und wenn, dann geht der ferne Freund in der Regel nicht darauf ein. Keinen Brief von Irmgard Keun gibt es, für dessen Verständnis es wichtig wäre, Äußerungen von Arnold Strauss zu kennen. Er ist die Fläche ihrer Projektionen, bleibt Oberfläche. Er ist Zuhörer, zahlendes Publikum, mehr nicht.

Doch gerade darin besteht sein Verdienst, denn das – sein vielfältiges Entferntsein – ermöglicht Irmgard Keun das Weiterschreiben.

Arnold Strauss ist unberührbar, und er berührt nicht. Er läßt Irmgard Keun sein, was sie sein will oder zu sein glaubt. Nichts irritiert ihn. Seine Güte grenzt an Interesselosigkeit. Und so entwirft sich seine Freundin immer neu und immer ungestört und immer egozentrisch, denn seinen Widerspruch fürchtet sie nicht. Nur die eigenen.

Sie ist eine Frau, die sich mit Raffinesse inszeniert, ohne je eine Dummheit auszulassen, sie ›denkt mit dem Herzen und fühlt mit dem Verstand‹ (Fontane), sie ist hinreißend verlogen und sehr ehrlich, und ›was sie glaubt, gibt es‹ (23. 8. 1933). Mit Conrad Ferdinand Meyer: »Ich bin kein ausgeklügeltes Buch / ich bin ein Mensch in seinem Widerspruch.«

Die Briefsammlung ersetzt nicht die Biographie, und sie ist doch mehr als nur die Rekonstruktion eines Lebensabschnitts. Sie ist ein Stück Literatur, die Skizze einer dramatischen Existenz. In der Schilderung eines zerrissenen Menschen gerät sich Irmgard Keun zur literarischen Figur. Sie erfindet sich als Briefschreiberin. Ihre Briefe sind Inszenierungen, die schönsten verfaßt im Vorfeld des Romans, changierend zwischen Materialsammlung und schriftstellerischer Fingerübung. Inszeniert wird – zumeist durchaus zweckvoll – Alltagsleben auf allen Ebenen; seltener sind Reflexionen. Denn: »Es geht Dich ja auch eigentlich gar nichts an, was ich denke« (23. 8. 1933).

Irmgard Keun war eine verschlossene Frau, sich selbst vielleicht das größte Geheimnis. Ihre Gesprächigkeit ist Barrikade, ein Wall aus Worten gegen eine Welt, die sie fürchtet und liebt. Und kennt.

In ihrem Brief vom 1. 12. 1933 steht: »Wie würde ich dies armselige Leben hassen, wenn's mir nicht so viel Spaß machte.« Lebenslust, Lebensleid – zwischen diesen beiden Polen lebte sie, in diesem Spannungsfeld entstanden ihre Texte, die Romane und die Briefe; und dieses ist der Zusammenhang, den beider Interpretation zu berücksichtigen hat.

Selten sind Leben und Schreiben eines Schriftstellers so zwingend (und zwanghaft) ineinander verwoben wie im Falle von Irmgard Keun. Ihre Romane sind Reflex auf ihre Biographie, ihre Biographie fortgeschriebene Romane. Nicht zuletzt dieses belegen die Briefe an Arnold Strauss.

Darüber hinaus erzählen sie, was es heißt, keinen Ort zu haben, seine Talente zu entfalten. Irmgard Keun war mit Schwierigem begabt: mit klarem Blick und scharfem Witz und leichtem Wort. Alles drei ist nur selten gefragt, aber selten nur war es so wenig gefragt wie in den Tagen ihres Schreibens – in den dreißiger und in den fünfziger Jahren.

Die Kehrseite ihrer Begabungen hieß Verzweiflung; die Verzweiflung nahm zu mit dem Schwinden der Publikationsmöglichkeiten. Ein Mittel, die Verzweiflung für Momente zu bannen, kannte Irmgard Keun: den Alkohol. Sie verstummte. Ihre Imagination hatte nicht über das eigene Leben und Erleben hinausgereicht. Sie war berührbar gewesen. Wie die Heldinnen ihrer Romane: ›eine von ihnen‹ – die Heldin ihres Lebensromans.

»Und ich denke, daß es gut ist, wenn ich alles beschreibe, weil ich ein ungewöhnlicher Mensch bin. Ich denke nicht an ein Tagebuch – das ist lächerlich für ein Mädchen von achtzehn und auch sonst auf der Höhe. Aber ich will schreiben wie Film, denn das ist mein Leben und wird es noch mehr sein.«

Das kunstseidene Mädchen

Leben wie Film. Schreiben wie Leben.

1982 starb Irmgard Keun im Alter von siebenundsiebzig Jahren. Bis zuletzt hatte sie sich geweigert, eine Autobiographie zu schreiben: Die Wahrheit würde sowieso niemand wissen wollen oder glauben, die Wahrheit sei kränkend. Lieber schreibe sie noch einen Roman.

Kein Anschluß unter dieser Nummer sollte er heißen. Ihr Lebensroman. Sie hat ihn nicht geschrieben. Was sie zu sagen hatte, hatte sie bereits gesagt: von *Gilgi* bis *Ferdinand*. Wer mehr über sie erfahren wollte, hatte es schwer.

Gewiß, die Bausteine für einen Lebenslauf sind vorhanden: die Kindheit im bürgerlichen Elternhaus in Köln, die Ausbildung zur Schauspielerin, erste Engagements in Hamburg und Stralsund, zwei große literarische Erfolge Anfang der dreißiger Jahre, die Ehe mit Johannes Tralow, die Emigration 1936, das Exil, das Schreiben an Caféhaus-Tischen, die Zeit mit Joseph Roth, 1940 die illegale Rückkehr nach Deutschland, die Jahre des Verstecktseins, das Kriegsende, der letzte Roman, die Geburt der Tochter 1951, das Vergessenwerden, die Armut, der jahrelange Kampf gegen den Alkohol, das zu späte Comeback Ende der siebziger Jahre – nur wenig Hinweise aber gab es auf innere Entwicklungen, auf Innenleben.

Dieses ist anders seit dem Fund der Briefe.

So gedichtet sie auch sein mögen – und in ihrer Intentionalität durchschaubar –, dokumentieren sie doch ein Stück Keunscher Lebenswirklichkeit jenseits der autobiographischen Momente in ihren Romanen.

Irmgard Keun schrieb leicht, aber sie lebte schwer.

Marjory S. Strauss
Briefe aus unruhigen Zeiten

»Ich bin willens und in der Lage, meine Verlobte, Irmgard Keun, aufzunehmen und bis an mein Lebensende für ihren Unterhalt zu sorgen«, schrieb Arnold Strauss 1938 in einem Affidavit.

Der Durchschlag, den ich davon besitze, trägt kein Datum, aber mein Mann gibt darin an, 35 Jahre alt zu sein, und so wird er es vor seinem 36. Geburtstag am 9. September 1938 ausgestellt haben. Seit August 1935, so heißt es weiter, lebe er in den Vereinigten Staaten, er arbeite als Pathologe am St. Vincent's Hospital in Norfolk, Virginia, und verdiene wöchentlich $ 110. Auf der Bank habe er $ 2638,34, außerdem 16000 Gulden in Holland und 27000 Reichsmark in Deutschland und er sei entschlossen, »die oben genannte Irmgard Keun« zu heiraten.

Kurz nach unserer ersten Begegnung 1939 hatte mir Arnold Strauss ein Foto von seiner hübschen Verlobten gezeigt und mir erzählt, daß es ihr nicht gelungen sei, ein Visum zu bekommen.

Es war der Sommer, in dem ich eine Europareise machte. Sie wurde von einer amerikanischen Organisation angeboten – »The Open Road« –, die sich später als pronationalistisch entpuppte. In jedem Land, was wir besuchten, gab es Anzeichen, die auf den bevorstehenden Krieg hindeuteten. Während einer Aufführung von Shakespeares »Sommernachtstraum« im Regent's Park in London zuckte das Scheinwerferlicht der Luftabwehr über den nächtlichen Himmel. Und der 14. Juli in Paris wurde mit einer großen Luftwaffenübung gefeiert.

Tagebucheintragungen von meinem Aufenthalt in Deutschland: München, 27. Juli. Abendessen mit Studenten. »Ich habe mit meinen eigenen Händen geholfen, die Siegfried-Linie zu bauen.« »In fünf Wochen gehört uns Danzig.« »Darum haben wir Thomas Mann vertrieben! Wenn Sie ihn haben wollen, so dekadent, wie er ist, wir geben ihn mit Freuden her.« 28. Juli: Besuch eines Lagers der Hitler-

Jugend in Königsdorf. Zwei Mädchen stehen vor den Hakenkreuzfahnen stramm, während von 14 Jahre alten Jungen der Wachwechsel vollzogen wird. Erste Übung am Morgen: Verlesung von Sprüchen aus »Mein Kampf«. Eine Gruppe marschiert in den Wald und studiert die Naturgesetze und ihre Übereinstimmung mit dem Nationalsozialismus.

Als ich Europa verließ – am Tage der Unterzeichnung des deutsch-sowjetischen Nichtangriffspakts –, war ich politisiert. Ich hatte für immer gelernt, was bürgerliche Freiheiten sind.

Es war die letzte Fahrt der *Normandie*. Unterwegs wurde das Schiff oft verdunkelt: Es war Krieg.

Wieder in Norfolk, traf ich Arnold Strauss häufiger. Wir gaben uns gegenseitig Sprachunterricht. Hätte ich damals doch gewußt, wie wichtig die deutsche Sprache einmal für mich sein würde! Arnold machte keine Fortschritte mit seinem englischen »r«.

Dann, im September 1940, kam die Nachricht von dem Selbstmord seiner Eltern in Den Haag, wo sie fast zwei Jahre gelebt hatten – zuerst in der Hoffnung auf ein amerikanisches Einwanderungsvisum, dann in Hoffnungslosigkeit.

»Das Leben war zu schwer.« Jahre später stieß ich auf diesen Satz in dem Brief, den die Wirtin der Pension, in der Arthur und Lucy zuletzt gelebt hatten, nach ihrem Tod an ihren Sohn geschrieben hatte.

Aus dem Sprachunterricht wurden Abendverabredungen, bei denen nicht mehr die Rede von Irmgard Keun war. Arnold wollte von seinen Eltern erzählen. Deutsche Staatsbürger jüdischer Abstammung, aber nicht jüdischen Glaubens, hatten sie bis 1938 gebraucht, um zu begreifen, daß im »heiligen Vaterland«, über das Arnolds Vater so flammende Gedichte geschrieben hatte, kein Platz mehr für sie war.

Während Arnold erzählte, fühlte ich mich angezogen von diesem Mann, der nicht einmal besonders gut aussah, und ich war bewegt von dem Schicksal dieser Opfer des deutschen Nationalsozialismus.

Wir heirateten 1941. Ich wußte, daß mein Mann die Briefe Irmgard Keuns aufbewahrt hatte, aber ich machte mir keine Vorstellung davon, wie viele es waren, und ich hatte weder den Wunsch, noch besaß ich genug Sprachkenntnisse, sie zu lesen.

1965 starb mein Mann. Nun mußte alles durchgesehen werden. Ich öffnete die große Truhe, die Arnolds Eltern vor ihrer Emigration zusammen mit ihrem anderen Besitz nach Norfolk geschickt hatten, und fand unter den schweren Samtvorhängen aus Arnolds Elternhaus in Wuppertal-Barmen Bündel von Briefen, Hunderte vielleicht. Ich beschloß, mich zu einem späteren Zeitpunkt mit ihnen zu beschäftigen. Ich hatte gerade angefangen, als Kunsthistorikerin an der Universität zu arbeiten, und hatte nur wenig Zeit für anderes.

1977 öffnete ich die Truhe ein zweites Mal. Ich suchte nach näheren Angaben über das Leben von Arnolds Vater, die ich für einen Aufsatz in einem Ausstellungskatalog brauchte: Arthur Strauss hatte Gemälde gesammelt und auch selbst gemalt. Auf der Mappe, in der er seine Blumen- und Landschaftsbilder 1938 nach Norfolk geschickt hatte, war ein Blatt mit einem Gedicht befestigt: »Meinem Sohn.«

Ich fand in der Truhe Briefe, die Arnold an seine Eltern geschrieben hatte. Und ich fand Briefe, die Arnold später dazugepackt haben mußte: Briefe seiner Eltern, Briefe von Bekannten und Freunden in Europa, Briefe seines Chefs an der Charité in Berlin und – Briefe von Irmgard Keun.

Hatte er seine europäische Vergangenheit begraben?

Unter Tränen wußte ich, womit ich mich für den Rest meines Lebens beschäftigen würde.

Ich kaufte einen Aktenschrank, und in den folgenden zwei Jahren ordnete ich alle Briefe chronologisch. 268 Briefe und 79 Telegramme von Irmgard Keun, zwischen 1933 und 1940 geschrieben, dazu drei Briefe aus der Nachkriegszeit. Nur wenige waren datiert, und so untersuchte ich mit einem Vergrößerungsglas die Poststempel auf den Umschlägen.

Die Korrespondenz zwischen Eltern und Sohn beginnt 1922, als Arnold sein Elternhaus verläßt, um in Freiburg im Breisgau Medizin zu studieren; sie bricht ab im Sommer 1938 – damals wurde die Truhe in die USA verschifft. Briefe seiner Eltern sind bis zu ihrem Tod erhalten.

Plötzlich besaß ich ein vielleicht einzigartiges Privatarchiv über das Alltagsleben von vier bemerkenswerten Menschen, die alle vier

Deutschland hatten verlassen müssen, obwohl sie Deutschland liebten.

Ich schrieb 1980 einen Brief an Irmgard Keun und bat sie um ein Treffen. Sie antwortete nicht. Und so habe ich drei dieser vier Menschen nie kennengelernt; aber sie wurden mir immer vertrauter in den sechs oder sieben Jahren, in denen ich mich mit ihnen beschäftigte – in Abständen, weil mein Beruf mir nicht viel Zeit ließ, aber auch, weil es so schmerzlich war, von ihnen zu lesen.

Ich war überwältigt von ihrer Intelligenz und verstört von ihren Irrtümern und Fehlern. Ich verstand besser als in unseren gemeinsamen Jahren, warum das Leben in Amerika Arnolds Wesen so sehr entsprach – wie ein Freund mir nach seinem Tod schrieb: »Er war ein Weltkind, er liebte das Leben und seine Gaben.« Ich verstand Arnolds enge Beziehung zu seinen Eltern, verstand, warum er ihnen am 15. Juli 1933 schrieb: »Ich weiß jetzt übrigens auch, wen ich heiraten möchte.« Mir wurde klar, wie fremd Irmgard Keun und die bürgerliche Lucy Strauss einander gewesen sein mußten.

Ich erkannte in den Briefen Arnolds Treue und seinen Eigensinn wieder – und seine Leidenschaft, anderen Menschen zu helfen, und ich begriff sogar, warum er so lange auf Irmgard Keun gewartet hatte.

Nur wenige der Briefe waren getippt, und so waren vier verschiedene Handschriften in einer mir kaum bekannten Sprache zu entziffern. Irmgards und Arnolds waren einfach, mit Arthurs kam ich zurecht, aber Lucys Schrift war wirklich eine Fremdsprache. Ich begann mit dem Verzeichnis ihrer Reisen und der Inventurliste ihres nach Norfolk geschickten Besitzes. Und dann, ausgerüstet mit ihrem Vokabular aus den Bereichen dekorative Kunst, Städtebau und Badeort – aber alles ohne Verben! –, machte ich mich an die Briefe.

Der erste vollständige Satz, den ich entzifferte und mir übersetzte, lautete: »Sonst nichts Neues.« Ihm folgte die Frage: »Hast Du an Onkel Egons Geburtstag gedacht?«

Ich las so lange in Lucys Briefen, bis ich sie persönlich zu kennen meinte, und ich hörte geradezu ihre Stimme: »Morgen ist mein 65. Geburtstag, und es ist zum erstenmal, daß ich am Tage vorher noch keinen Brief in den Händen habe, der für den Vorabend bestimmt ist.

Daß man so alt mit soviel Kummer und Enttäuschung im Herzen werden kann.«

Sie schrieb diesen Brief in Den Haag, sechs Wochen vor ihrem Tod. Die Mühen Arnolds, seinen Eltern ein Einwanderungsvisum zu verschaffen, waren vergeblich gewesen, die Briefe an das State Department und andere amerikanische Behörden umsonst geschrieben.

Meine Entscheidung, nach einem Verlag für die Briefe von Irmgard Keun zu suchen, fiel mir nicht leicht, ich habe lange gezögert. Irmgard Keun mag ihre Nachkriegsbriefe an Hermann Kesten durchaus mit dem Blick auf eine Veröffentlichung geschrieben haben, aber das gilt sicherlich nicht für ihre Briefe an Arnold Strauss, und auch er wird sie nicht im Hinblick auf eine Veröffentlichung aufbewahrt haben. Man könnte mir also vorwerfen, es sei pietätlos, indiskret, sie zu veröffentlichen. Ich tue es trotzdem. Denn was die Briefe Irmgard Keuns über die unruhigen Zeiten und über ihre eigene Unruhe damals aussagen, scheint mir von Bedeutung zu sein für alle, die sich mit jener Zeit und mit der damals entstandenen Exilliteratur beschäftigen.

1980 erwähnt Wilhelm Unger in einer Rede über Irmgard Keun »all die Figuren, die damals eine so wesentliche Rolle zu ihrem Überleben spielten«. Über eine Figur sprach er nicht und hat bis heute niemand gesprochen, weil niemand von ihr wußte: Arnold Strauss.

Norfolk, Herbst 1987

Irmgard Keun im dtv

Das kunstseidene Mädchen

Doris will weg aus der Provinz, die große Welt erobern. In Berlin stürzt sie sich in das Leben der Tanzhallen, Bars und Literatencafes – und bleibt doch allein. dtv 11033

Das Mädchen, mit dem die Kinder nicht verkehren durften

Von den Streichen und Abenteuern eines Mädchen, das nicht bereit ist, die Welt einfach so zu akzeptieren, wie sie angeblich ist. dtv 11034

Gilgi – eine von uns

Gilgi ist einundzwanzig und hat einiges satt: die Bevormundung durch ihre (Pflege-)Eltern, die »sich ehrbar bis zur silbernen Hochzeit durchgelangweilt« haben, die »barock-merkantile« Zudringlichkeit ihres Chefs und den Büroalltag sowieso. Da trifft es sich gut, daß sie sich in Martin verliebt. Doch als sie bei ihm eingezogen ist, kommen Gilgi Zweifel ... dtv 11050

Nach Mitternacht

Deutschland in den dreißiger Jahren. Ein Konkurrent hat Susannes Freund Franz denunziert. Als er aus der »Schutzhaft« entlassen wird, rächt er sich bitter, und Susanne muß sich entscheiden ... dtv 11118

Kind aller Länder

Die zehnjährige Kully und ihre Eltern verlassen Deutschland, weil der Vater als Schriftsteller bei den Nazis unerwünscht ist. Es beginnt eine Odyssee durch Europa und Amerika ... dtv 11156

Foto: Isolde Ohlbaum

D-Zug dritter Klasse

In der Zeit des Nationalsozialismus treffen in einem Zug von Berlin nach Paris zufällig sieben Menschen aus unterschiedlichsten Gesellschaftsschichten und mit unterschiedlichsten Reisemotiven zusammen ... dtv 11176

Ferdinand, der Mann mit dem freundlichen Herzen

Ferdinand ist ein Mann unserer Tage, eine provisorische Existenz, wie wir es ja mehr oder weniger alle sind. Es geht ihm nicht gut, aber es gelingt ihm, meistens heiter zu sein, das Beste aus seinem Leben zu machen. dtv 11220 (Juni 1990)

Ich lebe in einem wilden Wirbel
Briefe an Arnold Strauss
1933 bis 1947
dtv 11229 (Juli 1990)

Ruth Rehmann
im dtv

Der Mann auf der Kanzel
Fragen an einen Vater

Am Ersten Weltkrieg nahm er als Feldgeistlicher teil; zu Kaisers Geburtstag schickte er alljährlich einen Brief nach Doorn; er war weder Naziverbrecher noch Widerstandskämpfer – er war ein konservativer Pfarrer in einer kleinen rheinischen Gemeinde. Ruth Rehmann beschäftigt sich mit dem Leben und der politischen Haltung ihres Vaters. dtv 1726

Abschied von der Meisterklasse

Mit dem Auftrag, die Memoiren der gefeierten Geigenvirtuosin Claire Schumann zu schreiben, begleitet die Journalistin und ehemalige Meisterschülerin Hanna Steinbrecher die von ihr verehrte Lehrerin in ein Sanatorium. Doch ihre anfängliche Begeisterung läßt nach, je mehr sie sich mit der Vergangenheit dieser egozentrischen Persönlichkeit auseinandersetzt, deren ungewöhnliche Karriere im Dritten Reich begann ... dtv 10744

Die Leute im Tal

Der Bauer von Bruck, einst »Leithammel« der Talbauern, hat seinen Kampf gegen die neuzeitlichen Veränderungen im Tal verloren. Auf seiner Beerdigungsfeier wird noch einmal die Vergangenheit lebendig, aber auch die Zukunft erörtert. Ein gesellschaftskritischer Roman über das Leben auf dem Land, den bäuerlichen Charakter, wie er sich in den sechziger Jahren präsentiert hat. dtv 11038

Illusionen

Mit den unterschiedlichsten Gedanken und Gefühlen lassen vier Menschen den Büroalltag hinter sich, um Entspannung und Zerstreuung zu suchen. Von ihren Erlebnissen und Abenteuern, von Glück und Enttäuschung, von Träumen und Illusionen erzählt dieser Roman. dtv 11091

Die Schwaigerin

Die Lebensgeschichte einer Bäuerin im Chiemgau und die Geschichte einer Freundschaft. Vierzig Jahre ist es her, daß die Erzählerin und die Schwaiger Anni einander zum ersten Mal begegnet sind. Junge Mädchen waren sie damals, im Mai 1945. Flüchtling die eine, Tochter des Schwaiger Kleinbauern die andere. dtv 11144

Hans Werner Richter im dtv

Foto: Isolde Ohlbaum

Geschichten aus Bansin

Bansin, der Geburtsort des Autors, ist Schauplatz dieser »Geschichten von zu Hause« über einfache Leute, Tagelöhner, Fischer, Bauarbeiter, kleine Bauern, die sich recht und schlecht durchs Leben schlagen und die an der großen Politik nur am Rande teilnehmen. dtv 10214

Ein Julitag

Eine Begegnung am Grab seines Bruders führt Christian zurück in die Zeit vor dem Krieg. Die Frau seines Bruders ist damals seine Geliebte gewesen. Sie gingen nach Berlin, im Glauben an eine bessere, sozialistische Zukunft. Statt dessen kamen die Nazis ... dtv 10285

Die Geschlagenen

Dieser stark autobiographisch gefärbte Roman schildert den Weg eines deutschen Soldaten von der Schlacht am Monte Cassino in die Kriegsgefangenschaft der Amerikaner. dtv 10398

Spuren im Sand

Erinnerungen an eine Kindheit und Jugend in Pommern, die erste Liebe, diverse berufliche Fehlschläge. Die alles überragende Gestalt in diesem Entwicklungsroman ist die verständnisvoll und gelassen handelnde Mutter. dtv 10627

Im Etablissement der Schmetterlinge

Hans Werner Richter porträtiert liebevoll einige Literaten und Kritiker aus »seiner« Gruppe 47 und liefert tiefe Einblicke ins Menschlich-Allzumenschliche und hinter die Kulissen der Szene. Jahrzehntelang hat er mit der Gruppe 47 das literarische Leben der Republik geprägt. dtv 10976

Sie fielen aus Gottes Hand

Spannend wie eine Folge großer Abenteuer- und Liebesgeschichten, erzählt dieser Roman die Schicksale von Menschen, die 1945 zum Strandgut des Krieges geworden sind. dtv 10977

Erfahrungen mit Utopien
Briefe an einen jungen Sozialisten

Ist der Sozialismus am Ende? Oder fängt er jetzt endlich an? Hans Werner Richters ganz persönliche, autobiographische Rechenschaft über große Hoffnungen und bittere Erfahrungen mit dieser deutschen Idee. dtv 11252

Doris Lessing im dtv

Foto: Isolde Ohlbaum

Martha Quest

Die Geschichte der Martha Quest, die vor dem engen Leben auf einer Farm in Südrhodesien in die Stadt flieht. dtv/Klett-Cotta 10446

Eine richtige Ehe

Unzufrieden mit ihrer Ehe sucht Martha nach neuen Wegen, um aus der Kolonialgesellschaft auszubrechen. dtv/Klett-Cotta 10612

Sturmzeichen

Martha Quest als Mitglied einer kommunistischen Gruppe in der rhodesischen Provinzstadt gegen Ende des Zweiten Weltkriegs. dtv/Klett-Cotta 10784

Landumschlossen

Nach dem Krieg sucht Martha in einer Welt, in der es keine Normen mehr gibt, für sich und die Gesellschaft Lösungen. dtv/Klett-Cotta 10876

Die viertorige Stadt

Martha Quest geht als Sekretärin und Geliebte eines Schriftstellers nach London und erlebt dort die politischen Wirren der fünfziger und sechziger Jahre. dtv/Klett-Cotta 11075

Kinder der Gewalt
Romanzyklus
Kassettenausgabe der fünf oben genannten Bände
dtv/Klett-Cotta 59004

Vergnügen · Erzählungen
dtv/Klett-Cotta 10327

Wie ich endlich mein Herz verlor
Erzählungen
dtv/Klett-Cotta 10504

Zwischen Männern
Erzählungen
dtv/Klett-Cotta 10649

Nebenerträge eines ehrbaren Berufes · Erzählungen
dtv/Klett-Cotta 10796

Die Höhe bekommt uns nicht
Erzählungen
dtv/Klett-Cotta 11031

Ein nicht abgeschickter Liebesbrief
Erzählungen
dtv/Klett-Cotta 25015 (großdruck)

Die andere Frau

Eine auf den ersten Blick klassische Dreiecksgeschichte, die bei Doris Lessing jedoch einen ungewöhnlichen Ausgang findet. dtv/Klett-Cotta 25098 (großdruck)

Siegfried Lenz im dtv

Der Mann im Strom
dtv 102 / dtv großdruck 2500

Brot und Spiele
dtv 233

Jäger des Spotts
dtv 276

Stadtgespräch
dtv 303

Das Feuerschiff
dtv 336

Es waren Habichte in der Luft
dtv 542

Der Spielverderber
dtv 600

Haussuchung
Hörspiele
dtv 664

Deutschstunde
dtv 944

Einstein überquert die Elbe bei Hamburg
dtv 1381 / dtv großdruck 2576

Das Vorbild
dtv 1423

Der Geist der Mirabelle
Geschichten aus Bollerup
dtv 1445 / dtv großdruck 2571

Heimatmuseum
dtv 1704

Der Verlust
dtv 10364 / dtv großdruck 2591

Die Erzählungen
1949 – 1984
3 Bände in Kassette
dtv 10527

Über Phantasie
Gespräche
mit Heinrich Böll, Günter Grass, Walter Kempowski, Pavel Kohout
Hrsg. v. Alfred Mensak
dtv 10529

Elfenbeinturm und Barrikade
Erfahrungen am Schreibtisch
dtv 10540

Zeit der Schuldlosen und andere Stücke
dtv 10861

Exerzierplatz
dtv 10994

Ein Kriegsende
Erzählung
dtv 11175